KB110437

우리,
결혼할까요?

우리,
결혼할까요?

초판 1쇄 인쇄일 2015년 7월 23일
초판 1쇄 발행일 2015년 7월 28일

지은이 ㅣ 령후
펴낸이 ㅣ 김기선
편집장 ㅣ 김은지

펴낸곳 ㅣ 와이엠북스(YMBOOKS)
출판등록 ㅣ 2012년 7월 17일 (제382-2012-000021호)
주소 ㅣ 서울 도봉구 노해로 379, 1005호(창동, 대성빌딩)
전화 ㅣ 02)906-7768 / **팩스** ㅣ 02)906-7769
E-mail ㅣ ymbooks@nate.com

ISBN 979-11-322-2762-5 03810

값 9,000원

※파본은 구입처에서 교환하여 드립니다.
※저자와 협의하여 인지를 붙이지 않습니다.
※이 책은 저작권법에 따라 보호를 받는 저작물이므로 무단 전재와 복제를 금하며,
이 책 내용의 전부 또는 일부를 사용하려면 반드시 저작권자와 와이엠북스의 동의를 받아야 합니다.

우리, 결혼할까요?

YMBOOKS ROMANCE STORY

령후 장편소설

목차

Prologue : 시작

이런 가시방석도 더는 없을 것이다. 이럴 줄 알고 이번 설엔 집에 오지 않겠다고 그렇게 말을 했건만. 아니, 말은 그래도 전날 음식 준비만 하고 가는 게 원래의 계획이었다. 이럴 줄 알았으면 그냥 시기를 맞춰 국내로라도 여행을 가는 건데. 하지만 이미 늦었다.

보라는 동생들 옆에 서서 세배를 하고 무릎을 꿇고 앉아 벌써 10분이나 넘게 할아버지의 설교를 듣고 있었다. 옆에서 원망스러워하는 동생들의 눈빛이 찔러오고 있었지만 거기까진 신경 쓸 겨를이 없었다.

분명 작년까지는 '결혼'에 대한 압박이 이렇게까지는 없었는데 역시 삼땡은 다른 건가?

사실 어느 정도 짐작은 했지만 서른셋이 된 음력 첫날, 이렇게 다리가 저려올 때까지 잔소리를 들을 줄은 몰랐다. 그저 '이젠 슬슬 가봐야 하지 않겠냐.' 정도일 걸로 예상했었다.

"내가 이 나이까지 네가 결혼하는 걸 못 볼 줄은 몰랐다. 우리 누님들은 혼기가 되기도 전에 서로 데려간다고 난리였어. 그런데, 응?"

이런, 눈물엔 약하다. 그렇게까지 강해 보이던 할아버지가 이젠 울먹거리고 계셨다. 이야기를 하시다 본인의 처지에 욱하신 것이다. 더군다나 눈물까지…….

보라는 차라리 보지 않는 게 좋은 거다 생각하며 시선을 교묘히 할아버지의 이마로 옮겼다.

"보라 네가 얼굴이 모자라냐, 키가 안 되냐, 못 배우기를 했냐. 아무리 요즘 시대가 시대라고는 해도 자손을 보고, 배우자가 있어야 나이가 들어서도 든든할 거 아니냐."

물론 할아버지로서 걱정되어 하시는 말씀일 것이다. 사실 할아버지와의 세대 차이는 너무 크다. 베이비붐 세대인 부모님과도 엄청난 괴리가 있다. 베이비붐 세대는 가진 것 없이 노력으로 이만큼 벌어 축적을 하며 살 수 있었지만 지금은 아니다.

지금 세대는 누리고 산 것은 많지만 그때와 성장률이 다르다. 그래서 너도 나도 스펙을 외치며 더 노력을 해도 그 시절처럼 취직하기도 어려울뿐더러 정년이 보장되지도 않는다. 그저 앞만 보고 갈 수밖에 없는 것이다. 이 세대들끼리의 관념이라는 것이 무척이나 다르기 때문에 서로 이해를 하지 못하는 것이다.

부모 세대와도 이렇게 관점이 다른데 유교적 사상을 직접 받고 자란 할아버지와는 정말 은하수와 은하수의 광년만큼 차이가 날 것이다. 그렇기에 여기서 '전 결혼하지 않겠습니다.'라고 외칠 수는 없는 노릇이다. 그녀는 사회생활을 할 줄 아는 어른이었기 때문이었다.

"올해는 꼭 남자 친구 데리고 올게요."

할아버지는 더 이상 말씀이 없으셨다. 색이 고운 비단 한복 안쪽에서 손수건을 꺼내 슬쩍 눈물을 닦아내실 뿐. 저 반응은 그녀의 말에 기대, 아니 확신을 걸겠다는 뜻이었다.

정말 남자 사람 친구에게 부탁이라도 해야 하는 건가. 이럴 줄 알았으면 폭넓게 사람 좀 사귈걸.

보라는 절로 한숨이 나오려는 것을 애써 참아내고 자리에서 일어섰다.

이번에 이렇게까지 압박이 심해진 건 이유가 있었다. 바로 작은아빠의 자식들, 즉 그녀보다 나이 어린 사촌들이 결혼을 하겠다고 나섰기 때문이었다.

이미 한 명은 날짜를 잡아뒀고 다른 한 명은 여자 친구를 데리고 왔다. 그러다 보니 집안의 첫째인 자신에게 이런 가혹한 일이 일어난 것이지 않은가. 정말 이번 설은 '결혼'엔 전혀 뜻이 없던 그녀를 고민의 구렁텅이로 집어넣었다. 저도 모르게 한숨이 절로 새어 나왔다.

그래, 이젠 더는 피할 수 없다.

보라는 결심을 하고 두 주먹을 불끈 쥐었다.

명절이라 병원도 조용하지 않을까 했는데 대학병원은 해당 사항이 없는 모양이었다. 심부름 때문에 보라가 오게 된 병원은 평소와 비슷하게 북적대고 있었다.

갓김치, 파김치, 배추김치까지 차례대로 맛을 본, 그녀의 외사촌인 경수가 즐거운 얼굴로 뚜껑을 닫았다. 아무리 병원 내 카페 안이라지만 이렇게 민폐를 끼치는 의사가 또 있을까?

외숙모가 부탁만 안 했어도 저 무거운 짐들을 바리바리 싸가지고 오진 않았을 것이다. 거기다 경수의 와이프는 곧 만삭이라 움직이기도 힘들어했고 결국 제일 만만한 그녀가 심부름꾼이 되고야 말았다. 아무리 흉부외과라도 저 정도 연차면 여유가 날 법도 한데 그렇지도 않은가 보다.

"누나, 나 정말 얼마나 집 김치가 먹고 싶었는지 몰라. 이거 또 의국 들고 가면 이틀도 못 가 아작 날 텐데."

"너도 남이 싸오면 막 빼앗아 먹잖아. 사람이 심보를 곱게 써야 해요."

"누나 표정이 엄청 안 좋다? 이모부가 시집가라고 계속 종용하셨어?"

"우리 아빠 그냥 아무 말씀 안 하시지. 그냥 정년퇴직 안에만 가라 하시는데 이번에 우리 할아버지한테 제대로 한 방 먹고 왔다."

이상하게 경수가 앞에서 눈을 빛내면 술술 말하게 된다. 그녀는 할아버지의 흉내까지 내며 들었던 그대로를 읊었다. 할아버지에게 너무 감정이입을 한 탓일까? 이젠 그녀의 눈에도 눈물이 고일 지경이었다.

"누나네 할아버지 진짜 우셨어?"

"그래. 나 우리 할아버지 우는 거 처음 봤어. 우리 아빠도 놀라고 엄마도 놀라고 다 놀랐어. 우리 할아버지 엄청 무섭잖아."

"그럼 뭐 해. 누나 결혼 생각도 아예 없다면서. 이모가 그렇게 갔다 와도 좋으니 제발 가라고 노래를 불러도 안 간다고 하면서."

그 말에 보라는 괜히 헛기침을 하며 입맛을 다셨다. 이상하게 카페 모카의 맛이 쓰다. 분명 달아야 정상인데. 아무래도 시럽을 더 넣어야 될 듯싶었다.

"이제 진짜 모르겠다. 차라리 어디 괜찮은 남자 있으면 계약 결혼이라도 해달라고 하고 싶다니까."

"무슨 드라마 찍냐? 그러니까 그냥 대형이 형이랑 결혼하라니까."

"야! 이대형 이야기 꺼내지도 마."

"왜? 지금도 대한민국 최고의 스트라이커겠다, 국가대표 주장 이겠다. 그거뿐이냐? 대한민국 1등 신랑감 아니야."

그건 보라 역시 잘 알고 있다. 키 크고, 얼굴 잘생기고, 이적료만 해도 몇백 억에 만만치 않은 연봉과 현재 대한민국에서 제일 잘나간다는 광고도 계속 찍고 있었다.

대형은 아시아권에서는 말 그대로 축구 선수들의 롤 모델로 자리를 잡은 지 한참이었다. 거기다 꼬이지 않은 시원시원한 성격도 인기에 한몫했다.

하지만 그녀는 머리가 다 지끈거리며 아파왔다. 대형은 보라와 고등학교 시절부터 친구였는데, 그때부터 그녀가 좋다면서 결혼 하자를 입에 달고 사는 놈이었다. 축구엔 1퍼센트도 관심이 없는 지라 어렸을 땐 대형이 얼마나 잘하는지 알지도 못했다. 그런데 대형이 대학도 진학하지 않고 바로 유럽 구단으로 스카우트되어 갔을 때야 그나마 고개를 끄덕였다.

뿐만 아니라 대한민국 최초 월드컵 원정 8강이라는 지대한 공을 세우지 않았던가. 그런 대단한 선수였지만 그녀의 눈엔 그저 한낱 어린애일 뿐이었다.

한국에 들어오면 만나고 다니는 여자들은 많은지 이런저런 루머나 스캔들이 터져 나왔지만 대형은 절대 아니라고 해명을 해대곤 했다. 이 여자 저 여자는 다 만나고 다니면서 곧 죽어도 결혼할 사람은 따로 있다고 말하고 다닌다. 저러다 언젠간 등에 칼 맞겠다며 보라는 늘 혀를 찼다.

"만나서 밥만 먹은 건데도 스캔들 났다고 하더라. 형도 인맥이 워낙 화려하잖아. 그럴 수밖에 없는 위치고."

"난 자유를 꿈꾼다고. 걔랑 결혼하면 걔네 부모님은 당연히 내조 바라실 텐데 내가 할 수 있을 거 같아? 그리고 누구? 내가 이대형이랑 부부? 아오, 진짜 내가 여기서 토 안 한 것만 해도 다행이야."

"그냥 순응해서 살아. 그게 누나 운명이다, 생각하고."

도대체 무슨 순응. 하여간 이 나라는 오지랖도 넓고 결혼을 하지 않으면 꼭 패배자로 보곤 한다. 정말 남의 인생에 왜 그렇게 관심들이 많을까.

결혼해라 해서 결혼을 하면 애는 언제 낳을 거니, 그래서 애를 낳으면 둘째는 언제 낳을 거냐고 묻는다.

정말 끝이 없다, 끝이.

"결혼 필요한 게이 어디 없나?"

보라가 답답한 심정으로 그렇게 말하며 고개를 돌리는데, 대각선에 앉아 있는 남자와 눈이 마주쳤다.

묘한 시선이 느껴진다 싶더니 계속 바라보고 있었던 모양이다. 당연히 눈이 마주쳤으면 피할 거라고 생각했는데 남자는 뭐가 웃긴지 입가에 묘한 미소까지 짓고 있었다.

그런데 남자는 꼭 어디에선가 본 얼굴인 것처럼 묘하게 인상이 강렬했다. 남자는 의사 가운을 입고 있는데도 퍽 잘생겼다. 잘생겨서 눈에 튀나 보다 생각하며 보라가 다시 고개를 돌려 경수를 바라보았다.

"게이 같은 소리 하고 있다."

"아냐, 나도 우리 할아버지 이야기 듣고 진짜 진지하게 생각하게 됐어. 그냥 결혼만 해주는 남자 어디 없을까? 결혼에 막 압박받는 남자 말이야. 서로 사생활에 터치 안 하고, 무늬만 부부. 얼마나 좋아. 진짜 어디 위장결혼 해야 하는 게이라도 찾아 나서야 할까 봐."

보라는 어려서부터 딱히 결혼을 하겠다, 하지 않겠다 하는 확고한 신념이 있는 건 아니었다. 하지만 나이가 들수록 '여자는 혼자 사는 게 남는 거다.' 같은 말들이나 여기저기서 주워듣는, 흔히 말하는 시월드와 조선식 안사람을 원하는 현대 남자들의 유교 틀에 박힌 고정관념에 덜컥 겁을 먹었달까? 어찌 보면 참 철없어 보이는 생각이라 차마 말을 하지 못하고 독신인 척 고수하고 있었다.

무엇보다 친한 친구였던 현지가 결혼을 한 지 2년 만에 남편의 외도에 이혼하고 자살 시도를 한 뒤로 은연중 '한국 남자는 믿을

게 못 돼.'라는 생각을 가진지도 모른다. 보라의 입장으로는 만삭인 아내를 두고 바람피우는 남자가 이해가 되지 않았기 때문이었다.

그 후부터 남자라는 생물을 저도 모르게 한 꺼풀 씌워 보게 되었는지도. 현지의 남편은 정말 보기에 이상적인 남자였었다. 그 다른 여자와 모텔로 들어가는 모습을 자신이 보지 않았으면 좀 달라졌으려나?

"제정신이야? 말도 안 되는 소리 좀 하지 말고, 누나, 이제 그만 정신 좀 차려라. 혼자 무슨 드라마를 찍어요. 그냥 웬만하면 대형이 형으로 타협해. 돈 많지, 축구 잘하지, 성격 좋지, 잘생겼지. 더 뭐가 필요해?"

"그런 애는 대대손손 유전자 퍼트려야 하는 의무가 있는 애야. 난 만약 결혼을 해도 애 낳을 생각 전혀 없고."

딱히 대형에게 희망을 준 적도 없었다. 대놓고 '나는 네가 싫다!'라고까지 말을 했다. 대부분 프로 선수들은 결혼 시기도 빠르다고 하는데 대형은 아직도 결혼을 하지 않고 있다. 오로지 자신과 결혼할 거라고 말하면서. 멋대로 우정을 사랑이라 착각하고 있으면서 잘도 입으로는 '운명'이라고 떠든다.

"나도 누나 할아버지 말처럼 이해가 안 간다. 능력이 없어, 얼굴이 못생겼어, 가족이 이상하길 해, 대체 뭐가 문제야? 잉꼬부부인 부모님을 보면서 나도 저렇게 살고 싶다, 뭐, 이런 생각 안 들어?"

"응."

보라는 가볍게 고개를 끄덕였다. 그런 그녀를 보고 경수는 이해가 가지 않는다는 얼굴로 고개를 저었다. 하긴, 경수는 학생 신분으로 결혼해서 이미 가정을 꾸려 둘째까지 가진 상태였으니 그녀가 이해되지 않을 수도 있다.

"난 현재에 만족하는데 굳이 다른 사람을 만나서 또 처음부터 맞춰가는 것도 피곤하고, 솔직히 내 한 몸 챙기기도 힘든데 결혼은 무슨."

"그러니까 대형이 형이네. 그렇게 오래 보고 살았는데 뭘 더 맞출 게 있어? 대형이 형이 누나 마음 좀 열어보라고 나한테 부탁을 하는데, 안쓰러워 죽겠더라."

"결혼은 다른 거란다. 야, 그리고 걔도 아직 즐기고 싶어서 나 이용하는 거야."

"하여간 결혼도 안 해봤으면서 말은 청산유수여. 아무튼 말도 안 되는 헛소리하지 말고 선이나 좀 봐. 아님 우리 선배들이라도 좀 추려볼까? 은근히 괜찮은데 장가 못 가고 있는 선배들도 많다니까."

아무래도 경수도 그녀를 시집보내기 위해 정 여사에게 특명을 받은 게 틀림없었다. 그렇지 않고서야 저렇게 침 튀어가며 이야기를 하지 않을 테니까. 더는 듣기도 귀찮다는 듯 그녀가 파리 쫓듯 손을 휘휘 내저었다.

"너 계속 호출 오는 거 아니야? 빨리 좀 가. 잔소리 좀 그만하고."

"누나, 진짜 내가 대형이 형 추천! 거, 우정에서 사랑으로 변하는 것도 괜찮다니까 그러네. 그것도 정 안 되겠다면 진짜 선배들이라도 어떻게 해볼 테니까."

"거기서 한마디만 더 하면 앞으로 김치 셔틀 없다."

"알았어, 갈게."

급하긴 급한 모양인지 경수가 재빨리 자리에서 일어나며 김치통을 챙겨 들었다. 그렇게 다급하게 뛰어가면서도 옆 사람을 향해 인사했다. 역시 의사들 사이에선 군기가 센가 보다.

"어, 선생님. 안녕하세요."

그런데 경수가 인사한 상대는 조금 전 그녀가 눈싸움에서 패했던 남자였다. 그 남자는 고개를 까닥이며 경수의 인사를 받아주었다. 경수는 인사를 하자마자 급하게 뛰기 시작했다.

저러다 넘어져 김치를 다시 가져오라고 하는 건 아니겠지.

괜한 생각에 보라가 고개를 휘휘 내저었다. 그런데 앞에 뭔가 커다란 장벽이 서 있는 느낌이다. 뭐야, 하면서 고개를 드는데, 방금 경수가 허리를 꾸벅 숙여 인사했던 남자가 바로 앞에 서 있었다.

"남궁현입니다."

앞으로 내밀어지는, 남자처럼 빳빳한 명함을 받으며 보라는 천천히 자리에서 일어섰다. 그러자 그가 뒤로 슬쩍 한 발자국 물러났다.

〈산부인과 전문의 남궁현〉

산부인과? 보라는 이 나이가 되어서까지 부인과 검사를 제대로 받아본 적이 없었다. 설마 얼굴에 안 좋은 기운이라도 보이는 걸까?

"방금 송 선생과는……"

"아, 제 사촌 동생이에요. 전 윤보라라고 합니다. 그런데 무슨 일로……."

"아직 좀 이르긴 하지만 제가 저녁을 사도 되겠습니까?"

어라, 이건 무슨 소리? 설마 이게 말로만 듣던 헌팅?

보라는 앞에 서 있는 현을 위아래로 재빨리 스캔했다. 조금 전은 대충 보기만 했었기에 다시 한 번 자세히 볼 필요가 있었다. 어쨌거나 의사 가운 사이에서 그는 군계일학이었다. 하지만 지금은 이야기가 다르다.

자세히 보게 된 남자는 대형만큼이나 키가 크고 훤칠했다. 하여간 요즘엔 공부 잘하는 것들이 얼굴도 잘생겼다. 세상은 정말 불공평하다고 해야 하는 걸까. 딱 봐도 깔끔하게 떨어지는 것이 직업과 제법 잘 어울렸다.

"윤보라 씨?"

"아, 네. 그런데 왜 저녁을……."

"윤보라 씨 결혼 이야기에 관심 있다고 말하면 될까요?"

그럼 설마…….

현이 고개를 끄덕였다. 다시 한 번 보라가 현을 위아래로 스캔했다. 이번엔 아주 천천히.

설마 이 남자 게이?

아니다. 앞에 있는 이 남자가 동성애자이든, 양성애자이든, 이성애자든 상관없었다. 그저 이제껏 보지 못했던 후광이 비치는 것을 보니 드는 생각은 딱 한 가지였다.

'땡잡았다!'

1. 우리, 할까요?

대식구가 살아도 공간이 남을 커다란 집이었지만 현은 이곳만 오면 숨이 콱 막히는 것 같았다. 그가 한숨을 길게 내쉬었다. 평소 같았으면 아무리 명절이라고 해도 집에 오지 않았을 것이다. 어차피 이기지도 못할 싸움을 왜 저리 거시는지 이해할 수가 없어 그는 고개를 저었다.

"내가 저 속을 당최 이해할 수가 없다. 직업이 안 좋니, 키가 작니, 얼굴이 못났니? 잘나디잘났으면서 이젠 뭐? 선도 안 본다? 네가 아주 이 엄마 머리 싸매고 눕는 걸 봐야겠니? 너희 병원에 입원이라도 해?"

결혼이라……. 누군가에는 참 쉬울 수도 있는 일을 혼자만 유별나게 구는 것처럼 보이고 있다. 가족들의 간섭도 이제는 정말 피곤하다고 생각했다. 특히 오늘은 더더욱.

현은 카랑카랑 울리는 목소리를 뒤로하고 자리에서 일어섰다. 하지만 강 여사의 목소리는 더더욱 커졌다.

"애, 현아. 남궁현!"

"쓸데없는 약속 또 만들지 마세요. 안 나갈 겁니다."

"애, 너 지원이 때문에 그런가 본데……."

"어머니!"

그나마 부드러웠던 표정이 순식간에 굳으며 날카로워졌다. 강여사도 아들의 표정 변화를 순식간에 눈치챈 모양인지 재빨리 입을 다물며 '아이고, 두야.'를 연발했다. '강지원'이라는 이름은 그의 앞에서 거의 금기시된 것과 다름없었다.

"이만 가보겠습니다."

문을 열고 나서자 형수인 인영과 조카 수민이 보였다. 언제 인상을 썼냐는 듯 그의 굳은 얼굴이 펴졌다. 현이 웃으며 팔을 벌리자 수민이 기다렸다는 듯 재빨리 다가와 안겼다. 이럴 줄 알았으면 애초에 들어오지 않고 밖으로 수민이만 불러내서 선물을 주고가는 건데 그랬다.

설에도 병원에만 갇혀 있을 거냐면서 그의 동기인 설희가 그를 쫓아냈다. 사실 집에 오지 않고 호텔이나 하나 잡아 그동안 자지 못했던 잠이나 실컷 잘까 했었다. 어쨌거나 오자마자 어머니에게 잡혀서 이틀 내내 잔소리를 듣느라 잠도 제대로 자지 못했다.

"우리 수민이 삼촌 보고 싶지 않았어?"

"보고 싶었어, 삼촌."

올해는 무슨 일인지 인영을 먼저 친정에 보내준 모양이다. 어제 집에 왔을 때 수민이 없는 걸 보고 실망하는 현을 보며 강 여사가 또 핀잔을 주었었다.

"삼촌, 올해도 설희 씨가 보내준 거죠?"

현이 픽 웃었다. 그러고 보니 참 오래된 인연이다. 예과 입학 시절부터 지금까지 친구로 남아 있는 설희는 특유의 친화력으로 그의 가족들과도 꽤나 친밀하게 지냈다.

"설희랑 무슨 내통해요, 형수?"

인영이 봉긋 솟은 배를 만지며 그저 웃었다. 이번 아이는 설희가 받아주기로 했다며 그렇지 않아도 가뜩이나 친했는데 이젠 완전히 절친한 사이가 된 듯했다.

"제 조카를 저렇게 예뻐하는데, 자기 자식 낳으면 얼마나 더 예쁠꼬?"

강 여사가 골이 울리는 척 머리를 짚고 나오며 소파로 앉았다. 아무래도 계속 시비를 거실 참인가 보다. 어디로 가든 빨리 성북동을 벗어나야 함이 옳았다. 현이 수민을 내려놓으며 주머니에서 지갑을 꺼냈다.

"삼촌, 나 세배할래."

"삼촌한테 세배할 필요 없어. 결혼도 안 한 사람한테 뭐하러 하니, 우리 강아지 괜히 다리 아프게. 이리 오렴."

수민이 쪼르르 달려가 강 여사의 다리 위로 앉았다. 현은 고개를 저으며 수민의 손에 5만 원권 하나를 쥐여 주었다.

"삼촌, 애한테 왜 그렇게 큰돈을 주세요."

"우리 수민이 올해는 오빠 되니까 삼촌이 주는 거야. 알지?"

"응."

물론 돈에 대해 개념이 없는 수민의 손에 들린 세뱃돈은 고스란히 인영의 주머니로 들어갈 것이다. 봐라, 바로 인영을 보고 돈을 주려고 손을 뻗는 수민을. 인영이 난감하게 웃으며 돈을 받았다.

"설희 씨한테 다음 주 수요일에 간다고 전해주실래요?"

"그럴게요. 형은요?"

"사무실 갔어요. 마약 사범들 때문에 정신이 없는 모양이에요."

"그, 형은 그렇게 바쁘면서 어떻게 애를 둘이나 만들었는지 몰라."

그 말에 인영이 입가를 가리며 웃었다. 그런 두 사람을 보며 강 여사는 혀를 끌끌 차고 있었다.

"설희같이 그렇게 좋은 애를 옆에 두고도 저 엄한 짓 하는 것 좀 보게."

"친굽니다."

"설희도 널 친구로 본다던?"

"그만 가보겠습니다. 형수, 가볼게요. 수민아, 다음에 보자."

서둘러 인사를 하고 집을 나서는 그의 등 뒤로 강 여사의 혀 차는 소리가 계속 들려왔다. 육중한 대문이 쾅 소리와 함께 닫히고 현은 뒤를 돌아보았다.

높은 지대에 있는 이 고급 주택은 절로 사람을 위축 들게 만든다. 역시 이곳에서 빨리 벗어나는 게 답이었다. 차고 문을 열어 차에 올라탄 현은 서둘러 그곳에서 벗어났다.

보라는 천장을 보며 크게 숨을 내뱉었다. 침대에 누워 명함을 든 채 보고 있기를 10분째, 아니 조금 더 솔직히 말하자면 어제 집에 돌아와서부터 바로 옆에 두고 들었다 놨다를 계속 되풀이하고 있었다.

그리고 도무지 답이 나지 않아 길게 한숨을 내쉬며 자리에서 벌떡 일어나 앉았다. 갑작스러운 그녀의 큰 동작에 놀랐는지 애완 고양이인 '민이'가 벌떡 뛰며 이불 속에서 나와, 동공이 커져 어리둥절한 표정으로 보라를 보고 있었다.

"민이야, 엄마 어떻게 해야 하니. 그냥 어제 같이 저녁 먹고 올 걸 그랬나?"

민이가 그녀의 허벅지 사이로 비집고 들어와 앉은 뒤 앞발을 들어 그루밍을 하기 시작했다. 보라는 민이의 윤기 나는 회색빛 털을 쓰다듬었다. 기분이 좋은지 민이는 그릉그릉 소리를 크게 내고 있었다.

"그러고 보니 그 남자가 어떻게 생겼었더라. 잘생기긴 잘생겼었는데."

키는 분명히 대형이와 비슷했다. 그럼 얼추 183센티미터는 될 것이다. 그리고 어깨가 넓고 슬림한 몸매였다.

아니, 생김새가 무슨 상관이랴. 그래도 만약 계약 결혼이라는 것을 한다고 해도 주변 사람들에게 보이는 게 있는데 그녀가 외쳐 왔던 이상형과 거리가 좀 멀지 않은가. 이제껏 그녀는 약간 좀 둥글둥글한, 즉 남자다운 덩치를 가진 남자가 좋다고 부르짖었다.

뿐만 아니라 현은 너무 곱상한 얼굴을 가지고 있었다. 남자 주제에 달걀형 얼굴에 희멀건 얼굴하며 쌍꺼풀까지 있다. 정말 그녀의 이상형과 딱 반대되는 외양이었다. 원래 이상형과는 반대인 사람을 만나게 되어 있다며 놀릴 사람들이 하나둘씩 떠올랐다.

보라는 이내 고개를 저었다. 결혼을 하겠다고 한 것도 아닌데 왜 벌써 거기까지 생각이 나간 것인가. 뭐든 너무 앞서 가서 문제다. 우선 결혼이라는 문제는 장난이 아니었다. 더군다나 앞에 '계약'이 붙는다면.

게다가 아직은 남궁현이 어떤 사람인지 잘 모른다는 것도 문제였다. 경수에게 전화를 해서 물어볼 수도 없고. 혹시나 정말 결혼이라는 것을 하게 될지도 모르니 그 학교 출신들에게 연락할 수 없는 게 답답했다.

"그래도 사이코는 아니겠지? 에라, 모 아니면 도라는데 연락이나 해보자."

보라는 재빨리 휴대전화를 들었다. 그리고 그의 휴대전화 번호를 신중히 하나하나 찍었다. 11자리가 모두 눌러졌는데 차마 통화 버튼으로 손가락이 가지 않았다.

정말 이렇게까지 간이 작은 여자였나.

잠깐, 확실히 현을 본 기억이 났다. 이럴 땐 또 기억력이 또 꽤 쓸 만하다.

한 반년 전이었나? 병원 앞 벤치에 앉아 경수와 아이스크림을 먹은 적이 있었다. 당시 시끄러운 소리에 고개를 돌리자 5살이나 먹었을 법한 어린아이가 풍선을 놓쳤다며 울고 있었다. 그때 슈트를 입은, 키가 큰 남자가 밖으로 나오며 긴 팔을 이용해 나무에 걸려 있는 풍선 끈을 잡고 아이의 손목에 그것을 걸어주었다. 그리고 아이를 향해 웃으며 머리를 쓰다듬어주고 바쁘게 걸음을 옮기는 게 보였다.

'아빠 줄 알았는데 아니네?'

'남궁 선배님이네? 어딜 봐서 애 아빠처럼 보여?'

'요즘 남자들 유부남인데 총각 행세하는 인간들이 얼마나 많은데.'

'하여간, 생각하는 것 하곤. 선배님 인기 진짜 많은데. 얼굴 잘생겨, 매너 좋아, 일도 잘해, 여자들한테 선도 잘 그어, 우리 병원 인기 3대장 중 하나잖아. 나 본과 시절에도 정리 싹 해놓은 필기 보여주시고 그랬다니까. 나도 선배님 따라서 산부인과 갈 걸 그랬나.'

남 칭찬에 인색한 경수가 그렇게 말을 했던 것을 보니 꽤나 괜찮은 사람인 듯했다.

그럼 우선 사이코가 아닌 게 판명이 됐으니 연락을 해도 좋지 않을까?

스스로를 살짝 다그치며 손가락을 움직였다.

-네, 남궁현입니다.

순간 놀랐다.

어떻게 딱 한 번 신호가 갔는데 전화를 받을 수 있는 거지? 휴대전화를 보는 중에 전화를 받은 것일까?

아마 그럴 것이다. 보통 사람들은 모르는 번호를 보면 스팸일지 모른다고 생각해서 고민을 하게 된다. 그러니 그가 휴대전화를 사용하는 사이 전화가 울려 멋대로 통화가 연결되었다고 믿고 싶었다. 결국 보라가 두 눈을 질끈 감고 입을 열었다.

"저기……."

−네.

"저는 윤보라라고 하는데."

−어제 그대로 가셔서 꽝이구나 싶었는데.

"어젠 너무 당황해서요."

−이해합니다.

"만나서 이야기를 좀 해봐야 하지 않겠어요? 이거 생각보다 진짜 큰일이잖아요."

그렇게 말해놓고 현의 대답을 기다렸다. 그런데 아무런 말이 들려오지 않아 보라는 휴대전화를 떼고 화면을 보았다. 통화 시간이 여전히 흘러가고 있는 걸 보니 통화가 끊긴 건 아니었다. 물론 이 남자도 앞에서 말은 그렇게 했지만 생각이 많았음이 틀림없었다. 그냥 장난이었다 해도 보라는 너그러운 마음으로 넘어갈 수 있었다.

−죄송합니다. 제가 지금 수술이 있어서 들어가야 하는데 약 4시간 뒤쯤에 연락드려도 오늘 만날 수 있을까요?

수술 스케줄 때문에 그걸 확인한 모양이다.

이 남자도 진짜 급한 건가?

그냥 내일 만나서 이야기해도 상관은 없었다. 하지만 어차피 부딪칠 일인데 빨리 만나는 것도 나쁘지 않았다. 고개를 돌리자 시계가 눈에 들어왔다. 현재 시간은 오후 4시. 그럼 9시쯤이면 만날 수 있을 것이다.

"네."

−네?

너무 간단히 대답을 한 건가? 오히려 상대편이 조금 놀란 음성을 뱉었다.

"왜요?"

-아닙니다. 그럼 나중에 전화드리겠습니다.

"그러세요."

전화가 끊겼다. 휴대전화를 내려놓자마자 보라는 얼굴을 감싸 쥐었다.

이게 과연 잘하는 짓일까?

아니다, 아직 결정된 것도 없으니 만나서 이야기를 들어보는 것도 나쁘진 않았다. 그녀가 뱀처럼 스르르 침대에서 내려와 거울을 보며 얼굴 상태를 점검했다.

"역시 나이는 숨길 수가 없네."

요즘 유난히 건조하다 생각했다. 이놈의 각질, 피지들. 보통 사람들은 그녀의 얼굴을 보고 어리게 보지만 나중에 나이를 알게 되면 '어머, 동안이시다!'를 연발하기 시작한다. 그러면서 유심히 그녀의 얼굴을 보고 주름을 찾으려고 애쓰곤 했다.

다행히 피부만은 좋은 유전자를 물려받아 아직 주름은 없었지만 역시 나이를 먹어가다 보니 건조해지는 건 어쩔 수 없는 듯했다.

"그래, 요즘 너무 신경을 안 썼어. 그럼 오늘 간만에 피부에 수분을 듬뿍 뿌려줘 볼까?"

보라는 옷을 훌렁훌렁 벗고 거울 앞에 서서 몸매를 살폈다. 매일 앉아서 일만 하다 보니 옆구리살이 조금 붙었지만 살짝 힘을 주면 모를 정도였다.

"이 나이에 이 정도 몸매면 뭐, 나쁘지 않아. 가슴도 제법 있 잖아?"

냥.

"그치, 민이야?"

냐앙.

물론 이름을 부르면 대답을 잘하는 민이지만, 지금은 그녀의 말에 긍정을 보내고 있는 게 틀림없었다. 자신감 빼면 윤보라는 시체지 않던가. 욕실 문을 벌컥 열고 안으로 들어가며 콧노래를 불렀다.

현이 결국 집을 벗어나 택한 곳은 병원이었다. 전문의 사무실 가운데에 있는 탁자에 앉아 현은 물끄러미 휴대전화를 바라보았다. 어제 동기를 본다는 핑계로 잠깐 흉부외과 당직실에 들렀는데 거기에서 경수를 보았다.

경수는 의기양양하게 김치를 퍼놓고 즉석밥을 전자레인지에 돌리고 있었다. 그리고 현을 발견하고서는 '선생님도 안 드셨으면 같이 드시죠? 진짜 맛있습니다.'라고 했다. 사실 밥 생각은 없었지만 현은 고개를 끄덕이며 자리를 잡고 앉았다. 분명 수다스러운 후배이니 잘 구슬린다면 보라에 대한 이야기를 들을 수 있을 것 같기 때문이었다.

'그런데 송 선생님, 카페에 같이 있던 분 누구십니까? 되게 미인이시던데.'라고 시작된 2년차 레지던트의 물음에 경수가 그때부터 읊기 시작했다.

사실 경수가 그녀를 보고 누나라고 불렀을 때는 조금 놀랐다. 아무리 많이 봐도 보라는 20대 중반 정도로 보였었다. 그냥 대충 야상을 걸치고 있으니 그 또래로 보였던 건가 싶었다.

이미 보라가 말한 그 결혼에 관심이 있다고 말은 던져놓았다. 여기서 그녀에 대해 알아보는 것도 나쁘지는 않았다. 별거 아니라는 투로 경수와 레지던트들이 말하는 것을 주워들었다.

직업은 '윤보현'이라는 이름을 쓰는 웹툰 작가. 발로 뛰어다니느라 정신이 없는 인턴들이나 레지던트 몇몇이 알고 있는 것을 보니 꽤나 유명한가 보다. 현은 팔짱을 끼고 눈을 빛내며 궁금해하고 있는 레지던트들을 바라보았다.

'그럼 돈도 어마어마하게 벌겠네요? 만화책만 해도 몇십만 부 팔았다던데.'

'나도 그렇게 들었지. 그리고 또 통도 커. 식구들에겐 아끼지도 않아. 자기 말로는 첫째로 자라서 그렇다는데, 우리 누나라서 그런 말 하는 게 아니라 내가 보기에는 꽤나 착하거든. 그런데 이모랑 이모부가 엄청 걱정하시잖아. 아무래도 누나가 결혼을 안 하려는 심산인 거 같아서.'

'왜 결혼 안 하시는 거래요? 혹시 성격이?'

'성격도 안 이상하거든. 오히려 웬만한 남자보다 시원시원하고 좋은 편이야. 대체 뭐가 모자라서 결혼을 안 한다는 거지? 그 집안이 다 잉꼬부부거든. 자기 말로는 굳이 다른 사람 만나 감정 소비하고 싶지 않다고 하는데…….'

하지만 거기까지밖에 들을 수밖에 없었다. 갑자기 중환자실에서 연락이 와 모두들 그대로 일어나버렸기 때문이었다. 경수는 레지던트들에게 꽤나 장황한 설명을 하고 있었다. 보라에 대해 그만

들어야 하는 게 아쉬웠지만 현은 걸음을 옮겨야 했다. 그래도 잠깐 사이였지만 제법 괜찮은 정보를 얻었다. 사촌 동생이 저렇게 증명할 정도라면 좋게 말해 특이한 성격, 즉 이상한 성격은 아니라는 것이니 그것도 다행이었다.

웬만한 남자보다 성격이 시원시원한 편이라는데 왜 어젠 저녁 식사를 거절한 것일까?

하긴, 아무리 말을 그렇게 아무렇지 않은 척 해도 진짜 그 '결혼'이라는 건 결정하기 힘든 문제일 것이다. 게다가 처음 보는 사람인 데다 넙죽 결혼에 관심이 있다고 말하는 남자였으니. 그래도 표정은 딱히 싫지만은 않은 것 같았는데.

"기다리는 전화라도 있어?"

문을 열고 들어서며 설희가 어깨를 주무르고 있었다. 의자에 털썩 앉으며 앞으로 엎드리는 설희를 보고 현이 슬쩍 웃었다. 전혀 의식하지 못하고 있었는데 사실은 전화를 많이 기다린 모양이었다. 연락이 안 올 확률이 훨씬 높은데도 불구하고. 어쩌면 태어나 처음으로 번호를 건네준 여자라서 신경이 쓰이는 건가?

"곧 수술 들어가지 않아? 참, 이번에 들어가서 아주머니께 선이고 연애고 안 한다고 선언했다며?"

아무래도 설희는 정말 집안사람들과 내통하는 게 틀림없었다. 왠지 그의 일거수일투족을 확인받는 것 같아 기분이 좋지 않았다. 그럼에도 설희는 멈추지 않겠다는 듯 이젠 턱까지 괴며 그를 본 뒤 입을 열고 있었다.

"아주머니 이러다 스트레스로 쓰러지시겠다고 난리야."

"허 선생."

"왜?"

"너무 개입한다고 생각 안 해?"

"뭐어?"

"내 개인적인 이야기들을 굳이 친구라고 해서 샅샅이 알고 있을 필요 없잖아."

설희의 표정이 굳었다. 그러고 보니 오래됐다. 대학 시절 만났으니 벌써 14년이나 친구인 사이였다. 인생의 3분의 1 이상을 함께한 친구. 하지만 역시 마음 한구석이 불편한 건 설희를 보면 떠오르는 얼굴이 있기 때문이다.

"야, 남궁현."

"뭐, 그냥 그렇다고."

"기분 나쁘니?"

"좋을 리는 없지 않겠어?"

고운 설희의 미간에 주름이 짙어졌다. 그때 현의 휴대전화가 울렸다. 모르는 번호였지만 상관없었다.

"네, 남궁현입니다."

―저기…….

"네."

이미 상대가 누구인지 잘 알고 있었다. 하지만 전화를 일찍 받았으니 여기서 더 조급해할 필요는 없었다.

―저는 윤보라라고 하는데.

"어제 그대로 가서서 꽝이구나 싶었는데."

―어젠 너무 당황해서요.

"이해합니다."

물론 이해한다. 커다란 남자가 옆에 앉아서 이야기를 죄다 들었다고 생각하면 유쾌할 리가 없지 않은가.

–만나서 이야기를 좀 해봐야 하지 않겠어요? 이거 생각보다 진짜 큰일이잖아요.

보라의 말이 맞다. 우리나라의 결혼은 보통 개인과 개인이 아닌 집안과 집안의 결합이라고 하지 않던가. 하지만 지금 강 여사는 그가 결혼을 하겠다고만 한다면 그대로 보낼 태세였다. 상대가 누구든 크게 상관하지도 않을 것이다. 아니, 애초에 강 여사는 그의 고집을 꺾을 분도 못 되었다. 어려서부터 늘 말을 잘 듣던 형과 그는 판이하게 달랐던 것이다.

현이 고개를 돌려 보드판을 살폈다.

"죄송합니다. 제가 지금 수술이 있어서 들어가야 하는데 약 4시간 뒤쯤에 연락드려도 오늘 만날 수 있을까요?"

난소 물혹 수술 두 건이 있다. 수술 시간은 길지 않지만 환자가 수면 마취에서 깨어나는 것까지 확인하려면 시간이 조금 걸린다. 사실 그 정도는 레지던트들을 시켜도 상관없지만 현은 거의 끝까지 상태를 확인하는 사람이었다. 우선 맡은 일은 점검하고 보라를 만나야 했다.

–네.

"네?"

저도 모르게 되묻고 말았다. 보라는 너무 간단하게 대답을 하고 있었다.

정말 경수의 말처럼 시원시원한 성격이 맞는 건가?

그렇다면 그 '결혼'이라는 것에 대해 멀리 나간다고 해도 뒤끝 걱정을 크게 하지 않아도 될 것 같았다. 의외로 현이 시원한 답을 들은 뒤 전화를 끊고 자리에서 일어서는데, 설희의 진득한 시선이 따라왔다.

"누구야?"

거리가 살짝 있긴 하지만 음성이 여자인지 남자인지 정도는 알 수 있었을 것이다. 여자의 목소리를 들었으니 설희가 인상을 찌푸린 채 그를 보고 있으리라. 저건 분명 경계의 모습이다.

"또 어머니와 뒷담 하려고?"

"남궁현, 너 오늘 상당히 예민하다?"

뭐라고 말을 해야 할까. 예민한 건 그가 아니었다. 지난 14년간 그의 가족과 설희는 거의 그런 관계였으니까. 다만 그의 통화에 촉각을 곤두세우며 예민해져 있는 설희의 목소리는 날이 서 있었다.

"몇 번 본 여자."

어찌 됐든 결혼 이야기가 오가고 있으니 한 번 본 여자라고 말할 수는 없었다.

"여자?"

설희의 쌍꺼풀 없는 커다란 눈이 믿을 수 없다는 듯 더욱 커져 있었다.

"왜? 난 여자 만나면 안 되나?"

"연애 안 하겠다며."

"난 선을 안 보겠다고 했지, 연애를 안 하겠단 말은 안 했는데."

"뭐?"

"결혼이라는 거 해볼까 하고."

애써 웃고 있던 설희의 얼굴이 굳어가는 게 보였다. 하지만 말을 마친 현은 웃으며 어깨를 들썩이고 사무실을 나섰다. 오늘은 꽤 예감이 좋은 날이다.

9시 28분.

만나는 시간이 애매해 결국 그녀의 오피스텔 바로 앞에 있는 카페에서 만나기로 했다.

약속 시간까지는 앞으로 2분.

보라는 구상해놓은 노트를 펼친 채 깜빡 잠든 바람에 불과 5분 전에 깨어났다. 그래서 제대로 화장을 하지도, 차려입지도 못 하고 급히 뛰어나왔다.

"아, 왜 하필 이런 날 엘리베이터는 지하에 있는 거야."

죄다 지하에 있는 엘리베이터 층수를 보고 그녀는 계속 발을 동동 굴렀다. 그렇다고 해서 더 빨리 올라오지도 않는데 말이다. 결국 오피스텔을 나섰을 때 시간은 31분을 향하고 있었다. 무조건 약속 시간 10분 전에 가 있는 그녀만의 철칙이 깨졌다.

아, 오늘은 정말 뭐가 안 되는 날이다. 하여간 이놈의 머피는 그녀에게 장난을 치는 것을 좋아한다. 하필 그녀가 딱 건너려고 할 때 보행자 신호가 딱 끊겼다. 또 여기서 발을 동동 굴러봤자 신호가 빨리 바뀌지 않는다는 것도 알고 있다. 보라는 체념한 채 고개를 숙였다.

〈9시 37분〉

보라가 카페를 들어선 순간 카운터 앞에 있는 남자와 눈이 마주쳤다. 저절로 고개가 숙어졌다.

"죄송해요. 제가 깜빡 잠드는 바람에……."

"괜찮습니다. 마침 주문하려던 참인데 어떤 걸로 드시겠습니까?"

"늦었는데 제가 계산할게요. 어떤 걸로 드시겠어요? 자리에 앉아 계시면 제가 가지고 갈게요."

얼굴이 후끈거렸다. 어떻게 거기서 딱 잠이 들 수 있단 말인가. 평소라면 낮잠을 좀 자고 일어나 활동을 할 무렵이지만 오늘은 하루 종일 평소 하지도 않던 부지런을 떨어서인지 이런 망신을 사고 말았다.

"언니, 콘파냐로 드릴까요?"

5년째 다니고 있는 커피 전문점이다 보니 전 직원들과 잘 알고 있는 사이가 되었다. 하지만 오늘은 평소와 같은 커피를 마시기는 조금 곤란하다. 오늘 아무것도 먹지 못해서 조금이라도 배를 채워야 했다.

"아니, 오늘은 카페 라테."

"저는 아메리카노로 주십시오."

"알겠습니다."

현은 카운터에서 아주 먼 곳으로 들어가 자리를 잡았다. 저곳은 비즈니스 룸으로 보통 비워지는 경우가 거의 없었다. 그런데 오늘은 조금 한가한 모양인지 마침 자리가 딱 비어 있었다. 그래도 이 정도면 시작이 나쁘지 않다.

"언니, 저 남자 누구예요? 완전 잘생겼다."

"어, 아는 선생님."

"만화?"

"아니, 그건 아니고⋯⋯."

처음 보았을 때와는 상당히 분위기가 달랐다. 푸른색의 수술복에 가운을 입고 있어서 그녀의 기억엔 인상이 무척이나 날카롭게 남아 있었다. 그런데 지금은 짙은 그레이 톤의 슈트를 입고 깔끔한 헤어스타일을 하고 있는 현을 보니 의사라기보다는 꼭 여의도에서 흔히 볼 수 있는 증권맨 같은 이미지였다. 틀림없이 어젠 의사가 잘 어울린다고 생각했는데 말이다.

보라는 트레이를 들고 다가가 탁자에 내려놓고 반대편으로 앉았다. 주변엔 아무도 없고, 더군다나 여긴 비즈니스 룸이라 바깥과 차단되어 있다. 그러니 꽤나 심각한 이야기를 하기엔 적격이었다.

하지만 커피가 반쯤 사라질 때까지 서로 아무 말이 없었다. 보라는 이 상황이 꼭 정글에서 마주한 재규어 두 마리 같다고 생각했다. 그러나 탐색전을 하느라 쓸모없는 힘을 더 이상 뺄 수는 없었다. 이왕 만난 거 이야기를 빨리 나누어봐야 하지 않겠는가. 벌써 시간은 10시를 넘어가고 있었다.

"다시 소개할게요. 전 윤보라고 올해 서른셋이 됐어요. 지금 그림을 그리는 일을 하고 있고."

"그림이요?"

현이 능청스럽게 물었다. '윤보현'이라는 가명으로 활동하고 있다는 것을 알고 있었지만 굳이 입 밖으로 꺼낼 필요는 없다. 정말 경수가 말한 그 성격과 비슷한지 알아볼 수 있는 기회다. 조심해서 나쁠 건 없지 않은가. 현은 보라를 다시 한 번 찬찬히 살폈다.

그녀는 키가 상당히 컸다. 처음엔 얼굴이 작고, 동안이라 키가 그렇게까지 클 거라고 생각을 하지 못했다. 하지만 예상보다 훨씬 큰 키에 계란형 얼굴, 쌍꺼풀이 옅게 있고 콧대가 상당히 높은 미인이다. 화장도 하지 않은 것 같은데 평소 공을 들이는지 하얀 피부도 꽤나 좋다.

경수의 말처럼 얼굴도 예쁘고, 성공한 작가인 데다 성격도 그리 나빠 보이진 않는다. 대체 저 여자는 뭐가 불만이라 결혼이라는 거에 난색을 표하는 걸까. 현은 왠지 보라에 대한 궁금증이 생겨났다. 그리고 타인에게 호감을 느낀 건 꽤나 오랜만이라 신선하기까지 했다.

"네, 웹툰 연재해요."

"지금 하고 계신 작품 제목이 뭔가요?"

"아, 지금은 작품 끝내고 좀 쉬고 있어요. 아마 다음 달부터 새 연재 들어갈 것 같아요. 혹시 만화 보세요?"

"안 봅니다."

단호한 대답이었다. 그럼 대체 왜 물어본 거람. 괜히 민망해진 보라는 커피를 들어 꿀꺽 마셨다. 적당히 식은 커피는 에스프레소 특유의 바디감을 더 무겁게 만들었다. 커피 맛이 상당히 연한 카페 라테를 주문했는데도 불구하고 커피 고유의 맛을 잘 간직하고 있었다. 이 맛이 좋아 벌써 5년이 넘게 이 카페만 찾고 있었다.

"커피 맛있군요."

"그렇죠? 제가 여기 5년 단골인데 이만큼 괜찮은 집 찾기가 힘들어요."

보라는 의외라고 생각했다. 바로 본론을 꺼낼 줄 알았는데 앞에 있는 남자는 분위기를 조금 유연하게 만들기 위한 것인지 평범한 화제를 먼저 꺼내고 있었다.

"참, 이런 거 물어봐도 되나? 왜 의대 진학 생각하셨어요?"

"노력으로 사람을 살릴 수 있을 거라고 생각해서입니다."

"생명을 소중히 여기시나 봐요. 그래서 산부인과 택하셨나?"

"네, 정확한 이유입니다."

그냥 보라는 대충 넘겨짚은 것이었다. 그런데 현은 고개를 끄덕이며 어떻게 잘 알고 있냐는 듯 슬쩍 웃고 있었다.

"음, 그럼 이제 본론을 이야기해보실까요?"

"전 결혼에 뜻이 없습니다. 딱히 여자를 만날 생각도 없고, 자식을 볼 생각은 더더욱 없고."

역시 저 나이에 생긴 것도 멀쩡한 데다 직업까지 좋은 남자가 혼자인 건 분명 문제가 있어서다. '어디 결혼 필요한 게이 없나?'라는 말을 했을 때 그와 눈이 딱 마주쳤었다. 어쩐지, 그때 웃는 게 심상치 않더라. 보라가 한쪽 입매를 끌어 올렸다. 하여간, 괜찮은 남자는 죄다 유부남 아니면 게이라더니.

그녀는 딱히 동성애자에게 거부감은 없었다. 살다 보면 그럴 수도 있는 거 아닌가. 따지고 보면 이 세상에 완벽한 이성애자는 3퍼센트밖에 안 된다는 통계를 신문에선가 본 적이 있었다.

"그런데 부모님들은 안 그러시죠."

"맞습니다. 저 같은 경우는 홀어머니시지만요."

"아……"

"괜찮습니다. 아버진 20년 전에 교통사고로 돌아가셨습니다."

이런, 가족을 잃은 사람에겐 어떻게 반응을 해야 할지 모르겠다. 아무리 20년 전이라고 해도 아버지를 잃은 그 구멍은 쉽게 메워지지 않을 것이다. 그 역시 빈자리를 느끼며 자랐을 것이다. 물론 겉보기엔 전혀 태가 나지 않지만. 하지만 교통사고라는 건 인간이 어찌할 수 없는 불가항력이지 않던가.

"어머니가 고생이 많으셨겠네요."

"꽤 이른 나이에 혼자가 되셨으니 힘드셨겠죠. 내색은 전혀 하지 않는 타입이시지만."

"어머니 닮으셨나 봐요."

"애석하게도."

이건 또 무슨 반응인가. 왜 어머니를 닮았냐는 말에 애석이라는 단어가 들어가는 걸까. 보라가 살짝 볼을 긁적였다.

"형과 형수, 조카가 있습니다."

"저는 부모님과 여동생 남동생이 있어요. 둘은 쌍둥이고 남동생은 아직 학생이에요. 저완 다섯 살 터울이거든요. 저는 이 앞 오피스텔 분양받아서 독립했어요. 부모님께서 독립은 반대하셨는데 제가 작업실 필요하다고 밀어붙였거든요. 거의 거기서 먹고 자고 하죠. 민이라고 고양이도 한 마리 있어요."

이건 꼭 서로 선을 보는 느낌이다. 하지만 그 계약이라는 것을 성사시키려면 이 정도는 알아둬야 할 것이다.

"보라 씨는 왜 결혼에 관심이 없습니까?"

"굳이 감정을 허비하고 싶지 않아서요. 사실 내 한 몸 책임지기도 힘든데 어떻게 또 다른 사람을 챙기겠어요. 애 낳는 건 아예 상상도 안 해봤고. 아, 산부인과 선생님 앞에서 이런 말은 실례인가요?"

"아닙니다. 요즘은 딩크족들도 많고."

"어쨌거나 굳이 결혼을 할 필요가 없단 말이죠. 사실 결혼이 인류 역사상 가장 오래된 제도인데 그건 옛날에 수명이 30살이 될까 말까 한 시대 이야기지, 지금은 100세 시대잖아요? 어떻게 한 사람하고 그렇게 오래 살겠어요."

이 말을 할아버지 앞에서 했다면? 아마 뒤로 넘어가셨겠지. 보라는 저도 모르게 허탈하게 웃고 말았다.

"크게 바라는 건 없습니다. 거의 동거 개념으로 봐야겠죠. 만약 서로의 집에 가야 한다면 그건 어쩔 수 없겠지만 자고 오는 일은 거의 만들지 않겠습니다. 사실 어머니와 그렇게 매끄러운 사이는 아니라서요."

"사이가 별론가 보죠?"

"아버진 변호사셨는데 어머닌 저도 그러길 바라신 모양이에요. 형은 꽤나 어머니 말씀을 잘 들어서 아버지와 같은 길을 가게 됐죠. 형은 지금 판사로 재직 중이지만 저는 법하고는 거리가 멀어서요. 제가 의대를 가는 걸 알고 어머닌 학비는 대줄 수 없다 말씀하셨지만 진학을 강행했습니다. 저도 어머니 닮아서 고집이 꽤나 질기거든요. 결국 어머니가 져주셨지만. 뭐, 너무 닮아 부딪치는 게 많은 것뿐이지 말만큼 정말 나쁘진 않습니다."

보라는 왠지 앞에 있는 남자가 어떤 타입인지 잘 알 수 있을 것 같았다.

깔끔하고, 논리 정연하고, 자신이 그어놓은 선을 누군가가 넘는 건 더더군다나 싫어하는 타입. 하지만 이런 사람들이 오히려 상대하긴 편했다. 괜히 번잡스러운 감정을 집어넣지 않기 때문이었다.

"아파트가 있습니다. 방은 3개짜리고 하나는 서재인데 거기만 안 들어가시면 됩니다."

이거 진도가 꽤 빠르다. 하지만 그게 나쁘지는 않다. 어차피 결론이 날 일, 하루라도 빨리 해치우면 그만이지 않던가.

"안방은 어떻게 하죠?"

"안방이요?"

"아무리 남궁현 씨가 어머니와 사이가 안 좋다고는 해도 우리나라 시어머니들은 그게 아니시거든요. 아들 집엔 마음껏 드나드시니까. 침대가 2개면 의심하실 것 같고. 혹시 결벽증 같은 거 있으세요?"

"네?"

"전 밤샘 작업하거든요. 낮엔 기본적으로 일이 안 돼요. 결벽증 없으면 같은 침대 쓰죠? 어차피 그쪽은 밤에 잘 거고 전 낮에 잘 건데."

경수의 말이 맞다. 보라는 정말 웬만한 남성보다 훨씬 더 시원시원한 성격을 가졌다. 거기다 현명하게 아주 멀리까지 볼 줄도 안다. 꽤 마음에 든다. 현은 저도 모르게 나오는 웃음을 숨기지 못했다.

반사적인 걸까?

보라 역시 그를 보고 따라 웃었다. 그게 나쁘지 않아 현은 고개를 끄덕였다.

"한국대 출신입니다. 동 대학원 졸업했고 부속병원에서 근무하고 있으며, 나이는 보라 씨와 동갑입니다."

"군대는 다녀오셨어요? 아니, 의사는 보건의인가?"

"면젭니다."

"왜죠?"

"중학교 시절 교통사고로 꽤 크게 다쳤었거든요. 전방 십자인대 파열입니다. 크게 과격한 운동만 하지 않으면 별 상관 없습니다. 저희 땐 쉽게 면제가 됐었거든요."

중학교 시절이라. 그럼 아버지가 교통사고로 돌아가셨을 때 그도 같은 차에 타고 있었던 걸까? 하지만 그런 걸 물어보는 건 무척 큰 결례라는 것을 보라는 아주 잘 알고 있었다.

"저는 연화대 출신이에요. 전공은 정보통신이고."

현은 의외라고 생각했다. 보통 사람들은 이런 이야기를 들으면 어떤 사고였냐, 그때 누군가가 옆에 있던 거냐 하며 왠지 모를 안쓰러운 얼굴을 하곤 했다. 하지만 보라는 그런 것쯤은 정말 사고였다고 생각하는 듯 그저 고개를 끄덕이며 관심을 가지지 않았다.

"전혀 다른 일을 하시네요?"

"그림은 어려서부터 곧잘 그리곤 했거든요. 그리고 그냥 성적 맞춰 들어간 거라서 사실 아는 것도 거의 없어요. 대학 시절부터 그림 그리면서 활동해서 학교는 뭐, 어거지로 졸업한 거나 다름없죠. 이럴 줄 알았으면 그냥 자퇴를 하는 건데. 그건 부모님이 말려서 그냥 졸업했어요. 졸업장이라도 갖고 있어야 한다면서. 지금 생각하면 딱히 상관도 없는 것 같은데 아까운 등록금만 허공에 날린 거죠, 뭐."

두 사람은 앉아서 꽤 많은 이야기를 나누었다. 물론 여기서 날을 새우더라도 서로를 알아가는 것에 대해선 부족한 것투성이겠지만 그래도 말은 꽤 맞추어야 했으니 말이다.

현이 만나서 처음으로 보라를 보며 재미있어서가 아닌, 부드러운 미소를 지었다.

"그럼 우리, 할까요?"

"정말 저로 괜찮으시겠어요?"

현은 잠시 의아한 표정을 지었다.

"보라 씨는 제가 마음에 들지 않습니까?"

"아뇨, 전혀 아니에요. 하지만 전 정말 이런 거 장난으로 밀고 나갈 만한 성격은 되지 못해서요."

"그건 저도 마찬가집니다."

이제 겨우 두 번 본 사람이지만 보라 역시 현의 성격이 신중할 거라고 생각했다. 보통 저런 고학력자에 사회적 지위까지 있는 사람은 무턱대고 결혼 상대를 고르지 않는다. 하지만 왠지 너무 순식간에 결론이 난 것 같아 저도 모르게 괜찮냐고 되묻고 만 것이다.

"정 그러시면 며칠 더 만나보고 결정하시겠습니까?"

며칠 더 만난다고 하더라도 그건 괜한 시간 낭비일 것임을 보라는 직감했다. 이 남자를 놓치게 된다면 정말 이런 조건의 결혼은 물 건너갈 것이다. 이건 거의 로또급의 확률이었다.

이걸 놓친다면 바보지.

보라가 웃으며 고개를 끄덕이고 손을 내밀었다.

"앞으로 잘 부탁해요, 남궁현 씨."

"잘 부탁합니다, 윤보라 씨."

현이 웃으며 보라의 손을 잡았다.

오늘은 드디어 계약서 작성을 위해 보라가 현의 아파트로 왔다. 의외로 난항이 계속된 건 다름 아닌 돈 문제였다. 협상을 체결하기로 한 뒤로 벌써 일주일이 흘렀는데 두 사람은 돈 문제에서만큼은 서로 양보를 하지 않았다. 이미 상대방의 인적 사항이나 꼭 알아야 할 일들은 E-mail을 통해 문서로 주고받았다.

보라는 꽤나 방대하다 할 수 있는 현의 문서를 보고 혀를 찼다. 어떻게 이런 것에 '목차'를 넣어 보낼 수 있단 말인가? 심지어 분량은 거의 A4용지 30장을 넘어갔다. 대략 요약만 꼬집은 보라는 약 5장 정도로 보냈는데 말이다.

역시 꼼꼼한 남자라는 것을 다시 한 번 깨달으며 그녀는 앞에 있는 계약서라고만 적힌 종이를 내려다보았다. 일주일째 같은 문제로 계속 빙빙 돌다 보니 처음에 느낀 호감도 이미 다 사라져 버린 것 같았다.

"그러니까 계속 말하고 있잖아요. 아파트값 절반은 내놓겠다고."

"제가 먼저 윤보라 씨에게 제안했으니 안 받는다고 했을 텐데요."

"저 원래 작업실을 막 따로 두고 작업 못 해요. 여기도 제가 하루 종일 있을 거 같으니까 그 정도는 하겠다는 거예요."

"벌써 일주일쨉니다. 이건 제가 남녀 차별이나 그런 걸 두고 하는 말은 아니라는 걸 알아주십시오. 솔직히 전 우리 성향이 제법 맞는 것 같으니 다른 일은 생각하지 않지만 이혼이라는 변수가 있잖습니까."

이혼?

그러고 보니 이혼이라는 건 처음부터 고려해보지 못했다. 현의 말처럼 제법 성향이 비슷하니 이대로 서로 편하다면 법적 부부로서의 모습을 계속 잘 유지할 수 있겠다고 생각했다.

"그래서요?"

"우선 우리나라에선 여자가 이혼을 하면 더 손햅니다. 그러니 그냥 거주에 대한 금전적 문제는 이쯤에서 마무리하죠."

"만약 이혼이라도 하면 이 아파트 저 주신다는 말씀으로 들리네요?"

보라가 슬쩍 비꼬듯 물었다. 하지만 현은 전혀 아무렇지도 않아 보였다.

"어려울 것도 없습니다. 그렇게 쓸까요?"

현은 당장이라도 내용을 적을 기세로 펜을 들고 있었다.

이 성질 급한 남자 보게.

보라가 재빨리 손을 내저었다.

"아뇨! 농담이었어요. 그럼 관리비 정도는 제가 내게 해줘요. 그래야 마음이 조금이라도 편할 것 같으니까."

그것도 마음에 들지 않는다는 듯 현의 미간에 주름이 파였다. 하지만 더 이상 이 문제로 이야기를 끌고 싶지 않은지 적절한 타협을 보는 듯했다. 결혼은 단 이틀 만에 결정이 났는데 타협의 일주일은 너무나 길었고 사람을 지치게 했다. 이내 현이 고개를 끄덕였다.

"그렇게 하죠. 그럼 이제 계약서를 작성할까요? 사람에겐 만약이라는 게 있습니다. 혹 모르지만 윤보라 씨도 연애를 하고 싶어질지도 모르죠. 만약 다른 사람이 생기더라도 결혼 기간은 최소 2년으로 잡읍시다."

역시 계획적인 사람이다. 그녀는 사실 별다른 고민을 크게 하지 않았다. 워낙 성격이 즉흥적이기도 하고 꼼꼼한 성격은 더더욱 되지 못한다. 그녀의 엄마인 정 여사는 대체 언제 철이 들지 모르겠다며 혀를 차고는 했다.

이미 이 계획을 시작한 순간부터 그녀는 진짜 어린애 같은 생각을 하고 있을지도 모른다. 하지만 서른셋이라는 세월을 살 동안 제법 우여곡절도 많았다.

생각은 어려도 경험치는 꽤나 많았다. 요즘 애들은 죄다 저밖에 모른다며 어르신들도 혀를 차지 않던가. 그녀도 그런 세대 중 한 명일 뿐이었다. 가족보다 자신을 위한 게 나쁜 건 아니지 않은가.

사실 집안의 첫째로 태어나 보라는 알게 모르게 희생을 많이 했다. 그건 부모님도 잘 알고 있는 것이었고 그녀는 그게 자신의 숙명이라고 하면 조금 거창하려나.

어쨌거나 부모님의 뜻대로 무던하고 평탄하게 정해준 대학까지 나왔다. 물론 현재 직업을 갖게 되면서 마찰이 조금 있기는 했지만 결과적으로 보라는 집안을 꽤나 편하게, 아니 오히려 여유 있게 만들어주었다. 그러니 이제 꼭 결혼을 해야 한다면 자신의 뜻대로 하고 싶었다.

"삼세번이라는 말도 모르세요? 최소 3년으로 하죠."

"3년이요?"

"그 정도는 해야 나중에 이혼하더라도 더 이상 간섭이 없을 것 같아서요."

3년이라는 시간은 길다. 하지만 보라는 꼭 3일인 것처럼 말하고 있었다. 현으로선 나쁘지 않은 조건이었지만 왠지 보라가 걱정되었다.

"정말 괜찮겠습니까?"

"꼭 제가 먼저 이혼 이야기를 꺼낼 거라고 생각하시네요? 그러는 남궁현 씨야말로 다른 남…… 아니, 애인이 생길 수도 있는 건데."

보라는 저 남자의 사정도 제법 동정이 가긴 했다. 물론 개방적인 외국에서도 동성애자로 살기는 힘들다고는 하지만, 특히 이 나라에서 동성애자로 살기는 힘들다. 하여간 그놈의 유교 사상이라는 게 사람을 옥죈다. 그 유교 때문에 그녀도 지금 이런 결혼을 하려고 하지 않는가.

아이러니한 세상이다. 확실히 그것도 있지만 주변의 오지랖들도 피곤하고, 부모님들의 속상한 모습을 보는 것도 더는 싫었다. 어쨌거나 이러저러한 이유들이 붙고 붙어 이 결혼을 밀어붙이는 중이었다.

현이 알겠다는 얼굴로 고개를 끄덕이더니 이내 자세를 잡고 종이에 내용을 써 내려가기 시작했다.

〈1. 결혼 기간은 최소 3년으로 잡는다.〉

생각보다 악필이라 보라는 저도 모르게 웃음이 나오려는 걸 참기 위해 살짝 인상을 찌푸렸다. 하지만 악필이라고 해서 문제가 생기는 것은 아니다. 그저 왠지 모르게 현이라면 글씨조차도 궁서체로 쓸 줄 알았다. 이래서 사람의 이미지가 중요한 것이던가. 생각보다 나쁘지 않다. 사람이 저런 모습도 보여줘야지. 너무 완벽해 보이면 원래 재수가 없는 게 사람 아니던가. 인간적인 모습, 얼마나 보기 좋은가.

"이건 둘의 비밀로 하는 게 제일 좋을 것 같습니다. 아무리 사랑하는 사람이 생긴다고 해도 사실 그 결혼은 진짜가 아니었다고 발설하면 뒤는 어떻게 될지 모르니까요."

"저도 그렇게 생각해요. 걱정 마세요. 혹여 이혼녀라고 손가락질받는다고 해도 저 그 정도로 멘탈 무너질 사람 아니니까."

"혹시 아직 버진(virgin)입니까?"

보라가 팔짱을 낀 상태로 앉아 현을 어이없는 얼굴로 쳐다보았다. 하지만 이내 굳은 얼굴을 폈다. 이 나이가 되어 굳이 순진한 척을 할 필요는 없다. 이미 친구들과 만나 음담패설이 아니면 대화가 안 되지 않던가. 게다가 현의 저 물음이 성희롱이라고는 생각되지 않았다. 역시, 이미지는 중요한 거다.

"그건 왜 물어보시는데요?"

"결혼 생활을 했는데 만약 처음이라면 상대가 의심할 거 아닙니까."

"그럼 남궁현 씨가 독박 쓰세요. 사실 고자라서 헤어졌다고 할 테니까."

"네?"

그녀는 황당한 얼굴을 하고 있는 현을 보자 저도 모르게 웃음이 튀어나올 것 같았지만 허벅지를 꾹 누르며 참아내었다.

"왜요? 우리나라에선 이혼녀에 대한 시선이 더 안 좋다면서요. 그 정도도 못 해주세요?"

"그럼 그렇게 하죠."

예상외로 기분 좋게 현은 제안을 받아들였다. 이 나라 남자들이라면 발기불능이라는 말에 99퍼센트는 욱하는 줄로 알았는데, 그는 나머지 1퍼센트에 속하는 남자였나 보다. 보라는 저도 모르게 현을 빤히 바라보았다. 그런 시선이 느껴지지 않는지 현은 술술 계약서를 적어갔다.

〈2. 혹, 이혼을 하게 될 시 그 이유는 남궁현의 Impotence로 인한 것으로 한다.〉

생각지도 못했던 내용이지만 제법 마음에 들어 보라는 흐뭇한 얼굴로 고개를 끄덕였다. 그리고 그다음 이야기를 꺼내지도 않았는데 현은 이어서 계약서를 써 내려갔다.

〈3. 이혼 위자료로 남궁현은 이 아파트를 윤보라에게 양도한다. 양도소득세 역시 남궁현이 지불한다.〉

결국 보라의 고운 미간에 주름이 잡혔다. 펜을 내려놓은 현은 보라의 표정을 보며 살짝 인상을 찌푸렸다. 딴엔 생각을 해준 것이다. 그런데 저렇게 노골적으로 싫다는 표정을 할 줄은 몰랐다.

뭐가 잘못된 건지 몰라 그가 다시 한 번 계약서를 살폈다.

"마음에 안 듭니까?"

"제가 이혼의 사유를 제공하면요?"

"사유요?"

"남궁현 씨 말처럼 제가 먼저 좋아하는 사람 생겨서 이혼하자고 한다면요?"

"그래도 이대로 갈 겁니다."

"왜죠?"

"저희 어머니, 자존심 강한 분이세요. 이혼의 사유가 이렇게 됐는데 아마 이 정도에서 끝나지 않을지도 모릅니다. 다른 데 소문내지 말라면서 아마 윤보라 씨를 더 입막음하려고 하실 겁니다."

"아하, 그럼 그렇게 하죠."

보지 않아도 현의 어머니 성향이 파악되었다. 예전엔 검사 출신 변호사의 사모님으로 꽤 고고하게 생활하셨을 것이다. 거기다 자식 사랑도 유별나실 거라는 건 보지 않아도 알 수 있었다. 그런 아들이 발기부전으로 이혼을 당했다고 하면 인정하기 싫어서 발버둥 치실 거라는 것도.

"그런 잘나신 아드님을 얻으러 인사드리러 가면 꽤 피곤하겠네요. 그래도 너무 걱정 마세요. 제가 눈치는 좀 있는 편이거든요. 뭐, 남궁현 씨 성격을 보아하니 제가 당하고만 있는 걸 보지 않을 것 같긴 하지만."

"좋습니다. 전 이 정도로 만족하지만 윤보라 씨는 더 넣고 싶은 사항 있습니까?"

"없어요. 이만하면 완벽한데요? 저한텐 너무나 최적화되어 있어서."

가볍게 고개를 끄덕이며 말하던 보라가 현을 똑바로 바라보았다.

"할 말 있습니까?"

"전 저희 집엔 그토록 원하는 결혼은 해드렸으니 더 이상의 오지랖은 사양할 거라고 말할 거예요. 왜, 우리나라 사람들 그러잖아요. 결혼만 해라 해서 결혼하면 아이는 안 갖느냐고, 이 소리 나올 거 뻔한데, 그거 듣기 싫거든요. 남궁현 씨는요?"

"다를 거 있습니까? 어차피 보시다시피 임포텐스라서."

웃으며 현이 다시 펜을 잡았다.

〈4. 불임의 원인은 남궁현에게 있다.〉

꽤나 원만하게 계약서는 작성되고 있지만 이건 너무 일방적이다. 모든 게 그녀에게 유리하게만 돌아가지 않은가. 이건 불공평하다.

"남궁현 씨에게만 너무 불리한 조건이 많은 거 아닌가요?"

"제가 제안했고 이 나라는 이혼남보다 이혼녀가 더 불리하니까요."

"간단명료하네요."

"복잡할 필요 있습니까? 어차피 즐기자고 사는 인생인데."

정답이라고 생각했다. 어차피 즐기자고 사는 인생 아니던가. 굳이 이것저것에 목매어 살 필요는 없었다. 보라도 웃으며 수긍했다.

현은 꽤나 배려를 잘하는 사람으로 보였다. 그것도 딱 적정선에 맞게 말이다. 감정을 싣지 않고 그저 그게 몸에 밴 사람처럼 말이다. 영혼 없는 배려라⋯⋯. 어쨌거나 함께할 계약 상대로서 나쁘지 않았다.

두 사람은 몇 가지의 내용을 더 추가한 뒤 차례대로 서명을 했다. 그리고 두 사람이 쓸 안방 드레스 룸의 옷장 가장 깊숙한 곳으로 계약서를 묻어두었다. 보라가 웃자 현이 영문을 모르겠다는 얼굴로 그녀를 돌아보았다.

"아뇨, 왠지 어린애들 같아서요."

"뭐가 말입니까?"

"지금 상황이요. 철없는 애들이 하는 장난 같잖아요."

"상황은 그래도 꽤 서로에게 맞는 일 아닙니까?"

"맞아요. 그럼 이만 출발할까요?"

"좋습니다."

두 사람은 동시에 집을 나섰다. 이제 허락을 받으러 가는 일만 남았다. 오늘 낮의 봄 햇살은 무척이나 포근했다.

보라네 집에 가기 전 선물을 사기 위해 두 사람은 같이 백화점에 들렀는데 현은 무엇을 골라야 할지 꽤나 고민하는 모습을 보였다. 쇼핑을 원래 즐기지도 않고 정말 딱 기본적인 것만 하는 보라로서는 현이 조금은 신기해 보였다.

"그냥 대충 고르세요."

"이미 정해졌습니다."

"그런데 뭘 고민하고 계세요?"

"아이스크림을 먹을까 생각 중입니다."

"네?"

어딘지 모르게 어린애 같은 모습을 보이는 현을 보며 보라가 웃고 말았다. 결국 두 사람은 앞에 서서 메뉴판을 보았다. 현은 팔 짱을 낀 채 서 있었는데, 보라는 꼭 로댕의 생각하는 사람을 보는 것 같았다.

"단거 좋아하세요?"

"경우에 따라서는?"

"그럼 꿀 들어간 거 하나하고, 기본 하나 주세요."

바로 고민을 끝내주며 보라가 현금을 꺼내 들었다. 잠시 보라 를 보던 현은 서둘러 지갑을 꺼냈지만 이미 직원이 계산을 끝낸 뒤였다.

"아이스크림 정도는 제가 사게 해주세요. 메뉴 선정도 제가 했으니까."

현이 고개를 끄덕이며 지갑을 다시 주머니로 집어넣었다. 그리 고 2개의 아이스크림 컵을 받은 보라가 어떤 것을 자신에게 줄지 기대하는 것 같았다.

보라는 왠지 자꾸 웃음이 터질 것 같아서 괜히 '흐음.' 소리를 내며 입술을 슬쩍 깨물었다. 그리고 꿀이 올라간 아이스크림을 앞 으로 내밀었다.

"머리 많이 쓰는 직업이잖아요. 당 보충은 잘해야죠."

"잘 먹겠습니다."

불만 없이 받아 드는 현을 보고 보라는 슬쩍 고개를 끄덕였다. 괜한 고집을 부리는 사람은 아닌 것 같았다. 정말 이런 사람을 왜 하필 이제야 만난 걸까. 진작 만났더라면 옆에서 시달리지 않고 빨리 결혼을 결정할 수도 있었을 텐데 말이다.

"그럼 이제 선물 사러 가실까요?"

"앉아서 먹고 가죠."

"왜요, 돌아다니면서 먹으면 되잖아요."

"선물은 이미 정해졌고 먹는 것에 집중하고 싶습니다."

멀티가 안 되는 사람인가? 보라는 고개를 끄덕이며 현과 함께 테이블을 잡고 앉았다. 백화점 지하 식품매장은 식사를 해결하는 사람들, 쇼핑을 하는 사람들로 복잡했다.

"아이스크림 다 녹습니다."

"네?"

정신을 차리고 앞을 보니 현은 이미 아이스크림을 다 비운 뒤였다. 보라는 정작 주변에 정신이 팔려 아이스크림을 반도 먹지 못했다.

"그럼 이만 일어날까요?"

"그거 다 먹은 겁니까?"

"네."

현이 보라의 컵을 가져가며 아이스크림을 마저 먹기 시작했다. 보라는 일어서기 위해 다리에 힘을 주던 것을 다시 풀었다.

"원래 그렇게 주변 구경하는 걸 좋아합니까?"

"아, 버릇인가 봐요. 주변 구경하는 거 좋아해요. 아니면 가만히 앉아서 사람들 대화가 우연히 들리면 거기에서 소재를 얻기도 하고요."

"직업에 특성화된 버릇이네요."

"그렇다고 볼 수 있겠죠?"

"그럼 이만 일어날까요?"

현이 쓰레기를 정리하며 먼저 일어섰다. 그리고 사람들 틈에 치여 움직이지 못하는 보라를 보고 다가와 어깨를 살짝 잡고 이끌었다.

그대로 현에게 끌려가면서 보라는 그전의 현의 모습을 떠올렸다. 분명 배려심이 넘치지만 영혼이 없었다. 그런데 지금은 그런 것 같기도 하고, 아닌 것 같기도 하다. 이왕 결혼을 하기로 했으니 이런 친절을 보이는 건가 싶기도 했다. 어쨌거나 그의 모습이 꽤 마음에 들었다.

집에 도착해 어안이 벙벙한 식구들을 보며 보라는 입가에 힘을 주어 웃곤 고개를 끄덕였다. 불과 설까지만 해도 '나 죽었소'라는 자세로 고개를 숙이고 있던 보라가 정말 결혼을 하겠다며 남자를 대동하고 나타나자 집안은 혼비백산했다.

분명 남자를 데려오겠다고 정 여사를 통해 통보했음에도 불구하고 설마설마했던 모양이었다. 그녀가 집으로 남자를 데리고 오는 건 처음이었기 때문이었다. 어쨌거나 식구들은 거실에 모두 앉아 있었고 할아버지는 현의 절을 받으셨다.

"윤호원이라고 하네."

"안녕하십니까, 남궁현입니다."

"그래, 본관이 어딘가?"

"함열 남궁입니다. 시조는 남궁 원 자, 청 자 되시고 교리공파 34대손입니다."

유교 성향이 짙은 분이시라고 미리 언질을 주었더니 현은 줄줄 외웠다. 아니, 교육을 잘 받은 남자라 사실 외울 필요도 없이 알고 있었던 게 틀림없다. 하지만 이미 그것만으로도 호원의 마음을 90퍼센트 이상 얻은 것이나 다름없었다. 그 뒤로 윤씨 가문의 이야기도 줄줄 이어졌다.

그동안 귀가 닳도록 들어 보라에게는 별 감흥이 없었다. 하지만 현은 어른들 마음에 드는 사위가 되기 위해서였는지 꽤나 열성적으로 듣고 있었다. 물론 그건 '척'이겠지만 말이다. 제법 자세가 좋은 사람이다. 박수를 쳐주고 싶을 정도로.

"아버진 제가 15살에 교통사고로 돌아가셨습니다. 그 사고로 저도 십자 인대 파열로 인해 군 면제를 받았습니다."

역시 그러지 않을까 했는데 아버지와 함께 차를 타고 있던 모양이다. 보라는 슬쩍 고개를 숙이며 현의 옆모습을 보았다. 아주 오래전의 이야기라서인지, 아니면 이젠 덤덤해서인지 현은 아무렇지 않아 보였다.

"저런, 어머니께서 많이 힘드셨겠구먼."

"어머닌 강인한 분이시라 형제 둘을 잘 키워주셨습니다."

양친이 살아 있어야 좋다고 호원이 전부터 말하곤 했었지만 반듯한 현의 모습에 크게 개의치 않는 듯 보였다. 물론 그 부분에 대해 살짝 좋지 않은 표정이 비치기는 했지만 아주 잠깐이었다. 어쨌거나 그의 아버지나 형, 현의 직업이 꽤나 플러스 요인이 되었을 것이다.

"어려서부터 우리 보라가 하나를 가르치면 열둘을 알 정도로 총명했었네. 그런데 노력을 안 하더니 지금 저러네. 애들이나 좋아하는 만화를 그리는 철부지니 자네가 좀 이해해주게나."

낯부끄러운 이야기였다. 핏줄은 원래 뭐를 하든 특출하게 보이는 것이다. 보라 역시 어릴 땐 늘 가족들의 주목을 받아 당연히 스스로 천재인 줄 알았다. 하지만 아니라는 것을 깨달으며 어른이 되지 않던가. 어쨌거나 남들 앞에서 제발 그 이야기 좀 하지 말라고 몇 번이나 했는데도 호원은 꼭 새로운 사람을 만나면 저렇게 말하곤 했다.

"아닙니다. 보라 씨 작품으로 인해 이렇게 인연이 닿았는걸요. 보라 씨의 식견이나 상상력에 늘 감탄하고 있습니다."

말은 참 뻔지르르 잘한다. 아버지의 뒤를 따라 변호사가 되었어도 왠지 승승장구했을 것만 같은 남자였다.

"그럼 식사하지. 많이 시장할 텐데."

차분한 상황에서 식사가 시작되었다. 현은 꽤나 능청스럽게 정여사가 건네는 반찬을 받아먹으며 칭찬도 아끼지 않았다. 적응이 빠른 남자였다. 하지만 보라는 계속 날카롭게 날아오는 호원의 눈빛 때문에 먹던 갈비를 몇 번이나 뱉을 뻔했다.

그렇게 보라에겐 체할 것만 같던 식사가 끝이 났다. 다행히 별말 없이 호원이 방으로 들어가자 보라는 비로소 안도의 숨을 낮게 내쉬었다.

"그래, 음식은 입에 맞았어요?"

"네, 정말 맛있었습니다."

"사실 얘가 워낙 연애에 대해서는 말도 안 하고 그래서 남자친구가 있는 것도 모르고 그동안 괜히 닦달을 했네."

"아닙니다. 제가 빨리 프러포즈를 했어야 했는데 처리해야 할 일이 많아 좀 늦었습니다."

"워낙 바빠 그럴 테니 이해해요."

"그리고 말씀 놓으십시오, 장모님."

보라는 저도 모르게 코 평수를 넓히고 말았다. 이 남자 생각보다 훨씬 뻔뻔하다. 아니, 상황 대처에 능숙하다. 그렇게나 듣고 싶어 했던 장모님이라는 소리에 정 여사의 광대는 벌써 승천을 하고 있었다.

"그럼 남궁 서방이라고 불러도 되나?"

"네, 저도 그 편이 좋습니다."

"내가 얼마나 우리 사위를 갖고 싶었는데."

"그렇게 사위를 갖고 싶었으면 보경이 먼저 시집보내지 그랬어?"

빼쭉한 말투에 정 여사의 매서운 눈초리가 보라를 향해 돌아왔다. 이미 결혼할 남자 친구가 있음에도 불구하고 똥차가 빠지지 않았냐는 눈빛이었다. 보라가 괜히 눈동자를 굴리며 정 여사의 시선을 피했다. 그때 그녀의 여동생인 보경이 옆에 서서 쭈뼛거렸다.

"저기……."

"네."

"할아버지가 잠깐 보자고 하셔서요."

"그럼 잠시 일어서겠습니다."

보경은 아직 형부라는 단어가 입에 붙지 않는 모양이었다. 어색하게 말하는 보경을 보자 보라는 왠지 웃음이 터져 나올 것 같았다. 곧 현이 자리에서 일어나 호원의 방으로 들어가자 보경이 재빨리 자리에 앉으며 보라의 어깨를 쳤다.

"웬일이야. 언니, 진짜 잘생겼다. 대박. 나 처음에 들어오는데 언니가 조인성 데리고 오는 줄 알았잖아."

"조인성은 개뿔."

그 말에 모두의 시선이 돌아왔다. 심지어 막 모과차를 마시던 윤 교장이 보라를 향해 쯧쯧거리기까지 했다.

"저, 저, 말하는 본새하고는."

"아빠, 그게 아니라……. 그러니까 조인성까지는 아니잖아."

"뭐가 그래, 훤칠하니 더 잘생겼는데."

윤 교장의 말에 보라가 입을 쩍 벌렸다. 무뚝뚝한 윤 교장은 평생을 초등학교에서 교직 생활에 몸 바치고 있었다. 저렇게 무뚝뚝한 아빠가 어떻게 초등학교 선생을 했을까 몇 번이나 의심을 했었지만 여전히 잘 찾아오는 제자들이 많은 것을 보니 직장에서는 다른 모양이라며 보경과 입 맞춰 말하곤 했다.

그러니 그런 윤 교장 입에서 나온 저 발언에 놀란 건 역시 보라 뿐만이 아니었다. 정 여사와 남동생인 서형까지 놀란 얼굴로 윤 교장을 보고 있었다. 쏟아지는 시선이 민망했는지 윤 교장은 말없이 차만 마시고 있었다.

"근데 언니, 진짜 영화 같다. 운명 아니야? 어떻게 언니 만화 보고 마음에 들어 메일 보내다가 사귀게 됐냐. 우리 언니 보기보다 능력자네."

"그러게, 누나 맨날 씻지도 않고 다크 서클은 턱 밑까지 내려온 모습만 봤었는데 언제 또 연애를 했대. 그것도 의사 선생이랑."

"어휴, 저 앙큼한 것."

다들 이렇게 나올 줄 알았다. 이러니 그녀는 연애를 하더라도 집에 남자 친구를 데려오지 않았었다. 데려왔다간 식구들에게 들들 볶일 것임을 알고 있었다.

대학 시절에도 하필이면 신촌 근처에서 남자 친구와 데이트를 하다 보경에게 딱 들켜 계속 들볶이지 않았던가. 그 뒤로 더욱 철저히 몰래 연애를 했었다. 물론 어느 순간부터 일이 바빠 연애가 무엇이냐, 먹는 거냐가 되었지만.

"그나저나 남궁 서방은 너 지저분한 거 알기는 하니?"

"음, 그 부분은 타협을 했어."

"걱정이다, 걱정. 참, 넌 언제 인사 가기로 했는데?"

"내일."

"그럼 그 집에서 상견례 잡자는 이야기 나오겠다. 너 나이도 있고 그러니 이제 빨리 가서……."

"잠깐!"

보라가 팔로 막는 시늉을 하며 재빨리 정 여사의 말을 끊었다. 이 시점에선 무슨 일이 있어도 선수를 쳐야 했다. 하지만 정 여사의 말이 훨씬 빨랐다.

"애 빨리 낳아야 돼. 안 그래도 늦었다. 그리고 하나만 낳을 거니? 둘은 낳아야지."

"나 그렇게 말씀하시던 사위 될 사람 데려왔어. 그리고 아빠가 그렇게 말씀하시던 정년 전에 저 결혼해요. 두 분 딱 그만큼만 하면 더 이상 바라는 거 없다고 하셨죠?"

"뭐?"

"그러니까 더 이상은 아무 말씀 마시기요."

순간 윤 교장과 정 여사가 멍한 표정으로 보라를 바라보았다. 몇 번이나 입을 벙긋했지만 그동안 해온 말이 있어 차마 그다음 말은 꺼내지 못하는 것 같았다.

그때였다. 방에서 호원의 커다란 목소리가 들린 것은. 보라가 재빨리 뛰어가 방문을 열었다. 호원의 서슬 파란 눈빛이 보라를 뚫을 듯했다.

'저희는 아이를 원하지 않습니다.'라고 현이 힘을 주어 말하고 있었다. 보라는 속으로 나이스를 외치며 할 수 있으면 현을 향해 엄지를 들어주고 싶었다. 차마 윤 교장과 정 여사에게 말하지 못한 것을 현이 시원하게 해주고 있었다.

"뭐? 애를 안 낳아? 보라 너, 이리 와서 앉거라."

"현이 씨 말대로예요. 저 애 안 낳아요. 할아버지, 저 성인입니다. 그토록 모두가 바라시는 결혼해요. 아이에 관한 건 더 이상 말씀하지 마세요. 저희 인생이고 저희가 결정했으니까요. 할아버지도 분명히 말씀하셨었죠? 결혼하는 것만 보면 더 이상 아무 말씀 하지 않으시겠다고."

보라의 말에 호원은 기가 차지만 역시 더는 말을 하지 못했다. 설 당시 본인이 했던 말이 있었던 것이다.

'살아생전 너 결혼하는 것은 봐야 할 거 아니냐. 그거뿐이면 이 할애비 더 이상 소원도 없다.'

그 말에 보라가 대답을 했다.

'정말 그거뿐이시죠? 더는 원하지 않으시는 거예요.'

'그래, 언제 이 할애비가 한 입으로 두말하는 거 봤느냐?'

제 꾀에 제가 빠졌다는 얼굴로 바라보는 호원의 시선을 보라가 마치 전투에서 이긴 장수인 듯 의기양양하게 바라보았다.

생각했던 것보다 보라의 집안은 꽤나 가족들의 우애가 깊었다. 장난기가 다분해 보이지만 다들 서로에 대한 애정만은 끈끈하다는 것을 얼굴만 보고도 알 수 있었다. 현은 보라를 오피스텔로 데려다주며 살짝 얼굴을 훔쳐보았다.

"제 얼굴에 뭐 묻었어요?"

"아뇨."

"하고 싶은 말 있으면 하세요."

"그렇게 단호할 거라고 생각을 못 했거든요."

"제가 은근히 냉정한 구석이 있죠."

그 말에 현이 픽 웃었다. 사실 보라의 성격이 사근사근할 거라고 생각한 것은 아니었다. 집에서도 보라는 어김없이 단호한 모습을 보여주었다.

"냉정하다기보다는……."

"보다는?"

"그래도 가족 많이 생각하는 거 같아서요."

"어쩌겠어요. 첫째는 원래 그렇게 자랄 수밖에 없어요. 분명 아직 어린아이인데 동생이 생기는 순간 어른들은 큰애로 보거든요. 떼를 쓰고 싶은 건 똑같은 어린애인데도 불구하고 말이죠. 철이 안 들었으면 좋았겠지만 그쪽으론 이상하게 빨리 철이 들어서 요."

둥근 이마와 매끈한 얼굴형에 눈 밑 애교살이 두툼해서인지 보라는 꼭 어린아이 같은 모습이 보이기도 했다. 하지만 그런 모습과는 다르게 보라는 훨씬 철이 빨리 든 모양이다.

어린아이로서의 시간이 짧았던 걸까? 맘껏 투정을 부리지 못해 힘들지는 않았을까?

생각해보니 자신은 이렇게까지 나이를 먹어서도 꽤나 제멋대로 굴고 있었다. 어린아이처럼.

"그런 생각은 못 해봤는데 우리 형도 저 때문에 꽤나 괴로웠 겠군요."

"그것도 아니에요. 첫째들은 원래 그런 거라고 생각하면서 그땐 잘 모르거든요. 억울하긴 했겠지만."

명쾌한 답에 현이 웃었다. 보라는 그러니까 꼭 유쾌한 바이러스를 가지고 있는 사람 같았다. 심각한 일도 심각하지 않게 만들어버리는 사람이라고 해야 할까?

"왜 그렇게 웃으세요?"

"아뇨, 사실 그렇게까지 크게 기대를 하지 않았는데 우리 꽤 좋은 사이가 될 수 있을 것 같아서요."

"흐음, 다행이죠? 나쁜 인연은 아니라서."

현이 고개를 끄덕였다. 알게 된 지는 얼마 되지 않았지만 그는 정말 어느 순간부터 그녀를 조금 더 빨리 만났더라면 얼마나 좋았을까, 생각하게 되었다. 이런 친구가 옆에 있었더라면 삶이 훨씬 더 유쾌하지 않았을까? 뭐, 어쨌거나 이렇게 만났지만 꽤 괜찮은 관계가 될 수 있을 것 같았다.

보라는 현과 헤어지고 들어오자마자 옷을 갈아입고 대충 씻은 뒤 그대로 잠이 들었다. 그리고 한순간 절로 번쩍 눈이 뜨였다. 오늘 현의 집에 인사를 가는 날이었기 때문에 몸이 저절로 긴장한 것이다. 떨리거나 긴장하지 않을 거라고 생각했는데 예상외로 맥박이 조금 빨라졌다.

그렇게 나름 긴장한 채로 도착한 현의 집은 예상했던 것보다 무척이나 컸다. 그는 전형적인 부촌에 있는 부잣집 도련님이었다. 그리고 강 여사는 딱 거기에 어울리는 마나님이었다. 게다가 아들을 의사로 키워놨다며 부심을 부리는 분들도 많다는데 여기도 더하면 더했지 못하지는 않을 듯했다. 날카로운 눈빛부터 강 여사는 다른 아줌마들과 다르다는 것을 느꼈다.

사실 쉽게 허락이 될 일이 없다는 것 정도는 보라도 알고 있었다. 강 여사는 그녀를 보는 순간부터 마치 가격을 매기듯 위아래로 아주 자세히 스캔을 하고 있었다.

그나마 다행인 건 며칠 전 혹시 몰라 백화점에서 신상으로 구매한 원피스를 입고 있다는 점이었다. 이럴 줄 알았으면 조금 더 무리를 해서 명품 옷을 생애 처음으로 구입해보는 건데. 결혼을 하겠습니다, 인사하러 오는 자리이니 평소처럼 입을 수는 없는 노릇이었다. 마침내 스캔이 끝났다.

"그래, 만화를 연재한다고?"

"네."

"현이가 재미있다면서 연락을 해왔고?"

"그렇습니다."

어른들은 왜 꼭 이렇게 단둘이 이야기를 하는 것을 좋아하는 것일까?

조금 다른 점이 있다면 그녀는 아직 이 집에서 점심을 얻어먹지 못했다는 것이다. 무려 생전복을 직접 백화점에 가 비싸게 사왔음에도 불구하고. 거기다 평소 잠을 잘 시간이라 하품이 삐져나오려는 것을 참기 위해 보라는 몇 번이나 허벅지를 꼬집어댔다. 그때 노크 소리가 들리며 현이 안으로 들어왔다.

"아직 이야기 안 끝났다."

"점심시간 훨씬 지났습니다. 이야기 너무 길어지시는 거 아닙니까?"

안방에 들어온 지 벌써 20분이나 지났다. 탐탁잖은 얼굴로 그녀를 계속 살피던 강 여사 때문에 허리를 계속 꼿꼿이 세우고 있느라 이제 등에 쥐가 날 지경이었다. 이마로 식은땀이나 안 배어났으면 다행이었다.

"아직 별 이야기도 안 했다."

"배고파요. 결혼할 사람만 데려오면 이야기 끝나는 거 아니었습니까?"

보라가 슬쩍 현과 강 여사의 기싸움을 살폈다.

이건 흡사 용과 호랑이의 싸움?

서로 비슷한 생김새를 하고 있는 현과 강 여사의 눈빛이 서로를 잡아먹을 듯했다.

"할머니, 배고파."

그때 부엌에서 뛰어나오며 수민이 강 여사의 품에 털썩 안겼다. 작은 몸을 살랑살랑 흔들며 애교를 부리는 수민으로 인해 살얼음 같은 상황이 잠시 휴전을 찾았다.

모두 식당으로 옮겨 자리를 잡고 앉았다. 그녀의 옆엔 현이, 그리고 맞은편엔 형의 식구들이 주르르 앉아 있었다. 그리고 상석으로 강 여사가 자리를 잡자 그때부터 조용히 식사가 시작되었다.

이러다 체하는 게 아닐까?

이런 조용한 식사는 아주 오래전에 소개팅을 한 이후로 처음이었다. 그때도 소개팅 끝나자마자 약국에 가서 약을 사서 먹었다. 아무래도 오늘도 그래야 하는 건 아닐까 보라가 생각하는 와중, 그의 형이 먼저 입을 열었다.

"저도 그 웹툰 읽습니다. 등장인물 중 길달을 제일 좋아해요. 처음엔 비형량을 좋아했는데, 뒤로 가니까 너무 인간이 간사하잖아요."

"정말요? 고맙습니다."

입에 발린 현과는 다르게 그의 형인 석은 정말 그녀의 웹툰을 보는 모양이었다. 왠지 보라는 기분이 좋아졌다. 현직 판사가 자신의 웹툰을 다 봐주다니. 게다가 이 지옥의 식사 시간에서 구원해주기까지 했다.

"생긴 것도 저 닮았잖아요."

"형이 그만큼 잘생겼다고 생각해?"

"아니냐?"

현의 말에 보라의 고개가 돌아갔다. 그저 입에 발린 말인 줄 알았더니 현도 그녀의 웹툰을 보긴 본 모양이었다.

그녀의 그림체는 주로 '예쁘다'는 평을 받고 있었는데, 보기 좋은 떡이 먹기도 좋다 하지 않던가. 그러다 보니 절로 주인공들도 미남이 될 수밖에 없었다. 물론, 설정상으로도 미남이지만 말이다.

"인간적으로 우리 거울 좀 보고 다니자."

정말 두 사람은 형제라고 말하지 않으면 모를 정도로 모습이 달랐다. 다만, 반듯한 콧대만은 두 사람이 형제라는 것을 잘 알려주고 있었다. 현이 중성적으로 예쁘장한 모습이라면 석은 말 그대로 쌍꺼풀이 없고 이목구비가 굵직한 잘생긴 남자였다.

"아무튼 의원데요? 사실 작가가 남자인 줄 알았어요. 그런데 이런 미인이셨다니, 놀랍습니다."

"고맙습니다. 형님분도 우리 길달처럼 미남이신데요?"

"하하, 그 말 들으려고 말한 겁니다."

판사면 조금 딱딱하지 않을까 싶었는데 괜한 기우였다. 석은 유쾌한 성격을 지닌 대한민국의 평범한 남자였다. 역시 직업으로 편견을 가지는 건 옳지 않다.

"그래, 그런데 전공은 왜 살리지 않고?"

"전공을 살리는 사람의 비율이 많진 않잖아요. 저도 그중 한 명이 됐습니다."

"그래, 뭐, 같은 대학 출신이었다면 더 좋았겠지만 연화대도 나쁘진 않으니."

말에 가시가 있음을 직감했다. 한국대가 워낙 넘사벽이라 그렇지 연화대도 입결에서는 바로 그 아래였다. 설마 그동안 한 번도 느껴보지 못했던 학벌에 대한 현실의 벽을 여기에서 느끼게 될 줄이야.

"어머니."

"아니, 우리가 다 한국대 출신이잖니."

"엄마, 요즘 두 대학 다 입결 같습니다. 언제 적 말씀을 하시는 겁니까?"

할 수만 있다면 석을 보며 두 손을 모으고 눈을 초롱초롱 빛냈을 것이다. 물론 연화대 출신이라고 하면 그녀를 다시 보는 시선들도 많았다.

한국대와 연화대는 명실상부 자웅을 겨루는 명문대였다. 학벌이 최고는 아니지만 어쨌거나 대한민국은 현재 스펙 사회가 아니던가. 참 씁쓸한 일이었다.

"그리고 저 연화대 넣었던 원서 떨어져서 재수했잖아요."

이미 보라의 마음은 '어머, 아주버님!' 감탄사를 연발하며 존경심이 마구마구 샘솟고 있었다. 참으로 좋은 성격이었다. 어찌 보면 치부가 될 수 있는 과거를 그녀를 위해 아낌없이 떠벌려주다니.

"얘, 그거야 그날은 네가 아파서 시험을 평소처럼 제대로 못 봤던……."

"어머니."

바로 옆에서 아주 낮고 음산한 목소리가 들렸다. 이어 탁, 소리와 함께 현이 숟가락을 대리석 식탁이 깨지도록 내려놓았다. 그런 현의 모습에 강 여사도 어딘가 긴장한 표정이 역력했다. 식당 안은 적막으로 고요했다.

'오호라, 이 집의 갑(甲)은 남궁현이로군.'

집안의 힘 관계도에 대해서는 완전히 파악이 되었다. 보라는 더할 나위 없는 조신한 미소를 지었다.

"저 결혼 안 하는 거 정말 보고 싶으신 겁니까?"

"현아."

정말 순간이었지만 현은 얼굴이 붉어지는 것을 느꼈다. 강 여사가 보라의 앞에서 이런 식의 말도 안 되는 모습을 보여줄 거라고 생각을 하지 못했기 때문이었다. 현은 보라를 보기 부끄러워져 입술 안쪽 살을 깨물었다. 그리고 조용히 읊조렸다.

"지금 보라 씨 앞에서 우리 집안 망신 주는 행동 하신 겁니다. 그렇게 싫어하시는 교양 없는 분처럼요."

어허, 아직 남궁현은 좀 멀리까지 보지는 못하는 모양이었다. 지금 강 여사는 예비 며느리를 잡기 위해 기선 싸움을 하고 있는 중이었다. 결국 보라가 이 이야기를 종결하기로 마음먹었다.

"어머님."

그녀의 목소리에 모두의 시선이 돌아왔다. 이런, 무대 체질은 아니라 이렇게 시선이 돌아오면 긴장되는데 말이다.

"현이 씨와 저 욕심 없이 아기자기하게 잘 살겠습니다. 앞으로 잘 부탁드릴게요."

보라가 저는 아무것도 모른다는 얼굴로 싱긋 웃었다.

그럼 상견례 날 보자는 강 여사의 인사를 마지막으로 집에서 빠져나왔다. 현의 차에 올라타자마자 보라는 이대로 쓰러지고 싶다고 생각했다. 이런 피곤함은 정말 오랜만에 느껴보는 것 같았다.

"많이 피곤합니까?"

"조금요. 이럴 땐 당이 필요해요."

"아이스크림?"

"아이스크림 참 좋아하시네. 좋아요, 오늘은 그거 남궁현 씨가 사는 걸로 해요."

고개를 끄덕이며 현이 핸들을 돌렸다. 가까운 카페가 나오면 바로 들어갔으면 했는데 현은 꽤나 운치가 좋은 개인 카페로 그녀를 안내했다. 그리고 창가 쪽에 자리를 잡고 앉아 익숙한 듯 메뉴를 골랐다.

"집에서 가깝고 해서 자주 옵니다. 주인이 수제로 직접 젤라또를 만드는데 맛이 괜찮아요."

"오, 저 젤라또 좋아해요."

"이탈리아에 커피 유학 가서 젤라또 배워 왔다며 어찌나 자랑을 하는지."

"친한가 보죠?"

"친굽니다."

친구 집이라서 평이 후한가 싶었다. 그런데 곧 앞에 나온 딸기, 바닐라, 초코 젤라또를 맛보며 보라가 저도 모르게 고개를 끄덕이며 현을 보았다.

"입에 맞습니까?"

"네, 진짜 맛있어요. 옛날에 진짜 이탈리아 갔을 때 먹은 맛이랑 똑같아요. 진작 알았으면 좋았을 텐데. 앞으로는 검색을 좀 해야겠어요."

보라가 순식간에 젤라또를 먹고 또 주문하려고 하자 현이 말렸다. 두세 번 떠먹으니 없어진 양인데 왜 그러냐는 얼굴로 그녀가 입을 열었다.

"양이 너무 적어요."

"감기 기운 있는 거 같습니다. 맛 좀 보라고 시켰던 거예요.

유자차 주문해놨으니 그거 나오면 마셔요."

"네?"

그녀는 머리가 살짝 지끈거리는 건 잠이 모자라서 그런 거라고 생각했다. 그때 불쑥 현이 손을 올려 그녀의 이마를 짚었다.

"열 있어요?"

"약간?"

"집에 들어가면 약 먹고 좀 푹 자야겠네."

"원래 둔합니까?"

"제가 아픈 건 원래 잘 몰라요. 맹장수술 할 때도 아픈가, 아닌가? 하다가 갔는데, 의사가 왜 이제 왔냐고 깜짝 놀랐다니까요."

그 말에 현이 픽 웃었다. 하긴, 그때 의사도 이렇게 둔한 환자는 처음 본다고 했다. 맹장이 터지기 일보 직전이었다면서.

"그래도 타고난 건강 체질인지 크게 앓아본 적은 없어서 다행이죠, 뭐."

대화 중에 두 사람의 앞으로 연한 노란빛의 유자차가 놓아졌다. 보라가 고개를 숙여 향을 맡았다.

"오, 냄새 좋다."

"해마다 품질 좋은 고흥 유자 이용해서 만들어주곤 합니다."

"많이 얻어드셨나 봐요?"

"이제 윤보라 씨도 자주 먹을 수 있습니다."

"기대되는데요?"

향만큼 맛이 좋은 유자차를 마시며 보라가 웃었다. 현의 옆에 있어서 손해 볼 일은 없겠구나 싶어 절로 웃음이 나왔다.

2. 리리리 복병

"혈압 유의하셔야 하니까 체중 조절 잘하세요."

"네, 선생님."

"그럼 조심히 들어가십시오."

현이 자리에서 일어나 환자를 향해 정중히 인사를 하고 직접 문을 열어주었다.

처음 남자 산부인과 전문의, 그것도 젊은 의사를 보면 대부분 어려워하기 십상이었다. 그래서 현은 편안하게 느낄 수 있도록 직접 눈을 맞추고, 정중히 환자를 맞는 것을 기본 철칙으로 하고 있었다. 다행히도 그는 꽤 인기가 좋은 선생이었다.

임신부가 고개를 숙이고 인사를 하자 현도 다시 고개를 숙여주었다. 문을 닫고 의자로 돌아와 앉은 현은 길게 한숨을 내쉬었다.

강 여사는 노골적으로 보라가 마음에 들지 않는다는 행동을 보였다. 현이 데려오면 반대하지 않겠다고 했지만 역시, 그냥 넘어가고 싶은 건 아닌 듯했다. 물론 현은 보라가 최대한 불편하지 않게 중간에서 강 여사를 잘 막아줄 생각이었다. 보라는 크게 신경을 쓰지 않는 것 같았지만 현은 아니었다. 이러다 보라가 결혼을 하지 못하겠다고 하면 그만이었기 때문이다.

그건 정말이지 싫다. 책상 위를 정리하던 현은 편하게 의자에 등을 기대고 눈을 감은 뒤 미간을 주물렀다.

이제까지 결혼에 크게 감흥이 없었다. 하지만 지금 보라를 놓쳐서는 안 된다고 생각하는 건 앞으로 이런 사람을 만나기 힘들 거라는 것, 그리고 이제껏 내색을 하지 않았지만 목을 옥죄는 그늘에서 벗어나고 싶은 건지도 모르겠다. 그래, 그는 죄책감에서 벗어났다는 것을 이젠 확인시키고 싶은 것인지도 모른다.

약속 시간까지는 3시간이 남았고 이제 곧 퇴근 시간이었다. 그가 다시 눈을 뜨고 주변을 모두 정리한 뒤 자리에서 일어나 거울 앞에 섰다.

어젠 당직을 하다 보호자에게 멱살을 잡혀 셔츠가 많이 구겨졌다. 아침에 좀 펴보겠다고 물을 뿌리긴 했는데 크게 효과는 없었다. 로커(locker)에 여분의 셔츠가 있던가.

집에 들렀다 약속 장소로 가는 건 왠지 내키지가 않았다. 이왕 이렇게 된 거 백화점에 들러야겠다 생각하며 외래를 빠져나와 탈의실로 향하는데 익숙한 얼굴이 보였다. 경수가 고개를 꾸벅 숙였다.

"안녕하세요, 선생님."

"그래, 송 선생."

"이모께 들었는데, 저희 누나하고 결혼하신다고⋯⋯."

경수의 얼굴에선 어딘가 황당하기도 하고 기쁘기도 한 복잡 미묘한 표정이 드러나 있었다.

저 집안 특징일까?

둥근 눈에 큰 쌍꺼풀을 보자 절로 보라가 떠올랐다. 보라는 강 여사를 손쉽게 뛰어넘는 유쾌한 여자였다. 현은 저도 모르게 웃으며 고개를 끄덕였다.

"그렇게 됐네. 미리 말 못 해서 미안해. 아무래도 서로 나이가 있는 터라 조심스러운 부분이 있어서."

"그럼요, 이해합니다. 아, 그래서 그날 카페에 선생님이 계셨구나. 어쩐지 누나가 순순히 저한테 김치를 주기 위해 왔을 리가 없다고 생각했었어요."

사실 경수는 의외의 복병이 될 수도 있을 거라고 생각했었다. 하지만 저렇게 알아서 오해를 해준다니 이쪽에선 힘들지 않고 쉽게 넘어갈 수 있어 고마울 따름이었다.

"사촌들끼리 사이가 좋은가 봐?"

"뭐, 거의 친남매처럼 자라왔으니까요."

"송 선생에겐 좀 미리 귀띔을 했어야 했는데, 괜히 미안하네."

"괜찮습니다. 누나는 원래 연애에 대한 건 한 번도 말한 적이 없었거든요. 그래서 저희들끼리 사실은 모태솔로 아니냐, 막 그랬었는데. 보경이 아시죠?"

현이 가볍게 고개를 끄덕였다. 언니와는 다르게 수줍음이 많은, 처제가 될 보라의 동생이지 않던가.

"보경이한테 한 번 들킨 뒤로는 진짜 너무 철저히 베일에 가려져서. 아, 이런 말은 실례죠."

"아니야. 요즘 연애 안 하는 사람들이 어디 있다고."

"하여간 오늘 이모 신 나셔가지고. 누나 정말 시집 안 갈 줄 아셨나 봐요. 앞으로 저희 누나 잘 부탁드릴게요. 매형이라 불러도 되죠? 오늘 상견례 하신다면서요?"

그때였다. 뒤에서 쿵 소리가 나 고개를 돌려 보니 설희가 손에 들고 있던 것들을 떨어뜨린 모양이었다.

"어, 허 선생님, 안녕하세요. 그럼 저 먼저 가보겠습니다, 선생님."

"그래, 나중에 봐."

역시 눈치가 빠른 경수는 순식간에 두 사람 사이에서 사라졌다. 이 병원 내에서 허설희가 남궁현을 좋아한다는 사실을 모르는 사람들이 있던가. 하지만 현은 설희 혼자만의 일방적인 감정이니 받아줄 필요는 전혀 없다고 생각했다.

현이 고개를 돌리고 탈의실을 향해 손을 뻗는데 설희가 그의 팔을 확 낚아챘다.

"매형? 상견례?"

"허 선생."

"너 다른 여자 있었니?"

현이 설희의 손을 탁 털어냈다. 그리고 가운을 툭 터는데 그 모습에 설희의 눈동자가 흔들리는 게 보였다. 현은 혀를 차며 고개를 돌렸다.

"네가 어떻게 그래?"

"뭘?"

"누군가를 만날 생각 전혀 없다며!"

"허 선생, 남들이 보면 오해해."

"무슨 오해?"

"왜 내 세컨이라도 되는 것처럼 굴어?"

냉정한 말투였다. 아마 다른 사람 같으면 충격을 받았겠지만 설희는 이미 그런 현의 거부에 무뎌진 듯했다. 아니면 상견례라는 단어에 워낙 충격을 받아서 세컨드라는 단어쯤은 그냥 넘길 수 있는 건지도 모른다.

"나는 안 보이니?"

"허설희, 네가 말했어. 사람 마음이 마음대로 되냐고."

"뭐?"

"결혼하고 싶은 여자가 나타났어. 그만 가봐도 되지?"

"남궁현이 결혼하고 싶은 여자? 그 기껏 몇 번 만났다는 그 여자?"

"어차피 대화 필요 없으니 이만 끝내지? 좀 바쁜 몸이라."

설희를 살짝 밀치고 탈의실 문을 여는데 뒤에서 낮은 목소리가 들렸다.

"너, 정말 지원이 다 잊었어?"

정말 벗어날 생각이 없는 건 설희가 아닐까?

피곤한 얼굴로 현이 천천히 고개를 돌리자 설희가 그의 얼굴을 확인하고 놀란 게 고스란히 표정에 드러났다. 늘 지원에 대한 이야기가 나오면 날이 선 칼날처럼 예민해지던 그 남궁현의 모습이 아니었다.

"장지원이 내게 뭔데?"

"나, 남궁현."

"허설희, 너무 쉽다. 장지원 패는 그만 꺼내. 나, 결혼할 남자야."

아직도 충격에 빠져 있는 설희를 뒤로하고 고개를 돌렸을 때 현의 얼굴은 거짓말처럼 굳어 있었다. 그가 벗어난 것처럼 설희도 이제 그 죄책감에서 벗어나야 했다.

현이 서둘러 백화점으로 온 건 보라를 위해 사야 할 물건이 있기 때문이었다. 딱히 장신구를 좋아하지 않는 것인지 보라는 그 흔한 목걸이나, 팔찌 같은 것도 하지 않았다. 딱히 프러포즈를 할 필요도 없는 사이였지만 아무래도 강 여사의 예리함을 피해 가려면 반지 정도는 사야 할 것 같았다.

"프러포즈를 하려고 하는데요."

"다이아로 생각하시나요?"

"그러는 편이 좋겠죠?"

"이 계열들이 잘 나갑니다. 프러포즈 겸 결혼반지로 쓰이는데, 여성분들의 만족도가 꽤나 높아요."

현은 보라를 떠올렸다. 화려한 이목구비를 가지고 있지만 취향은 그렇지 않다. 반지를 고르던 현이 팔찌 쪽으로도 한 번 눈길을 돌렸지만 고개를 흔들었다. 귀찮다고 분명 하지 않을 것이다. 만난 지 오래되지도 않았는데 이상하게 파악하기가 쉬운 상대였다. 단순해서 그런가?

결국 심플한 반지를 구매하고 매장을 나서는데 화장품 매장 앞을 서성이는 익숙한 모습을 발견했다. 깔끔한 정장 타입의 옷을 입은 보라는 거울을 보며 립스틱을 바르고 고개를 갸우뚱거리고 있었다.

"색이 너무 진하지 않습니까?"

"그렇죠? 제가 보기에……. 헉! 여긴 무슨 일이세요?"

"잠시 들를 일이 있어서. 연한 분홍빛은 없습니까?"

현이 말하자 직원은 웃으며 고개를 끄덕이고 이내 보라에게 건네주었다. 당황한 낯빛을 숨기지 못하던 보라가 얼떨결에 솜과 립스틱을 받고 먼저 입술을 닦아내었다. 그리고 분홍빛 립스틱을 칠했다.

"어때요?"

직원을 먼저 보는 보라를 보며 현이 픽 웃었다. 직원은 현의 눈치를 보며 난감해했다.

"피부가 희고 미인이시라 다 잘 받으시는데."

"어머, 언니가 더 예쁘잖아요."

원래 변죽이 좋은 사람인 걸까? 현은 저도 모르게 입가에 미소가 생기는 걸 모르고 있었다.

"어때요? 이게 조금 전보다 더 나아요?"

보라가 재빨리 뒤로 돌아서며 현을 보았다. 뭘 보고 웃는 것인지 현이 부드럽게 웃고 있었다. 이렇게 웃으니 꽤나 멋있어 보이는 것 같기도 했다.

"잘 어울립니다."

"그럼 이걸로 할게요."

"포장해드리겠습니다."

"아뇨, 그냥 가져갈게요. 바로 써야 하는 거라. 제가 립스틱이 없거든요. 샘플도 됐어요."

핸드백을 뒤져 지갑을 꺼내려는데 현이 먼저 카드를 직원에게 내밀고 있었다. 보라가 만류하려고 했다.

"제 거니까 제가 삽니다."

"제가 고른 색이니까 제가 사고 싶은데요."

"그럼 감사히 받을게요."

어쨌거나 선물은 좋은 것 아닌가. 보라가 웃으며 직원이 건네는 립스틱을 받아 들었다. 사이좋게 에스컬레이터를 타고 지하주차장으로 내려가며 보라는 고개를 숙여 옷차림을 다시 한 번 확인했다.

"티 많이 나요?"

"뭐가 말입니까?"

"사실은 단행본 준비 때문에 정신이 없었거든요. 날이 갑자기 너무 따뜻해졌지, 입고 나갈 옷은 없지. 차마 남궁현 씨 댁에 갔을 때 입었던 옷을 입을 수 없잖아요. 그래서 지금 바로 사서 입었는데 새 거 티 많이 나요? 직원 언니가 탈취제 많이 뿌렸는데 그래도 새 옷 냄새가 좀 나긴 하네."

보라가 팔을 들어 재킷의 냄새를 맡았다. 역시 새옷 특유의 휘발유 냄새가 묘하게 섬유 탈취제와 섞여서 나고 있었다. 이럴 줄 알았으면 어차피 원피스를 샀으니 재킷은 그날 입었던 걸로 할 걸 그랬다.

"나쁘지 않습니다."

"그래요? 생각보다 남궁현 씨 어머니 되게 깐깐하실 거 같더라구요. 그래서 무려 신상을 질렀거든요. 어쨌거나 덕분에 저도 이런 걸 다 입어보고, 나쁘진 않아요."

"좀 까다롭긴 하시지만 귀찮게 구시진 않을 겁니다."

"그건 남궁현 씨 생각이구요."

"뭐가 말입니까?"

"있어요, 그런 게. 원래 시어머니와 며느리 사이는 미묘한 뭔가가 좀 있거든요."

보라와 현은 그냥 서로에게 맞는 계약이라고는 해도 다른 이들은 아니었다. 결국 보라도 강 여사와는 시어머니, 며느리 사이로 엮일 수밖에 없었는데 그 정도는 예상 못 했던 것도 아니었다. 이렇게 말하면 좀 그렇지만 강 여사를 마주하는 것에 슬슬 공력이 붙는 참이라고 해야 하나? 나쁘지 않았다.

보라가 차에 올라타 마저 벨트를 매고 선바이저를 열어 거울을 보며 머리카락을 다듬었다. 그래도 상견례인데 신경을 쓰고 가지 않는 게 더 이상할 것 같아 미용실에 가 머리카락을 살짝 다듬고 드라이까지 받았다. 거기다 오늘 메이크업도 꽤 잘되어서 제법 마음에 들었다. 역시 전문가의 손길은 다르다. 백화점에 오기 전 미용실에 들른 건 신의 한 수였다.

"이거 받으십시오."

그녀가 고개를 돌리자 현이 적갈색의 작은 상자를 내밀고 있었다. 금장으로 박힌 상표는 보지도 않고 그것을 받아 열자 반짝 빛나고 있는 반지가 보였다.

"이게 뭐예요?"

"프러포즈용으로 그 반지 많이 사간다더군요."

"아하."

알겠다는 듯 고개를 끄덕이며 반지를 빼내 왼쪽 네 번째 손가락에 꼈다. 영롱하게까지는 아니었지만 빛을 받아 반짝반짝 빛나는 반지가 꽤나 예뻤다.

"요즘 세상 참 좋단 말이야. 큐빅도 이렇게 다이아처럼 정교하고."

그때 그녀의 허벅지 위로 케이스가 들어갈 만한 종이 백이 놓였다. 현이 그와 동시에 자연스럽게 차를 출발시켰다.

"물욕이 별로 없는 타입인가 보죠?"

"물욕이요?"

"그거 명품입니다."

"오호, 명품…… . 네?"

"말씀하셨잖습니까. 저희 어머니 생각보다 깐깐해 보이신다고. 결혼까지 결심한 아들놈이 그 정도도 안 해줬다고 아시면 꽤나 들볶일 거거든요."

보라가 어이가 없다는 얼굴로 그를 힐끗거리며 안에 있는 감정서를 펼치고 있었다. 현은 부드럽게 핸들을 돌리며 선루프를 살짝 열었다. 봄 특유의 공기가 차 안으로 스며들었다.

"이거 얼마예요?"

"그 정도는 받아도 됩니다. 제가 먼저 시작하자고 했으니."

"이런 고가의 물건은 그냥 받을 수가 없어요."

"그럼 계약금으로 칩시다."

의사가 고소득 종사자인 것은 보라도 물론 잘 알고 있었다. 그러니 그 나이에 떡하니 30평대의 아파트를 가지고 있지 않겠는가. 그의 소득 수준에 비해 이 반지는 그렇게 비싼 게 아닐지도 모른다. 하지만 명품에 무지한 그녀일지라도 무턱대고 살 가격도 아님을 어느 정도는 알고 있었다.

보라는 조금 더 생각을 굴렸다. 따지고 보면 이건 금이고 보석이었다. 가치는 영원할 테니 가지고 있어서 손해 볼 일은 없다. 아니, 오히려 값이 오르지 않을까? 명품 상표값이 있어 팔더라도 크게 손해는 보지 않을 것이다. 그래서 그냥 보관을 해주기로 마음먹었다.

"우선은 알겠어요."

"우선은?"

"제가 킵 해놓는 걸로 하죠."

딱히 재미있는 대답도 아닌데 현이 웃음을 터트려 차체가 살짝 흔들렸다. 보라는 케이스를 글로브 박스에 넣었다.

"그럼 이거 사러 백화점 오신 거예요?"

"네, 사실 팔찌도 하나 사드릴까 했는데 그런 거 싫어하는 것 같아서요."

"잘 파악하셨네요. 그런 거 귀찮고 걸리적거려서 진짜 못 하거든요. 어쨌거나 립스틱은 정말 잘 쓸게요."

"그런데 왜 거기로 넣어둡니까?"

"저희 엄마 제 가방 뒤지는 게 취미시거든요. 그럼 오늘 이거 받았다고 광고할까요?"

"알겠습니다. 자, 그럼 오늘도 잘 부탁드립니다. 윤보라 씨."

박스를 닫고 고개를 들자 고래등처럼 커다란 기와를 자랑하고 있는 한정식집 주차장으로 현의 차가 들어서고 있었다.

"어머닌 벌써 오신 모양이네요."

그 말에 보라도 고개를 돌렸다. 바로 건너편에 윤 교장의 차도 떡하니 자리를 잡고 있었다.

"저희 부모님도."

완벽히 주차가 되자 보라는 차에서 내려 다시 한 번 창에 모습을 비추며 옷매무새를 가다듬었다. 그리고 옆에 서 있는 현에게 자연스럽게 팔짱을 꼈다. 그러자 현이 반대편 손을 그녀 앞으로 내밀었다.

"뭐예요?"

"가방 들어드리죠."

"어머님께 찍힐 일 있어요? 그냥 이렇게 들어가죠."

조금 전까지만 해도 남궁현 씨의 어머니였는데 이곳에 도착하자마자 보라는 자연스럽게 어머님이라는 호칭을 썼다. 현은 보라가 연기자가 되었어도 성공했을 거라고 생각하며 직원의 뒤를 따랐다.

생각보다 훨씬 유쾌한 식사 시간이었다. 의외로 정 여사와 강 여사는 합이 잘 맞았다. 그래서 보라는 편안한 마음으로 음식을 입으로 집어넣었다.

"이렇게 쉽게 장가갈 거면서 그동안 어찌나 속을 썩였는지 몰라요."

"그러게 말이에요. 우리 보라도 아무래도 집안 첫째다 보니 자꾸 애 아빠 친구들이 그 집 딸 언제 보낼 거냐고 할 때마다 어찌나 곤욕이던지."

"요즘 세상에 우리 새아기처럼 능력 있으면 시집보내기 너무 아깝죠."

보라, 이 가식이 난무한 모습을. 그녀는 아랫입술을 슬쩍 깨물며 흘러나오려는 웃음을 참고 있었다. 그런데 앞에 앉은 현의 턱이 살짝 움찔거리는 모습을 보니 그 역시 마찬가지인 모양이었다. 눈이 마주치자 보라는 씩 웃어 보였다. 현은 자연스럽게 산적 하나를 들어 그녀의 밥 위로 얹어주었다.

'이런 채소가 많이 들어간 건 싫단 말이다.'라고 차마 말을 할 수 없어 웃으며 입으로 집어넣었다. 절묘하게 고기 부분만 베어 물고 나머지는 현의 밥 위로 넘겨주었다. 슬쩍 얼굴이 굳는 듯하던 현이 자연스럽게 웃으며 그것을 입으로 가져갔다.

"저렇게 서로 좋으면서 어떻게 그동안 잘도 숨겼는지 모르겠어요."

"그러게 말입니다. 저희 아들이 은근히 앙큼한 면이 있어서요."

"저희 애도 만만치 않답니다."

보라는 저 호호거리는 가식적인 웃음소리들을 듣고 있자니 머리가 쭈뼛 서는 느낌이었다. 하지만 잘 훈련받은 연기자처럼 미소를 잃지 않았다.

"어머님, 이것 좀 드셔보세요. 전이 담백해요."

보라가 직접 전 하나를 집어 강 여사의 앞접시에 놓아주었다. 그때 정 여사와 눈이 마주쳤는데, '딸자식 키워봐야 다 소용없다.'란 눈빛을 읽었다.

"장모님, 갈비찜 드셔보세요. 부드럽고 아주 맛있습니다."

"아이고, 고맙네. 이렇게 다정다감한 아들 두셔서 얼마나 마음이 좋으시겠어요, 사부인."

"저야말로 이런 딸이 없어서 정말 부럽네요. 제가 딸을 얻게 됐으니 두 분께 어떻게 감사를 드려야 할지 모르겠습니다."

아무래도 그녀는 오늘은 집에 가기 전 필히 소화제를 사서 먹어야 할 것 같았다. 평소 하지 않던 짓과 칭찬을 듣다 보니 온몸으로 몇 번이나 닭살이 돋았다 사라졌다.

그렇게 식사 시간은 두 사람을 빼놓고는 꽤나 화기애애하게 지나갔다. 그리고 후식 상차림이 차려지자 그때부터 본격적인 이야기가 오가기 시작했다.

"두 사람 궁합이 그렇게 좋다네요. 그런데 이날이 아니면 안 된다고 해서."

이미 현의 집에 갔을 때 생년월일시를 털렸다. 그걸로 두 사람의 궁합을 본 모양이었다. 강 여사가 그렇게 말하며 세 사람의 앞으로 한지를 내밀었다. 거기에 적힌 글자를 보고 보라의 눈이 커졌다.

〈음력 2월 16일〉

"어머, 저희가 받은 날짜와 똑같네요. 저희도 너무 일러서 걱정했는데 정말 인연인가 봐요."

"그런가요? 제가 사실 작지만 운영하는 사업체도 있고 해서 이날로 좀 알아보았는데 마침 친구가 그때 딱 홀 하나가 빈다고 해서 가까스로 잡았습니다. 사실 바깥사돈이 공직에 계시니 망설이기도 했는데 시간도 촉박하고 해서 M호텔로 잡았는데 괜찮으실지."

"저는 상관없습니다. 안사돈 편하신 대로 하시지요."

M호텔? 거기 예식비가 얼마라고 했더라. 한 끼 식사만 해도 거의…….

바쁘게 움직이던 손가락이 멈췄다. 지금 식장이 중요한 게 아니었다. 오늘이 음력 1월 16일이다. 말 그대로 결혼식이 딱 한 달 남은 것이다.

벌떡 고개를 들었는데 마찬가지로 얼굴을 들던 현과 눈이 마주쳤다. 그도 음력 달력을 찾고 있던 모양이었다.

"어머님, 저흰 그냥 저희 힘으로 소박하게……."

"아니다. 집도 이미 너희가 합쳐 마련해놔서 내가 크게 신경 쓸 일이 없잖니."

이건 또 무슨 소린가? 보라가 현을 보았다. 하지만 현이 멍한 얼굴로 강 여사를 보고 있었다. 우선 집 문제는 나중에 물어보면 된다.

"거기다 내가 사업을 해서 보는 눈도 있고 하니 홀도 막 잡을 수가 없는데 부담일 거 아니니. 그러니 그 정도는 그냥 선물이다 하고 받으면 되는 거야. 참, 시간은 오후 1시입니다. 딱 좋죠?"

"정말 시간도 딱입니다."

"좋군요."

하지만 보라는 어질어질해서 정신이 잠시 가출한 것 같은 기분을 느꼈다.

"시간이 너무 촉박하고……."

"참, 아가. 오늘로 일은 다 끝났다고 했지?"

"네, 그건 그런데……."

"월요일엔 플래너에게 연락 올 거야. 다 맡기면 돼. 그리고 현이 스케줄도 이미 알려줬으니까 크게 신경 쓸 일 없을 거다. 그리고, 내일 시간 괜찮지?"

"내일이요?"

"예물 해야지. 넌 아무 걱정 하지 말렴."

맙소사. 이게 대체 어떻게 돌아가고 있는 일인가. 말 그대로 그저 소박하게 일을 진행시키려고 했다. 그리고 때를 봐서 결혼식을 올리고 마침 현의 세미나가 제주에서 잡혔다며 그곳으로 신혼여행을 가겠다고 말한 뒤 각자 움직일 계획이었다. 그런데 지금 그모든 게 틀어졌다.

"어머니, 결혼식까지 한 달인데 너무 이릅니다."

"그날 아니면 절대 안 된다."

강 여사가 단호하게 말했다. 이거 일이 계획과는 너무 다르게 흘러간다. 정말 스케일이 다르다.

현이 재빨리 고개를 돌려 보라를 보았다. 그녀는 이미 체념한 듯 살짝 넋이 나간 얼굴로 그저 강 여사의 말에 고개를 끄덕이고 있었다. 어쩐지 강 여사가 꼬치꼬치 스케줄을 캐물을 때부터 의심을 했어야 했다. 그것도 모르고 스케줄 표를 다음 달까지 통째로 넘겨주고 말았다.

"그럼 저희가 예단함을 최대한 빨리 준비해서 내일 안으로 보내도록 해보겠습니다."

"아닙니다. 이렇게 예쁜 딸을 보게 됐는데 그걸 어떻게 받습니까. 그냥 마음만 받겠습니다. 집도 애들이 다 했는데 무슨 여유가 있겠습니까. 저에게 다 맡겨주세요. 참, 아가."

"네, 어머님."

이제 또 무슨 폭탄이 터질까 두려웠다.

"푸켓 가봤니?"

"아직 안 가봤습니다."

"그래? 정말 다행이구나. 시간이 촉박해서 미리 좀 알아봤는데 딱 거기밖에 없어서 미리 예약해두었다. 괜찮지?"

"그럼요, 어머님."

괜찮기는 개뿔.

그래, 사실 태국을 좋아한다. 타이 마사지가 얼마나 좋던지, 방콕을 갔을 때를 잊지 못해 또 가야지 했지만 가지 못한 지 벌써 5년이었다. 하지만 혼자 가고 싶었던 거지 누군가와 함께 가고 싶지 않았다.

"마음 같아선 둘이 한 달이라도 보내주고 싶은데 현이 얘가 스케줄이 힘들잖니. 그래도 4박 6일간 재미있게 놀다 오렴. 참, 오늘 집에 들어가면 여권번호 좀 보내주겠니?"

"네, 어머님. 감사합니다."

그녀는 지금 무대 위에 서 있는 프로였다. 그래서 끝까지 웃는 얼굴을 잊지 않았다. 그건 그렇고 이렇게 빠르게 결혼이 진행될 거라곤 생각하지 못했다.

아니, 어차피 해야 할 거 빨리 치르는 게 나은 건가?

어질어질한 상견례 자리를 끝내고 모두 자리에서 일어섰다. 저도 모르게 휘청이는 보라를 현이 팔을 잡아주자 어른들은 두 사람의 모습에 흐뭇하게 웃었다. 그리고 주차장 앞에서도 한참간의 인사가 계속되었다.

"그래, 그럼 늦지 않게 보라 좀 데려다주게."

"알겠습니다. 잠시 후에 보라 씨 데려다주면서 다시 인사드리겠습니다."

"아가, 그럼 내일 보자."

"네, 어머님. 조심히 들어가세요."

곧 강 여사의 고급 외제 승용차와 윤 교장의 세단이 동시에 주차장을 빠져나갔다. 보라는 저도 모르게 '으아' 소리를 내며 고개를 젖혔다. 깜깜한 밤하늘은 희망이란 없다는 듯 별빛 하나 비춰주지 않았다.

"남궁현 씨."

"네."

"우선 차에 타서 우리 이야기 좀 마저 할까요?"

낮말은 새가 듣고 밤말은 쥐가 듣는다고 했다. 이렇게 뻥 트인 곳에서 대화를 할 수 없어 그녀는 가까스로 이성을 부여잡고 차로 올라탔다.

보라가 저도 모르게 씩씩대고 앞을 보는데 현이 피곤한 듯 미간을 문지르며 다가오고 있었다. 잠시 차 옆에 서 있던 현이 이내 문을 열고 운전석으로 올라탔다.

"일이 이렇게 커진 건 유감입니다."

"아뇨, 어차피 결혼은 집안과 집안의 결혼이잖아요. 결혼식이란 게 부모님들의 과시욕 아니겠어요? 저 지금 그거 탓하려는 거 아닙니다?"

의외였다. 현은 당연히 보라가 그 어마무시하게 커진 스케일에 딴지를 걸 것이라고 생각했다. 하지만 보라는 그 정도쯤은 어느 정도 생각했다는 듯 오히려 유연하게 넘어가고 있었다.

"그럼 뭡니까?"

"아파트."

이런, 커진 스케일에 잠시 아파트 건을 잊고 있었다.

"그거 어떻게 된 거예요? 왜 남궁현 씨 어머니가 제가 집값 반을 보탰다고 알고 계시는 거죠?"

"제가 아파트 사놓은 거 모르셨습니다. 이번에 구매했다고 하니 혼자 처리한 거냐고 물으셨습니다."

"그래서요?"

"윤보라 씨 생각해서 반씩 했다고 했습니다."

"왜요?"

"이 결혼식에 괜히 윤보라 씨 돈 쓸 필요 없잖습니까."

참 명쾌한 대답이었다. 그럼 나머지는 모두 강 여사가 결정하고 진행할 거라는 것을 알고 있었다는 걸까? 하지만 현의 표정을 보아하니 그건 아닌 모양이었다.

"한 달간 죽어나겠네."

"마찬가집니다."

"내일 예물 고를 때 힘 좀 쓰세요."

"힘?"

"너무 과한 걸로 고르지 않게요."

"그건 여자들 영역 아닙니까?"

"네? 생각해보세요. 제가 적당히 가격 봐가면서 골라도 그쪽 어머니는 '너 그게 안목이 뭐니?'라고 바로 받아치실 것 같은데."

"동감입니다."

아이고, 두야.

남자는 하나하나 가르쳐야 한다더니 그게 거짓은 아닌 모양이었다. 현이라고 다른 남자와 다를 리가 없었다. 보라는 눈을 질끈 감고 관자놀이를 꾹꾹 눌렀다.

"어머니가 해주시는 대로 받으십시오."

"네?"

"그것도 그냥 윤보라 씨 식으로 킵 해두면 되지 않습니까."

이 남자 강적이다. 아니, 정정해야 한다. 그는 그녀가 가르칠 필요가 없는, 이미 눈치가 하늘까지 올라가 있는 남자였다. 어쩌면 자신보다 훨씬 멀리까지 보는 사람일지도 모른다.

어쨌든 뭔가 계획과는 다른 잘못된 방향으로 흐르는 것 같았지만, 보라는 이미 결혼한 친구들의 이야기를 떠올렸다. 연애할 땐 이런 사람인 줄 몰랐다, 시부모님도 그럴 줄 몰랐지, 결혼을 한 번 하는 것도 대단한 거다, 두 번은 못 한다 등등 친구들도 죄다 결혼을 할 때의 현실이 계획과는 달랐다고 하나같이 입을 모았다. 보라도 사실 예상치 못하게 결혼이 빨라졌으니 계획과도 다르다고 인정을 하며 팔짱을 낀 채 고개를 천천히 끄덕였다.

"윤보라 씨."

이런저런 생각을 하느라 집 앞에 다 온 것도 모르는 듯했다. 보라는 무슨 생각을 하는지 팔짱을 낀 채 고개를 끄덕이기도 하고, 젓기도 하고 인상이 굳었다 펴지기를 반복했다.

사실 그 역시 처음엔 지푸라기도 잡는 심정이었다. 그러니까 보라에게 그 결혼에 대한 제안을 건넸을 때 반은 진심, 반은 농담이었다. 아니, 보라에게 '뭐, 이런 미친놈이 다 있어?'라고 욕을 먹을지언정 꺼내본 말이었다. 하지만 그의 예상보다 보라는 훨씬 대담하고 임기응변도 뛰어났으며 꽤나 합리적인 성격이었다.

그 점이 꽤 마음에 들었다. 결국 현이 먼저 보라의 어깨를 살짝 짚었다. 갑작스런 접촉에 놀란 듯 보라의 눈이 동그랗게 커졌다. 꼭 그 모습이 놀란 사슴 같다 생각하며 현은 나오려는 웃음을 참아냈다.

"네, 왜요?"

"도착했습니다. 이름을 불러도 대답이 없어서요."

고개를 돌려 확인하자 벌써 본가에 도착한 모양이었다. 보라는 서둘러 벨트를 풀고 가방 끈을 손목에 걸치며 차 문을 열었다. 그런데 바로 갈 줄 알았던 현이 차에서 내렸다.

"왜 내리세요?"

"인사드리고 가겠습니다."

"괜찮아요, 뭘 번거롭게 그래요. 아까 식당 앞에서 인사했잖아요. 제가 적당히 둘러댈 테니 그냥 가세요."

"그럼 내일 여기로 10시까지 오겠습니다."

보라가 고개를 끄덕였다. 귀찮으니 어서 가보라는 듯 손을 휘휘 까닥이는 모습을 본 현이 슬쩍 웃었다. 그가 왜 웃는지 몰라 보라가 입술을 툭 내밀고 팔을 내렸다. 곧 현의 차가 멀어지자 돌아서서 초인종을 누르고 대문 안으로 들어섰다.

마당에 누워 한가로이 뛰어놀던 진돗개와 풍산개가 그녀를 보고 커다란 꼬리를 풍차 돌리듯 흔들어댔다. 차마 그것을 그냥 지나치지 못하고 다가가 큼지막한 머리를 몇 번이나 쓰다듬어준 다음에야 집 안으로 들어섰다.

"저 왔어요. 현이 씨는 피곤해 보여서 그냥 들어가라고 했어요."

시집가기 전에는 매일매일 얼굴을 보자는 식구들의 요청에 매일은 곤란하고 일주일에 절반은 할애해보겠다고 해서 오늘은 본가로 온 참이었다. 그녀가 오길 기다렸다는 듯 식구들이 거실에 모여 있었다. 보라는 대충 구두를 벗어 던지고 먼저 호원의 방으로 가려고 했다.

"할아버지, 주무셔. 이리 와."

발길을 돌려 거실로 가 윤 교장과 정 여사 앞으로 앉았다. 보경도 흥미진진한 얼굴로 보라를 보고 있었다.

"서형이는?"

"친구들하고 속초 갔어."

"제일 속 편한 녀석이구만."

다리를 쭉 펴고 종아리를 주무르는 보라를 보던 보경이 재빨리 그녀의 왼쪽 손을 낚아챘다. 잠시 잊고 있었는데 그러고 보니 현이 사다 준 반지를 끼고 있었다. 보경이 그녀의 손가락에서 반지를 빼냈다.

"와, 대박. 언니, 이거 명품 맞지?"

"그래, 그 뭐, 이탈리아 거였나?"

"프랑스거든?"

잔뜩 부러운 눈으로 보경이 그것을 손가락에 끼더니 보고 있었다. 그때 정 여사의 힘을 실은 손바닥이 보경의 등을 강타했다.

"윽, 엄마!"

"그게 뭔지 알고 그렇게 함부로 막 껴?"

"나는 껴보지도 못해?"

"엄마, 놔둬. 괜찮아."

보라는 저런 장신구에 딱히 관심도 없었고, 의미도 없으니 누가 끼어보든 상관은 없었다.

"남 서방한테 받은 거니?"

"왜 남 서방이야?"

"성이 기니까 그냥 앞만 부르라더라."

하긴, 정 여사가 남궁 서방이라고 할 때마다 왠지 조금 웃기긴 했다.

한편, 보경은 툭 튀어나온 입을 한 채 아쉬운 눈빛으로 다시 그녀에게 반지를 돌려주었다.

"역시 의사를 만나니까 다르긴 하네. 그런 반지도 척척 사주고. 나는 14K 커플링 할 때도 재훈이랑 아옹다옹했는데. 프러포즈로 받은 거야?"

재훈은 보경의 오래된 남자 친구였다. 대학 때부터 사귀었고 자연스럽게 결혼 이야기도 나오고 있었다.

"어. 그리고 이런 건 갖고 싶으면 그냥 내 능력으로도 충분히 살 수 있거든?"

오히려 대학병원 소속인 현보다 그녀의 소득이 월등히 많을 것이다. 연재가 한창 잘나갈 때는 붙는 광고들도 많았고 그녀는 이미 스타 대열에 올라서 있었다. 다만 인터뷰를 하거나, 사석에 나가지 않는 데다 이름도 '윤보현'으로 활동을 하다 보니 사람들은 거의 그녀가 남자인 줄로 알고 있었다.

"언니 능력 좋은 거야 나도 알지. 그런데 언니는 일 안 하면 그대로 끝 아니유?"

"너 저작권 가지고 있는 사람을 물로 본다?"

"아잉, 언니. 내일 예물 보러 간다며. 나도 뭐 하나 콩고물 떨어지려나?"

"폰으로 보내. 너 갖고 싶다고 했던 가방 있었잖아."

"꺅, 언니. 진짜?"

보경이 두 팔을 벌려 보라를 쏜살같이 껴안았다. 학교 선생으로 안정된 직장을 갖고 있다고는 하나 과소비를 할 수 없었던 보경은 월급을 받는 대로 저축을 즉각 했다. 부모님의 마인드가 교육은 아낌없이 투자하지만 그 후로는 자신만의 길을 가야 한다고 가르치셨으니 보경은 결혼을 위해 열심히 자금을 모으는 중이었다. 그리고 어차피 조만간 보경을 불러내 가방 하나 정도는 사줄 생각이었다.

"너 돈 들어갈 데도 많은데 무리하지 마."

"무리는. 엄만 내 능력을 뭘로 보고. 모레 연락드릴 테니까 나오세요. 아빠 정장도 한 벌 보고, 엄마 가방도 좀 보게. 그리고 현이 씨가 카드도 줬어요. 사드려야 하는데 못 한다면서."

이럴 때 아니면 언제 효도를 하겠는가. 게다가 이럴 때 현의 체면도 세워줄 수 있었다. 정말 무조건 받기만 하는 결혼은 사양이었다.

사실 부모님이나 할아버지는 이미 성년이 되어 사회 활동을 하는 보라를 아직도 어린애로 보고 있었다. 윤 교장은 아직 자신이 능력이 있다며 같이 외식을 해도 먼저 계산을 했다. 나중에 은퇴하면 그때나 사달라고 하면서. 자식에게는 아까울 게 없는 게 부모의 마음임을 왜 모르겠는가.

　보라는 보경의 공부를 위해 과감히 학원이나 과외도 받지 않고 양보했다. 대학교를 다닐 때도 스스로 과외를 하거나 아르바이트를 해서 부모님의 부담을 덜어드리기도 했다. 정말 별거 아닌 것들이었는데 부모님은 그녀에게 참 많이 미안해했다. 왠지 모르게 슬그머니 양심이 찔려와서 보라는 이왕 이렇게 된 거 모아두었던 돈이나 쓰자는 생각이었다.

　딱히 유흥이나 쇼핑에도 관심이 없는 터라 그녀의 통장은 말 그대로 그냥 돈이 오갈 곳 없이 묶여 있었다. 처음 그림을 할 때는 집에서 죄다 반대를 하는 터라 배를 굶어가며 그렸었다. 윤 교장은 정 여사 몰래 용돈을 주기도 했고 그녀도 아르바이트를 했었다.

　말 그대로 생계형 아르바이트를 하면서 그림을 그리기 시작해 인고의 노력 끝에 이렇게 성공했다. 나중에야 정 여사는 그녀의 사정을 보고 이럴 줄 알았으면 미술 학원이라도 보내줄 것을 하며 후회를 했다.

　"아무래도 현금 예단으로 보내는 게 좋겠다."

　"굳이 하지 말라시는데 그냥 둬요."

　"아냐, 그럴 수는 없지."

　"제가 알아서 할게요."

　"생각해보니 주말이라 은행도 닫았고, 월요일에 보내마."

　"아뇨, 제가 보내요. 제 결혼이니까 제 돈으로 할 거예요. 아셨죠? 보경아, 나 내일 9시까지 좀 깨워줘. 으아, 피곤해 죽겠다. 진짜 이거 두 번은 못 할 짓이네."

　양심이 찔려 더 이상 가시방석에 앉아 있지 못한 보라가 자리에서 일어나며 기지개를 펴고 방으로 들어갔다. 옷장에서 대충 옷을 꺼내 갈아입은 다음 씻고 나와, 화장대 앞에 앉아 서둘러 여권 앞면 사진을 찍어 현에게 보냈다. 그러곤 수분 크림 하나만 바르고 바로 침대로 쓰러졌다. 새벽까지 단행본 작업을 하느라 꽤나 피곤했다. 역시 일은 미루지 말고 그때그때 했어야 했다.

어느새 보경은 쪼르르 달려와 보라가 화장대 위에 올려둔 반지를 다시 끼며 이리저리 살피고 있었다.

"그렇게 좋니?"

"좋지. 남들은 결혼반지로 받아도 황송할 판에 언니는 진짜 복 받았다. 근데 언니, 형부가 먼저 연애 걸었어?"

"어어, 그렇지, 뭐."

보라가 눈동자를 괜히 굴리며 대답했다. 사실 먼저 현이 말을 걸어왔으니 이건 거짓말이 아니었다. 그때 현이 말을 걸어왔으니 일이 이렇게까지 진행된 게 아니던가.

생각해보니 현은 첫인상과 매우 달랐다. 처음엔 그가 무척이나 냉정해 보이고, 단호해 보였다. 하지만 그는 무척이나 합리적인 성격을 가지고 있고, 무엇보다 그녀를 먼저 생각해준다. 어쨌거나 계약적으로 얽힌 관계이니 함부로 대할 수도 없을 것이다.

아마 다른 여자들이라면 이 남자가 나에게 관심이 있나 착각을 했을 것이다. 하지만 보라는 그런 로맨스를 애초에 꿈꾸는 여자가 아니었다.

"나는 언니 그림 보고 이래서 결혼 못 하는구나 했지. 워낙에 눈이 높아야 말이지. 그 이대형까지 거절하고 말이야."

"내가 무슨 눈이 높냐?"

"눈 높지. 우리나라 최고 신랑감이라는 이대형을 그렇게 뻥뻥 차고. 솔직히 대형 오빠도 되게 잘생겼잖아. 언니, 축구 선수가 화장품, 그것도 명품 광고 찍는 거 흔치 않다."

"그렇게 좋으면 너 가져. 그 바람둥이 뭐가 좋다고."

"그냥 말로만 그러는 거지, 사실은 대형 오빠 언니 되게 좋아하잖아."

"그거 다 네가 모르고 하는 말이다."

그러고 보니 대형을 완전히 깜빡 잊고 있었다.

이거 또 결혼식장에 난입해서 난장판을 만드는 건 아니겠지?

아니다, 대형도 이미 서른셋의 어른인데 그럴 정도로 철이 없진 않다.

"나도 재훈이만 없으면 그러고 싶지. 그런데 대형이 오빠 엄청 우는 거 아니야? 그나저나 오빠가 시즌 중이라 다행이지, 아니었음 진작 한국에 쳐들어왔을걸?"

"지금 시즌 중이야? 진짜 말대로 다행이네."

"엄마가 언니 결혼한다고 여기저기 연락했는데 당연히 아줌마한테도 전화했지. 그런데 아줌마가 엄청 놀라시더래. 말을 안 해서 그랬지 사실 언니가 진짜 며느리로 들어올 줄 아셨다면서. 우리 아들 불쌍해서 어쩌냐고."

박 여사 이야기를 들으니 가슴이 뜨끔했다. 사실 대형과는 별개로 보라는 박 여사를 좋아했다. 박 여사가 장난으로 '우리 예쁜 며느리'라고 해도 실실 웃을 정도로 말이다. 보라가 길게 한숨을 내쉬었다.

"아줌마한테 언제 한번 따로 연락드려야겠네."

"대체 언제 연애를 한 거냐면서 그러셨긴 해도, 그래도 축하한다고 전해주래. 언니 진짜 처녀 귀신 되면 어쩔 뻔했냐고."

휴대전화가 조용한 것을 보니 박 여사가 대형에겐 그녀의 결혼 소식을 알리지 않은 모양이었다. 어차피 결혼도 이제 한 달 내로 하게 될 텐데 시즌 중이라는 대형이 한국에 올 리 없을 것이다. 결혼식이 제법 평탄히 흘러가겠구나 생각하며 보라는 눈을 감았다. 미안한 건 미안한 거고, 잠은 잠이었다.

약속 장소인 카페로 가 주차를 하고 후문이 없는지라 앞으로 돌아가던 현이 그대로 멈췄다. 창가 바로 옆 테이블에 앉아 있는 보라를 보고 현이 살짝 고개를 기울였다. 고스란히 피곤해하는 것이 보였다. 얼굴을 문지르려는 모양인지 보라가 두 손을 올리다 그대로 내렸다. 아무래도 화장을 하고 있다고 자각한 듯했다. 그리고 전화가 온 모양인데 마음에 들지 않는 상대인 건지 인상을 찌푸리며 받는 게 보였다.

현은 안으로 들어가 먼저 아메리카노와 카페 모카를 주문하고 커피를 기다리며 보라의 옆모습을 보았다.

"연락이 안 되긴. 그냥 내가 요즘 새 연재 준비하느라 그런 거야. 대형이 너 몸은 괜찮아? 외국에서 혼자 아프면 그만큼 서러운 것도 없다."

대형이라. 보라가 건네주었던 문서에 저런 이름이 있긴 했다. 고등학교 때부터 꽤나 친한 친구라고 했었다. 시끄럽고, 귀찮게 굴지만 착한 애라고. 보라의 말투는 무척이나 따뜻하고, 꼭 아이를 어르듯 다정했다.

"이 누나는 요즘 최고로 바빠요. 살도 2kg이나 빠졌더라. 그렇게 먹는데 빠진 것도 기적이야. 뭐? 너는 빠질 살이 어디 있다고 4kg나 줄었어. 안 되겠다. 엄마한테 말해서 너 좋아하는 짱뚱어탕 좀 만들어서 보내줄게. 시즌 중인데 그렇게 살이 빠져서 어떡해."

그냥 친한 정도가 아닌 듯하다. 커피가 나왔다는 소리에 현이 트레이를 받아 들고 보라의 앞으로 걸어갔다. 트레이를 테이블에 놓는 현을 보며 보라가 살짝 고개를 끄덕였다.

"나 지금 밖에 나와 있거든? 아냐. 그래, 알았어. 많이 보낼게. 열심히 하고. 야, 내가 언제 빨리 끊으려고 했냐? 너 지금 바쁘다니까 그랬지. 오냐."

통화를 끝낸 보라가 휴대폰을 서둘러 가방에 집어넣었다. 현이 카페 모카를 보라의 앞으로 내밀었다.

"잘 먹을게요."

"그 고등학교 때부터 친구라는 사람인가 보죠?"

"네. 지금 한창 바쁘다는데 왜 전화했나 몰라요."

"정말 많이 친한 모양이네요."

"친하다기보다는 그냥 가족 같은 느낌이라고 해야 하나? 뭐, 남동생이나 다름없죠."

사실 보라는 전화를 받으면서 대형에게 결혼한다고 말을 해야 하나 아주 살짝 고민했다. 하지만 현재 시즌 중이고 열심히 운동을 하는 대형에게 나 결혼하니 한국에 좀 들러라 할 수는 없었다. 무릎이 생명인 운동선수들에게 열 몇 시간 동안의 비행은 별로 좋지 않다고 들었다.

"멀리 있습니까?"

"네, 유럽이요."

"어떻게 친구를 그렇게 가족처럼 챙기는지 신기하네."

어딘지 살짝 날이 서 있는 목소리에 보라가 고개를 살짝 갸웃거렸다. 질투일 리는 없고, 혹시 현에게 그런 친구가 없는 건가 싶었다.

"마시고 일어날까요? 어머니 도착하실 시간 다 됐는데."

"네."

보라는 서둘러 커피를 한 모금 더 마시고 자리에서 일어났다. 말 그대로 정신이 없었다. 아마 이런 게 결혼 준비라는 것을 알았더라면 거절을 했을지도 모른다. 시간이 촉박해서 어쩔 수 없다는 것을 알고 보라는 조용히 강 여사의 계획대로 움직일 수밖에 없었다.

강 여사가 예전부터 다닌다는 곳으로 가기 위해 현의 차에 다가갔다. 하지만 문을 열고 바로 앉을 수가 없었다. 조수석엔 꽃다발이 놓여 있었기 때문이었다.

"꽃?"

"수국이라던데요?"

먼저 운전석으로 앉은 현이 꽃다발을 들었다. 앉아서 문을 닫자 수국의 은은한 향이 코끝을 스쳤다. 옅은 분홍빛의 꽃다발이 보라의 품에 안겼다.

"선물입니다."

"어, 고마워요. 꽃 선물을 왜 하나 이런 생각 했었는데 막상 받아보니까 진짜 좋네요."

"안 받아봤습니까?"

"네, 졸업식 꽃다발 말고는 이런 선물 받아보는 거 처음이거든요."

의외로 로맨틱한 구석이 있는 모양이다. 보라는 현을 저도 모르게 다시 바라보았다.

"결혼하는데 꽃다발 정도는 받아봐야죠."

"그럼 이거 프러포즈인가요?"

"그렇다고 볼 수 있겠죠."

꽤 괜찮은 프러포즈였다. 정말 상상도 해보지 못했기에 놀라움이 배가됐을 수도 있다.

"반지는 보여주기 식이었으니까?"

"음, 꽃은 진짜 괜찮은데요?"

현이 웃었다. 그가 보기에 보라는 딱히 여성의 로망을 원하는 사람 같지 않았다. 그러니 이런 비즈니스인 결혼을 진행하고 있었고 실제로 어딘지 모르게 여자라기보다는 동료 같다고 생각했었다. 그런데 또 꽃을 보고 좋아하는 모습을 보니 역시 여자구나 싶었다.

사실 꽃다발을 살 예정은 없었다. 신호등에 걸려 서 있는데 20대 초반의 연인이 보였다. 여자가 장미꽃 한 송이를 받아 들고 무척이나 행복해하는 모습을 보자 여자들은 저런 사소한 것에 행복해하나 싶었다. 이렇게까지 좋아할 거라 생각을 못 했지만 역시 꽃을 받고 좋아하는 보라의 모습을 보니 기분이 썩 괜찮았다.

얼마나 좋았으면 보라는 꽃다발을 들고 차에서 내렸다. 강 여사는 이미 도착해 여러 개의 다이아몬드 세트를 앞에 늘여놓고 있었다.

"어머, 그거 수국 아니니? 예쁘구나."

보라가 슬쩍 현을 보았다. 이럴 줄 알았으면 꽃을 가지고 내리지 않는 건데 그랬다. 보라가 꽃다발을 강 여사에게로 내밀자 현이 살짝 눈을 크게 뜨고 그녀를 보았다.

"현이 씨가, 어머님께 잘 어울리겠다면서 샀어요."

"현이가?"

강 여사는 의외라는 얼굴을 하고 현을 보았다. 난감하게 웃는 현을 보며 보라가 슬쩍 옆구리를 찔렀다.

"꽃 좋아하시잖아요."

"새아가 만나서 로맨티스트가 다 된 모양이구나. 어쨌거나 고마워."

말투는 냉랭해도 강 여사가 웃음을 참지 못하는 것을 보며 보라가 슬쩍 현의 옆구리를 다시 찔렀다. 어딘지 표정이 딱딱해 보이는 현을 보니 괜히 눈치가 보인 탓이었다.

"좀 웃죠?"

이를 꽉 깨물고 조용히 말한다는 걸 옆에 서 있는 직원이 들었는지 살짝 웃음을 터트렸다. 하지만 강 여사는 꽃다발에 집중을 해서 듣지 못한 것 같았다.

"그렇게 좋으세요?"

"어? 좋기는, 그냥……."

"앞으로 자주 사드릴게요. 보라 씨, 뭐 해요? 앉아요."

다행히 현은 눈치가 빠른 남자였다. 보라가 웃으며 질 좋아 보이는 가죽 소파에 앉았다. 그리고 테이블 위에 가득 놓인 다이아들을 보며 눈을 가늘게 떴다. 강 여사는 앞에 이 비싼 다이아를 두고도 꽃다발이 훨씬 눈에 들어오는 듯했다.

결국 직원이 추천하는 영롱한 빛을 내는 다이아 세트를 보고 고개를 끄덕였고, 두 사람의 결혼반지를 보고도 조용히 고개를 끄덕였다. 현 역시 별 감흥이 없어 보이는 건 마찬가지였다. 그렇게 장장 2시간을 허비하고 그곳을 빠져나와 백화점으로 들어섰다.

명품 시계를 보며 보라가 입을 벌렸다. 이런 게 뭐라고 가격이 절로 사람 입을 쩍 벌어지게 만든단 말인가. 조금 전 다이아들도 만만치는 않았는데 시계 역시 놀라웠다.

"새아가, 이건 어떠니?"

"좋네요, 어머님."

"그렇지? 한번 차보거라."

"저요?"

보통 남자들만 시계를 하는 줄로 알았는데 그게 아닌가 보다. 현은 이미 디자인은 똑같지만 크기가 다른 시계를 손목에 차고 있었다. 이미 가격을 먼저 봐서인지 보라는 손목에 찬 무게가 더없이 무겁게 느껴졌다.

"마음에 드니?"

"현이 씨, 어때요?"

이런 결정은 그에게 넘기는 게 현명했다. 멀뚱히 시계를 보던 현이 슬쩍 고개를 돌려 보라를 보았다.

"왜요, 마음에 안 들어요?"

"너무 과한 것 같은데."

"과하다니, 이 정도는 차야지."

그래, 사실 과하다. 시계 따위의 가격이 소형 자동차 가격을 넘

어선다. 물론 맡아두었다가 되돌려주면 그만이었지만 시계라는
건 상대적으로 가치가 떨어지는 물건이 아니던가. 보라가 슬쩍 현
을 바라보았다.

　도움의 눈빛을 읽은 모양인지 결국 현이 대체적으로 그나마 싼
물건을 골랐다. 강 여사는 마음에 들지 않는 눈치였지만 이미 아
들이 결정한 것을 더는 뭐라 하지 못했다. 역시, 우위에 있는 사람
은 강 여사가 아니라 현이었다.

　"그리고 보라 씨는 시계 평소에 안 찹니다."

　"얘, 그래도."

　"쓰는 사람만 해야죠."

　"시계는 제가 계산……."

　"내 앞으로 보내요."

　"고맙습니다, 사장님."

　강 여사는 자기 사업을 하고 있었다. 그러니 일반 서민인 그녀
와는 달랐다. 그저 내 앞으로라는 말 한마디로 계산은 끝이 났다.
보라가 슬쩍 눈을 굴려 현을 보았다.

　"어머니, 이건 보라 씨가 저에게 사주는 걸로 하죠."

　"맞아요, 어머님. 이건 제가 꼭 사주고 싶은 거였어요."

　보라가 재빨리 가방에서 지갑을 꺼내 들었다. 그리고 직원에게
카드를 건네며 일시불로 해달라고 말한 뒤 생글생글 웃으며 강 여
사를 보았다. 마음에 들지 않는 듯 잠시 두 사람을 보던 강 여사가
손목의 시계를 확인했다.

　"오늘 급히 약속이 생겨 가봐야겠다. 현이는 새아가에게 맛있
는 것 좀 사주고."

"알겠습니다."

그때 강 여사가 핸드백에서 봉투 하나를 꺼내 보라의 손에 들려주었다. 이게 뭔가 싶어 강 여사를 바라보았다.

"마음 같아선 내가 안사돈 한복까지 해드리면 좋으련만 부담스러워하지 않으시겠니? 네가 이걸로 좋은 데 가서 맞춰드려라. 바깥사돈 정장도 해드리고."

"아뇨, 어머님. 그건 제가……."

"어른이 주는 거 거절하는 거 아니다, 아가."

보라는 강 여사의 눈빛을 읽었다. 그저 그런 한복을 하면 각오하는 게 좋을 거라고. 그나마 업체를 정해주지 않은 게 다행이라 생각하고 어색하게 웃으며 고개를 천천히 끄덕였다.

"네, 어머님. 감사합니다."

"전자제품은……."

"그런 건 저희가 알아서 합니다. 저희가 쓸 거니까요. 거기까진 신경 쓰지 마세요."

"흠흠, 그래, 아가. 그럼 나중에 보자."

"어머님, 그럼 먼저 들어가세요."

강 여사가 현을 한 번 쏘아보고 매장을 나섰다. 그대로 '악' 소리를 내려던 보라가 재빨리 입을 다물었다. 여긴 매장 안이었고 어쨌거나 그녀는 여기선 친절히 웃어야 하는 역할이었다. 과할 정도로 친절하게 웃으며 뒤로 돌아섰다.

"그럼 이쪽으로 보내주십시오."

"알겠습니다, 바로 수선해서 보내드리도록 하겠습니다."

매장 밖으로까지 나온 직원은 고개를 숙이며 인사했다. 이런 게 MVG의 위엄인가 하면서 보라는 입술을 모으며 현의 뒤를 따랐다. 이미 2시가 넘어가는 시간이었고 그녀의 위장은 배가 고프니 빨리 음식을 넣어달라 안달이었다.

"지하식당 가서 밥 먹을래요?"

그 말에 현은 꽤나 의외라는 표정으로 그녀를 보고 있었다. 보라는 오늘 일어나서 입으로 집어넣은 거라곤 카페 모카 조금이 다였다. 그것만으로는 배가 차지 않는다.

"왜요? 볼일 끝났으니 밥도 따로 먹어야 해요? 너무 비즈니스적이시다."

"아닙니다, 내려갑시다."

밥 먹는 데도 사람 가려야 하나. 보라가 눈썹을 슬쩍 추켜올리며 먼저 앞장섰다. 이미 점심시간이 지나간 뒤라서인지 식당들은 제법 한가했다. 하지만 문제는 이런 데 오면 또 뭘 먹어야 할지 쉽게 결정이 나지 않는다는 것이다. 하여간 이놈의 결정 장애는 꼭 먹을 것에서 발동하곤 한다.

"여기로 들어갑시다."

하지만 현은 먹는 것에 별다른 고민을 하는 타입이 아닌 듯했다. 바로 앞에 있는 일식당으로 들어가 앉은 두 사람은 특선 정식을 2개 시켰다. 보라는 이미 오늘 써야 할 기력을 모두 소진해서 고개를 뒤로 젖히고 그저 멍하니 천장을 보았다.

"오늘 고생 많았습니다."

"뭘요, 그냥 해주시는 대로 가만히 있으면 되는 일이었는데."

"얼굴색은 그게 아니라는 거 압니까?"

목의 근육을 푼 보라가 그를 바라보았다. 오늘 현은 말도 거의 하지 않았다. 그저 그녀만 강 여사의 비위를 맞추느라 전전긍긍했다.

"참, 민희라고 했나요?"

"민이요."

"아, 민이. 고양이인데 낯선 사람 경계하지 않겠습니까?"

"한 하루 정도? 구석에 숨어 있다가 익숙해지면 나올 거예요. 꽤나 개냥이라 금방 들러붙을 테니 크게 걱정 안 하셔도 돼요. 아, 흰옷 조심하세요. 털 많이 빠지거든요."

그런 말이 있지 않은가. 고양이는 워낙 인간의 사랑을 많이 받아 다른 동물들이 질투를 하자 신이 털을 많이 빠지게 만들었다고.

개만 키웠던 보라 역시 처음엔 몰랐는데 민이를 키워보니 고양이들이 정말 애교도 많고, 매력이 있는 동물인 것을 알게 되었다.

"어떻게 키우게 됐습니까?"

"길에서 만났어요."

"길에서요?"

"유기됐나 봐요. 전단지도 붙이고, 근처 동물병원도 돌아다녀 보고 그랬는데 주인이 안 나타나서 결국은 저희 집에 정착했죠, 뭐."

그녀는 그때도 한창 마감을 하던 중이었다. 마감에 쫓겨 낮에도 일을 할 수밖에 없었는데, 이러다 죽겠다 싶어 씻지도 않은 몰골로 밖으로 튀어나갔다.

오피스텔 바로 옆에 있는 작은 공원의 벤치에 앉아 광합성 섭취를 하겠다며 온몸을 쭉 펴는데 뭔가가 툭, 그녀의 허벅지 위로 올라왔다. 그게 바로 민이었는데, 벌써 같이 살기 시작한 지도 4년이 되어간다. 그때 동물병원에서는 약 8개월 정도로 추정된다고 했으니 민이는 올해 5살이었다.

오늘은 좀 일찍 들어가서 민이의 화장실도 치워주고 좀 놀아줘야 할 것 같았다. 밥을 먹고 나면 3시쯤이 될 것이다. 또 집에 가면 어디 다녀왔냐며 냥냥거리고 쫓아다닐 텐데. 보라는 민이를 생각하자 절로 웃음이 나왔다.

"고양이 안 좋아하세요? 그걸 안 물어봤네."

"좋지도 싫지도 않습니다. 키워본 적 없으니까요."

"혹시 남궁현 씨한테 고양이 털 알레르기 있으면 어쩌죠?"

"없습니다."

"다행이네요. 그걸 생각을 못 했었네."

그때 두 사람의 앞으로 초밥과 튀김, 우동이 놓여졌다. 보라는 서둘러 젓가락을 들고 고추냉이를 간장에 푼 뒤 초밥 하나를 들어 입으로 가져갔다. 그것을 우물우물 씹으며 우동 국물을 떠먹으며 손을 들었다.

"여기 마른 메밀도 하나 더 주세요."

"알겠습니다."

양이 꽤 되어 보였지만 모자랐는지 메뉴를 하나 더 시키는 보라를 보고 현이 물을 꿀꺽 삼켰다.

"다 먹을 수 있겠습니까?"

"이 정도는 기본이죠. 치킨도 1인 1닭인데."

"네?"

"전 딱 하나만 먹어요. 고촌."

"아, 고촌."

현은 그 정도쯤이라면 후배들이 쉽게 해치우는 것을 봐서 알고 있었다. 닭다리를 들 때마다 이건 무슨 병아리냐며 웃곤 했었다.

"매운 거 좋아하세요?"

"못 먹진 않습니다."

"저 매운 거 신봉자거든요. 먹으면 속이 확 풀리는데 애석하게도 닭발은 못 먹어요."

"닭발이요?"

"그것만 먹으면 이상하게 속이 안 좋아서."

보라가 초밥을 입안 가득 넣고 우물우물거리면서 또 하나를 들어 입으로 가져가고 있었다. 현은 비어 있는 그녀의 컵에 물을 채워주었다.

"원래 그렇게 급하게 먹습니까?"

"꼭꼭 씹어 먹는 중인데요? 그리고 원래 음식이라는 게 입에 가득 차야 씹는 느낌이 있잖아요."

게걸스럽다는 말을 살짝 돌려 말했는데 보라가 이미 그것을 캐치한 모양이었다. 그리고 마른 메밀이 나오자 갈린 무며 고추냉이며 가득 육수에 풀더니 맛있게 먹었다. 그런 보라를 보고 있으니 현도 시장기가 느껴졌다. 그는 초밥 한 조각을 들어 장에 찍어 입으로 가져갔다.

"송 선생이 그러던데 연애 사실을 한 번도 집안에 알리지 않았다면서요?"

"어휴, 말도 마세요. 저희 집 사람들이 그런 거 엄청 좋아하거든요. 사람 시달리게 하는데 왜 알려요."

"그래도 연애는 꽤 해본 모양입니다?"

"결혼에 관심 없다고 연애를 안 하는 건 아니거든요. 무성애자는 아니니까요."

현이 고개를 끄덕였다. 사실 보라는 연애를 세 번 정도 했었다. 처음엔 호기심에 했고, 나머진 먼저 사귀자고 해서 동의했는데 결과적으로는 모두 그녀가 차였다. 워낙에 전화도 잘 받지 않고 만나도 감흥이 없어 보인다는 게 그 이유였다. 그래서 보라는 스스로 연애가 맞지 않는 건가, 심각하게 생각한 적도 있었다.

"그러는 남궁현 씨는 연……. 아니에요."

"뭡니까?"

"아니에요."

사실 동성애라는 게 흔한 것도 아니고 이성애자보다는 연애 확률이 더 낮을 것이다. 그리고 그녀에게 커밍아웃을 한 것도 아닌데 옛 남자 친구 이야기를 물어보기는 좀 그렇지 않은가. 보라는 그냥 웃으며 고개를 흔들고 새우튀김을 입으로 가져갔다.

양이 꽤 많은 음식을 모두 해치우는 그녀를 보고 현은 꽤 놀란 듯했다. 이 정도야 기본인데 말이다. 앞으로 같이 살면 그녀의 먹성에 더 놀라지 싶었다.

"꽃은 왜 어머니 드린 겁니까?"

"덕분에 좀 수월하게 넘어갔잖아요."

"그 꽃 좋아했잖습니까."

"어떻게 인간이 좋은 것만 다 갖겠어요. 필요에 따라 좀 내놓고 그래야지."

말은 그렇게 하고 있었지만 역시 누군가, 그것도 남자에게 처음 받아본 꽃다발이라 살짝 보라는 마음이 쓰라리긴 했다. 이제 또 언제 그런 꽃을 받아보겠는가.

"필요?"

"남궁현 씨 어머니 안 보셨어요? 엄청 좋아하시는 거."

보라의 말에 고개를 끄덕이긴 했지만 현의 얼굴을 여전히 굳어 있었다. 만약 또 꽃을 사준다고 해도 그건 같을 수가 없다. 뭔가 마음에 들지 않는 건 무슨 마음일까. 현은 저도 모르게 입술 안쪽 살을 슬쩍 깨물었다.

백화점에서 나와 현은 친절하게 그녀의 오피스텔로 차를 몰았다. 사실 택시를 타고 가도 됐지만 그러기엔 정말 오늘은 힘이 모자랐다. 너무 일찍 일어난 탓도 있었고 강 여사에게 몽땅 기를 빼앗겼기 때문이었다.

그런데 현이 집에 거의 왔는데 갓길에 차를 세우더니 잠시만 기다리라 말하며 차에서 내렸다. 보라는 고개를 갸웃하며 눈을 감았다. 눈을 감으니 정말 이대로 누워 잠을 잘 수도 있겠다는 생각을 했다. 근래 아침형 인간이 되느라 수면 부족에 시달리는 중이었다.

문이 열리는 소리가 들렸지만 보라는 도무지 눈을 뜰 수 없었다. 그런데 은은하고 달달한 냄새가 나서 천천히 눈을 떴다. 현이 그녀의 앞으로 무엇인가를 내밀고 있었다. 그건 하얀 꽃이 열린 작은 화분이었다.

"뭐예요?"

"꽃다발은 식상할 것 같고, 마침 들어갔는데 향이 참 좋아서요. 치자라고 하던데요."

"치자가 이렇게 좋은 향이 났어요? 몰랐네. 어? 설마 꽃에 대한 선물이에요?"

"마음에 안 듭니까?"

보라가 고개를 저었다. 현은 화분을 건네주면서도 스스로 너무 오버하지 않았나 생각을 하긴 했다. 그런데 보라와 있으면 즐거웠다. 계산적으로 시작된 관계였지만 그녀와 있을 때면 마음이 편안하다. 그리고 왠지 모르게 호기심으로 흥분되는 것 같기도 하다. 뭐랄까, 설렘이라는 게 생기는 것도 같다. 이렇게 시작해도 괜찮지 않을까?

"물 자주 주면 안 된대요. 화분에 흙이 좀 바삭해 보일 때쯤 주라고 하던데. 한 일주일이나 열흘쯤?"

"향 진짜 좋다. 사실은 민이 때문에 화분 같은 거 키울 생각 못 했었거든요. 어찌나 풀을 좋아하는지. 참, 올라가서 민이 한 번 보고 가실래요?"

"그래도 되겠습니까?"

"먼저 친해지는 게 좀 좋죠, 아무래도. 집 옮기고 나면 민이가 또 예민해져서 며칠은 울어댈 텐데. 안 그래도 낯선 환경에서 낯선 사람까지 보면 스트레스 더 받지 않겠어요?"

현이 알겠다는 듯 지하주차장으로 핸들을 돌렸다.

사실 민은 사교성이 꽤나 좋은 고양이라서 누군가가 새로 와도 5분 정도만 구석에 숨어 있다가 바로 나와 애교를 부리곤 했다. 어쩔 때 보면 개의 탈을 쓴 고양이가 아닌가 생각될 정도였다.

그래도 둘이 친해질 계기는 필요했다. 제일 신경이 쓰이는 건 역시 고양이인 민이가 낯선 현을 보고 괜한 스트레스를 받지 않을까 하는 것이었다. 아무래도 이제 이사도 하는데 바뀐 공간에 스트레스가 많을 것이니 그 전에 이렇게 얼굴이라도 익혀두는 게 좋을 것 같았다.

"그럼 언제쯤 이사할 겁니까?"

"월요일에 부동산 아저씨께 말해두고 전세로 할 건데 안 들어온다면 월세로 돌려야죠, 뭐. 그래도 새로 일 들어가기 전에는 옮겨야 하니까 2주 안으로?"

"그럼 그렇게 알고 있겠습니다."

엘리베이터 문이 열리자 두 사람은 복도를 걷기 시작했다. 꽤나 미로처럼 된 곳이라 현이 고개를 두리번거렸다. 그때 키가 큰 남자가 현관 앞에 서 있는 것을 발견했다. 어디서 많이 본 얼굴이라고 생각하다 남자와 눈이 마주쳤다.

"어? 저기 프리메라리가에서 활동하는 선수 아닙니까?"

"네?"

가방에서 진동이 울리는 휴대전화를 찾기 위해 분주하던 보라가 그 말에 고개를 들어 올렸다. 그리고 그때 그녀의 집 앞에 서 있던 대형과 눈이 마주쳤다.

"윤보라!"

대형의 사자후 같은 목소리가 복도를 쩌렁쩌렁 울렸다. 보라는 긴 두 다리를 이용해 성큼성큼 다가오는 대형을 보고 두 눈을 질끈 감았다.

3. 라이벌

그녀는 분명 그 '대형'이라는 친구와 오전에도 연락을 하고 있었다. 현은 설마 그 '대형'이 이 '대형'일 줄은 꿈에도 몰랐다.

이 일을 어찌해야 하나 싶어 보라를 바라보았다. 하지만 예상 외로 보라는 거칠게 손을 잡혔음에도 불구하고 반항 한 번 하지 않고 있었다. 현이 손을 뻗어 보라의 반대쪽 손목을 잡았다. 보라가 더 이상 끌려오지 않자 대형이 뒤를 돌아보았다.

"뭡니까?"

"여자 손목 함부로 잡는 거, 성희롱인 거는 압니까?"

"저 기생오라비처럼 생……."

"대형아, 우리 손 좀 놓고 이야기할까?"

보라가 싱긋 웃으며 이를 꽉 깨물었다. 현이 그녀의 손을 놓아 주자 대형도 그것을 보고서 힘을 풀었다.

"우선 들어가자. 여기 보는 눈들 많거든?"

보라가 서둘러 비밀번호를 누르고 문을 열었다. 대형은 말없이 안으로 들어갔다. 보라는 우두커니 서 있는 현을 보았다.

"안 들어와요?"

"들어갑니다."

그러고 보니 현에게 그냥 대형이라는 친구가 있다고만 했지 축구 선수라고는 말을 안 했던 건가? 우리나라 남자들이라면 아마 80퍼센트는 스포츠를 좋아할 것이다. 그것이 축구가 되었든, 야구가 되었든.

현은 굳은 얼굴로 대형을 보고 있었다. 하긴 대형은 꽤나 유명인이니 이해가 되기도 했지만, 평소 많이 좋아하는 선수였나? 왜 저리 굳어 있지? 그렇게 생각한 보라는 현이 안으로 들어서고 난 뒤에야 문을 닫았다.

민이가 이미 총총 뛰어와서 대형의 다리에 볼을 비비고 있었다. 대형은 자연스럽게 민이를 끌어안으며 소파에 앉아 허벅지 위에 올려놓고 머리를 쓰다듬어 주고 있었다.

"너 뭐야? 아까 전화할 땐 들어왔단 소리 없었잖아."

"놀래주려고 그랬지. 그런데 뭐야? 들어오자마자 내가 소식을 들은 게 사실이야?"

보라가 한숨을 푹 내쉬었다.

"이대형 선수?"

현이 대형을 보며 말했다.

"누구십니까?"

민이를 보고 웃고 있던 대형이 바로 경계 태세를 갖추며 물었다. 민이도 처음 보는 현의 등장에 긴장을 했는지 대형의 품에 꼭 안겨 동공이 커져 있었다.

"남궁현이라고 합니다. 보라 씨에게는 이야기 많이 들었습니다."

"그러니까 댁이 우리 보라랑 결혼한다 하는 그 남잡니까?"

대형이 민이를 소파에 내려두고 자리에서 일어섰다. 그러자 민이가 후다닥 구석으로 사라졌다. 키가 큰 두 사람이 서로 마주 보며 서 있자 오피스텔 안이 무척이나 비좁아 보였다.

"대형이 너 지금 시즌 중이라면서? 이렇게 막 와도 되는 거야?"

"안 그래도 무릎 부상 때문에 한국에 들어오기 직전이었어. 아까도 말했다시피 좀 깜짝 놀래주려고 하루 일찍 왔지. 그런데 뭐야, 언젠 결혼 같은 거 생각도 안 한다면서? 죽어도 그런 거 안 한다며."

그러다 갑자기 대형이 현을 노려보며 말을 이었다.

"아십니까? 제가 고등학교 때부터 보라 좋아했던 건?"

보라는 머리가 지끈거려 관자놀이를 꾹꾹 눌렀다. 현의 뒤통수밖에 보이지 않아 그가 지금 무슨 표정을 짓고 있는지 걱정이었다. 하지만 평소 연기를 잘하던 것을 보아 지금 실수를 할 것 같진 않은 믿음이 생겨났다.

"알고 있습니다."

"전혀 상관없나 봅니다?"

"이대형 씨 짝사랑까지 제가 신경을 써야 합니까?"

그 짝사랑이라는 단어에 대형이 울컥했지만 차마 반박할 말이 생각나지 않는 모양이었다. 그저 두 주먹을 불끈 쥐고 현을 노려보던 대형이 다시 날카로운 시선을 보라에게로 옮겼다.

보라는 한숨을 내쉬며 몸을 틀어 커피 메이커에 물을 부었다. 아무래도 지금은 대형을 진정시켜야 할 타이밍이었다. 곧 은은한 커피 향이 오피스텔 안으로 퍼지기 시작했다. 대형은 기분 나쁜 걸 표현하듯 쿵쾅거리며 소파로 가 앉았고 현은 몸을 돌려 식탁 앞에 앉았다.

"커피 괜찮죠?"

"좋습니다."

"윤보라, 나는!"

"알았어, 설탕 가득 타줄게."

먼저 커피를 따라 현의 앞으로 내주고 대형 몫의 커피엔 설탕을 듬뿍 넣어 잘 섞어주었다. 그것을 보고 대형이 자리에서 일어나 현의 건너편으로 앉으며 커피를 한 모금 삼켰다.

"윽, 뜨거."

"이 바보야, 당연히 뜨겁지."

역시 어린애 같아서 하나하나 손이 많이 가는 녀석이었다. 보라는 냉동고를 열어 얼음 2조각을 꺼내 대형의 잔에 넣어주었다. 그제야 그녀를 보며 대형이 씩 웃었다.

잔뜩 그을린 얼굴로 웃으니 바보같이 흰 치아가 무척이나 눈에 띄었다. 막 앉으려고 움직이던 보라가 식탁을 돌아 현의 옆으로 앉자 대형이 눈을 동그랗게 떴다.

"윤보라, 이쪽으로 와서 앉아."

"대형아, 나 이 사람하고 결혼해. 다음 달 4일에."

그 말을 직접 보라의 입을 통해 듣자 대형은 충격이 큰 모양이었다. 잔을 쥐고 있는 손이 덜덜 떨렸다.

"그런 말 듣자고 나 계속 너 좋아한 거 아니야."

여전히 우정을 사랑이라고 착각하고 있다. 보라가 혀를 끌끌 찼다.

"좋아해달라는 말 안 했어."

"대체 저 남자는 되고 나는 안 되는 이유가 뭐야? 저 사람은 많이 배운 사람이라서? 나는 그냥 공이나 차는 무식한 애라?"

"뭘 또 그렇게 비하하고 그래."

"이유를 말해보라고."

정말 덩치만 큰 어린애 같다. 왠지 현의 앞에서 이런 대형의 모습을 보여주는 게 마음에 들지 않았다. 그래도 축구 선수로서는 어마어마한 능력과 카리스마 있는 모습만 매체에서 보아왔을 텐데.

"넌 친구고 이 사람은 남자니까."

충격요법이라도 줘서 빨리 대형을 보내야 할 것 같았다. 그러지 않았다가는 대형의 진짜 모습을 현이 보고 말 테니까.

아니다, 이미 늦었다.

그녀의 말이 너무 타격이 큰 모양이었다. 살짝 고개를 숙인 대형의 넓은 어깨가 흔들리기 시작하더니 이제는 엉엉 소리까지 내고 있었다.

현이 놀란 얼굴로 보라를 보았다. 보라는 그냥 어색하게 웃을 수밖에 없었다. 티슈를 몇 장 뽑아 건네주었지만 대형이 그것을 뿌리쳤다. 덕분에 그녀의 손이 잔을 치며 커피를 쏟았고 잔은 바닥으로 떨어져 깨지고 말았다.

"보라 씨, 괜찮습니까?"

현이 재빨리 자리에서 일어나 보라를 이끌고 싱크대 앞으로 걸어가 차가운 물을 틀었다. 커피가 쏟아진 손등이 순식간에 붉게 변해 있었다. 지끈거리는 아픔이 느껴졌지만 눈을 감고 참아내었다.

"집에 화상 연고 없습니까?"

"있을 턱이 있겠어요."

"우선 이러고 계십시오, 나가서 좀 사오겠습니다."

현이 그렇게 말하며 냉동고에서 얼음을 꺼내 몽땅 붓더니 곧 오피스텔을 나섰다. 현이 나간 것을 확인한 보라가 한숨을 길게 내쉬었다. 그녀의 뒤에서 어쩔 줄 몰라 하며 서성이는 커다란 그림자가 느껴졌다.

"보라야……."

잔뜩 울먹이는 목소리에 보라가 뒤를 돌아보았다. 놀라서인지 눈물은 멈췄지만 대형의 얼굴엔 울음기가 가득했다.

"야, 이대형."

"괜찮아?"

"괜찮으니까 세수 좀 하고 나와."

이럴 때는 또 말 잘 듣는 어린애 같다. 대형이 화장실 쪽으로 걸어가는 것을 보고 보라는 손등을 살폈다. 후끈후끈한 게 아무래도 곧 물집이 올라올 것 같았다.

그때 민이가 싱크대 위로 폴짝 뛰어 올라와 그녀를 바라보았다. 청록색의 눈이 순진무구하게 그녀를 바라보자 왠지 아픔도 조금 옅어지는 것 같기도 했다.

"민이야, 너 없으면 엄마 어떻게 살 뻔했니."

민이는 마치 그녀와 대화를 하듯 '냐아' 거리며 팔뚝에 볼을 문질렀다. 그때 초인종 소리가 울리자 민이 '으르렁' 소리를 냈다. 서둘러 걸어가 문을 열자 뛰어갔다 온 모양인지 현의 숨소리가 거칠었다.

현이 그녀의 손목을 이끌어 재빨리 소파에 앉히고 바닥에 사온 약들을 쏟아부었다. 보라는 계속 얼음물에 담그고 있었더니 이제 감각이 잘 느껴지지 않았다. 알코올이 오히려 미지근하게 느껴지는 수준이었다. 현은 그녀의 손등에 습윤 밴드를 조심스레 붙여주었다.

"다행히 빨리 조치해서 괜찮은 것 같습니다. 씻을 때 좀 조심하고 그래도 아프면 내일 병원 가는 걸로 합시다."

고개를 끄덕이는데 민이가 다가와 현의 무릎과 정강이에 볼을 열심히 비볐다. 현은 휴지로 손을 닦고 나서 민의 머리를 부드럽게 쓰다듬었다.

"네가 민이구나."

역시 사람을 잘 따르는 고양이답게 민이는 재빨리 현의 다리 위로 올라가 자세를 잡고 앉아 기분이 좋은지 그릉그릉 소리를 내기 시작했다.

그때 욕실 문이 열리며 대형의 얼굴이 드러났다. 눈가가 살짝 붉은 것만 빼면 평소와 다름이 없었다. 민이 재빨리 현의 다리에서 내려와 대형에게로 달려갔다. 대형은 허리를 숙여 민이를 쓰다듬어주었다.

"나 갈게."

뒤로 돌아서는 대형이 살짝 다리를 절었다. 그 모습을 보고 보라가 자리에서 일어나며 대형의 앞으로 걸어갔다.

"무릎 괜찮아? 많이 안 좋아?"

"우선 정밀 검사 해보는데 수술이면 이젠 정리하고 한국 들어 와서 은퇴 준비해야지."

"은퇴? 그 정도야?"

"이 나이면 뭐, 흔하지."

"차는? 뭐 타고 왔어?"

"택시."

"그래? 밑에까지 내가 데려다줄게. 바로 병원으로 갈 거야? 아줌마는? 연락은 드렸어? 현이 씨, 잠깐만 기다려요. 좀 데려다 주고 올게요."

현이 고개를 끄덕이는 순간 대형이 자연스럽게 보라의 어깨를 감싸 안았다. 그리고 그를 향해 슬쩍 웃으며 나가는 것을 보고 현 이 헛웃음을 터트렸다.

"그러니까 지금 아픈 척 연기하는 거지?"

가까이 다가온 민이 다시 그의 허벅지 위로 올라와 앉았다. 그 릉그릉거리는 민이의 턱을 손가락으로 문질렀다.

"너 인마, 지조가 없어."

그가 손을 떼자 더 만져달라는 듯 민이 앞발로 그의 팔을 툭툭 쳤다. 현이 그럼에도 반응이 없자 아예 몸을 일으켜 그의 어깨에 두 앞발을 얹고 얼굴을 가져가 그의 턱에 비벼댔다.

그때 문이 열리며 보라가 들어왔다.

"어린이는 잘 보내주고 왔습니까?"

보라가 웃으며 고개를 저었다. 그런데 민이는 예상외로 그에게

서 떨어져 보라에게 가지 않고 그대로 턱에 얼굴을 문지르고 있었다.

"걔가 보기보다 좀 여려요."

"아무래도 윤보라 씨가 버릇을 잘못 들인 것 같습니다."

"뭐가요?"

"그럴 땐 그냥 혼자 가게 놔둬야 합니다."

그 말에 발끈할 줄 알았는데 보라는 잠시 생각에 잠긴 듯 신발을 벗다 말고 그대로 서 있었다. 그리고 이내 고개를 끄덕이며 마저 신발을 벗고 안으로 들어와 냉장고 문을 열고 생수를 꺼내 마셨다.

"남궁현 씨 말이 맞네요. 저도 모르게 계속 어린애로 봐서 그런가 봐요."

"저렇게 좋아해주는 남자가 있는데 결혼하지 그랬어요."

"보셨잖아요. 평생 들러붙을 게 뻔한데 그걸 제가 어떻게 견뎌요. 그리고 대형이는 진짜 좋은 여자 만나서 결혼할 자격이 있거든요. 저는 탈락이죠."

"왜 그렇게 생각합니까?"

"어린 나이에 선수 생활하면서 외국 나가서도 고생 많이 했어요. 은퇴하고 나면 그때부턴 인생을 즐겨야 하고, 그동안 해보지 못한 일들도 많이 해봐야죠. 전 거기에 못 맞춰요. 내 할 일이 바빠서."

"오히려 이대형 선수가 다 맞춰줄 것 같던데요?"

"에헤이, 뭘 모르시는 말씀하시네. 걔 완전 똥고집이에요. 그리고 제 일에 대한 존중 같은 건 없어요. 그냥 결혼해서 자기 따라와 그림은 취미로 그리라는 앱니다. 자기 돈 많다면서. 돈 때문에 그리는 게 아닌데 말이죠."

정색을 하며 하는 그 말에 현이 고개를 끄덕였다. 보라는 식탁 위에 생수통을 놓고 한숨을 푹 내쉬었다.

"그냥 못 가져서 갖고 싶은 것뿐이에요. 그리고 결정적인 건 우정을 사랑이라고 착각하고 있다니까요."

"그러기엔 10년 넘도록 윤보라 씨를 좋아하고 있잖습니까."

"그러는 남궁현 씨야말로 그렇게 좋아하는 허설희 씨 받아주시지 그래요? 거기도 10년 넘게 그쪽 좋아한다면서."

보라는 지난번 인영에게도 설희에 대해 살짝 들어서 알고 있었다. '누가 누구에게 참견질이야.'라고 낮게 말하면서 보라가 창가로 다가가 민이의 화장실을 치우기 시작했다. 사료를 얼마나 많이 먹었는지 많이도 싸났다고 말하자 민이가 달려와 괜히 참견질을 했다.

"어허, 엄마 지금 네 똥 치우는 거 안 보이냐?"

"내일은 뭐 할 겁니까?"

"가족들하고 쇼핑할 건데요. 왜요?"

"집에 딱히 있는 가구가 없어서. 아마, 사야 할 것 같아서요."

"뭐 있는지 말해주면 내일 살게요. 아, 주소 좀 거기 적어줄래요? 그래야 배달이라도 시키죠. 내일 집에 있을 거죠?"

"집을 봐야 대충 분위기라도 맞출 수 있을 거 아닙니까. 어머니께서 또 보는 안목이 어쩌고저쩌고 하실 텐데."

사실 오늘 꽃도 받고, 화분도 받으면서 기분이 꽤 괜찮았는데 현이 다 망쳤다. 왜 자꾸 대형을 그녀에게 붙이지 못해서 안달이란 말인가. 보라가 볼을 긁적였다.

"그럼 들어가서 집 사진 좀 찍어서 보내주세요. 그리고 안목 낮다고 하시면 남궁현 씨 핑계 대면 좋겠네요. 남궁현 씨가 죄다 고른 거라고."

현이 픽 웃었다. 정말 한마디도 지지 않는 여자였다. 현이 주변을 정리하고 자리에서 일어섰다.

"이대형 씨 어쩔 겁니까? 쉽게 포기할 것 같진 않은데."

"자기가 뭘 어쩌겠어요. 곧 유부녀 되는데."

"그럼 이만 가보죠."

"가서 꼭 사진 보내요."

보라는 뒤도 돌아보지 않고 대답하고 있었다. 민이의 화장실부터 모래로 어질러져 있는 그 주변을 치우느라 정신이 없어 보였다. 신발을 막 신는데 어느새 다가왔는지 보라가 그의 뒤에 서 있었다.

"운전 조심히 해요."

"네."

고개를 끄덕인 현은 보라의 방에서 벗어났다. 차에 올라타 시동을 걸고 오피스텔 건물을 나와 신호등 앞에 멈춰 서 거대한 빌딩을 올려다보았다.

정말 보라는 예상했던 것보다 훨씬 가치관이 뚫려 있고 괜한 고집이 있지도 않았다. 그때그때 상황 판단을 잘하고 다른 사람의 의견을 즉각 수용할 줄도 알았다.

꽤 괜찮은 사람이다. 그리고 그러지 않은 척하지만 은근히 다정하기도 하다. 본인은 모르겠지만 말이다. 현이 웃으며 핸들을 쥔 손에 힘을 주었다.

현은 오전엔 수술실을, 오후엔 분만실을 뛰어다니며 움직이다 보니 어느새 녹초가 되었다. 오늘이 길일이라도 되는 것처럼 많은 아이들이 태어났다.

귀가 윙윙 울리는 느낌에 고개를 저으며 탈의실로 향하는데 익숙한 얼굴이 보였다. 그리고 그 익숙한 얼굴 주위에 모여든 사람들은 사진과 사인을 받느라 정신이 없었다.

그와 눈이 마주치자 대형은 사람들을 물리고 가까이 다가왔다. 결국 현은 당장 씻는 것을 포기하고 대형과 함께 전문의 사무실로 함께 들어섰다.

"이런 것밖에 없는데 괜찮습니까?"

"아무거나 주십시오."

냉장고에서 오렌지 주스를 2병 꺼내 탁자 위에 내려놓으며 의자에 앉았다. 대형은 마치 관찰을 하듯 사무실을 둘러보고 있었다.

"그날은 제가 너무 당황해서 못 볼 꼴을 많이 보였네요."

"이해합니다."

여유롭게 자신을 대하는 현이 마음에 들지 않는지 대형이 인상을 찌푸렸다. 그라운드의 황태자답게 대형은 잘생긴 얼굴에 좋은 몸을 가지고 있었다. 왜 결혼하고 싶은 대한민국 남자 1위를 차지했는지도 알 것 같았다. 실물은 생각했던 것보다 여느 배우처럼 잘생겼다.

"우리 보라가 예쁘긴 엄청 예쁘죠. 미스코리아 좀 나가보라고 어찌나 권유를 받는지. 나갔어도 상은 기본으로 탔을 겁니다."

"동의합니다."

별거 아니라는 투로 현이 말하자 대형의 얼굴이 살짝 굳었다.

"우리 보라 사랑하십니까?"

현은 잠시 말없이 대형을 바라보았다. 얼굴은 무덤덤하지만 대형의 눈동자가 긴장한 듯 갈피를 잡지 못하고 흔들리고 있었다.

"이대형 씨."

"네."

"그 앞에 '우리'라는 대명사는 좀 빼고 말하죠?"

원래 누군가의 감정에 참견을 하는 사람은 아니었다. 한데 묘하게 대형이 신경이 쓰인다.

"네?"

"보라 씨가 이대형 씨 소유물이 아니잖습니까."

그 말에 대형이 '허' 소리를 내며 뚜껑을 열어 주스를 한 번에 마시고 내려놓았다. 현은 목에 거추장스럽게 걸려 있는 마스크와 두건을 벗어 쓰레기통으로 던져 넣으며 땀으로 젖어 있는 머리카락을 쓸어 넘겼다.

"그러니까 결혼하려는 거 아닙니까."

대형이 눈을 가늘게 뜨고 현을 보았다. 그런 눈빛 정도에 피한다면 아마 이런 결혼은 생각도 하지 못했을 것이다. 현은 웃으며 대형의 눈빛을 고스란히 받아주었다.

"그쪽 자리가 어딥니까?"

현이 왼쪽 책상을 가리켰다. 대형이 책상을 슥 훑고는 현을 바라보았다.

"보라 정리 정돈 못해요."

"제가 하면 됩니다."

"안 나가면 씻지도 않고."

"제가 씻겨주면 되겠네요."

"그걸 지금 말이라……. 아니, 그게 아니라."

"이대형 씨."

좋아하는 여자의 치부를 이렇게 까발리기 위해 찾아왔나 싶어 왠지 헛웃음이 나올 것 같았지만 현은 그것을 참아내고 대형의 이름을 나직이 불렀다. 일순 긴장한 듯 대형의 어깨가 굳는 게 보였다.

"무슨 말씀을 하셔도 우리 결혼합니다. 이대형 씨 심정은 충분히 이해합니다. 그쪽 입장에선 제가 도둑놈같이 느껴지겠죠. 하지만 보라 씨가 아니라고 하는데 이제 그만하는 것도 남자 된 도리 아닙니까?"

대형은 말없이 현을 바라보고만 있었다.

"그러고 보니 보라 씨를 두고 연애를 안 한 것도 아니시던데."

"그건! 그냥 여자들이 홍보용으로 절 이용했을 뿐이고……."

"아예 없으신 건 아니었잖습니까."

"그거야……."

"혹시 압니까? 이대형 씨가 정말 일편단심만 보여줬다면 보라 씨도 마음을 달리 먹었을지. 하지만 이미 늦었습니다. 그럼 저는 일어나겠습니다. 약속이 있어서. 결혼식 날까지 한국에 계신다면 그때 뵙죠."

현이 자리에서 일어나며 시계를 확인했다. 약속 시간까지는 딱 30분이 남아 있었다. 지금부터 간단히 씻고 나간다고 해도 러시

아워에 걸려 분명히 늦을 것이다. 먼저 문자를 남겨놔야 했다.

"보라, 그쪽 사랑하는 거 아닙니다."

몸을 돌리던 현이 뒤로 돌아섰다.

보라는 현에게서 조금 늦어질 것 같다는 문자는 받았다. 그런데 벌써 30분이 넘어가고 있었다. 하는 수 없이 먼저 일어난 보라가 웨딩드레스를 두 번째 입어볼 때 플래너가 말해주었다.

"신랑님 오셨어요."

역시 진짜 하는 결혼이 아니다 보니 보라는 그놈의 '신랑 신부'라는 말이 어색해 죽을 지경이었다. 하지만 보라는 여유롭게 웃으며 고개를 끄덕였다. 그때 커튼이 열리며 소파에 앉아 피곤한 얼굴로 책자를 뒤적이고 있는 현이 보였다.

"신부님께서 워낙 몸매가 좋고 예쁘셔서 뭘 입으셔도 어울리시네요. 신랑님은 어떻게 생각하세요?"

고개를 들더니 현이 그녀를 위에서부터 아래로 쭉 훑었다. 이상하다. 눈빛이 꽤 다정하다.

보라는 '아무래도 저 인간 연기에 소질이 있는 게 확실해.'라고 생각했다. 하지만 옆에 있는 사람들은 '신랑님이 빠지셨다며' 호들갑을 떨어댔다. '여러분은 연기에 속고 있습니다.'라고 말을 할 수 없어 보라는 그저 웃었다.

"잘 어울리네요. 예쁜데요?"

"이런 시스 라인은 정말 소화하기 힘들거든요. 정말 타고나셨다."

"그런데 너무 섹시해 보이는 거 아닌가?"

그 말엔 보라도 동의했다. 보디라인을 그대로 살리는 재단 때문에 사실 조금 부담스럽기도 했다.

"그럼 워낙 얼굴도 여성스럽고 하니까 몸매는 살리고 우아해 보이게 머메이드 라인으로 입어보시는 게 좋으시겠어요."

"전 팔뚝도 부담스럽거든요?"

"그럼 위로 시스루 볼레로가 있으니까요."

드레스를 입는 것도 일이었다. 하지만 보라는 세 번째 만에, 그리고 현은 두 번째 만에 결론을 냈다. 마지막으로 입은 드레스는 화려하지 않는 비즈들이 가슴 가운데에서 아래로 쭉 퍼져 나갔는데, 제일 무난하기도 했고 사실 더 갈아입고 싶지 않은 마음이 더 커서 순식간에 결정을 내렸다. 현도 그것을 눈치챘는지 고개를 끄덕여주었다.

가장 깔끔하고 무난한 턱시도를 보여달라고 하자 웨딩숍 실장은 몇 가지를 꺼내었다. 현은 고민한 것도 없이 블랙을 집어 들었다. 보라 역시 워낙 쇼핑에 흥미가 없는지라 소파에 거의 누운 채로 기대 현이 나오기를 기다렸다.

그때 휴대전화가 울리기 시작했다. 발신인을 확인한 보라는 똑바로 자세를 잡고 앉아 전화를 받았다.

"네, 어머님."

―그래, 드레스는 잘 보고 있니?

"제 건 다 봤고 지금 현이 씨 기다려요."

―같이 갔어야 했는데 갑자기 출장이 잡혀서 아쉽게 됐구나. 유 실장에게 말해놨으니 잘할 거다. 한복 원단도 골라놨으니 너희 거기서 치수 쟀지?

"네."

−그럼 유 실장이 알아서 하겠구나. 밥은 먹었니?

"아뇨, 현이 씨가 좀 늦게 끝나서 이제 고르고 가서 먹으려고요."

−그렇지 않아도 밖에서 힘든 일 하니 좀 든든한 걸로 골라 먹이거라.

"알겠습니다, 어머님."

'저도 힘든 일 하는 사람이랍니다'고 말할 수 있다면 얼마나 좋을까. 아니다, 배란기라 지금 욱하는 것이다. 아들을 생각하는 어머니로서 얼마든 할 수 있는 말이었다. 보라는 웃음을 잃지 않고 고개를 끄덕였다.

−참, 아가. 너 음식은 좀 할 줄 아니?

"음식…… 이요? 잘은 못하지만 찌개 정도는 끓일 줄 압니다."

김치에 참치 넣고 끓이면 그게 참치찌개 아니던가. 거짓말을 한 건 아니었다.

−그래서 남편 내조는 잘하겠니? 한 번씩 과천댁 보내마. 그럼 들어가렴.

인사를 하기도 전에 전화가 끊겼다. 이건 앞으로도 계속 사람을 보내 감시를 하겠다는 강 여사의 선전포고였다. 좀 유해진 것 같았는데 그래도 확실히 '시' 자는 '시' 자였다.

이미 끊긴 휴대전화를 들고 보라는 애써 마음을 진정시키며 한숨을 길게 내쉬었다. 현에게 말했던 대로 대한민국 안에서 결혼이라는 건 원래 집안 대 집안의 결합이다. 이건 이제 시어머니가 될 사람과 며느리가 될 사람의 신경전이었다. 보라는 휴대전화를 가방으로 넣고 앞에서 부르는 소리에 고개를 들었다.

"어머, 정말 잘 어울리네요. 그냥 그걸로 하면 되겠어요. 현이 씨도 마음에 들죠?"

현은 현재 결혼에 대해 전혀 관심이 없다. 지금 저 턱시도도 입어보고 싶지 않은 게 틀림없는 얼굴이다. 그녀 역시 드레스를 입기 싫어했지 않던가. 세 벌까지 입은 건 물론 여자로서 가질 수 있는 약간의 로망이 있었기 때문이었다. 그것도 처음 한 벌을 입으면서 바로 사그라지고 말았지만 말이다.

"워낙 모델이 좋으시니까 뭘 입어도 잘 어울리실 거예요."

"이걸로 그냥 하죠."

귀찮은 듯 보타이를 대충 풀어내며 말하는 현을 보고 보라가 고개를 끄덕였다. 지금 현재 현은 상당히 예비 신랑의 모습을 충실히 해내고 있었다. 어차피 '시' 자가 들어간 분과 갈등이 없을 거라고 생각했던 건 아니었다. 거기다 혼자서 아들을 훌륭히 '의사'로까지 키워낸 분이 아니던가. 비록 아들이 의사가 되는 것은 반대를 했던 분이라도.

"무슨 생각을 그렇게 합니까?"

언제 왔는지 현이 그녀의 옆에 이미 앉아 있었다. 그리고 그녀의 앞으로 청첩장을 내밀었다. 그것을 받아 들자 보라는 이제 진짜 결혼을 하는구나 하는 생각이 들었다. '장녀 보라'라고 적힌 활자를 보고 살짝 인상을 찌푸렸다.

"도망가기엔 늦었습니다."

어딘지 모르게 꼭 협박처럼 들려왔다. 게다가 마주친 현의 눈빛은 꼭 뭐라고 해야 할까, 말도 안 되는 생각이겠지만 꼭 소유욕을 느끼는 남자 같았다.

이상하다. 왜 저런 모습을 보면서 심장이 철렁 내려앉는 느낌을 받는 건지 모르겠다. 보라는 괜히 손가락 끝이 힘이 빠져나간 것처럼 저려 주먹을 꽉 쥐었다. 여기서 정색을 하면 그것도 웃길 것이다.

"어머, 식장 들어가기 전까지 누구도 몰라요."

보라의 대답이 마음에 들지 않는 건지 현의 짙은 눈썹이 살짝 추켜올라갔다. 두 사람의 대화는 진심이었으나 숍의 직원들은 농담으로 알고 웃고 있었다. 플래너는 다들 그런 농담을 하곤 한다며 웃고 있었다.

"그냥 반씩 나눠 가져가기로 합시다."

"그래요. 이 정도면 이제 거의 준비는 끝난 건가?"

자리에서 일어나 플래너와 총 5회 중 남은 마사지 일정에 대해 상의를 하고 밖으로 나오자 현은 뒷좌석에 짐을 싣고 있었다. 거기다 조수석 문을 열어주기까지 한다. 보라는 속으로 이 양반이 왜 이래 하며 차에 올라타 고개를 숙여 플래너에게 인사를 하자 곧 차가 움직였다.

"배고픕니까?"

"간식 주워 먹어서 괜찮아요."

"어디로 갈 겁니까?"

"청첩장 드리고 와야죠. 기다리고 계실 텐데."

그 말에 현이 자연스럽게 핸들을 왼쪽으로 틀었다. 거울을 보며 피부를 보자 어제 고작 한 번 관리를 받은 것 가지고 꽤나 윤기가 반짝이고 있었다. 이래서 사람들이 피부에 투자를 하는 모양이었다.

"남궁현 씨, 아침 먹고 다녀요?"

"안 먹습니다."

"밥은 거의 병원에서 먹죠?"

"그런 편입니다."

"알겠어요."

"무슨 일입니까?"

"아니, 남궁현 씨 어머니가 저보고 음식 잘하냐고 물어보셔서 찌개 정도는 끓일 줄 안다고 했더니 과천 아주머니 보내신다고 하잖아요."

"학교 다닐 때도 한 번씩 보내주셨습니다."

이래서 남자는 안 된다는 거다. 머리가 아무리 좋으면 뭘 한단 말인가. 역시 남자들은 단세포에서 진화한 게 아닐까 싶을 정도로 단순했다.

"무슨 뜻……. 아니다, 그냥 제가 하는 거 보고 알아서 잘 맞춰주세요."

"뭐가 있습니까?"

"나중에 보시면 알 거예요."

굳이 지금 말을 해봤자 득이 될 것은 없었다. 아무래도 팔은 안으로 굽는 법인데 지금 여기서 그녀가 말을 해봤자 괜한, 그리고 과한 생각이라고 치부될 게 뻔했다. 그야말로 앞에서 보고 있을 때 행동하는 게 딱이었다. 다행히 현이 완전히 눈치가 없는 남자도 아니었으니 말이다. 아니, 오히려 고수였다.

"뭐 하나 물어봐도 됩니까?"

"뭔데요?"

"연애도 분명 해봤다고 했는데 꼭 행동하는 거 보면…… 혹시, 근본적으로 남자를 싫어합니까?"

"네?"

이게 무슨 뚱딴지같은 소린가. 질문이 기가 막혀 보라는 저도 모르게 허, 소리를 내며 웃음을 터트렸다.

"저 남자 좋아해요. 어떻게 그런 말도 안 되는 상상을 하셨대. 근데 문제는 그냥 보는 것만 좋아한다는 거죠."

"보는 것만?"

"그러니까 우리 엄마 말씀으론 너는 전생에 굼벵이를 많이 먹은 게 틀림없다고, 그렇지 않고서는 태생이 그렇게 게으를 수가 없다고. 엄마 말씀이 맞는 것도 같은 게, 진짜 게으르거든요. 끈기도 없고."

"그림은 오래 했지 않습니까."

"그거야 재밌으니까. 그게 다예요."

"그럼 재미없어지면 그리지 않을 수도 있다?"

보라가 고개를 끄덕였다. 그녀의 반응이 기가 막힌 건지 현이 고개를 저으며 낮게 한숨을 내쉬었다.

"진짠데. 저 중간에 한 2년 아예 손도 안 댄 적 있거든요. 정말하기 싫어서. 근데 그거 아세요? 이게 또 은근히 중독이라서 다시하게 돼요. 이미 한 번 전적이 있으니까 그만 못 두는 거예요. 이번에 진짜 손 놨다간 아예 이 바닥 떠야 하거든요."

"그래서, 지금은 재미있습니까?"

"네."

"그런데 스스로 게으르다는 건 어떻게 확신합니까?"

"예를 들어 제가 남자를 사귀잖아요? 저는 자는 시간이 일정하지 않단 말이죠. 그래서 자는데 전화가 걸려오면 우선 받기가 싫어요. 나중에 일어나면 하면 되는데 그것도 귀찮아서 안 해요. 그래서 막 차였는데."

"그냥 다시 거는 것조차 귀찮습니까?"

"네. 그래서 제가 일어나 있을 때 오면 또 받는 거고, 아니면 마는 거고."

"다행입니다."

"뭐가요?"

"만화라도 꾸준히 해서."

딱히 반박할 말이 없어 보라는 그냥 고개를 끄덕였다. 정 여사는 그녀를 보고 그래도 결혼을 하고 애를 낳으면 부지런해진다고 말하곤 했다. 물론 그건 그냥 정 여사의 간곡한 희망 사항이었을 것이다.

어른이 된 뒤에도 보라는 정말 딱 자는 공간과 일을 하는 공간만 비워져 있을 뿐 방은 늘 폭격당한 수준이었다. 그래서 같이 방을 쓰는 보경이 늘 청소를 하다 불만을 터트리곤 했다. 그때마다 정 여사는 '아니, 집에 깔끔한 사람뿐인데 어디서 저런 물건이 나왔다니.'라고 말하면서도 그녀의 주변을 늘 청소했다.

"청소도 싫어합니까?"

"제가 제일 싫어하는 게 청소, 빨래, 설거지거든요."

"작업실은 깔끔하던데."

"그거야 일하시는 분이 3일에 한 번씩 오셔서 깨끗이 치워주시니까."

"청소 대행도 이용합니까?"

"그럼 안 되나요? 서로 상부상조잖아요. 그분은 돈을 벌고 저는 그 시간에 그림을 그리고."

말로는 이길 수 없다는 것을 깨달은 현이 고개를 끄덕였다. 확실히 결혼과는 거리가 먼 여자였다. 겉보기에 윤보라라는 여자는 충분히 예쁘고, 몸매도 나쁘지 않다. 아니, 나쁘지 않은 정도가 아니라 대형의 말처럼 미스코리아에 나갔더라도 충분히 입상은 하고도 남을 정도로 뛰어난 외모를 가지고 있었다.

성격은 더더군다나 요즘 말로 꽤나 쿨한, 괜찮은 사람이었다. 하지만 대화를 할수록 정말 그 '결혼'이라는 제도와는 맞지 않는 사람이라는 것이 다시 느껴졌다. 이런 기회가 없었다면 정말 보라는 결혼을 하지 않았을 것이다. 아무리 가족에게 원망을 듣는다 하더라도.

"윤보라 씨는 왜 나와의 결혼을 결심했습니까?"

"결심이요?"

"제가 보기에 윤보라 씨는 가족의 원망이 돌아와도 절대 결혼하지 않을 것 같았거든요."

"아, 모르시는구나. 저 보기보다 저희 가족 엄청 좋아해요. 가족이 불편해하면 저는 배로 더 불편하고, 솔직히 저도 대충 이냥저냥 맞으면 결혼해볼까 생각했어요. 갔다라도 오라는 엄마 말처럼 '그래, 살다가 아니면 이혼이지, 뭐.'라고 생각했거든요. 물론 애는 진짜로 안 낳을 생각이라 어차피 상관없었어요. 아무래도 애가 있으면 이혼은 정말 힘들지 않겠어요? 근데 딱 마침 남궁현 씨가 나타난 거죠. 이해 안 간다고 하셔도 저는 그래서 결심한 거예요."

왠지 이 말을 듣자 윤보라라는 여자를 더 모르겠다는 생각이 들었다. 다만 주변 사람들을 잘 아낀다는 것 정도는 충분히 알 수 있었다.

임신과 출산으로 인해 힘든 경수의 와이프 대신 인턴 때부터도 자주 반찬이나 필요한 용품들을 자주 사다줬다고 했고, 귀찮게 구는 대형을 잘 받아주는 것도 보면 보라는 확실히 꽤나 마음이 너그러운 사람인 것 같았다. 다만 그 결혼이라는 제도에 맞지 않는 것뿐이지.

"그러는 남궁현 씨는요?"

"자신 없어서요."

"자신이요?"

"여자를 사랑할 자신."

잘 손질된 손톱을 보고 있던 보라가 고개를 휙 돌렸다. 아니, 이럴 때 똑바로 보는 건 예의가 아니다. 다시 고개를 제자리로 돌렸다.

이건 지금 진짜 대놓고 커밍아웃을 한 것인가?

보라는 현이 많은 용기를 냈다고 생각했다. 그렇게 예쁘고, 조건 좋은 설희를 받아들이지 못하는 것도 정말 이해가 되었다.

"뭐, 사람 감정이 마음대로 되겠어요? 이해해요."

누구에게도 털어놓지 못할 '결혼'이라는 비밀을 공유하고 있는 사람이었다. 현도 그녀를 믿고 커밍아웃을 한 것일진대 그 정도 비밀은 영원히 가슴에 품고 갈 수 있었다.

"그럼 저는 내일 7시까지 남궁현 씨 어머니 댁에 가 있을게요."

"같이 내립시다."

"왜요?"

"여기까지 왔는데 그냥 가면 어르신들이 뭐라고 생각하시겠습니까?"

역시 생각이 깊은 남자다. 이 정도면 아무리 '계약'상의 남편이라고 하더라도 나쁘지 않았다. 이만한 남편을 얻는데 그까짓 '시'가 들어가는 어머니는 별것 아니었다. 그 정도는 충분히 커버할 수 있었다. 배란기의 '욱'은 정말 잠시였다.

현과 보라가 호원의 방에서 인사를 하고, 몇 마디를 나누었다. 그대로 일어서려고 하는 보라를 붙잡은 현이 호원의 앞으로 청첩장을 한 장 내밀었다.

"저희 청첩장 나왔습니다."

호원은 한참 동안이나 말없이 청첩장을 보며 그 앞면을 손가락으로 문지르고 있었다. 보라는 차마 더 이상 호원을 바라보지 못하고 고개를 숙이고 말았다.

"그래, 고맙네. 나가서 이만 식사하시게."

조금씩 음성이 떨리는 것을 듣고 보라가 먼저 일어서서 호원의 방을 나섰다. 현이 집에 오자 정 여사는 식사는 했냐 물으며 그때부터 분주히 움직이고 있었다. 이미 9시가 넘은 시간인데도 불구하고 식탁은 한 상 가득 차려졌다.

"찬이 마땅치 않아서 어쩌나, 남 서방. 그래도 맛있게 먹어주게."

"아닙니다, 훌륭한데요. 맛있게 먹겠습니다."

정말 그 짧은 시간에 불고기까지 볶아졌다. 생선과 찌개만 없을 뿐이지 정말 어느 한정식집 기죽일 정도였다.

"아빠?"

"친구들이 한턱내라고 어찌나 난리들인지. 자기들은 다들 사위, 며느리 봐놓고 아빠한테 한턱 쏘라고 하잖니."

"그래서 쏘러 나가셨어?"

"당연하지. 너희 아빠 말씀은 없으셔도 너 가는 거 얼마나 보고 싶어 하셨는데. 나도 요즘 약속 계속 있어 바빠 죽겠다. 딸 하나 시집보내는데 왜 여기저기서 밥 사라는 사람들이 많은지."

"아주 그냥 딸내미 팔아먹고 싶어서 어떻게 참으셨는지들 몰라."

"얘는, 좋아서 그런 거지."

정 여사는 직접 그녀의 숟가락 위에 불고기를 얹어주기까지 했다. 보라가 웃으며 그것을 입으로 가져가는데 현과 시선이 마주쳤다.

"왜요? 물 좀 줘요?"

보라가 자리에서 일어나 정수기에서 물을 받아 앞으로 내밀었다.

"이 시간까지 밥도 못 먹고 뭘 한 거야."

"드레스 맞추고 그랬지, 뭐. 시간 훅 가던데?"

"그럼 알아서 밥을 먹었어야지. 남 서방 얼마나 힘들겠어. 하루 종일 사람 상대하는 것만큼 기운 빠지는 것도 없는데. 알아서 좀 챙겨라. 남 서방, 정말 미안하네. 이렇게 우리 딸이 철이 없어."

"아닙니다. 제가 장모님 밥 먹고 싶어서 그러자고 했습니다."

완전 능구렁이도 이런 능구렁이가 없다. 정말 뻔뻔스럽게 웃는 낯으로 잘도 괜찮은 사위 노릇을 하고 있었다. 보라는 박수라도 쳐주고 싶은 심정이었다.

정 여사는 그때부터 친구들이 어찌나 부러워하는지 기가 팍팍 산다며 현과의 대화를 계속 이어갔다. 하긴, 정 여사의 친구들 중에 그놈의 '척'하기를 좋아하는 여사님들이 많아 그동안 꽤나 애를 썩혔었다. 그래도 그동안 한 번도 보라에게 내색을 하지 않았었는데 역시 맺힌 게 오래가는 모양이었다.

"그나저나 장인어른도 뵙고 가야 하는데 많이 늦으시네요."

"괜찮아, 분명 지금도 계속 술 마시고 계실 텐데. 피곤하지? 얼른 들어가 쉬게."

"엄마, 나도 가요."

"너는 왜?"

"왜긴, 우리 민이 밥 주고 똥 치워줘야지."

"하여간, 계집애. 민이밖에 몰라. 네 자식이냐?"

"응, 엄마 손자잖아."

말이 끝나기 무섭게 정 여사가 보라의 등을 힘 있게 내리쳤다. 절로 헉 소리가 나왔다.

"어휴, 얘는 못 하는 말이 없어. 남 서방, 이해하게. 얘가 워낙 민이밖에 모르고 그래서. 또 자기 자식 낳으면 괜찮을 거야."

"아닙니다. 저도 민이 하나뿐인 아들이라고 생각하고 잘 키우기로 했습니다. 저희, 아이 낳지 않기로 했잖습니까."

"어? 아, 어. 그, 그랬지."

역시 만만치 않은 상대다. 하지만 그 편이 정 여사를 단념시키기에 딱 좋았다. 보라가 현을 보며 살짝 웃고는 엄지를 들어주었다.

"엄마, 그럼 우리 가요. 나오지 마세요. 할아버지 주무시니까 그냥 갈게."

"그래. 흐흠, 남 서방 운전 조심하게."

"들어가십시오, 장모님."

마음에 들지 않는 듯 정 여사의 목소리가 잔뜩 굳어 있었지만 현과 보라 둘 다 신경을 쓰지 않고 집을 나섰다. 현의 차 앞으로 걸어가 보라가 살짝 고개를 숙였다.

"그럼 내일 봐요."

"왜요?"

"뭐가요?"

"타요."

"그냥 택시 타면 금방인데."

"이 밤에 무슨 택십니까."

정말 택시를 타도 상관없었지만 보라는 군말 없이 차에 올라탔다. 현이 조용히 차를 출발시키며 보라를 보았다.

"기분 안 나빴습니까?"

"뭐가요?"

"장모님께 너무 대놓고 그런 말 했는데."

"괜찮아요. 당연히 남궁현 씨가 그렇게 못을 박아줘야 압박이 안 들어오죠. 아무리 제가 으름장을 높았어도 얼마 가지 않아 아직 소식 없니, 이러실 분들이거든요. 그리고 친정에선 사위의 말이 통하지만 시댁에선 며느리 말이 안 통하는 거 알죠? 그 부분에 대해선 남궁현 씨가 어머니 꽉 잡으세요. 저는 무조건 남궁현 씨만 믿습니다."

"그 점은 걱정 안 해도 됩니다."

깔끔한 대답에 보라가 웃으며 창문을 열었다. 벌써 날씨가 많이 풀려 향긋한 봄을 알리는 바람이 느껴졌다. 오늘은 아름다운 봄밤이었다.

정말 하루하루 시간이 왜 이리 빨리 가는 건지 모르겠다. 벌써 날이 밝아 준비를 끝내고 현의 집 앞에 도착한 보라는 초인종을 누르기 전 옷차림을 다시 한 번 확인했다. 늘 편안한 옷만 추구하다 보니 이런 자리에 올 때 입을 게 딱히 없어 가족들과 쇼핑을 하던 날 다섯 벌 정도를 구매해놓은 게 참 다행이라는 생각이 들었다. 그리고 빈손으로 올 수 없어 오는 길에 백화점에도 들렀다. 와인을 사자니 또 취향이 남다르실 것 같고 해서 결국 한우로 타협을 했다.

"안 들어오고 뭐 합니까?"

고개를 들자 대문을 연 사람은 다름 아닌 현이었다.

"어? 왜 나와 있어요?"

"수민이 녀석이 하도 난리라."

"수민이요?"

"작은엄마 안 온다고 징징대잖습니까."

"아직 약속 시간 10분 전인데요."

"들어가죠."

현이 그녀의 손에서 금색 보자기를 가져갔다. 보라는 다시 한 번 바지를 살짝 털고 현의 뒤를 따랐다. 그러고 보니 현은 늘 밖에서 볼 때면 슈트 차림을 하고 있었다. 지금은 그저 편한 면바지에 니트를 입고 있었는데, 막상 이렇게 보니 또래보다 훨씬 어려 보이는 것 같았다.

"이거 괜히 차려입고 와서 늙어 보이는 거 아니야?"

혼잣말을 하며 들어서는데 인영의 뒤로 수민이 보였다. 보라는 고개를 숙이며 인영에게 인사를 했다.

"어서 와요, 동서."

"저 왔어요, 형님. 수민아, 안녕?"

"안녕하세요."

작은 목소리로 말하며 재빨리 다시 인영의 뒤로 숨는 수민을 보고 보라가 웃고 말았다. 작은엄마 안 온다고 징징대던 녀석 맞아, 하는 눈으로 현을 보았다.

"수민이 너 조금 전까지 작은엄마 왜 안 오냐고 삼촌 내쫓았잖아."

"내가 언제."

수민이가 쪼르르 강 여사에게로 달려갔다. 강 여사는 수민이를 안아 허벅지에 앉히며 보라를 보았다.

"안녕하셨어요, 어머님."

"왔니? 뭘 그런 걸 사오고 그래, 집에 오면서. 얼른 식사하자꾸나."

확실히 꽃다발 사건 이후로 강 여사는 아주 조금이긴 하지만 너그러워졌다. 여자의 마음을 얻기가 이렇게 쉬운데 현은 그것을 모르는 모양이었다. 아무래도 이 집의 모자는 서로 너무 닮아 고집이 센 것 같았다. 서로 조금만 양보하면서 마음을 보여주면 될 것을 가지고 말이다.

현을 보면 딱히 표현을 하지 않는 성격도 아닌데 이상하게 강 여사에게는 냉랭했다. 역시 장래 문제 때문에 틀어진 게 아직도 좋지 않은 것인가 싶었다.

"그럼 저 손 좀 씻겠습니다."

"물수건 있다."

잠깐 화장실에 들를 권리마저 박탈당하고 말았다. 하지만 보라는 미소를 잃지 않고 사람들의 뒤를 따라 식당 안으로 들어섰다. 처음 왔을 때는 역시나 긴장해서 잘 보이지 않았던 인테리어가 오늘은 눈에 들어왔다.

역시 있는 집답게 부엌과 식당의 공간이 따로 분리되어 있어 꼭 고급 레스토랑에 온 것 같이 깔끔했다. 한눈에도 딱 육중해 보이는 대리석 식탁 앞으로 앉자 보라는 저도 모르게 허리를 꼿꼿이 세우며 긴장의 끈을 놓지 않았다.

"아주버님은 어디 가셨어요?"

"오늘 수민 아빠 친구 결혼식이 있어서 거기 가느라. 동서가 뭘 좋아하는지 몰라서 준비한다고 했는데 입맛에 맞을지 모르겠네."

"저 아무거나 잘 먹어요. 잘 먹겠습니다."

말 그대로 상다리가 부러질 정도로 음식이 가득 차 있었다. 식당 규모에 비해 식탁이 작다고 생각했는데 그게 아니었다. 음식이 워낙 꽉꽉 채워져 있어 작아 보였던 것뿐이었다.

현이 월남쌈을 집어 그녀의 앞접시에 놓아주려고 할 때 보라가 눈을 크게 떴다. 그런 채소는 당신이나 먹으라는 신호를 잽싸게 알아챘는지 현이 그것을 자신의 앞접시에 놓았다. 대신 잘 구워진 전복과 대하를 그녀의 앞접시에 놓아주었다. 순식간에 그녀의 식성도 잘 파악한 모양이다. 보라는 절로 흐뭇한 웃음이 나올 뻔했다.

"보라 씨, 많이 먹어요."

"고마워요."

그렇게 말하며 고개를 들었는데 강 여사의 심기가 불편해 보였다. 아무래도 아들이 자신이 보는 눈앞에서 여자를 챙기는 게 마땅치 않은 모양이었다. 꽃다발 효과가 떨어졌다.

보라가 재빨리 현의 옆구리를 찔렀다. 눈동자로 재빨리 강 여사를 바라보자 현이 알겠다는 듯 고개를 끄덕였지만 더 이상의 행동은 없었다.

'아니, 이 남자가 지금 나 엿 먹이려고 작정한 거야?'

보라의 숨소리가 살짝 거칠어졌다. 그제야 현이 월남쌈을 하나 집어 강 여사의 앞접시에 놓아주었다.

"어머니, 이거 좋아하시잖아요."

"철들었구나, 우리 아들."

"어머님, 음식이 참 맛이 좋아요."

"과천댁이 솜씨가 참 좋아. 벌써 20년이나 우리와 같이 살지 않았겠니? 가족과 다름없지. 현이도 과천댁 음식 좋아하고. 시간 날 때마다 와서 좀 배우고 그러렴. 뭐니 뭐니 해도 남자는 아침이 든든해야 돼."

"어머, 현이 씨는 아침 안 먹는다고 하던데요? 오히려 부대끼고 배부르면 수술에 집중하기도 힘들대요."

그 말에 강 여사의 얼굴이 굳어지며 현을 홱 쏘아보았고, 인영은 웃음을 참는 얼굴로 입술을 슬쩍 깨물었다. 보라는 아무것도 모른다는 얼굴로 웃으며 계속 말을 이었다.

"저도 일하느라 힘드니까 식사는 신경 쓰지 말라고 해서요. 밥도 계속 병원에서 먹고 약속도 잦아서 음식 쓰레기만 늘 거라고. 친정어머니도 솜씨가 좋으세요. 반찬 한 번씩 해주신다고 하니까 과천 아주머니까지 저희 신경 쓰실 필요 없으세요. 이 집 하나 꾸리는 데도 얼마나 피곤하시겠어요. 그쵸, 현이 씨?"

"제가 언제 특별한 날 아니면 집에서 밥 먹는 거 보셨습니까? 그냥 똑같이 해달라고 했습니다. 보라 씨도 일 때문에 저보다 더 바쁘니까."

보라는 할 수 있다면 현의 엉덩이라도 두드려주고 싶은 마음이었다. 화도 나고, 당혹스러우면서도 민망한 모든 표정들이 강 여사의 얼굴에 드러났다. 호락호락 잡혀주는 며느리가 되지 못해 그저 송구할 따름이었다.

그런데 왜 이리 전복은 꿀맛일까? 보라는 새우도 한 마리 집어들어 껍질을 잘 까서 수민의 밥 위에 얹어주었다.

"수민아, 새우 좋아해?"

"네, 잘 먹겠습니다."

수민이 입을 크게 벌리고 새우를 앙 집어넣었다.

"고소하지?"

이 말에 수민이 고개를 끄덕였지만 현이 고개를 숙인 채 픽 웃었다. 분명 그녀의 저 말에 대한 상대를 알아챘음이 틀림없었다. 그때 초인종 소리가 길게 울렸다.

"어? 아빠다!"

수민이 쏜살같이 식당을 빠져나갔다. 현과 보라가 수저를 놓고 자리에서 일어섰다. 하지만 곧 들려오는 소리에 현의 얼굴이 확 찌푸려졌다.

"설희 이모!"

설희라는 이름에 현의 얼굴이 굳고, 인영의 표정도 난처해 보였다. 강 여사의 얼굴도 굳어서 젓가락을 쥔 손에 힘을 주고 있었다.

보라는 현을 무려 10년을 넘게 짝사랑하고 있다는 상대를 드디어 보게 되었다는 생각에 오히려 웃었다. 어차피 한 번은 마주쳐야 할 상대였다. 이만한 남자를 얻는 데 공짜는 없다고 생각했으니 말이다. 고개를 숙이고 있었지만 설희는 사진으로 보는 것보다 훨씬 미인이었다.

"우와, 우리 수민이 많이 컸네? 다들 식당에 계시는 거야? 어머님, 오랜……."

설희와 보라의 시선이 공중에서 부딪쳤다. 돌려받지 못할 짝사랑이 측은하지만 어쩌겠는가. 어차피 되지 않을 거 이렇게라도 빨리 포기하게 하는 게 현의 마음도 좀 더 편할 것이다.

잠시 눈치를 보던 보라가 슬쩍 현의 팔 옷깃을 잡았다. 그러자 현이 곧 팔을 올리며 보라의 손을 내려놓았다.

'아니, 이 남자가 지금 여기서 내가 잡고 있는 손을 놓으면 어쩌겠다는 거야?'

눈을 부라리며 현을 보기 직전 그가 갈 곳 잃은 보라의 손을 잡아왔다. 보라는 승리의 미소를 지으며 굳어 있는 설희를 똑바로 마주 보았다. 그리고 손에 힘을 꽉 주었다.

어쨌거나 승리는 나의 것.

4. 느끼l 달라

"제가…… 시간을 잘못 맞춘 모양이에요."

"아니, 설희야. 그……."

잔뜩 난처한 표정으로 강 여사가 입을 열었다. 하지만 현이 훨씬 더 빨랐다.

"어머닐 뵈러 온 거야, 아니면 보라 씨?"

설희의 표정이 훨씬 더 굳었다. 그리고 그 시선은 천천히 두 사람이 맞잡고 있는 손으로 향했다. 이쯤 되면 손을 빼도 될 것 같아 보라가 힘을 주었다. 하지만 현은 빼지 못하게 그녀의 손을 더욱 힘주어 잡고 있었다.

"그렇지 않아도 조만간 시간 잡아서 자리 마련하려고 했는데. 미안하지만 우리 지금 식사 중이야."

정말로 이 집에서의 갑 중의 갑은 현이 맞다. 집에 찾아온 상대에게 이렇게까지 무안을 주는데도 불구하고 심지어 그 강 여사마 저 아무 말도 하지 못하고 있었다.

역시, 현이 보내온 문서를 다시 한 번 제대로 읽었어야 했다. 강 여사와 설희의 관계가 어땠는지. 오늘은 집에 가자마자 내용들을 꼼꼼히 살펴야겠다고 생각하며 보라가 슬쩍 다른 손으로 현의 어깨를 툭 쳤다.

"현이 씨는 친구한테 무슨 말을 그렇게 해요. 괜찮으시면 같이 앉으세요. 저희도 이제 막 식사 시작했거든요. 어머님, 괜찮으시죠?"

"으흠, 그래. 설희야, 와서 앉으렴."

어른이 이렇게까지 말했는데 아무리 자존심이 상했다고 해서 뒤돌아서서 갈 수 없을 것이다. 결국 설희가 보라의 건너편으로 자리를 잡고 앉았다. 보라는 설희가 들고 온 와인 박스의 이름을 살폈다.

이런, 저 와인은 너무 비싸서 포기하고 한우를 샀던 건데. 이럴 줄 알았으면 저 와인을 2병 사가지고 오는 건데 그랬다. 이거 왠지 모를 묘한 승부욕이 생기는 것 같았다.

보라는 전복구이 접시를 슬쩍 설희의 앞으로 내밀었다. 그 모습에 설희가 살짝 움찔대는 게 보였다.

"저는 윤보라라고 해요. 현이 씨에게 설희 씨 이야기는 많이 들었어요."

이런, 갑자기 머리를 굴리려니 성이 생각나지 않는다. 슬쩍 눈동자를 굴려 현을 보았다. 하지만 다행히 설희가 먼저 입을 열었다.

"우리 현이가 무슨 이야기를 했는지 무섭네요. 허설희라고 합니다."

설희가 쉽게 물러설 마음이 없다는 것을 알 수 있었다. 우리 현이? 만만치 않을 거라는 건 알고 있었지만 이렇게 신경을 건드릴 거라곤 생각을 하지 못했다. 보라가 입가에 인자한 미소를 지었다.

"좋은 친구라고 하던데요. 처음부터 좋은 친구였다고. 설희 씨, 이 전복 드셔보세요. 부드럽고 정말 맛있어요."

이미 보라가 먼저 승부장을 던졌다. 지금부터 대인배의 모습을 정말 마음껏 보여줄 심산이었다. 현에게 이야기를 들었다는 건 '허설희가 남궁현을 좋아하고 있다, 그것도 아주 오랫동안.'이라는 말과 똑같았다. 눈치가 있는 여자라면 설희 역시 그것을 알아챘을 것이다.

"고맙습니다."

"같은 병원에 계신다고 들었는데, 앞으로도 저희 현이 씨 잘 부탁드릴게요. 저는 병원 일은 하나도 모르니까 고충을 들어줄 수 없잖아요."

떨떠름한 표정으로 애써 웃으며 설희가 고개를 끄덕였다. 이렇게까지 자신을 좋아해주는 여자를 두고도 사랑하지 못하는 심정은 대체 어떤 것일까. 보라는 괜히 현에게 동정심을 느끼며 왠지 어깨를 두드려주고 싶은 지경이었다.

"두 분 어떻게 만나셨는지 물어봐도 되나요? 좋은 친구라고 하면서도 현이가 절대 안 가르쳐주네요?"

설희는 좋은 친구라는 말에 분명 상처를 받은 게 틀림없었다.

그렇지 않고서는 저렇게 또박또박 현이 들으라는 듯 말을 할 필요가 없다. 현은 지금 이 상황이 마음에 들지 않는 듯했다. 보라를 보는 눈빛에 '왜 쟤를 앉히냐.'는 물음이 가득했으니까.

"메일도 오고 그러다 전화도 하고, 만나자고 해서 만나고 그랬죠. 사실 저도 결혼엔 정말 관심이 없었는데."

그 소리에 모두의 시선이 보라에게로 와서 꽂혔다. 현 역시도 살짝 눈을 크게 뜨고 그녀를 보고 있었다. 설마 여기에서 초 치는 소리를 하겠는가. 그건 괜한 걱정이었다. 보라가 슬쩍 웃으며 괜히 현의 어깨를 쓰다듬었다.

"원래 사람 마음이 마음대로 되는 거 아니잖아요. 현이 씨가 시집오면 잘해준다고 해서 지금 기대 많이 하고 있는 중인데, 잘해주겠죠?"

말이 끝나기 무섭게 현이 그녀의 접시 위로 뼈가 발라진 갈비를 놓아주었다. 이젠 정말 그녀의 입맛을 파악한 모양이었다. 그래서 보라는 특별히 고추잡채의 피망을 가득 집어 꽃빵에 싸서 직접 현의 입으로 넣어주었다.

"작은엄마, 나도."

"수민이도 이거 먹을래? 피망 맵지 않을까?"

그녀는 아이를 좋아하지 않는다. 애는 그저 늘 귀찮은 존재라고 인식하지 않았던가. 하지만 지금은 평소처럼 무시할 수가 없었다. 꽃빵을 작게 뜯어 그 안에 고기와 피망 한 조각을 넣어 수민의 입으로 넣어주었다. 수민이 통통한 볼을 우물우물 움직이며 맛있게 먹었다.

"맛있어?"

"네! 작은엄마, 입 벌려봐요."

슬쩍 입을 벌리자 수민이 고사리 같은 손으로 직접 자신의 줄줄이소시지를 집어 그녀의 입으로 넣어주었다. 어떻게 몇 번이나 같이 밥을 먹은 현보다 수민이 그녀의 입맛을 훨씬 잘 알고 있었다.

"우와, 진짜 맛있는데?"

"작은엄마, 하나 더 줄까요?"

"아니야, 작은엄마는 다른 거 먹으면 돼."

그래도 주고 싶다면서 수민은 직접 의자에 올라타 거의 기대어서 그녀의 밥 위로 줄줄이소시지를 2개나 더 얹어주었다. 이 많은 반찬 중에 제일 탐냈던 건데 수민이가 그 눈빛을 알아챘던 걸까?

"고마워, 수민아."

"수민이는 이제 삼촌보다 작은엄마가 더 좋은가 보네?"

"아니야, 삼촌도 좋아."

살짝 고민을 하듯 눈을 질끈 감던 수민이 이내 결심을 하고 소시지를 하나 더 집어 직접 현의 입안으로 넣어주었다. 그제야 현이 만족한 듯 웃으며 고개를 끄덕였다.

조카도 저렇게 예뻐하는 사람이 자식도 못 보고.

보라는 정말 보면 볼수록 괜히 현이 안쓰러워졌다. 그녀야 선택적으로 아이를 안 낳는다고 하지만 현은 정말 어쩔 수 없는 노릇이 아니던가. 대리모라도 구하지 않는 이상 말이다.

"현이가 정말 먼저 연락했던 건가 봐요?"

그럼 설마 그녀가 했을 거라고 생각한 건가?

하긴, 그날도 그렇게 화장기 없는 얼굴에 형편없는 행색이지 않았던가. 보통 남자라면 그런 여자에게 처음부터 말을 걸지 않을 것이다. 하지만 그런 그녀를 보고도 망설임 없이 말을 걸었던 현은 정말 그만큼 간절했던 게 틀림없었다.

"현이 씨가 그러던데. 그만큼 간절했다고."

"네?"

"저 보고 첫눈에 반했대요."

여기서 정말 '호호' 웃기까지 하면 여우처럼 보일 것이다. 그래서 보라는 그냥 이쯤에서 참기로 했다.

"현이 씨, 안 그래요?"

다들 놀란 얼굴을 하고 있어 분위기를 조금 띄워보려 괜히 현을 끌어들였다. 그러자 그녀를 향해 있던 모두의 시선이 현을 향해 돌아갔다.

"네, 태양을 보는 줄 알았거든요."

이거 정말 장난으로 시작했던 건데 팔뚝으로 닭살이 쫙 돋아난다. 거기다 현이 이런 식으로 맞장구를 쳐줄 줄이야. 그냥 그랬지 정도로 말하고 말 거라고 생각했다. 이제 슬슬 현도 얼굴이 두꺼워지기 시작하는 모양이다.

"예쁘잖아요."

역시 이성애자든, 동성애자든 보는 눈은 다 똑같은 모양이었다.

아직 죽지 않았어, 윤보라.

괜히 어깨를 들썩이는데 현과 눈이 마주쳤다. 보라는 실실 웃으며 현의 어깨를 툭 쳤다. 어쨌거나 화기애애한 저녁 식사가 끝이 나고 거실에 둘러앉아 차를 마셨다. 아니, 화기애애한 건 보라와 수민뿐일지도 모른다. 다른 사람들 표정은 딱히 변화가 없지만 설희는 억지로 웃고 있는 게 분명했다. 그때 보라는 설희와 시선이 마주쳤다. 먼저 피한 사람은 설희였다. 보라는 입으로 집어넣은 체리가 이상하게 쓰게 느껴졌다.

"말 들어보니 드레스도 한 집만 갔었다면서?"

"컥."

"보라 씨, 괜찮아요?"

잘못했으면 체리씨를 그대로 삼킬 뻔했다. 보라는 티슈에 씨를 뱉어내며 등을 슬쩍 쓰다듬는 현을 향해 괜찮다는 듯 고개를 끄덕였다.

"꼭 입어보고 싶었던 드레스가 있었는데 마침 그 집에 딱 있었어서요."

강 여사가 그럴 수도 있다는 듯 고개를 살짝 끄덕였다. 역시 이럴 때는 잔머리가 잘도 돌아가서 다행이었다.

"현이 넌?"

"결혼식의 꽃은 신분데 제가 몇 벌 입어봐서 뭘 하겠어요."

역시 만만치 않은 상대다. 보라는 현을 향해 엄지를 들어주고 싶은 것을 꾹 참았다.

정말 결혼이라는 것은 예상외로 꽤 이것저것 신경을 많이 써야 하는 일이었다. 생각지도 못했던 현의 친구들도 만나기로 약속을 잡았고 워낙 정 여사가 소문을 많이 내놓은 탓에 그녀의 친구들에게도 이야기가 들어간 모양이었다. 그래서 다음 주 내로 약속 시간을 잡겠다고 약속을 해놓은 상태였다.

부케를 받아줄 친구에게 줄 선물도 사야 했고, 사회를 봐줄 현의 친구 선물도 사야 했다. 그리고 사실 주례를 세우지 않으려고 했지만 강 여사가 반대를 했었다. 그래서 현의 담당 교수였던 분께 부탁을 드렸더니 흔쾌히 허락을 해주셨다는 말에 또 선물을 들고 곧 찾아뵈어야 할 것 같았다.

"새아가는 좀 들어오렴."

강 여사가 먼저 일어나 안방으로 들어갔다. 또 무슨 말씀을 하셔서 혈압을 올리시려나 걱정을 하며 보라도 그 뒤를 따랐다. 그녀가 자리에 앉자 강 여사가 테이블 위로 봉투와 비단 주머니를 내려놓았다.

"이게 뭐예요, 어머님?"

"요즘은 꾸밈비 같은 걸 따로 한다더구나. 그리고 그건 네 시아버지께 받은 거야."

"그걸 절 주시면……."

"큰애도 하나 줬다. 걱정 말고 받아."

또 킵을 해둬야 할 물건이 늘어났다. 처음엔 마음이 불편했지만 어차피 보관용이라고 한 번 생각을 하자 지금은 크게 부담스럽지는 않았다. 다 한 상자에 넣어서 현에게 건네줄 생각이었다.

"흐흠, 현이 녀석이……."

목이 메는 건지 강 여사는 몇 번인가 헛기침을 했다. 강 여사의 눈에 슬쩍 눈물이 고이는 것 같아 보라는 앞에 있는 티슈를 뽑아 건넸다.

"현이가 많이 힘들어했을 거야. 녀석이 너에겐 내색을 한 모양이구나."

"네?"

설마 현이 집에 '전 여자를 사랑할 수 없습니다.'라고 공표라도 했던 걸까? 설마 싶으면서도 보라의 눈이 금방이라도 튀어나올 듯 커졌다.

"그래, 다 말해줬겠구나. 지원이가 나는……."

강 여사가 더 말을 잇지 못하고 눈물을 쏟아내기 시작했다. 그 예전에 좋아했던 사람이 '지원'인 모양이었다. 그럼 집안의 반대에 부딪혀서 헤어진 걸까?

"지원…… 이요?"

분명 그가 준 문서엔 '지원'이라는 이름은 없었다. 아무리 대충 훑어봤다 하더라도 거기 나온 인물 정도는 기억하고 있었다. 보라가 살짝 의아한 표정을 짓자 강 여사는 분명 뭔가 실수했다는 얼굴을 하고 있었다.

"흠흠, 현이가 말을……. 아니다, 다 지나간 일인데, 뭐 어떠니."

그때 강 여사가 팔을 뻗어 그녀의 손을 잡았다. 이렇게 갑자기 급온순해진 시어머니? 나쁘지 않았다.

"우리 현이 잘 부탁한다, 아가."

왠지 어머니의 마음이 고스란히 느껴졌다. 눈물은 전염이 된다고 누가 그랬던가. 보라의 눈에도 어느새 눈물이 글썽글썽 맺혀 있었다.

"말은 그렇게 결혼을 하라고 했어도 현이가 정말 할 거라고는 생각을 못 했다. 그래서 내심 내가 속으로 당황했던 모양이야. 괜히 네게 강샘을 부리고 있었구나. 미안하다."

"아니에요, 어머님. 저도 잘할게요."

결국 두 사람은 마주 보고 눈물을 닦아주며 웃음이 터지고 말았다.

식구들에게 인사를 하고 나와 차에 올라탄 두 사람은 한참이나 말이 없었다. 현은 보라의 살짝 충혈된 눈을 보고 계속 신경이 쓰였다.

울었던 게 분명한 그녀의 얼굴을 보고 바로 안방으로 들어가려던 현은 곧 문을 열고 나오는 강 여사의 얼굴을 보고 그대로 행동을 멈추었다. 강 여사의 눈은 보라보다 훨씬 붉게 충혈되어 있었기 때문이었다.

"이거 왠지 진행이 될수록 마음의 양심이 조금씩 찔려가는 것 같지 않아요?"

"많이 찔립니까?"

"제가 뭐 잘하는 것도 없는데 자꾸 많이 받기만 하는 것 같아서요. 물론, 다 남궁현 씨 물건이긴 하지만."

"제가 고맙죠. 사실 형수님도 조금 무뚝뚝하셔서 어머니가 보라 씨 꽤 마음에 들어 하는 눈치예요. 살짝 초장에 기 잡으려고 하시다가 실패하신 것 같긴 하지만."

역시 치열한 기싸움을 현도 눈치채고 있던 모양이었다. 보라는 괜히 헛기침을 하며 시선을 창밖으로 돌렸다.

"이사 언제 한다고 했죠?"

"내일이요."

"물건은 다 쌌습니까?"

"어차피 물건 거의 버려야 돼요. 포장 이사라 그냥 귀중품하고 컴퓨터 본체만 챙겼죠, 뭐."

"아침 7시까지 가면 됩니까?"

"도와주시게요?"

전혀 생각도 못 해봤다는 듯 눈을 동그랗게 뜨는 보라를 보며
현이 픽 웃었다.

"곧 결혼할 사람들인데 이사하는 날 보이지도 않으면 사람들
이상하게 생각하지 않을까요? 그리고 민이도 데려와야 하고."

"그렇지 않아도 제가 민이 때문에 차를 살까 말까 엄청 고민
했거든요. 병원 갈 때 이동 가방이 너무 무거워서. 저번엔 택시 탔
을 때 기사 아저씨가 재수 없게 왜 고양이를 태우냐고 그래서 또
싸운 적도 있고."

"면허는 있습니까?"

"당연히 있죠. 장롱 면허라 그렇지."

보라는 아무래도 다니던 동물병원에서 더 멀어지니 조만간 차를
사야겠다고 생각은 했다. 하지만 운전을 하는 건 여전히 겁이 나서
운전 학원에 연수 예약을 해야 할지 계속 고민을 하고 있었다.

"아무튼 연수라도 받아야 할 것 같아요. 다니던 병원도 멀어
지는데 민이 힘들지 않게 데리고 다니려면."

"학원?"

"그럼 어디서 배우겠어요."

"제가 가르쳐드릴까요?"

"에헤이, 잉꼬부부도 갈라서게 만드는 게 운전 연습이라는데.
저는 됐어요, 그냥 학원 다닐게요."

"이래 봬도 저 가르치는 것에 꽤 소질 있습니다."

보라는 눈꺼풀을 껌뻑이며 잠시 생각에 잠겼다. 친구 몇 명은 남자 친구에게 연수를 받다 헤어짐을 경험했고 또 다른 친구는 애가 생겨 남편에게 받다가 정말 이혼 직전까지 갔다고 했다. 현과는 이제 알아가는 사이였고 앞으로도 최소 3년은 함께 가야 할 상대이기도 했다. 보라는 단호히 고개를 저었다.

"아니에요. 그냥 돈 주고 배우는 게 속 편할 것 같아요."

"왜요? 내가 화낼까 봐?"

"아뇨, 제가 화낼까 봐서요."

예상외의 대답이었는지 현이 그녀를 보고 웃었다. 진심을 말한 건데 현은 농담으로 받아들이는 것 같았다.

"그렇게 자신 있으시면 해보시든지요. 진짜 저 쌍욕해도 책임 못 져요?"

보통 이렇게까지 말을 했으면 안 하겠다고 답을 해야 한다. 하지만 현은 자신이 진짜 있는지 고개를 시원하게 끄덕였다.

"그럼 내일 이사 정리 좀 되면 차를 좀 보러 갈까요?"

"은근히 성격 급하신가 봐요?"

그녀의 오피스텔 앞에 도착하자 현이 차를 세우며 보라를 보았다. 보라는 어깨를 들썩이며 벨트를 풀었다.

"그냥 여행 다녀와서 해요. 급할 것도 없는데."

"무서워서 그렇군."

"아니거든요!"

이런, 걸려들었다. 하지만 말은 한번 뱉으면 주워 담을 수 없다는 것을 누구보다도 잘 알고 있었다. 보라가 고개를 숙이자 현이 웃었다.

"그럼 내일 봐요."

"집 앞까지 같이 올라가죠."

"괜찮아요. 경비 아저씨도 있는데 뭘⋯⋯. 갈게요."

서둘러 차에서 내리는 보라를 보고 현이 멍하니 그 뒷모습을 바라보았다. 뭐라고 해야 할까. 보라는 그냥 있는 것 자체만으로도 반짝반짝 빛이 나는 사람이었다. 식구들 앞에서 '태양을 보는 줄 알았다.'는 말은 거짓말이 아니었다.

현은 저도 모르게 나오는 콧노래를 흥얼거리며 다시 본가로 향했다. 오늘은 들어가서 수민과 조금 더 놀아줄 생각이었다. 전혀 겁이 없을 것 같았는데 연수도 이제껏 받지 못했다니. 아무래도 보라의 차는 튼튼한 기종으로 골라야 할 것 같았다.

이럴 줄 알았으면 대리점에 들러 카탈로그라도 들고 와야 했다. 다시 핸들을 돌릴까 하던 차에 대문을 열고 나오는 설희를 보았다.

설희 역시 그의 차를 발견한 듯 우두커니 서 있었다. 흥얼거리던 노래가 사라지고 기분이 다시 가라앉는 게 느껴졌다. 차를 세우고 현이 차에서 내리기 전, 설희가 조수석으로 올라탔다.

"이야기 좀 해."

그냥 넘어갈 수가 없을 것 같아 현이 조용히 차를 몰아 근처에 있는 개인 찻집 앞으로 차를 세웠다. 현은 말없이 먼저 차에서 내려 찻집 안으로 들어왔다. 이어서 설희가 들어와 앞에 앉았고 현이 녹차를 주문했다.

차가 나오고 반쯤 마셔가는 동안도 설희는 말이 없었다. 현이 답답한 듯 한숨을 짧게 뱉었다.

"할 말 없으면 일어서고."

"오늘 잊었니?"

"무슨 소리야?"

설희의 눈동자가 흔들렸다. 현은 슬쩍 어깨를 털어내며 목덜미를 쓰다듬었다.

"오늘 지원이 기일이었어."

찻잔으로 손을 뻗던 현의 움직임이 잠시 멈췄다. 다시 설희를 보았다. 검은 정장을 입고 있는 모습을 보고도 전혀 생각하지 못했다.

지원은 그의 여자 친구였지만 사랑은 아니었다. 옆에 있으니 그저 편했던 사람이었다. 몇 년씩이나 쫓아다니며 그의 비위를 거스르게 만들지 않는 지원이 꽤나 대단하다고 생각했다. 그래서 옆에 있어도 나쁘지 않을 것 같다는 결론을 내렸다. 그게 나쁜 것이었는데 그땐 그것을 몰랐다.

"잊고 있었네."

"어떻게…… 잊을 수 있어?"

"세월이 흘렀으니까."

"뭐?"

"죽은 사람을 언제나 그리워하면서 살 수는 없잖아."

그때 현은 하나만 선택할 수밖에 없었고 결국 지원을 잃게 되었다. 그땐 죄책감이 꽤나 컸다. 하지만 사람의 마음은 원래 시간이 흐르면 무뎌지는 것이다. 분명 죽을 때까지 지원은 이따금씩 기억이 날 것이다. 하지만 그것뿐이다. 죽은 사람은 되돌아오지 않는다.

설희나 자신이나 죽음이라는 것에 너무나 익숙한 사람들이다. 그럼에도 불구하고 설희가 계속 지원의 이야기를 들먹이는 건 역시 마음속의 자책감 때문일 것이다. 이제 설희도 벗어나면 좋으련만……. 그게 쉽지 않은 것일까?

"남궁현."

"그럼 넌 내가 영원히 지원이를 잊지 않고 수절이라도 하며 보내길 원한 모양이네?"

"무슨 말을 그렇게 해?"

"그럼 결혼을 앞둔 사람 앞에 와서 자꾸 장지원 이야기를 꺼내는 저의를 내가 뭐라고 생각해야 해?"

이쯤 되니 사실 그에게 결혼하라고 종용하던 사람들이 사실 그걸 원한 게 아닐지도 모른다는 생각이 들었다. 인간관계에 염증을 느끼던 차에 보라를 만났다. 이런 여자라면 결혼을 하는 것도 나쁘지 않다고 생각했다. 그러면 사람들의 관심에서 멀어질 수 있다고 여겼으니 말이다.

그런데 예상외로 결혼 준비를 하는 동안 피곤하다고 느끼지 못했다. 아니, 오히려 즐거웠다. 그건 역시 상대라 보라이기 때문일 것이다.

막상 그것을 깨닫자 현은 왠지 모르게 웃음이 흘러나올 것 같았다. 서로에게 필요한 결혼을 제의한 상대가 좋아지기 시작했다니. 거기다 그걸 모르고 있었다. 호감이 있었기 때문에 시작되는 게 원래 인간의 관계가 아니던가. 누군가에게 호감을 가지는 게 참 오랜만이라 자각이 늦었다.

"기가 막히는군."

"뭐?"

"아냐, 나한테 한 말이야. 아무튼 난 먼저 빠져나왔는데, 허선생도 빠져나오길 바랄게."

"빠져나와?"

"대체 넌 언제까지 장지원 그늘에 갇혀 있을 참이야? 빨리 나와야 정신 건강에도 이롭지 않겠어? 이만 일어날게."

그건 사고였고, 어쩔 수 없는 일이었다. 하지만 오늘이 지원의 기일이라는 것을 알고 나자 씁쓸함이 느껴지는 건 어쩔 수 없었다.

"현아."

"나 보라 씨를 만나면서 하루에도 몇 번씩이나 떠오르던 아버지나, 지원이의 죽음이 잊힌 것 같았어. 그만큼, 나에게 꼭 결혼할 명분이 생긴 거야. 이런 사람, 다신 못 만날 것 같거든."

충격을 받은 듯 멍하니 자신을 올려다보는 설희를 보며 현이 희미하게 웃었다. 계산서를 집어 든 그가 자리에서 일어섰다.

찻집을 나와 차에 올라탄 현이 휴대전화를 들어 잠시 고민을 했다. 하지만 이미 손가락은 움직이고 난 뒤였다.

-네, 제가 뭐 차에 놓고 왔어요?

"보라 씨."

-네.

"고마워요."

-갑자기 뭐가요?

현은 말없이 웃었다.

보라는 정리가 끝난 집을 한 번 훑어보았다. 요즘 포장 이사는 참 편리하구나 싶었다. 정말 물건을 고스란히 그대로 들어 옮긴 것 같았다. 어차피 보라가 한 일이란 중국집 음식을 시켜 점심을 대접하고, 간식을 내놓는 것 정도가 끝이었다.

사실 귀중품이랄 것도 별로 없어 서랍 하나에 정리를 하니 끝이었다. 현은 햇볕이 잘 드는 거실 베란다에 있는 민이의 화장실에 모래를 부어주고 사료와 애완동물용 급수기도 물을 부어 켜주었다. 그것으로 모든 것이 끝이 났다.

"우와, 캣 타워는 언제 샀어요?"

"며칠 전에 사서 설치해뒀습니다."

"민이 완전 좋아하겠는데."

물론 민은 새로운 곳으로 이사를 와서 어디 구석에 숨은 건지 보이지 않았다. 보라가 '민이야.' 하고 다정하게 부르면 아주 작게 '냐앙' 하는 소리는 내주었다.

"우리 나갔다 들어오면 나올 거예요. 그렇게 안 봤는데 남궁현 씨 동물 좋아하는 편인가 봐요?"

"키울 일이 딱히 없어서 그랬지 좋아하는 편입니다."

"남궁현 씨가 수의사였으면 진짜 좋았을 텐데."

"그럼 못 만나지 않았을까요?"

"그건 그렇네."

어딘지 모르게 보라는 단순한 구석이 있는 것 같았다. 천장까지 높이 올라가 있는 캣 타워를 보고 어린아이처럼 좋아하는 것을 보니 미리 사서 설치를 해두기를 잘했다 싶었다.

"이거 설치하기 힘들지 않았어요?"

"이 정도는 뭐."

"역시 남자는 다른가? 난 겨우 2단짜리 조립할 때도 힘들었는데."

"어젠 왜 울었습니까?"

혹 치고 들어온 물음에 원목 타워를 만지던 보라의 손이 거기에서 딱 멈추었다. 그걸 어떻게 말을 한단 말인가.

"그냥 별거 아니었는데."

"어머니도 우신 것 같던데. 싸우기라도 했습니까?"

"어후, 제가 어떻게 남궁현 씨 어머니랑 싸워요. 그럴 레벨이나 되나?"

"은근히 약 올리는 건 잘하던데."

모르는 척하면서 역시 다 알고 있었다. 이런 사람을 보고 남자 여우라고 하던가? 보라는 괜히 헛기침을 하며 타워를 툭툭 두드렸다.

"그냥 어머니의 마음이 느껴져서 그랬다고 해야 하나?"

"어머니의 마음?"

"남궁현 씨 되게 아끼시고 좋아하시는 모양이에요. 원래 그리고 눈물이 전염성이 강하거든요. 제가 눈물 한 방울 없는 인간 일 것 같아도 은근히 잘 울거든요. 책 보고도 울고, 영화 보고도 울고."

현은 강 여사가 자신을 생각하며 울었다는 게 꽤 의외라는 표정을 짓고 있었다. 역시 아들들은 공감 능력이 떨어지는 게 틀림없었다.

"궁금한 게 있는데, 좀 물어봐도 돼요?"

"뭡니까?"

"남궁현 씨 어머……."

그 '지원'이라는 사람의 관계를 가족들이 알고 있었냐고 묻고 싶었지만 보라는 그냥 참기로 했다. 어차피 과거는 다 지나간 건데 괜히 물어봐서 뭐한단 말인가.

"아니다, 아니에요."

"그럼 제가 물어봐도 됩니까?"

"뭐든지."

"이대형 씨가 그러던데, 보라 씨는 사랑 못 할 거라고."

"대형이가 그런 말을 했어요?"

어딘지 모르게 조금 심각한 표정을 하는 보라를 보며 괜히 물었나 싶은 생각이 들었다. 보라가 캣 타워에 슬쩍 기대며 자신을 똑바로 바라보자 괜히 긴장이 되는 느낌이었다.

"그 자식이 안 그래 보이는데 예리한 면이 있네."

"정말입니까?"

"제가 한 6살 때였나? 정체성 확립이 안 되는 시기잖아요. 이성에 대한 감정도 잘 모를 때고."

"대체적으로 그렇죠?"

"그때 교통사고가 좀 크게 났거든요. 머리를 좀 다쳤는데 뇌하수체에 좀 이상이 생겼대요. 그래서 사랑 같은 감정 못 느낀다고 하던데요?"

어릴 때 머리가 다칠 정도로 큰 교통사고?

현의 잘생긴 이마에 주름이 잡혔다. 어릴 때의 이야기라서인지 보라는 그저 날씨를 이야기하듯 말하고 있었다. 신경외과에 딱히 관심은 없었지만 뇌하수체에 대해 몇몇 이야기를 들어본 적은 있었다.

그때 앞에서 큭큭 웃음을 참는 소리가 들려왔다. 보라를 보니 얼마나 웃음을 참는 것인지 배까지 부여잡고 거의 쭈그리고 앉을 정도로 허리를 숙이고 있었다.

"지금 장난한 겁니까?"

"그걸 믿어요? 진짜 그랬으면 제가 어떻게 남궁현 씨 어머니 우는 걸 보고 같이 울겠어요? 진짜 보기와 다르게 은근히 순진하시네."

"그럼 이대형 씨는 왜 그런 말을 한 겁니까?"

"글쎄요, 10년 넘게 쫓아다녀도 제가 전혀 안 넘어가니 그런 건가? 어? 대형이가 찾아갔었어요?"

"무릎 상태 보러 왔다가 들른 모양입니다."

"걔는 또 왜 찾아간 거야."

"보라 씨에게는 그 뒤에 연락 없었습니까?"

보라가 잠시 뜸을 들였다. 왜 그러나 싶어 현이 살짝 고개를 기울였다.

"뭡니까?"

"아니, 수요일에 수술한다고. 좀 와달라고 하더라구요."

"갈 겁니까?"

무슨 그런 질문을 하냐는 듯 보라가 그를 스쳐 지나 거실로 나갔다. 언제 나왔는지 민이가 러그 위에 앉아서 길게 하품을 하고 있었다.

"왜 대답이 없습니까?"

"답이 딱 나와 있는 질문을 하시잖아요."

"답?"

"당연히 가야죠."

"당연히?"

"제 친구예요. 다름 아닌 둘도 없는 친구."

"우리 결혼하기로 한 거 잊었습니까?"

"아뇨. 남궁현 씨가 뭔가 착각하시는 것 같은데 우린 서로에게 맞는 계약 결혼을 하는 거지, 저는 남궁현 씨에게 종속되는 사람이 아니거든요."

보라의 커다란 눈이 당장이라도 화를 터트릴 듯 위험하게 빛났다. 결국 현이 먼저 포기를 선언하며 두 손을 들었다. 현은 쓰게 웃었다.

이렇게 질투라는 것을 해보게 될 줄은 몰랐다. 갑자기 웃음을 터트리는 현이 이상한지 보라는 인상을 찌푸리고 있었다. 현은 시선을 창밖으로 옮겼다.

병실 안은 침묵으로 물들어 있었다. 보라는 팔짱을 낀 채 옆에 서 있는 현을 보았다. 정형외과 의사도 아니면서 왜 여기 있는지 모르겠다는 얼굴로 대형 역시 현을 자꾸 위아래로 훑어 내리고 있었다.

물론, 그날 밤은 당장이라도 그녀가 화를 터트리기 직전까지 갔어도 이상하지 않았다. 하지만 현이 먼저 미안하다며 수그리고 들어왔다.

주변의 시선이 무척이나 신경 쓰인다고 말하는 현을 보며 보라는 한참을 생각하다 고개를 끄덕였다. 그의 입장이면 아무래도 그럴 수 있다고 생각했다. 그녀처럼 혼자 일하는 게 아니라 현은 집단에서 일을 하는 사람이었다. 그것도 말이 많다는 대형병원에서.

"남궁 선생은 많이 안 바쁜 모양입니다?"

"이틀 내내 당직하고 이제 퇴근이라서요."

그러고 보니 현은 월요일에 출근을 하고 나서 집에 들어오지 않았다. 그녀는 낮에 자고 일어나 밤에 물건 정리를 했는데 사실 현이 자고 있을 거라고 생각했다. 하지만 오늘 병원에 와서 막상 초췌한 그의 모습을 보니 당직을 했다는 말이 이해가 됐다. 곧 결혼이고 신혼여행까지 가야 하니 몰아서 당직을 서는 모양이었다.

"보라야, 나 마취 깨는 거 보고 갈 거지?"

"너희 식구들이랑 동료들도 다 있는데 내가 왜. 수술 전에 얼굴 보러 온 것만 해도 다행이지."

"친구끼리 의리가 그거밖에 안 되냐?"

"내일 올게. 오늘 약속 있단 말이야."

"친구가 먼저야, 약속이 먼저야?"

"그 약속이 먼저 잡혔었어."

대형은 예전에도 몇 차례 수술을 한 적이 있었다. 그때도 늘 그랬다. 아무래도 옆에 있는 현을 보고 괜히 더 그러는 모양이었다.

"무슨 약속인데?"

"알면?"

"그것도 말 안 해줘?"

"현이 씨 친구들하고 식사하는 자리야. 왜? 따라올래?"

"너 진짜 이 결혼 할 거야?"

꼭 드라마나 영화에서 보던 집안의 반대로 결혼을 하고 싶어 할 때 나오는 반응이었다. 보라는 고개를 저으며 대형의 어깨를 툭툭 쳤다.

"자식, 왜 엄살 부리고 그래. 수술 잘 받고 금방 재활할 거잖아."

"왜 말 돌려?"

"당연히 결혼을 하지, 왜 안 해? 이제 딱 2주 남았다."

"나 안 갈 거야."

"오지 마."

별거 아닌 듯 툭 내뱉자 대형이 두 눈을 부릅뜨고 그녀를 노려보았다. 보통 이렇게 툭툭대곤 하는데, 현은 꽤 놀란 얼굴이었다.

"나쁜 지지배. 내가 저를 어떻게 키웠는데."

"웃기셔. 내가 컸지, 네가 키웠냐?"

"나는 은퇴하면 너하고 결혼하는 게 목표였단 말이야."

"어이고, 그러셨어요. 그러면서 그렇게 여자들 만나고 다녔냐?"

그 말에 대형이 괜히 시선을 피하며 고개를 돌렸다. 현은 두 사람을 보면서 오히려 친구보다는 누나와 동생에 훨씬 가깝다는 인상을 받았다. 티격태격하면서도 서로의 우정은 무척이나 두터워 보였다. 아마 상대가 대형이 아닌 그냥 평범한 남자였더라면 사실 이렇게까지 신경이 쓰이지는 않았을 것이다.

"이 녀석은 식은 죽이 뭐가 맛있다고 미리 사놓……. 어머, 보라야!"

"아주머니, 안녕하셨어요."

구시렁거리며 들어온 박 여사가 보라를 보고 반갑게 웃었다.
보라도 재빨리 박 여사를 향해 인사했다.

"우리 대형이 수술한다고 보러 왔니? 요즘 바쁘지 않아? 결혼
준비하면 정신도 없을 텐데."

"안 그래도 빨리 준비하느라 숨 돌릴 시간도 없어요. 그런데
이 녀석은 그것도 모르면서 속만 긁어대고."

"대형이가 왜?"

"제 결혼식 안 온다고 협박하잖아요."

"네가 이해해라. 얘가 어려서부터 너하고 결혼한다고 노래를,
노래를 부르고 다녔잖……. 어머."

박 여사가 옆에 서 있는 현을 발견한 모양이었다. 현은 고개를
숙이며 정중하게 인사를 했다. 보라가 현의 팔을 잡아 팔짱을 끼
며 말했다.

"저하고 결혼할 사람이에요."

"안녕하십니까, 남궁현입니다."

"반가워요, 대형이 엄마예요. 그나저나 훤칠하네. 보라 네가
넘어간 이유 딱 알겠다. 우리 아들보다 훨씬 낫네."

"엄마!"

역시 유쾌한 박 여사를 보며 보라가 웃음을 터트렸다. 하긴, 객
관적으로 보면 가운 효과가 아니고서라도 현은 무척이나 잘생긴
얼굴이다. 대형의 말처럼 현은 선이 부드럽고 곱상하게 생기기는
했지만 요즘 여자들이 좋아하는 얼굴이 아니던가. 사실 굳이 타입
을 찾자면 대형이 그녀의 이상형에는 더 부합하는 얼굴을 하고 있
었다.

"애는, 내가 뭐 틀린 말 했니? 우리 보라가 예쁜 남자만 그리더니 진짜 그런 남자 만났네?"

아주머니, 그건 '순정 만화를 보고 자라서 그렇답니다.'라고 차마 말을 할 수 없어 보라는 그저 웃을 수밖에 없었다.

"그래도 살은 좀 쪄야겠다. 근데 운동할 시간이 없죠? 의사들 보니까 매일 공부하고 당직하고 바쁘던데."

"운동은 틈틈이 하고 있습니다. 수술에 꽤 많은 체력이 필요해서요."

"아, 그렇겠네. 산부인과 의사라고 했던가? 우리 보라 걱정할 필요 없겠네. 남편이 다…… 아니, 얼마나 잘 챙겨주겠어. 우리보다 여자 몸에 대해서 더 잘 알텐데."

하여간 조금만 방심했다 하면 아줌마들은 금방 19금 이야기로 넘어가곤 한다. 보라는 그저 하하, 웃으며 슬쩍 이마의 식은땀을 훔쳐냈다.

"엄마! 아직 식장에 들어간 거 아니거든?"

"어이고, 철 좀 들어라."

"아저씨는요?"

"인도 출장 갔어. 오늘 오후에 들어온다고 하는데 이 녀석 마취 깨기 전엔 오겠지. 어머, 이럴 때가 아니지. 과일 좀 먹을래? 차는?"

"아니에요. 저희 이만 가봐야 해요."

가긴 어딜 가냐는 대형의 울부짖음이 들렸지만 박 여사가 베개를 던짐으로써 마무리됐다. 역시 전직 배구 선수 출신의 스파이크는 정확했지만 대형은 시원하게 베개를 막고서 씩 웃었다.

"그럼 결혼식 날 보자."

"네, 그럼 저희 가볼게요."

"그럼 가보겠습니다."

병실 안에서 대형이 뭐라 뭐라 외쳐대고 있었다. 박 여사는 웃는 얼굴로 두 사람에게 얼른 가보라고 하며 문을 열자마자 시끄럽다고 소리쳤다.

"이대형 씨 성격이 밝은 이유를 알겠네."

"저 집은 다 똑같아요. 아저씨도 저런 성격이시거든요."

"사무실 좀 들렀다 가겠습니까?"

"뭐 두고 오셨어요?"

"온 김에 사무실에 사람 있으면 인사 정도는 하자? 이런 거죠."

"그러죠, 뭐."

어려울 것도 없었다. 설희가 결혼한 현에게 계속 미련을 보이면 병원 내에서도 소문이 좋지 않게 날 것이다. 그러니 그 전에 확실히 못을 박아주는 게 좋았다. 그래야 현도 조금 마음이 편할 게 아닌가. 아무래도 결혼한 뒤에도 계속 설희가 그런 식으로 미련을 흘린다면 현의 입장도 곤란해질 것이다. 이 모든 건 현을 위한 것이었다. 보라는 속으로 '역시 난 관대해.'라며 스스로를 칭찬했다.

사무실을 향해 가면서 만난 몇몇 간호사들과 의사들에게도 공손히 인사를 했다. 다들 '미인이시네요.'라며 그녀를 칭찬해주었다. 입에 발린 말일지라도 이런 말을 들어 안 좋을 여자가 있겠는가? 보라는 쿨하게 웃으며 똑같이 '어후, 여기 병원 물 좋은가 봐요. 다들 잘생기고 예쁘네요.'라고 해주었다. 역시 세상에 예쁘다와 잘생겼다는 말을 싫어하는 사람들은 없었다.

정작 사무실에 갔을 땐 아무도 없어서 조금 맥이 빠지기도 했다. 딱히 누가 있었으면 좋겠다고 생각한 건 아니었지만 설희가 있어도 괜찮을 것 같았다. 사이좋은 예비 부부를 자꾸 보면 조금이나마 마음 정리가 빨라질 거라고 생각했다.

"이게 남궁현 씨 책상이에요?"

"그렇습니다."

현이 재킷을 입으며 말하고 있었다. 책상 위 가족사진에 있는 현을 보고 그의 책상인 것을 알았다. 조금 앳되어 보이고 사진에 수민이 없는 것을 보니 막 형 내외가 결혼을 하고 찍은 모양이었다. 그리고 그 옆엔 훨씬 어린 현이 보였다.

아버지가 돌아가시기 전에 찍은 가족사진인 듯했는데 역시 씨도둑은 할 수 없다더니 둘은 꼭 닮아 있었다. 처음엔 현이 강 여사를 닮은 줄 알았다. 하지만 이렇게 보니 현은 아버지를, 형인 석은 강 여사를 똑 닮아 있었다.

"어릴 때도 꽤나 고집 있게 생겼었네."

어릴 때도 지금과 거의 비슷하게 생겼다. 다만 조금 더 얼굴선이 가늘어지고 키가 훌쩍 큰 것 외엔 다를 게 없었다.

재미없게. 사람이 좀 역변도 하고 그래야 말이지.

그런데 그 옆으로 엎어진 액자가 보였다. 그것을 들어 똑바로 놔주려고 하는데 언제 다가온 건지 현이 그 액자를 잡아 서랍 속으로 넣어버렸다.

"그만 나갑시다."

"아니, 똑바로 세워주려고 한 건데 뭘 그리 무안하게……."

거기까지 말을 하던 보라가 입을 다물었다. 누군지 느낌이 빡 왔기 때문이었다. 그래서 말없이 뒤를 따르는데 갑자기 현이 멈춰서서 등에 그대로 얼굴을 찧고 말았다. 하필 어깨뼈에 코를 찧다니, 재수도 없지 하면서 뒤로 살짝 물러서는데 그 앞으로 설희의 얼굴이 보였다.

"현아, 우리 잠깐 이야……."

"안녕하세요, 허설희 씨."

보라가 없을 거라고 생각한 모양이었다. 설희가 보라를 발견하자 입을 다물었다. 보라는 슬쩍 현을 보았다. 이건 분명히 계약 이행을 하는 것이다. 절대 설희가 마음에 들지 않아 하는 행동이 아니다. 보라는 얼굴 근육에 과도하게 힘을 주며 웃었다.

"같이 차 한잔하실래요? 오늘 동기 모임에 설희 씨 못 나오신다면서요."

아마 그녀였다면 자존심이 상해서 같이 차도 마시지 않았을 것이다. 하지만 설희는 무슨 생각인지 고개를 끄덕였다. 그리고 직접 냉장고에서 캔 커피를 꺼내 테이블에 내려놓았다. 보라가 그 앞으로 앉았다.

평소 달고 진득하기까지 한 캔 커피는 무척이나 좋아하는 편이었다. 그런데 오늘은 이상하게 뒷맛이 쓰다.

이거 혹시 유통기한 지난 거 준 거 아니야?

보라는 슬쩍슬쩍 캔을 돌리며 유통기한을 찾았다.

"이야기하세요."

"네?"

"좀 전에 현이 씨한테 잠깐 이야기 좀 하자고 하셨잖아요."

"현이하고 할 이야기이지 윤보라 씨와 할 이야기는 아닙니다."

오, 꽤 쎄게 나온다. 보라는 슬쩍 현을 보았다. 그러게 왜 같이 커피를 마시자고 했냐는 눈빛이라 보라는 관둘까 하다 해맑게 웃었다.

"저희 곧 결혼하잖아요. 원래 남녀 간에 친구는 없다는데 아무래도 제가 좀 신경 쓰이지 않겠어요?"

"이봐요, 저희 10년 넘게 친구 해온 사람들입니다."

"허설희 씨는 그런 마음이 아니잖아요."

보라는 정말 스스로 연기로 나가도 성공했을 거라고 다시 한번 생각했다. 정말이지 질투에 활활 타오르는 약혼자 역할을 충실하게 수행해내고 있지 않은가. 보라의 말에 허를 찔린 건지 설희는 입술을 질끈 깨물고 시선을 피하고 있었다.

"우리 현이 씨, 좋아해주는 건 고맙지만 그거 꽤 불쾌하거든요. 어차피 안 될 거 접는 게 좋지 않겠어요?"

"제 마음을 윤보라 씨가 강요할 권리 없습니다."

"당연히 없죠. 그냥, 주위 소문이 신경 쓰인달까? 물론 현이 씨를 믿지만 우리나라 사람들 좀처럼 오지랖이 넓어요? 남, 아니, 어머님께서도 신경 쓰인다고 하시던데. 그만하면 제 말이 이해되지 않으세요?"

그 말에 설희는 꽤 충격을 받은 얼굴이었다. 설마 자신이 10년 넘게 어머님, 어머님 하던 강 여사가 그런 말을 할 줄은 몰랐다는 표정이었다.

"참, 그리고 저희 어머님께 계속 어머님이란 표현은 좀 그렇 잖아요."

"네?"

"아니, 누가 들으면 설희 씨도 남궁 집안 며느리인 줄 알겠다 구요."

설희의 얼굴이 붉어지는 것을 보고 너무했나 싶었다. 현은 그 저 말없이 캔을 물끄러미 바라보고 있었다.

너무했나? 아무래도 이쯤 해야 할 것 같았다.

"전 잠깐 나가 있을게요. 두 분 이야기 나누세요."

보라가 자리에서 일어서자 현도 의자를 뒤로 밀었다. 슬쩍 설 희를 보던 보라가 현의 어깨를 짚었다.

"이야기하고 나와요. 로비에서 기다릴게요."

"됐어요, 딱히 할 이야기도 없고."

역시 이 남자 고단수다.

아니, 현은 정말 설희를 친구로 생각하고 있기는 한 걸까?

사실 이런 식으로 현이 그녀의 앞에서 대형을 살살 약 올렸다 면 보라는 감정을 숨길 수 없었을 것이다. 아무래도 오늘 너무 오 버했다.

"남궁현."

캔을 잡은 손가락에 잔뜩 힘이 들어가 있는 게 보여 보라는 슬 쩍 현을 보았다.

"나가 있을게요."

결국 현이 고개를 끄덕이며 자리에서 일어나 보라가 나갈 수 있게 문을 열어주었다. 그리고 보라가 완전히 나가자 문을 닫고 막 뒤로 돌아서는 현에게 설희가 외쳤다.

"저딴 여자 때문에 지원이 사진도 치웠니?"

"저딴 여자? 말 좀 가려 하지그래?"

현은 길게 한숨을 내쉬며 삐딱하게 서서 설희를 보았다. 설희가 살짝 움츠러드는 게 보였지만 현은 굳은 표정을 풀지 않았다.

"사귄다, 어쩐다 하기 전에 지원이는 내 소중한 친구이기도 했어. 그때 구하지 못했단 죄책감 정도는 나도 가지고 있었다고. 너는 내가 인간도 아니라고 생각해?"

그럼에도 반응이 없는 설희의 모습에 현의 얼굴이 더욱 굳었다.

"허설희."

이름을 불렀는데도 시선을 피하는 설희를 보며 현이 책상 앞으로 걸어가 서랍에서 액자를 꺼내 들었다. 그것을 보고 설희가 뭔가 안심한 듯한 얼굴을 하고 있었다. 하지만 그가 그것을 그대로 쓰레기통에 던져 넣자 설희는 충격을 받은 듯 그대로 굳었다.

"그만 빠져나오라고 한 내 말뜻 못 알아들었어? 대체 뭘 원해?"

"현아."

"내가 영원히 장지원을 못 놓고 그리워하길 원하는 거야, 아니면 그 틈을 이용해 들어오고 싶단 뜻이야?"

"나는……."

"둘 다 틀렸어. 나는 너 받아주지도 않을 거고, 장지원은 예전부터 내 마음에서 버렸던 사람이야."

"버, 버려?"

"그럼 내가 언제까지 끌어안고 있을 거라고 생각했던 건데? 너 착각하는 것 같아 말해주는데 그동안 여자를 안 만났던 건 귀찮아서였고 지금은 아니라서 결혼하는 거야."

"내가, 내가 지원이 대신……."

현이 두 눈을 질끈 감았다. 목을 감싸고 있는 넥타이가 꼭 밧줄이라도 되는 것처럼 점점 조여오는 느낌이 들었다.

"너 때문에 지원이 죽은 거 아니라고 몇 번을 말해. 네가 더 가까이 있었고 난 당연히 살 가능성이 높은 사람을 살린 것뿐이야. 그러니까 그런 같잖은 죄책감 같은 거 더는 갖지 마. 정말 지긋지긋해."

설희는 받은 충격은 현이 정말 지원의 그늘에서 벗어났다는 것이다. 그리고 자신은 벗어나지 못할까봐 두려워 이렇게 발버둥을 치고 있다는 것을 깨닫자 현은 왠지 설희가 측은해졌다. 하지만 괜한 동정을 할 필요는 없다. 그 수렁에서 빠져나오는 건 오로지 자신의 몫인 것이다.

보라는 밖으로 나와 잠시 어디로 가야 할지 방황하며 눈동자를 굴렸다. 역시 그 지원이라는 사람에 대해 물어보는 건 실례이려나? 혹시 지원을 두고 두 사람이 사랑의 라이벌은 아니었나? 괜한 의심을 한 건 아닐까? 보라는 왠지 설희에게 측은지심이 더더욱 많이 생기는 것 같았다.

"야, 지원 쌤 이번에 다시 오신다며?"

"진짜? 대박, 눈이 환해지겠다."

"그런데 묘하게 여자한테 관심 없는 거 같지 않니? 혹시 남자 좋아하시는 거 아니야?"

"야, 그런 말 하지 마. 안 그래도 현 샘 결혼하셔서 우울한데. 참, 두 분 친하지 않았나?"

"친하지. 두 분 서 있는 것만으로도 그림 되잖아. 하여간 죄다 괜찮은 남자는 유부남 아니면 게이라더니."

"그렇게 단정 짓지 말라니까!"

간호사들이 웃으며 하는 이야기를 듣고 보라가 헙, 소리를 냈다. 그럼 설마……. 현이 결혼을 서두르려는 이유가 그 사람이 다시 돌아와서? 대체 어딜 갔다가 다시 온다는 소리일까? 헤어지고 마음을 정리하기 위해 떠났던 걸까? 정말 이 무슨 운명의 장난이란 말인가.

보라는 머리를 긁적이며 자판기 앞으로 걸어가서 사이다를 꺼내 꿀꺽꿀꺽 삼켰다. 이거 뭔가 파보면 꽤 괜찮은 소재가 나오지 않을까?

담당 PD이자 친구인 성경은 다음엔 BL(boys love)물로 가보자며 은근히 그녀를 꼬드기고 있었다. 중·고·대학까지 덕후, 즉 오타쿠로 살아왔던 보라를 누구보다 잘 알고 있던 성경은 이제 한국 문화도 많이 관대해졌다, 음지에서 지금 양지로 올라오고 있다고 아주 그냥 아우성을 치고 있었다.

에이, 그래도 결혼하기로 한 사람의 과거를 소재로 삼다니 안 될 일이다. 아니, 현이 만화를 읽을 리가 없다. 더군다나 거기는 수위가 강하기로 유명한 19금들이 난무하는 곳이다. 아니, 석이 그녀의 이름을 대고 찾아볼지도 모른다.

뭐가 문제 될 게 있을까? 이름만 바꾼다면?

계속 천사와 악마가 싸우고 있는데 어디선가 웃음소리가 들려왔다. 이게 뭔 소리야 하고 고개를 돌린 보라는 현이 보이자 슬쩍 인상을 찌푸렸다.

"왜 그렇게 웃고 있어요?"

"원래 그렇게 혼자 잘 놉니까?"

"네?"

"무슨 기도하듯 두 손을 끌어모으다 갑자기 머리를 때리지 않나, 빙빙 돌며 발을 동동거리지 않나."

이런, 또 생각에 잔뜩 빠져 있던 모양이다. 이런 모습은 그다지 보여주지 않아도 되는데. 보라는 괜히 헛기침을 하며 옷자락을 털어내었다.

"원래 창의력을 요하는 일을 하는 사람들은 자기 세계가 강하거든요?"

"보라 씨도?"

"어후, 전 정상에 가깝죠. 그나저나 좀 늦은 것 같은데 빨리 출발하죠? 몇 명이나 와요?"

"네 명? 한 명 빼고 결혼을 안 해서 모이는 사람은 우리까지 일곱밖에 안 될 겁니다. 한국에 남아 있는 사람들이 몇 없어서요."

생각보다 교우 관계가 꽤 좋은 모양이었다. 그러고 보니 결혼을 하기로 결심하고 경수를 만나서 이야기를 했었다. 현과 결혼한다는 이야기에 경수는 무척이나 놀라워했지만 그만한 사람이 또 없다며 칭찬을 했다.

경수도 현이 냉정해 보이기는 해도 꽤나 사람들과 융화가 잘된다고 했다. 쓸데없이 선배랍시고 때리던 사람도 아니라고 했고 되도록 말로 혼낸다 했던가? 어쨌거나 생각보다 현은 훨씬 괜찮은 사람인 모양이다.

현과 함께 약속 장소에 들어섰을 때 모두 와서 두 사람을 반기고 있었다. 보라는 평소처럼 밝고 명랑하게 인사를 하고 자리에 앉았다.

역시 의사들은 의사들인 모양이다. 하나같이 어찌나 술을 잘 마시는지 밥값보다 술값이 더 나올 것 같았다. 그럼에도 불구하고 다들 딱히 취한 기색은 보이지도 않는다.

"제수씨, 우리 현이 잘 부탁합니다."

"잘 부탁해요. 저 녀석 연애도 딱 한 번 해봐서 모르는 게 많을 겁니다."

역시 취했다. 이때 현의 과거를 슬쩍 꺼내보면 안 되려나? 아니다, 그녀는 천사의 손을 들어주기로 했다.

"그래도 저희가 열심히 가르쳤으니까 잘할 겁니다."

"어머, 다들 연애 못 해본 얼굴들인데. 하하하."

지금 그들은 취해서 그녀가 무슨 말을 하는지도 모르는 게 분명했다. 역시 취하면 듣고 싶은 대로 듣는 게 틀림없었다.

"그럼요, 제가 병원에 있을 때 생각만 해도 머리 아픈데. 환자, 보호자 할 거 없이 얼마나 따라다니던지. 피곤해 죽는 줄 알았습니다."

"그럼요, 연애 고자인 현이랑은 완전 다릅니다."

"그럼 제가 리드 잘해야겠네요. 적어도 연애 경력은 제가 현이 씨보다 많으니까?"

그 말에 다들 크게 웃음이 터졌다. 옆자리에서 술잔을 기울이며 작게 웃고 있는 것을 보니 현은 아직 취한 건 아닌 것 같았다. 차라리 완전히 취해서 곯아떨어졌으면 좋겠다. 그럼 친구들에게 과거를……. 아, 악마가 또 이기려고 든다. 보라가 고개를 저으며 술을 입으로 집어넣었다.

"보라 씨 미인이라 현이가 신경 많이 써야겠네요."

"학교 다닐 때 남자들이 졸졸 쫓아다녔죠?"

"말도 마세요. 아주 그냥 뒤로 줄이 쫙. 아하하, 현이 씨에겐 비밀이었는데 오늘 이렇게 밝혀지네요."

"아닙니다, 그 미모면 당연한데. 제 잔도 받으십시오."

다들 혀가 꼬여가고 있었다. 그리고 진심으로 현의 결혼을 축하해주는 것을 보라도 느낄 수 있을 정도였다. 정말 현이 다시 보였다.

"그나저나 현아, 너는 어떻게 보라 씨 보고 결혼을 생각하게 됐냐?"

한순간 모두의 시선이 현에게로 쏠렸다. 보라 역시 현을 보았다. 현은 아무 말 없이 술을 한 잔 마시고 보라를 보았다.

"느낌이 달라서."

그 말에 모두가 닭살이라며 휴지를 던지기 시작했다. 보라 역시 들고 있던 휴지를 던질까 했지만 그냥 얌전히 내려두며 웃을 수밖에 없었다.

식사를 마치고 현은 미리 대리를 불러놓았던 모양인지 친구들을 모두 차에 태워 보냈다. 그리고 보라는 현의 친구들에게 신혼여행 다녀와 꼭 집들이도 해야 한다는 약속에 동의를 해야 했다.

어차피 취해서 다들 잊을 거라 생각하고 보라는 쿨하게 약속을 해주었다.

두 사람도 대리 기사가 오자 차에 올라탔다. 현의 차는 부드럽게 움직였다. 겉보기에 현은 하나도 술에 취한 것 같지 않았다. 차에 앉아서도 창밖만 바라보았고 집에 도착해서 대리비를 지불하고 똑바로 걸었다.

안방으로 들어가 옷을 갈아입고 씻고 나온 보라는 소파에 앉아 민을 쓰다듬고 있는 현을 보고 부엌으로 들어갔다. 언젠가 선물로 받은 호주산 꿀이 있었다. 먹지도 않고 아껴뒀던 건데 집구석에서 다른 꿀을 찾을 수가 없어 그것을 꺼내 들었다. 꿀을 컵에 떠 넣고 정수기에서 뜨거운 물을 살짝 받아 열심히 저었다. 그리고 차가운 물을 받아 농도를 맞춘 다음 뒤를 돌아보았다.

"내가 뭐가 예쁘다고 이 소중한 꿀까지 나눠주고."

그녀도 오늘 술을 꽤 마셨다. 소주 2병 가까이를 비웠으니 지금 꿀물을 마시지 않으면 일어나서 괴로울 것이었다. 먼저 한 잔을 타서 살짝 맛을 보고 시원하게 들이켰다. 꿀물을 마시자 입에 남아 있던 알코올 향이 확 날아가는 것 같았다. 그때 '냐아' 소리를 내며 민이 다가와 그녀의 다리에 얼굴을 마구 비벼댔다.

"우리 민이 오늘 심심했지?"

그녀가 재빨리 민이를 들어 안아 엉덩이를 두드려주고 싱크대 위에 올려두었다. 그리고 서랍에서 육포를 하나 꺼내자 민이 얌전히 앉아 꼬리를 살랑살랑 흔들었다.

"너 오늘 오래 혼자 있었으니까 이거 주는 거야, 알아?"

아무래도 민이의 속엔 사람 하나가 들어 있는 게 틀림없었다.

그렇지 않고서는 어떻게 알아들었다는 듯 '냐아' 하며 대화를 하겠는가.

　"아이고, 예쁜 내 새끼. 이리 와, 뽀뽀 한번 해."

　보라가 허리를 숙여 입술을 가져가자 민이 혀로 슬쩍 그녀의 입을 핥아주었다. 여기에서 뽀뽀를 멈춰야 했다. 그렇지 않았다간 뽀뽀를 좋아하는 민이의 거친 혀가 온 얼굴을 핥아대기 시작할 것이다. 보라는 재빨리 육포를 민의 입에 물려주고 자신이 마셨던 컵에 마저 꿀물을 탔다.

　컵을 들고 거실로 나오자 현은 옷을 벗지도 않은 채 그대로 소파에 누워 있었다. 밖에선 취하지 않고 집에 와서 확 긴장을 놓는 타입인 듯했다.

　"하여간, 이런 사람들은 피곤하다니까. 남궁현 씨, 일어나요. 꿀물 좀 마시고 자요. 내일 고생하고 싶지 않으면."

　목소리가 작은 것도 아니었는데 현은 미동도 없었다. 하는 수 없이 보라가 가까이 다가가 허리를 숙이는데 순간 잘못 본 게 아닌가 해서 두 눈을 꿈뻑였다. 현의 눈가에 맺힌 눈물이 주륵 흐르고 있었다.

　혹시 우는 주사가 있는 걸까? 보라가 재빨리 도망치려고 돌아섰을 때 현의 입에서 나오는 목소리에 그대로 굳었다.

　"미안해, 지원아."

5. 비밀

　나이가 이립(而立)을 넘었다. 어찌 가슴 아픈 사랑 하나 없을 수 있으랴. 거기다 남자의 눈물은 꽤나 모성애를 자극한다고 해야 할까? 보라는 만약 현이 싫어하지만 않는다면 앞으로 옆에서 무슨 말을 해도 좋은 괜찮은 친구가 되어주고 싶었다.

　퇴근을 하고 들어서는 현을 보며 민이가 무척이나 반가운지 그녀에게도 잘 하지 않는 일명 '냥냥송'을 부르며 달려 나갔다. 민이는 냥냥대면서 현의 종아리에 계속 얼굴을 비비고 있었다. 현은 대충 가방을 옆에 내려두고 민이를 끌어안기 위해서인지 몸을 숙였다.

　"안지 마세요."

　보라가 입에 머금고 있던 주스를 꿀꺽 삼키고 재빨리 말했다. 현이 깜짝 놀란 듯 고개를 돌려 시계를 보고 보라를 보았다. 이제 막 6시가 넘어가는 시간인데 웬일로 일찍 일어났냐는 얼굴이었다. 그러면서도 손은 저도 모르게 민이를 다시 안기 위해 밑으로 뻗고 있었다.

"지금 털갈이하는 시기라 안으면 장담 못 해요."

"어차피 맡기려고 했습니다."

"그거 거의 유니폼 아니었어요?"

"이래 봬도 장모님이 사주신 정장도 있습니다."

"아이고, 좋으시겠네요. 저녁 드실래요?"

현은 정말 의외로, 아니 꽤나 사교성이 좋았다. 그리고 어른을 다루는 법도 잘 알고 있었다. 언제 두 사람이 만나서 작당 모의를 했는지는 모르지만 현은 정 여사에게 정장을 무려 2벌이나 얻어 왔다. '아니, 그 아줌마가 백화점에서 그런 걸 사줬단 말이에요?' 라는 말이 절로 나왔다.

정 여사는 자식이 셋이나 되는 데다 삼대가 살고 있는 집에서 윤 교장 혼자 돈을 버니 근검절약이 몸에 배어 있었다. 어차피 디자인만 바뀌는 건데 왜 꼭 굳이 백화점을 가냐며 주로 아울렛을 이용했었다.

보라가 처음 원고비를 받아 쇼핑을 가자고 했을 때도 정 여사는 아울렛으로 갔다. 영원한 아울렛 사랑인 줄 알았는데 그놈의 '사위, 사위'를 외치더니 백화점으로 갈 줄이야. 은근한 섭섭함은 보라의 몫이었다.

"밥했습니까?"

"그냥, 먹을 정도?"

"간단하게 씻고 나오죠."

"천천히 하세요. 국도 좀 데우고 해야 하니까."

보라가 다시 부엌으로 들어가 인덕션 앞으로 갔다. 미리 끓여놓은 김치찌개를 데우고 계란김말이까지 한 다음 식탁 위에 올려놓으니 그럭저럭 제법 괜찮은 밥상이 차려졌다. 그리고 아파트 근처에 있는 반찬 가게에서 사온 몇 개의 반찬을 접시에 담고 전기밥솥을 열었다. 하얀 연기가 올라오며 특유의 고소한 냄새가 훅 풍겨왔다.

"뭐가 이렇게 많습니까?"

"반찬 가게에서 몇 개 샀어요. 김치는 엄마가 주신 거고."

"오늘은 웬일로 이렇게 일찍 일어났습니까?"

요즘 꽤나 집중을 하는 터라 거의 낮 12시나 1시 정도까지 일을 하고 자고 일어나면 저녁 8시쯤이 되었다.

"너무 늦게 자니까 정신이 좀 이상해진다고 해야 하나? 남궁현 씨 출근하면 그때 자고 좀 일찍 일어나서 활동해야겠어요. 그리고 여행 가기 전에 좀 많이 일을 해놔야 가서 완전 푹 쉬죠."

결혼은 이제 정말 딱 6일이 남았다. 보라의 친구들은 현을 보고 '너 복 받았다.', '어떻게 저런 남자를 잡았냐.'라며 정말 축하해주었다. 물론 '남자가 좀 아깝긴 하네.', '얼굴값 조심해라.' 하는 약간의 부러움이 섞인 시기를 보내는 친구도 몇 있긴 했다. 그 앞에서 보라는 아무것도 모른다는 얼굴로 '내가 전생에 공덕을 많이 쌓았나 보지.'로 일관했다.

그런데 꼭 그중에서는 정말 이상한 애들도 있었다. 어떻게 동창이 곧 친구가 결혼을 할 남자에게 은근슬쩍 치근댄단 말인가. 아무리 상대가 '조건'에 의한 결혼을 할 남자라도 신경이 쓰이는 건 어쩔 수 없었다. 다행히 눈치가 빠른 현은 알아서 손길을 피하고 보라의 바로 옆에 앉아 계속 그녀만 챙겨주었다. 잠깐, 현의 친구들은 그가 연애를 딱 한 번 해봤다고 했다. 그럼 그 지원이라는 사람과 사귀었던 걸 아는 걸까? 아니, 현이 커밍아웃을 했을 거라곤 생각하지 않는다. 그 전에 다른 여자를 사귀어봤던 걸까?

보라는 고개를 갸웃거렸지만 다르게 생각할 수 없어 그저 고개만 끄덕였다. 차마 현에게 '왜 엄한 여자 마음에 상처를 줬어요.'라고 할 수도 없었다. 동성애자들이 처음에 자신의 정체성을 거부하기 위해 일부러 이성을 사귀기도 한다고 하지 않던가.

모임이 끝나고 여자들에게 인기 많아 좋으시겠어요, 하는 놀림에 현은 그저 픽 웃었다. 그러면서 '신랑이 인기 많아 기분 나쁩니까?'라고 물었다. 아직 식장에 들어가지도 않았는데 그놈의 신랑소리가 잘도 나온다며 보라가 투덜대자 현은 웃었다.

그나저나 이게 얼마 만에 가는 여행이던가. 정말 이번엔 가서 아무 생각도 하지 않고 푹 쉴 생각이었다. 타이 마사지는 4박 6일간 정말 한 번도 빼먹지 않기 위해 여행사에 미리 연락까지 해두었다. 물론 그녀는 관대한 사람이었으므로 현의 몫까지도 준비를 했다. 그에게도 휴식이 필요한 것은 당연하지 않던가.

"우리 이번에 가면 좀 푹 쉬다 와요. 준비는 다 끝났나? 뭐 빠뜨린 건 없죠?"

처음엔 한 달 만에 어떻게 결혼식을 준비하냐고 투덜댔지만 하다 보니 정말 준비가 다 됐다. 예물을 준비하는 중에 이럴 때 아니면 언제 명품 가방을 사보겠냐며 보경이 옆에서 자꾸 찔러대는 바람에 갈팡질팡했다. 그러다 '언니, 형부 부부 동반 모임 같은 거 있을 수도 있는데 이상한 비닐 가방 같은 거 들고 다닐래?'라는 말에 결국 그녀는 가방과 지갑을 하나 골랐다. 물론 딱히 현의 모임에 갈 일은 없을 것 같았지만 거기서 내가 거길 왜 가느냐고는 할 수 없었기 때문이었다.

"저는 밥 꼬들한 게 좋은데 괜찮으세요?"

"저도 그거 좋아합니다."

현은 자연스럽게 숟가락과 젓가락을 집어 식탁에 내려놓으며 말했다. 그냥 앉지 않고 돕는 손길에 보라는 살짝 입을 모았다.

"맛있게 드세요."

"잘 먹겠습니다."

민이가 자연스럽게 보라의 허벅지 위에 올라와 몸을 동그랗게 말고 자세를 잡았다. 그런 민이가 신기한 듯 현이 보면서 웃었다.

"사람이 먹는 거엔 관심 없나 봐요?"

"민이요? 아예 관심 없어요. 얜 간식도 육포만 먹고 다른 건 아예 안 먹어요. 육포도 한 달에 한 번 정도?"

"김치찌개에 당면을 넣습니까?"

"네, 좋아해서 꼭 넣어요. 싫으세요?"

"아뇨, 좋아합니다. 넣어서 먹는 건 처음이에요."

"다행이네요. 식(食)궁합은 잘 맞아서."

그 말이 재미있는지 현이 픽 웃었다. 그리고 찌개를 한 수저 떠먹고 꽤 의외라는 얼굴로 보라를 보았다.

"왜요? 입맛에 안 맞아요?"

"음식 잘하는데요?"

"제가 안 해서 그렇지 손맛은 좀 있는 편이거든요. 재료 준비하고 치우는 게 싫어하거든요."

"그럼 앞으로 준비하고 치우는 거 도우면 밥은 좀 얻어먹을 수 있는 겁니까?"

"그럼요. 물론 제가 일이 많이 없을 때만."

"일이 바쁠 땐 어떻게 해결했습니까?"

"당연히 시켜 먹죠. 그것도 지겨워지면 미친 사람처럼 소리 지르며 뛰어나가서 삼겹살 구워 먹고. 제가 여기 와서 제일 먼저 한 게 뭔지 아세요? 먹자골목 찾는 거요."

역시 보라는 꽤나 독특한 여자였다. 아무리 계약으로 이루어진 관계라고는 하지만 보통 여자들은 결혼 전에 메리지블루를 느끼든가 한다는데. 정말 결혼이라는 게 아무것도 아닌 것처럼 오히려 여행 가기 전이라 들뜬 것 같았다. 현은 다행이라고 생각하면서도 은근한 서운함이 드는 것은 어쩔 수 없다고 느끼며 고개를 저었다.

"괜찮으면 병원 좀 들르지 그래요?"

"병원이요?"

"이대형 씨가 어찌나 뭐라고 하는지."

"걔는 한 번 가줬으면 됐지 또 왜 괜히 그런대요. 마침 내일 외출할 일이 있으니까 그럼 좀 들러봐야겠네."

"보라 씨."

당면을 입에 가득 넣은 보라가 말하라는 듯 고개를 끄덕였다. 입이 작은데 그 안은 큰지 볼이 터질 듯 당면이 들어 있었다. 거기 다 뜨거운 건지 물까지 마시며 우물우물 씹고 있는 게 꼭 다람쥐를 보는 것 같았다.

"이대형 씨가 축가 부르고 싶다던데요."

"오, 대형이 노래 잘 불러요."

"그렇습니까?"

"제가 목소리 좋다고 차라리 가수를 하라고 했더니 프로 못 하면 그렇게 하겠다고 했었는데."

"그럼 그렇게 합시다."

"제가 목소리 좋은 사람 좋아하거든요."

목소리가 좋다는 말은 현도 꽤 많이 들었었다. 그런데 보라는 그에게 그런 말을 해준 적이 한 번도 없었다.

"저도 목소리 좋다는 말 많이 듣습니다."

"네? 현이 씨는 좀 뭐랄까…… 완전 낮지는 않아서 그다지 제 스타일은 아닌 걸로."

"남성호르몬 높은 건 여자들이 본능으로 안다더니."

"그쵸? 여자들이 그래서 목소리에 목숨 거는 거거든요. 아, 역시 본능은 무시를 못 한다니까. 근데 목발 짚고 와서 축가 부른대요?"

"내일 만나면 물어봐요."

달걀김말이를 입에 넣다가 보라가 현을 보았다. 뭐야, 목소리 좋다고 하지 않아서 지금 삐친 건가? 정말 그렇게 안 봤는데 은근히 아니, 대놓고 소심한 타입인가 보다.

"저 인터넷쇼핑 잘 못하거든요. 그냥 식구들 선물 면세점 가서 보고 사죠?"

"선물?"

"그럼 신혼여행 가서 빈손으로 와요? 외국까지 나갔다가 오는데."

역시 남자들은 섬세하지 못하다는 눈빛을 보내며 현을 흘겼다. 현은 고개를 끄덕이며 밥을 가득 입으로 집어넣었다. 꼭 하루 종일 아무것도 못 먹은 사람처럼 먹는 것을 보고 보라가 반찬을 슬쩍 현의 앞으로 밀어주었다.

"굶고 일하셨어요?"

"아, 오늘 좀 일이 많아서."

"밥 못 먹고 일하는 거 제일 화나지 않아요? 진짜 먹을 시간 없고 그림만 그려야 될 때 미칠 것 같은데."

"아무래도 긴장하고 있는 상황이면 배가 고픈지도 모르는데. 뭐, 이제껏 대부분 그랬으니까요."

"밥 좀 더 드려요?"

"제가 가져다 먹겠습니다."

그렇게 말하며 현이 자리에서 일어났다. 확실히 여자에게 부엌 일을 의존하는 타입은 아닌 듯했다. 그러고 보면 집도 계속 깨끗해서 이사 와서 도우미를 한 번도 부르지 않았다. 현이 다시 자리로 돌아와 밥을 맛있게 먹기 시작했다.

"청소 매일 해요?"

"조용히 한다고 했는데. 시끄러웠습니까?"

"아뇨. 저 원래 한번 잠들면 누가 업어 가도 몰라요. 집이 워낙 깨끗해서 그냥 물어본 거예요."

"취미가 청솝니다."

"음, 좋은 취미 가지셨구나."

"보라 씨는 어지르기가 취미 같던데요."

"제가 정리 정돈을 원래 좀 못해요. 그래도 제 책상은 손 안

대셨던데요?"

"보통 그런 사람들이 오히려 정리 정돈 해놓으면 쓰던 걸 못 찾아서 그냥 뒀습니다."

보라가 고개를 끄덕였다. 그거 때문에 사실 보경과도 많이 다퉜었다. 어질러진 꼴을 보지 못하는 보경은 늘 그녀의 책상을 치워버리곤 했다. 그 때문에 사용하던 펜이나 메모지를 찾지 못해 꽤 크게 티격태격했는데, 어느 날 보라가 시나리오를 써둔 메모지를 쓰레기인 줄 알고 보경이 버린 뒤 그 길었던 싸움도 끝이 났다. 더 이상 보경이 그녀의 물건에 손을 대지 않는 것으로 합의를 봤던 것이다. 아니, 보라가 화를 내지는 않았지만 일방적으로 보경이 꼬리를 내린 것이었다.

"오, 좋아요. 사실 보경이랑 그 문제로 거의 10년을 넘게 싸웠거든요. 아주 중요한 메모지를 날려먹고 나서야 보경이도 포기했지만."

"처제는 보라 씨를 바꾸려고 했고, 보라 씨는 노력은 해봤나요?"

"저도 대청소를 하긴 해요. 1년에 두 번쯤? 문제는 금방 본래의 상태로 돌아온다는 거지만."

"노력을 아예 안 해본 것은 아니다?"

"타고난 걸 어떻게 바꾸겠어요. 설마 남궁현 씨가 바꾸고 싶다, 뭐, 이런 건 아니죠?"

"저도 타고난 성향은 고칠 수 없다고 생각합니다. 강요할 생각도 전혀 없고."

"그럼 앞으로 청소 잘 부탁드릴게요. 저는 음식을 만들죠."

"매일 이 찌개만 끓일 건 아니죠?"

"참, 엉뚱하게 웃기는 사람이란 말이죠."

"치킨에 맥주 한잔할까요?"

방금 밥을 2그릇이나 비우고 또 치킨을 먹을 수가 있단 말인가. 그것도 아니면 시간이 날 때마다 뭘 먹어두며 체력을 축적하나 싶었다.

"저 드레스 입어야 하는 여자거든요?"

"그럼 그냥 간단하게 맥주만?"

"저는 레드윙으로."

그 말에 현이 픽 웃었다. 이대로 결혼 생활을 하는 것도 정말 나쁘지 않겠다 싶어 보라는 만족스런 미소를 지었다.

침대에 누워 딸기를 오독오독 씹어 먹는 대형을 보라가 위아래로 쭉 훑었다. 최고급 딸기를 원해서 사오긴 했는데 어떻게 한 번도 먹어볼래 말을 안 할 수가 있느냔 말이다. 보라가 대형의 다리를 툭 치며 침대에 앉았다. 그러자 그가 그제야 그녀의 입으로 딸기를 하나 넣어주었다.

"다리는 좀 어때?"

"축가 부르러 갈 정도는 돼."

"갑자기 왜 축가는 불러주겠다는 거야?"

"축가로 깽판 놓으려고 한다! 왜?"

심술궂게 말은 하고 있었지만 대형은 이제 이 결혼을 인정한다는 뜻이었다. 설마 대형이 정말 축가로 깽판을 놓지는 않을 것이다.

"나 아직 못 들었어."

대형이 한숨을 푹 내쉬었다. 그리고 딸기를 입이 미어지게 집어넣기 시작했다. 역시 어린애 같은 면은 변하지 않았다.

"우우우웅."

"다 씹고 천천히 말해."

보라가 마음에 들지 않는지 마저 남은 딸기를 모두 입으로 집어넣고 그것을 꿀꺽 삼켰다. 그리고 길게 한숨을 내쉬었다.

"추, 추, 축하한다, 윤보라."

두 눈을 질끈 감고 저 말을 하는 대형을 보며 보가 고개를 끄덕였다. 대형은 여전히 17살의 그때와 다를 게 하나도 없었다.

"대형아."

"왜?"

그렇게 말해놓고 역시 삐친 게 틀림없다. 어린아이처럼 입술을 쭉 내밀고 있는 대형을 보고 보라가 꼭 집어주었다.

"너 좋은 남자야."

"좋은 남자니까 그냥 나한테 시집오라고 하잖아. 아직 안 늦었어. 파혼은 문제도 아니라니까?"

"그러니 좋은 여자 만나야지. 난 축구 선수 내조하는 여자는 못돼."

"결혼하면 은퇴한다고 했잖아."

"은퇴하면? 축구 인생이 끝나는 거야?"

"그건……."

"나는 죽을 때까지 만화를 계속할 거고 남궁현 씨는 내 외조를 잘해줄 수 있어. 넌 그거 자신 있어?"

지금 그녀가 처음으로 아주 정중하고, 진중하게 이야기를 하고 있다는 것을 대형도 잘 알고 있는 듯했다.

"뭐든지 잘하는 이대형이니까 이깟 무릎 정도는 잘 이겨낼 수 있지?"

"윤보라."

"왜?"

"내가 가수였어도 결혼 안 해줄 거지?"

"그럼 더 못 하지."

"왜?"

"축구 영웅 이대형의 국민 팬들보다 연예인 빠순이들이 더 무서운 거 몰라?"

"그럼 약속 하나만 해주고 가."

"무슨 약속?"

"다음에 다시 태어나면 나하고 결혼해주기."

"뭐?"

진짜 엉뚱한 데는 도가 튼 녀석이다. 보라는 어이가 없어 웃는데 대형은 그거라도 꼭 약속을 받아야겠다는 얼굴이었다. 결국 하는 수 없이 메모지에 각서를 쓰고 사인을 할 수밖에 없었다. 그걸로 대형은 꽤 만족한 얼굴이었다.

"근데 다음에 너도 여자로 태어나고 나도 여자로 태어나면?"

그 말에 대형이 항목을 하나 더 추가했다.

⟨동성애도 얄짤없다.⟩

보라는 절로 한숨이 나왔다. 저런 쓸모도 없는 것에 목숨을 걸다니. 어차피 좋아하는 여자 생기고 목숨같이 귀여운 자식이 생기면 이런 각서도 금방 잊어버릴 거면서. 그래도 지금은 장단에 맞춰주는 게 좋았다.

"물리치료 받으러 갈 시간이다."

"데려다줘."

"애냐?"

그렇게 말하면서도 결국 보라는 휠체어를 밀어 대형을 재활치료실까지 데려다주었다. 분명히 목발을 짚고도 잘 걷는다고 알고 있었지만 얌전히 데려다주었다.

역시 인기가 많은 대형은 순식간에 사람들에게 둘러싸여 사인 공세를 받고 있었다. 거기다 사진을 찍어주느라 정신도 없어 보였다. 보라는 몸을 돌려 시계를 확인했다.

하도 털을 뽑어대는 바람에 민이를 평소 다니던 동물병원에 미용을 맡겨놓았다. 아마 민이가 마취를 하지 않고 털을 밀 수 있었다면 맡기지 않고 그녀가 집에서 깔끔하진 않더라도 간단히 등만 밀어줬을 것이다. 그래도 오늘 낯선 곳에서 오늘 스트레스를 많이 받았을 테니 특별히 육포를 좀 넉넉히 줘야겠다.

보라는 병원까지 왔으니 현의 얼굴이나 볼까 싶어 천천히 발걸음을 옮기기 시작했다. 아직 민이를 데리러 가기까지는 시간이 남아 있었다.

만약 수술실이라도 들어갔으면 얼굴은 못 보겠지만 어쨌건 왔었다는 건 알려야겠다는 생각에 편의점으로 향하던 보라가 익숙한 얼굴에 걸음을 멈추었다. 막 편의점에서 나오던 설희 역시 보라를 보고 멈춰 섰다. 그대로 설희가 슬쩍 고개를 숙이고 스쳐 지나가자 보라가 눈을 질끈 감았다. 역시 보라는 어쩔 수 없이 정에 약한 여자였다.

"저기, 허설희 씨. 차 한잔 마실 시간 있어요?"

마음이 묵직해지는 느낌은 정말 좋지 않다. 마치 심장에서 피가 쭉 빠져나가는 느낌? 이런 긴장은 좋지 않았다.

그렇게 보라가 병원 내 카페로 들어와 커피를 두 잔 앞에 두고 설희를 보았다. 설희는 굳은 얼굴로 커피 잔만 매만지고 있었다.

"제가 진료 시간이 얼마 안 남았는데."

"아, 그렇죠. 저기, 죄송해요."

"네?"

"저번엔 제가 너무 주제넘게 군 것 같아서 사과하고 싶었어요."

보라의 말에 설희는 놀란 표정을 짓고 있었다.

"제가 어떻게 허설희 씨 감정을 제멋대로 하라 마라 하겠어요. 그땐 제가 좀 흥분했었나 봐요."

"아닙니다. 저도 그땐 너무 감정적이었어요. 그럼 이만 가볼게요. 아, 결혼식은 꼭 참석할게요."

씁쓸하게 웃으며 일어나는 설희를 보며 보라는 슬쩍 입술을 깨물었다.

"허설희 씨."

"네?"

"미안해요."

이 미안하다는 말은 진심이었다. 좋아하는 남자를 괜히 필요에 의해 빼앗아가는 거라서. 현이 어차피 설희를 좋아할 리가 없지만 이상하게 측은지심과 양심이 찔리는 건 어쩔 수 없었다. 아직 김이 나는 커피를 물끄러미 보고서 보라도 자리에서 일어섰다.

터벅터벅 걷다 보니 어느새 산부인과 병동으로 걸어오고 말았다. 이런, 음료수를 사는 것을 깜빡했다. 다시 돌아서려고 하는데 옆에서 말소리가 들려왔다.

"나 남궁 선생님 청첩장 받고 놀라 돌아가시는 줄 알았잖아."

남궁 선생님?

게다가 청첩장이면 분명 현을 말하는 게 틀림없었다. 현이 후배들에게 어떤 평가를 받고 있는지 살짝 호기심이 일어 보라는 마치 스파이라도 된 듯 조용히 벽에 딱 붙었다. 레지던트들로 보이는 여의사들이 모여 이야기를 나누고 있었다.

"사실 나 선생님 좀 좋아했는데."

"솔직히 여기서 선생님 안 좋아한 사람이나 있냐? 그나저나 이젠 무슨 낙으로 병원을 오냐."

"그러게. 나는 선생님이 결혼하실 거라곤 전혀 상상도 못 했었는데."

생각보다 현은 훨씬 인기가 좋은 모양이었다. 하긴, 키도 크고 얼굴도 잘생기고 선 시장에서 인기가 그리 좋은 직업을 가진 사람이었다.

"근데 지원 선배하고 결혼 예정이지 않았었어?"

결혼?

잠깐, 지원이라는 사람이 다시 온다고 하지 않았던가? 그때 분명 간호사들이 말을 했을 때는 잘생겼다고 했다. 그리고 괜찮은 남자는 죄다 유부남 아니면 게이라고 하지 않았던가. 그럼 동명이인을 두고 혼자 멋대로 끼워 맞춘 건가? 그러고 보니 현이 스스로 게이라고 말을 했던 적은 없었다.

보라는 현에게 미안한 마음이 들었다. 그동안 괜한 오해를 하고 있었던 것이다. 생각보다 현이 동성애자가 아니라는 걸 받아들이는 건 쉬웠다. 혼자 멋대로 착각하는 건 예전부터 보라의 버릇이지 않았던가.

"그냥 예정이지. 날을 잡은 것도 아니었는데, 뭘."

"예정은 무슨. 그때 지원 샘이 우리 결혼할 거라고 떠들고 다녔잖아. 지금 생각해보면 남궁 선생님은 아무 말씀도 없으셨어."

보라는 왠지 허탈한 웃음이 계속 터져 나왔다. 딱히 여자에 관심이 없고, 자식을 낳을 뜻도 없다는 이야기를 듣고 그냥 막연히 추측을 했었다. 그러다 여자를 사랑하지 못한다는 말에 완전히 오해를 하고 말았다. 거기다 지원이라는 이름도 중성적이라 아예 확신을 하고 있었다.

현의 친구들이 말한 그 연애 한 번이 다름 아닌 지원이었다. 그나저나 풍문일지라도 결혼을 할 거라고 소문난 여자가 있었는데 대체 왜 이 지경까지 오게 만든 걸까. 그 여자가 바람이라도 피웠나?

"근데 그때 말 많긴 했어."

"무슨 말?"

"장 선배가 남궁 선생님 엄청 좋아해서 따라다녔잖아. 몇 년 쫓아다녔지? 아무튼 결국 졌다고 받아주긴 했는데 셋이 왜 놀러를 가냐?"

"셋?"

"허 선생님까지 같이."

"허 선생님도 남궁 선생님 좋아하는 거 다들 알았잖아. 장 선배하고 남궁 선생님만 몰랐지."

눈치가 빠른 남자라고 생각했었는데 그것도 아닌 모양이다. 그것도 아니면 설희가 그때까지는 정말 그의 앞에서 감정을 잘 숨겼든지.

"야, 그렇게 티를 내고 다녔는데 어떻게 남궁 선생님이 모르냐? 그냥 두고 즐긴 거지. 솔직히 자기 좋다는 여자 싫다는 남자가 어딨어?"

"선생님 그렇게 안 보이는데."

"근데 똑같이 바다에 빠졌는데 왜 여자 친구 놔두고 허 선생님 구했겠냐? 사실은 남궁 선생님도 허 선생님을 좋아했던 거지."

"야, 그건 완전히 억측이다."

"그때 장례식장 기억 안 나? 남궁 선생님, 장 선배 부모님께 뺨을 몇 대나 맞으면서도 아무 말도 안 했잖아. 침묵은 곧 긍정이다?"

"야, 호출이다. 갈게."

그럼 그 지원이라는 사람이 죽었다는 말? 잠결에 눈물을 흘리던 현의 모습이 똑똑히 떠올랐다. 여자 친구를 구하지 못했다는 자책감이 아직도 그를 따라다니는 걸까.

보라는 현이 왜 이런 종류의 결혼을 택하게 되었는지 조금은 알게 되었다. 그녀에겐 그저 가볍던 이 결혼이 현에겐 아니었던 것이다. 보라는 왠지 모르게 다리에 힘이 쭉 빠지는 것을 느끼며 그대로 주저앉았다.

심장이 쿵쾅쿵쾅 뛰기 시작한다. 이건 대체 무슨 심정인 것일까? 설마…… 아니, 그럴 리가 없다.

"보라 씨?"

침을 꿀꺽 삼켰다. 크게 울리며 뛰는 심장을 진정시키기 위해 숨까지 참았다.

벽을 짚고 일어나려고 하는데 현이 훨씬 빨랐다. 재빨리 그녀의 팔을 잡고 일으켰는데, 보라는 순간 임기응변을 발휘했다.

"아이고, 다리야."

"웬일로 구두를 신었습니까?"

"여자는 원래 한 번씩 꾸미고 나가고 싶을 때가 있거든요. 오랜만에 신어서 잠시 삐끗하긴 했지만."

그 말에 현이 그녀를 위아래로 쭉 훑었다. 그러고 보니 평소와 차림새가 다르기는 했다. 그러니까 꼭 그의 집에 인사를 오던 날이나 상견례 날처럼? 물론 그때보다는 원피스 색이 훨씬 밝고 굽도 높았다.

"익숙하지도 않은 거 신고 다니니 그런 거 아닙니까."

"제가 음료수라도 사왔어야 했는데 깜빡했네요."

"괜찮습니다. 그런데 웬일로 사무실까지 왔습니까?"

"그럼 병원까지 왔는데 딸랑 대형이만 보고 가요? 앞으론 그렇게 하죠, 뭐."

보라가 입술을 삐죽이며 고개를 휙 돌리자 현이 그녀의 등에 살짝 손을 대고 앞서 걷게 만들었다. 지금이라도 내려가서 음료수를 사올까 했지만 이미 그녀의 발은 현에 의해 사무실 안으로 들어서고 있었다. 그리고 간식을 먹던 의사 둘이 자리에서 벌떡 일어섰다.

"선생님, 오셨습니까?"

"편히 앉아 있어. 이쪽은 나와 결혼할 사람."

"안녕하세요, 윤보라라고 합니다."

후배들은 얼떨떨한 얼굴로 인사를 하며 악수를 했다. 그리고 결혼식에 꼭 참석하겠다는 약속까지 하면서 진료 시간이라며 다시 한 번 축하를 하고 사무실을 나섰다.

"저 때문에 나간 거 아니에요?"

"진짜 진료 시간 다 됐습니다."

현이 그렇게 말하며 가운을 벗고 있었다. 그러곤 의자에 걸린 재킷을 입더니 서류 가방까지 들고 그녀를 보았다.

"어디 가요?"

"퇴근입니다."

"아하."

"할 일 있습니까?"

"민이 미용 맡겨놔서 데리러 가야 해요. 왜요? 어디 가실 데 있어요?"

"아닙니다."

"그럼 같이 가실래요?"

현이 고개를 끄덕였다. 사실 택시를 타면 싫어하는 기사님들도 있었다. 그래서 꼭 콜을 걸어 고양이도 괜찮냐는 말을 하고서야 택시를 타곤 했다. 현의 차를 타고 이동하는 건 편리한 일이었다.

그녀가 병원을 나서 현의 차에 올라타 벨트를 매는데, 현이 시동을 걸지도 않고 그녀를 보고 있었다. 보라는 왜 그러냐는 얼굴로 마저 벨트를 매고 살짝 밀려 올라간 치마를 끌어 내리며 옷을 정돈했다.

"치마가 너무 짧은 거 아닙니까?"

"그쵸? 백화점에서 볼 땐 괜찮았는데, 보경이도 딱 좋다고 하고."

"넘어졌을 때 속옷 보일 뻔했습니다."

"에이, 괜찮아요."

보라가 치마를 살짝 걷었다. 뭐 하는 짓이냐는 듯 현의 눈이 커지고 막 시동 버튼을 누르려던 손이 미끄러졌다.

"저 변태 아니거든요? 어떻게 이런 거 입는데 반바지도 안 입겠어요. 제가 또 의외로 이런 건 확실해요."

분명 치마 안에 속옷만 입고 있는 건 아니었다. 보통 여름에 흔히 볼 수 있는 핫팬츠에 매끈한 허벅지가 보였다. 현이 괜히 헛기침을 하며 시동을 걸고 천천히 핸들을 돌렸다.

"스타킹은 안 신습니까?"

"이상하게 스타킹 신으면 간지럽거든요. 날도 따뜻한데, 뭐 어때요."

다시 치마를 정돈하는 보라를 보며 어디로 가야 하는 질문에 오피스텔에서 멀지 않은 곳이라고 했다. 그리고 오피스텔이 보이자 보라는 마치 내비게이션이 된 것처럼 친절하게 설명을 해주었다. 차가 서자마자 보라는 재빨리 튀어 나갔다. 누가 보면 몇십 년 만에 만나는 가족인 줄 알 것이다.

분명 오래 다닌 병원이라고 했는데 꼭 새로 지은 것처럼 깨끗했다. 옆을 보니 지난달에 오픈했다는 카드가 붙어 있었다. 보라는 간호사가 건네는 민이를 꼭 감싸 안고 입맞춤을 쏟아내고 있었다.

"민이야, 오늘 잘 받았어? 오늘 민이 얌전했어요?"

"우리 민이는 늘 얌전하죠. 아, 원장님. 보라 씨 오셨어요."

"보라 왔구나?"

정말 이 병원을 오래 이용하긴 한 모양이었다. 익숙하게 보라의 이름을 부르는 것을 보니.

현이 몸을 돌려세웠을 때 저도 모르게 살짝 인상을 찌푸렸다. 원장이라는 남자는 한눈에 보기에도 그와 별반 나이 차이가 나는 것 같지 않았다.

"오늘 그래도 민이 스트레스 많이 받았을 테니까 괜히 괴롭히지 말고. 심장 사상충 약은 내일 등에 발라줘."

"벌써 한 달 지났나? 고마워요, 선배."

선배?

오래 다닌 병원이 아니라 오래 알고 지낸 사람이 있던 모양이었다. 원장은 민이의 다리에 약간 상처가 있다며 그다지 걱정할 것은 아니니 걱정하지 말라고 했다. 민이는 원장에게 안기며 기분이 좋은 듯 노래를 부르고 있었다.

"자, 민이 이제 집에 가자."

집에 가자는 말을 알아듣기라도 하는 것인지 민이 이동장 안으로 재빨리 들어갔다. 원장이 이동장을 드는 모습에 현이 팔을 뻗었다.

"제가 들겠습니다."

"네?"

그러고 보니 간호사와 원장은 보라의 뒤에 들어온 그에겐 신경도 쓰지 않고 있었다. 현이 살짝 헛기침을 하자 보라가 재빨리 그의 팔을 붙잡았다. 그 바람에 이동장을 다시 내려놓았다.

"저 결혼한다고 했잖아요. 현이 씨, 이쪽은 대학교 선배이자 민이 주치의?"

"남궁현이라고 합니다."

"아, 네. 이수빈이라고 합니다."

"결혼식 꼭 참석해주십시오."

"보라가 괜찮다면 그러겠습니다."

어딘가 뉘앙스가 살짝 이상했다. 현이 슬쩍 고개를 돌려 보라를 보았다. 보라는 왠지 곤란한 듯 살짝 입술을 깨물었다.

"그래요, 선배. 괜찮으면 참석해서 맛있는 거 먹고 가요."

그렇게 말하며 보라가 청첩장을 2장 꺼내 원장과 간호사에게 건네주었다. 간호사는 연신 축하한다는 말을 건넸고 현은 민이 들어 있는 이동장을 받아 들었다. 먼저 병원을 나와 이동장을 뒷좌석에 싣고 뒤를 돌아보았다.

창 안으로 웃으며 고개를 끄덕이고 있는 보라와 마찬가지로 미소를 머금고 그녀의 어깨를 가볍게 다독이는 수빈이 보였다. 현의 턱이 저도 모르게 살짝 비틀어졌다.

뭔가 유쾌한 기분이 아니다. 찝찝하기도 하고, 뭐라 설명할 수는 없지만 속이 답답한 느낌도 든다. 그런데 보라는 뭐가 그리 유쾌한지 수빈을 향해 입까지 크게 벌리며 웃더니 인사를 하고 병원을 나오고 있었다.

"제가 뒤에 탈게요."

보라의 말에 현이 물끄러미 바라보았다.

"아니, 오늘 스트레스도 많이 받았을 텐데 민이 얼굴 보면서 가는 게 좋을 것 같아서요."

"꺼내서 안고 타도 됩니다."

"정말요? 근데 민이가 발톱으로 긁기라도 하면 제가 좀 죄송해지는데."

말은 그렇게 하면서도 보라는 민이를 이동장 안에서 꺼냈다. 민이는 보라의 품이 좋은지 날래게 그 안으로 파고들었다. 그래도 혹시 모른다며 뒷좌석으로 오른 보라를 보며 현은 조용히 페달을 밟았다.

"원래 저 병원 다녔던 겁니까?"

"아뇨. 선배가 다니던 병원이 있는데 거기 원장님이 고향으로 내려가셨거든요. 그래서 선배가 저번 달부터 나와서 새로 운영하는 거예요."

"그런데 왜 진작 청첩장을 안 줬습니까?"

현이 룸미러로 슬쩍 뒤를 보았다. 보라는 민을 끌어안고 눈동자를 살짝 굴렸다. 신호에 차가 멈춰 서자 보라는 괜히 얼굴을 긁적이며 헛기침을 했다.

"아주 잠깐이긴 한데 사귄 적이 있었거든요."

"아하."

수빈과 사귄 건 정말 아주 잠깐이었다. 우연히 학교 앞 카페에서 만났었는데 수빈이 키우던 골든 리트리버를 보고 접근했던 게 시작이었다. 물론 둘은 사귄다는 것보다 그냥 친한 선후배가 더 어울린다는 것을 깨닫고 자연스럽게 이별을 했다.

"근데 진짜 플라토닉이었어요. 음, 말을 하자면 오빠와 동생?"

"플라토닉?"

"진짜라니까요. 손잡아본 적도 없는데. 그래도 어쨌거나 제 최초의 남자 친구이기는 했죠."

"보라 씨는 꽤 재주가 좋은 모양입니다."

"뭐가요?"

"좋아했든 안 했든 그런 남자들과 친구로 잘 지내잖습니까."

보라는 그게 나쁜 거라고 생각하지 않았다. 사람의 인연이야 하늘이 내려주는 것인데 어찌 함부로 끊을 수 있단 말인가? 그리고 알고 지내서 나쁠 것도 없었다. 오히려 도움이 되었으면 되었지.

"다들 좋은 사람들이잖아요."

"다른 남자 친구들도 그렇게 지냅니까?"

"저도 인간이거든요? 사람이 어떻게 다 좋을 수 있겠어요. 선배만 빼고는 아예 소식도 모르고 살아갑니다."

그렇게 말하며 보라가 민을 쓰다듬었다. 머리와 꼬리 끝, 다리만 빼놓고 싹싹 밀린 털 때문에 약간은 까실한 느낌이었다.

"그러는 자기는."

"뭐라구요?"

"아니, 뭐…… 남궁현 씨도 허설희 씨와 그럭저럭 친구로 잘 지내잖아요."

"그건……."

무엇인가를 말하려던 현이 입을 다물고 운전에 집중했다. 보라는 괜한 말을 꺼냈나 생각했다. 하지만 먼저 시작한 건 현이었다. 현이 저기에서 입을 다무는 이유도 이제는 어느 정도 짐작할 수도 있었다. 그리고 괜히 미안해졌다.

"저기, 미안해요."

"뭐가 말입니까?"

"그런 게 있어요."

"이유는 알고 사과를 받아야 할 거 아닙니까."

"그게 저…… 사실은 남궁현 씨가 동성애자인 줄 알았거……. 꺅!"

현이 급브레이크를 밟는 동시에 쿵 소리가 났다. 뒷좌석에 앉아 당연히 벨트를 하지 않은 보라의 엉덩이가 밀리며 그대로 무릎과 이마를 앞좌석에 찧고 말았다. 다행히 민이는 꽉 안고 있어 다치지 않았겠지만 그래도 혹시 몰라 서둘러 민이의 얼굴을 살폈다. 민이 역시 놀랐는지 동공이 둥그렇게 커지고 귀가 뒤로 젖혀졌다.

"아이고, 민아. 놀랐지? 아, 진짜 무슨 운전을 그렇게 험하게 해요!"

"동성애자요?"

현은 정말 어이가 없다는 얼굴로 되묻고 있었다. 보라는 괜히 헛기침을 하다 뒤에서 차들이 빵빵대자 흥분했다.

"안전거리 확보도 안 해놓고 뒤에서 왜 저 난리야. 그리고 빨 간불이라 서 있는데 왜 저래?"

그런 보라를 보며 현이 허탈하게 웃으며 고개를 절레절레 저었 다. 이런, 그다지 보여주지 않아도 될 모습을 보여주었다. 보라는 재빨리 안색을 바꾸며 민이를 조금 더 끌어안았다.

"아니, 겉보기에 멀쩡한 남자가 여자한테 관심도 없다, 사랑 도 안 할 거다 그러니까 저는 위장 결혼이 필요한 게이인 줄 알았 다, 뭐, 그런 거죠. 그리고 처음에 눈 마주쳤을 때 기억 안 나요? 제가 '어디 결혼 필요한 게이 없나.' 말할 때 눈이 마주쳤는데 웃 었잖아요. 그래서 그냥 그렇게 오해했던 거지."

"허."

그래, 저런 기가 막힌 웃음이 나올 거라고 생각했다. 보라는 괜 히 미안한 마음에 목덜미를 긁적이며 입을 열었다.

"정말 어이가 없어 말이 안 나오네."

"미안해요."

이제껏 보라가 편히 느꼈던 건 그가 게이였기 때문일까? 현은 몇 번이나 고개를 저으며 헛웃음을 내뱉었다.

"보라 씨."

"네."

"저도 연애할 줄 아는 사람입니다. 그리고 여자 좋아하는 100 퍼센트 이성애자입니다."

보라가 고개를 끄덕였다. 정말 멋대로 오해해서 혼자 북 치고 장구를 쳤으니 미안한 건 어쩔 수 없었다. 어쨌든 빠른 화제 전환 이 필요했다.

"남궁현 씨."

"네."

"수영복 있어요?"

"수영복이요?"

"그래도 휴양지에 가는 거잖아요. 풀 빌라라는데 수영 좀 해
줘야 하지 않겠어요? 제 거 사는 김에 남궁현 씨 것도 샀는데."

보라는 아침 일찍 일어나 부지런을 떨었다. 마트를 가기 전 먼
저 백화점에 들러 수영복을 사면서 직원이 신혼여행 가냐는 말에
고개를 끄덕였다. 그러자 바로 커플 수영복을 추천해주었는데 보
라는 어차피 가서 사진도 찍어야 할 텐데 같은 디자인이면 더 좋
겠다고 생각해서 같이 골랐던 것이다.

현의 차가 지하주차장 안으로 들어가지 않고 입구에서 멈춰 섰
다.

"알겠습니다. 내리세요."

"안 내리세요?"

"세차 좀 하고 가겠습니다."

보라가 고개를 끄덕이며 차에서 내리자 현은 그대로 세차장으
로 차를 몰았다.

기가 막혔다. 동성애자라니. 사람을 대체 뭘로 보고. 사실 남자
든 여자든 사람에겐 딱히 관심 같은 게 가지 않아 그에게 결혼은
무리일 거라고 생각했다. 그냥 계속 오는 압박을 벗어나기 위해
보라에게 접근을 한 것이다. 그는 어쨌거나 처음엔 그런 마음이었
다.

지금은 아니라는 게 문제다……. 보라를 어떻게 설득해야 할

까. 아니, 설득에 넘어오기나 하는 여자일까?

현이 고개를 저으며 셀프 세차장으로 들어서 차에서 내렸다. 어차피 내부만 청소하기 위해 차 문을 여는데 뒷좌석에 접힌 종이가 보였다. 뭔가 싶어 열어 보다 저도 모르게 웃고 말았다.

"각서? 윤보라와 이대형은 다음에 태어나면 무조건 결혼한다?"

보라의 글씨는 아니었다. 그럼 대형의 병문안을 왔다면서 이런 걸 쓰고 있었단 말인가? 거기엔 보기 좋게 두 사람의 사인으로도 모자라 지장까지 찍혀 있었다.

대형이야 그렇다 치고 보라가 이런 유치한 장난을 할 줄은 몰랐다. 어느 정도 장단에 맞춰준 것이겠지만 마지막이 마음에 들지 않았다.

〈동성애도 얄짤없다.〉

현은 저도 모르게 코웃음을 쳤다. 진짜 엉뚱한 여자다. 원래 만화가들이 대체적으로 4차원이라고 하더니 보라도 그런 모양이다. 아니, 애초에 그의 제안을 받아들일 때부터 보통 여자가 아니라는 것을 알아차렸어야 했다.

그러고 보니 진찰을 마치고 오던 길에 설희와 부딪쳤다. 아직 껄끄러움이 남아 있어 그저 목례만 하고 지나치려고 했는데 설희는 그를 붙잡아 세웠다. 어딘지 처연해 보이기까지 한 설희의 미소를 보면서 현은 저도 모르게 인상을 찌푸렸다.

'그 여자, 꽤 괜찮더라.'

'뭐?'

'네가 왜 결혼을 하려는지 알겠어.'

그렇다면 보라와 설희가 오늘 병원에서 만났다는 말인가? 자존심이 강한 설희는 그 전에 보라에게 그런 소리를 듣고 오늘 같은 말을 할 사람이 아니었다. 보라는 설희에게 뭐라고 한 것일까? 설희를 만났던 것을 알려줄 작정이었다면 진작 말했을 것이다.

바닥 매트를 뜯어내 기계로 집어넣은 현은 한숨을 길게 내쉬었다. 생각했던 것만큼 보라는 단순한 사람이 아니었다. 왠지 보라를 알아가면 알아갈수록 머리가 복잡해지는 느낌이었다.

현이 세차를 마치고 집에 돌아왔을 때는 시간이 꽤 지나 있었다. 빨리 내부만 치우고 올 거라고 생각했지만 이런저런 상념에 빠져 있느라 2시간이 훌쩍 지나 있었다.

현관의 불빛이 꺼지자 집 안엔 아무도 없는 것처럼 깜깜했다. 민이 벌떡 뛰어나오지 않았더라면 아마 아무도 없었을 거라고 생각했을 것이다.

현은 가방을 내려두고 민을 안아주었다. 민은 볼을 그의 턱에 비비며 만족스러운 듯 골골 소리를 내기 시작했다. 동물에 대해 별반 관심이 없었을 때는 몰랐는데 이렇게 막상 키워보니 그 존재가 퍽 사랑스럽다. 어쩌면, 보라가 아끼는 존재라 더욱 그럴지도 모른다.

민을 안은 채 소파에 앉던 현이 딱딱함이 느껴져 재빨리 뒤를 돌아보았다. 아침 일찍부터 움직였다고 하더니 꽤 피곤했는지 보라는 이미 잠이 들어 있었다.

민을 내려놓고 현은 소파 밑으로 자리를 잡아 앉았다. 그리고 잠이 든 보라의 얼굴을 빤히 바라보았다. 민은 자연스럽게 그의 허벅지 위로 올라와 앉았다. 민을 다시 한 번 쓰다듬어주었지만 여전히 시선은 보라를 향해 있었다.

봉긋 솟아오른 이마나, 꼭 세워놓은 듯 높은 콧대와 흰 피부에 어울리는 얇고 붉은 입술은 보라가 흔치 않은 미인이라는 것을 알려주었다.

이 여자는 정말 현실의 '결혼'이 자신에게 부조리하다 판단했던 것일까?

이해를 못 할 것도 아니었다. 여자들의 의식과 사회 장악력은 높아지는데 남자들은 여전히 가부장적 사상을 버리지 못하고 있다. 현대의 여자들은 맞벌이를 하고, 육아도 하며 며느리, 아내의 노릇까지 모조리 떠맡고 있는 게 현실이었다. 어쩌면 남자들은 여성에게 라이벌 의식을 느끼는 거세 공포를 인정하지 않고 있는 것일지도 모른다.

실질적으로 30대 여성들의 미혼율도 높아졌다고 하지 않던가. 게다가 결혼 후 남성의 만족도는 계속 지속되는 한편 여성들은 2년을 기점으로 점점 떨어진다고 하는 결과도 발표되었다. 아직도 유교 사상이 팽배한 이 나라에서 여자들의 결혼 거부는 어쩌면 당연한 것일지도 모른다.

"내 얼굴에 뭐 묻었어요?"

언제부터 깨어 있었던 걸까?

현은 슬쩍 뜨끔한 표정으로 고개를 슬쩍 숙였다. 보라가 자리에서 일어나 앉더니 기지개를 켰다.

"어? 2시간이 지났네? 밥도 없는데…… 우리 짜장면 먹을까요?"

"9시가 다 되어가는 시간입니다."

"요즘 24시간 중국집이 얼마나 많은데요."

"라면 먹죠."

"좋아요. 대신 남궁현 씨가 끓여요. 전 물을 못 맞추거든요."

현이 자신 있게 고개를 끄덕이며 자리에서 일어섰다. 그리고 이내 재킷을 벗고 셔츠 소매를 걷으며 부엌으로 들어갔다. 민이는 현의 다리 옆에 붙어 쫓아가고 있었다.

"저 배신자."

그렇게 말하며 보라는 슬쩍 고개를 숙였다.

대체 현은 왜 바닥에 앉아 자고 있는 자신을 보고 있던 걸까? 설마 진짜 침이라도 흘린 거 아니야?

보라가 재빨리 손을 들어 입가를 닦아내었다. 다행히 축축하게 젖은 것 같지는 않았다.

"입 벌리고 잤나?"

괜히 쩝 소리를 내며 자리에서 일어난 보라는 괜히 한 번 더 입가를 쓸어내리고 방으로 들어가 옷을 갈아입었다. 집에 들어와 잠깐만 누워 있는다는 게 그대로 잠든 모양이었다. 이래서 사람이 평소 하던 대로 생활을 해야 한다. 아침부터 뭐 그런 부지런을 떨어가지고.

거기다 오늘은 현에게 그동안 게이로 오해했었다며 사과까지 했다. 그냥 그 말은 묻어둘 걸 그랬다. 그렇게까지 정색할 줄은 정말 몰랐다. 아니, 보통 사람이라면 정말 화를 낼 문제였으니 이 정도로 넘어 가 준 걸 고마워해야 했다.

"보라 씨, 뭐 합니까? 면 다 불겠습니다."

"지금 가요."

보라가 벌떡 자리에서 일어나며 소파 구석에 있는 쇼핑백도 같이 들었다. 현은 이미 접시에 깍두기까지 담아 자리에 앉아 있었다.

"면 많이 불었는데 괜찮습니까?"

"괜찮아요, 저 분 거 좋아하거든요."

현은 자신이 보기에도 퉁퉁 불어 있는 면을 보면서도 아무렇지 않게 젓가락을 들어 라면을 맛있게 먹는 보라를 물끄러미 바라보았다.

사실 현은 이제껏 보라의 식성이 까다롭다고 생각했다. 음식을 먹을 때면 당근이나 파 같은 것들도 죄다 골라내고 모조리 그에게 주곤 했다. 그래서 라면에 야채분말을 넣지 않았다. 대신 계란을 풀어 넣었는데 다행히 그건 입에 잘 맞는 모양이었다.

"오, 맛있다."

"맛있습니까?"

"네. 제가 원래 국물이 좀 졸아 있고 불어 있는 면 좋아하거든요. 근데 남궁현 씨도 불어 있는 면 좋아해요?"

"아무래도 습관?"

"습관이요?"

보라가 면을 가득 집어 후후 불고 입으로 가득 집어넣으며 물었다. 현은 티슈를 빼내어 국물이 엉망진창으로 묻어 있는 보라의 턱으로 가져다 대었다. 보라가 민망한 듯 웃으며 티슈를 받아 들고 입가를 닦아내었다.

"제 별명이 질질이라."

"질질이요?"

"턱에 구멍 났다는 말 많이 들었거든요. 이상하게 국물만 먹으면 그런다니까요. 그래서 된장국 제일 싫어했어요. 그거 먹고 나면 턱이 너무 간지러워서. 그런데 무슨 습관인데요?"

"급하게 라면이라도 먹을라 치면 응급환자 들어오고, 일 마치고 오면 퉁퉁 불어 있고."

"알겠다. 의사들도 그러고 보면 참 고달프단 말이죠. 참, 이거 봐봐요. 제가 한눈에 보고 찜해서 바로 샀거든요."

보라가 재빨리 쇼핑백에서 수영복을 빼내어 쫙 펼쳐 들었다. 현은 그걸 보고 허, 하며 기가 차다는 듯 웃었다. 하고 많은 디자인 중 하필이면 호피 무늬라니. 그나마 다행인 건 무릎 가까이 내려오는 비치팬츠라는 것 정도였다.

"호피 싫어요? 그래서 혹시 몰라서 2개 샀거든요. 제가 취향을 모르잖아요."

보라가 하나 더 꺼내 들었다. 그가 걱정했던 그 손바닥만 한 수영복이었다. 그것도 삼각…… 과연 저게 들어갈까 의심이 될 정도의 작은 사이즈였다.

"어, 죄송. 이건 내 거네."

다행히 보라가 다시 꺼낸 그의 수영복은 평범한 검정색의 비치팬츠였다.

"그런 걸 입을 겁니까?"

"왜요? 뭐, 볼만한 몸매는 아니지만 외국이잖아요. 이럴 때 아니면 언제 입어요. 거, 은근히 조선 시대시네."

"조선 시대?"

"뭐, 어때요? 누가 본다고 내 몸 닳는 것도 아닌데."

꽤나 즐거운 얼굴로 흥얼거리는 보라를 보며 현이 기가 막혀 웃고 말았다. 그건 겨우 엉덩이만 가릴 것 같은 하의였다.

"보기 싫습니다."

"진짜요? 백화점에서 입어볼 땐 괜찮았는데. 이미 태그도 떼서 안 돼요. 그리고 제가 이거 입으려고 지난 며칠 다이어트라는 것도 좀 했거든요."

이것만은 절대 입고 말겠다는 신념으로 그녀는 무려 하루 한 끼를 줄였다. 기분 탓인지 가슴도 조금 줄어든 느낌이었지만 그 정도는 여성들의 구원이자 희망인 뽕이라는 것이 떡하니 존재하고 있으니 별 문제 없었다.

"보라 씨."

"네."

"스스로 꽤 독특한 여자인 거 압니까?"

"저요? 저 평범한데요."

무슨 소리를 하냐는 얼굴로 보라가 현을 보았다. 현은 어딘지 모르게 비뚜름하게 웃고 있었다.

"신경 쓰이기 시작합니다."

"뭐가요?"

"윤보라 씨가."

6. Veil

보라는 현을 바라보며 믿기지 않는지 눈꺼풀을 몇 번이나 감았다 뜨기를 반복했다. 얼굴색 하나 변하지 않고 잘도 저런 말을 하는구나 싶었다.

아니, 애초에 얼굴이 두껍던 남자였다. 아무리 급해도 그렇지 처음 보는 여자에게 '그 결혼 계획에 관심 있습니다.'고 했었다. 아니, 오히려 처음부터 그렇게 솔직하게 나와 그녀는 쉽게 수긍을 하고 일을 여기까지 끌고 왔다. 아마 보통 남자들처럼 접근하고 '계약 결혼'을 꺼냈다면 그녀는 죽어도 결혼을 결심하지 않았을 것이다.

'이제는 신경이 쓰일 것 같습니다'도 아니고 '신경이 쓰이기 시작한다'는 확답형이라니. 아직 반도 채 먹지 못한 라면이 이젠 칼국수 면처럼 퉁퉁 불고 있었지만 두 사람 모두 거기에 대해선 신경도 쓰지 않고 있었다.

현은 인내심 깊게 그녀가 생각을 마칠 때까지 기다릴 심산인 듯했다. 그 뒤로 라면 그릇이 제법 미지근할 정도로 식었는데도 말이다.

"그러니까……."

드디어 보라가 입을 열었다. 그녀의 대답을 기다리고 있던 현이 몸을 조금 더 앞으로 당겨 앉았다. 확실히 그는 흥미가 생긴 듯했다.

"제가 좋아질 것 같다, 뭐, 이런 뜻인가요?"

"맞습니다."

"여자로?"

현이 뭘 그런 걸 물어보냐는 듯 간단하게 고개를 끄덕였다. 보라는 저도 모르게 끙, 앓는 소리를 내고 말았다.

"차라리 진짜 게이가 나을 뻔했는데."

저도 모르게 보라는 그 말이 입 밖으로 튀어나오고 말았다. 그냥 생각만 한다고 하는 것들이 꼭 이렇게 소리로 튀어나와 곤란할 때가 있었다.

역시나 그 말에 현의 잘생긴 미간이 살짝 좁아지며 옅은 주름을 만들었다. 보라는 혀로 입술 안쪽을 핥으며 팔짱을 끼고 현을 바라보았다.

"어차피 상관없지 않겠어요? 저는 딱히 남궁현 씨가 신경 쓰인다거나, 좋아질 거 같지 않은데. 저는 짝사랑 무시하기 전문이니까요."

"나 혼자 좋아해도 아무 상관 없다?"

보라가 슬쩍 미소를 짓고 고개를 끄덕였다.

"정말 의외네요. 남궁현 씨 사람 잘 안 믿는 사람처럼 보이고 그랬는데, 기껏 한 달 만에 저한테 그런 감정을 느끼셨다니."

"몰랐습니까?"

"뭘요?"

"보라 씨 이름 부를 때 성 붙이지 않기 시작한 거."

이런, 정말 몰랐다.

결혼식이 무려 하루 앞으로 다가왔다. 보라의 식구들은 신혼집으로 굳게 믿고 있는 곳으로 왔고 현은 함께 저녁을 먹은 뒤 성북동으로 갔다.

그러고 보니 현의 얼굴을 본 건 그날 라면을 먹고 나서 처음이었다. 결혼으로 인해 휴가가 길어 어쩔 수 없이 모든 당직을 맡은 모양이었다.

"할아버지는 왜 안 오신다는 거야."

"노인분은 잠자리 바뀌면 불편하셔. 내일 작은아버지가 호텔로 모시고 오신다잖아."

이곳에서 호텔과 숍이 가까워 여기서 자기로 했지만 이럴 줄 알았으면 본가로 가는 건데 그랬다.

딱히 기대가 없는 말 그대로 쇼에 불과한 결혼이라 전혀 관심이 없는 보라는 신혼여행에 가져갈 물건을 정리하면서도 심드렁했다. 정 여사와 보경은 그녀가 받은 다이아 세트와 가방, 옷들을 보면서 무척이나 즐거워했다.

"확실히 있는 집은 있는 집이다. 그치, 엄마?"

"그러게. 우리 딸이 무슨 복이 있어서. 역시, 결혼이 늦는 덴 이유가 있다니까. 다 남 서방 만나려고 이랬던 거 아니야."

"솔직히 돈은 대형이 오빠가 더 많겠다."

그 말엔 보라도 동의했다. 세계적인 스포츠 스타가 되면 재벌은 따놓은 당상이라고 하지 않던가. 대형은 자신의 이름을 딴 장학 재단에, 유소년 클럽으로도 모자라 부동산도 어마어마하다고 매체에서도 신이 나서 떠들지 않던가. 거기다 자신의 이름으로 만든 청소년 구장까지 있었다. 한마디로 이대형이라는 이름은 기업이었다.

"대형이도 좀 아깝긴 하지. 그래도 남 서방이 머리는 더 좋잖니."

"엄마, 대형이 그렇게 보여도 미적분 잘 푸는 애야. 공부에 집중했으면 잘했을 거라고."

"친구라고 또 편드니?"

보라는 괜히 헛기침을 하며 침대에 드러누워 민이의 부드러운 몸을 연신 쓸어주었다. 기분이 좋은지 그릉그릉 소리까지 내면서 그녀의 배에 꾹꾹이를 선사하고 있었다.

"민아, 엄마는 배보다 가슴이 더 많이 나왔어. 왜 엄한 데 꾹꾹이를 하니?"

"언니, 양심이 좀 있어라."

"내가 너보단 작지만 그래도 이 정도면 대한민국 평균은 넘거든?"

보경은 무려 E컵으로 왜 쓸데없이 가슴이 크냐며 불평을 해댔었다. 거기다 가슴도 예쁜 편이라 같이 목욕탕에 가면 옆에서 수술 티 많이 난다면서 소곤거리곤 했었다. 그래서 저도 모르게 어깨가 굳었다며 괜히 정 여사에게 투정을 부리곤 했다.

"나랑 바꾸면 딱인데 말이야."

무엇보다 여성의 아름다움은 풍만함에서 나온다고 생각하는 보라는 보경의 가슴을 꽤나 부러워했었다. 친구들은 거기서 더 욕심부리면 안 된다면서 보라를 타박하곤 했었다.

"왜? 형부가 언니 가슴 작다고 그래?"

"뭔 소리야. 그 양반이 내 가슴을 언제 봤다고 그런 말을 해."

"어? 엄마, 언니 아직 사고 안 쳤나 봐."

보라가 침을 꿀꺽 삼켰다. 괜히 목이 타는 느낌에 쩝쩝거리면서 침대에서 일어나려는데 정 여사와 보경이 그녀를 잡아 앉혔다. 엉덩이가 30센티미터도 채 떨어지지 못하고 다시 그대로 딱 침대에 접착되고 말았다.

"진짜니?"

"엄마는 내가 무슨 사고 치고 시집갔으면 좋겠어?"

"아니, 너희 나이도 좀 있고 또 같이 살고 있고 그러니까 당연히, 뭐, 그런 거다 생각했던 거지."

"하여간 다들 음란마귀 접하셨어."

"설마 남 서방 좀 기능이 떨어지거나……."

어딘지 조금은 심각해 보이는 정 여사를 보며 보라가 혀를 찼다. 그리고 고개를 저으며 다시 침대 위로 누워 민이를 조금 더 끌어당겼다. 시체처럼 늘어진 민이는 그녀의 손에 이리저리 잘도 끌려온다.

"다시 한 번 말하지만 우리 애 안 낳기로 합의했어. 설사 기능 좀 떨어지면 뭐 어때. 지금처럼 그냥 친구처럼 잘 지내면 되는 거지."

"두고 보자. 애를 안 낳긴 뭘."

"엄마, 가끔씩 엄마 딸을 잊나 본데 안 한다는 건 진짜 안 해요."

"결혼도 안 한다더니 잘만 한다. 그리고 만난 지 1년도 안 됐다면서."

"엄마, 잊고 있나 본데 아직 식장 안 들어갔어. 자꾸 지금 정 여사님이 내 심기 건드리시는데……."

"아휴, 내가 말을 말아야지. 알았다, 알았어."

정 여사는 자신의 딸이니만큼 보라를 잘 알고 있었다. 만약 진짜 여기서 결혼을 무르겠다고 하면 지금이 결혼식장 앞이라고 하더라도 뒤도 돌아보지 않고 돌아설 애라는 것을 누구보다도 잘 알았다.

결혼하라고 외친 게 벌써 10년 가까이 되어간다. 정말 포기하고 있을 때 결혼할 사람이 있다는 보라의 말에 까무러지게 놀라지 않았던가.

사실 내심 강요에 의해 저것이 다 포기한 듯이 결혼하는 게 아닌가 했는데 두 사람의 모습은 보기 무척이나 좋았다. 그것도 현의 성격의 무척이나 좋아서 가능한 것이라고 정 여사는 확신했다. 그렇지 않고서야 저 갈대보다 더 심하게 왔다 갔다 하는 성질머리를 받아줄 사람은 없을 것이다.

"엄마, 그렇지도 않은가 봐. 이거 봐."

보경이 호피 무늬의 수영복을 쫙 펼쳐 들며 웃기 시작했다. 정 여사도 순식간에 합세하여 웃고 있었다. 이럴 줄 알았으면 캐리어 정리를 완벽히 끝내놓는 건데 그랬다.

사실 더운 나라로 가고 딱히 돌아다니지도 않을 생각이라 갈아 입을 옷도 별로 챙기지도 않았다. 어떻게 선크림 하나 챙기지 않 았냐는 보경의 타박을 시작으로 정 여사가 다시 정리를 하고 있던 참이었다.

"거, 그냥 대충 있다 올 건데 뭘 챙겨."

그때 똑똑 하는 소리와 함께 윤 교장의 얼굴이 보였다. 제발 정 년 전에 시집을 가라고 외쳐대던 윤 교장이었는데 어딘지 우울해 보였다. 하긴, 윤 교장은 현을 데리고 온 날부터 딱히 기쁜 내색을 보인 적이 없었다.

"흠흠, 보라는 잠깐 아빠 좀 보자."

윤 교장이 다시 문을 닫고 나가자 보라가 고개를 갸우뚱거리며 침대에서 일어섰다. 설마 손잡고 리허설이라도 하려고 하시나 하 는 생각에 왠지 콧등이 시큰했다. 그런데 그러거나 말거나 보경과 정 여사는 이것저것 챙기고 보느라 정신이 없었다.

거실로 나왔는데 윤 교장이 보이지 않았다. 거실 가운데에 펴 놓은 이부자리엔 이미 서형이 누워 잠들어 있었다. 잠깐 화장실이 라도 가셨나 생각하며 발걸음을 옮기는데, 베란다에 나가 창밖을 보고 있는 윤 교장의 뒷모습이 보였다.

보라는 그쪽으로 조용히 걸어가 윤 교장의 옆에 서서 대리석 난간에 팔을 걸쳤다. 두 사람은 한참 동안 아무 말 없이 야경을 바 라보았다.

"아빠."

"막상 보내려고 하니까 섭섭하다."

"요즘 세상에 누가 시집을 보내는 거야. 결혼을 그냥 하는 거지."

그 말에 윤 교장이 살짝 미소를 지었다. 그리고 뒷주머니에서 무엇인가를 하나 꺼내 보라의 앞으로 내밀었다. 그건 다름 아닌 서류 봉투였다.

"뭐예요?"

"많이 넣진 못했어."

"뭐야, 그냥 봉투로 주시지 왜 무섭게 통장으로 주셔? 와, 이거 통장이 몇 개야?"

장난스럽게 말하며 보라는 서류 봉투를 받아 그 안을 보았다. 안은 아주 오래되어 보이는 통장부터 최신 통장까지 들어 있었다. 그리고 통장 하나를 들어 살피던 보라는 눈앞이 흐려지는 것 같았다.

"아……."

순간 목이 메어 아빠라는 단어가 제대로 나오지 않았다. 외벌이에 공무원으로 삼대가 함께 살았다. 윤 교장의 용돈도 풍족치 않았다는 것을 보라는 잘 알고 있었다. 알뜰한 정 여사로 인해 이만큼 일구어 남부럽지 않게 살았고 숨통이 트인 건 호원이 가지고 있던 땅들을 정리하고 나서부터였다.

"알잖니, 아빠 용돈 적은 거."

"그러니까 왜 이런 걸……."

"울지 마. 내일 화장도 해야 하는데."

보라가 팔을 뻗어 윤 교장을 끌어안았다. 윤 교장은 조용히 보라를 안고 한참 동안이나 등을 두드려주었다. 보라는 어릴 때 친구의 집에서 자겠다며 투정을 부리다 그녀를 데리러 왔던 윤 교장이 떠올랐다. 집에 가지 않겠다는 보라를 어르고 달래 등에 업고 집까지 걸었다. 그녀는 윤 교장에게 안기거나 업힌 기억이 꽤 많았는데, 보경이나 서형은 그랬던 일이 아예 없다며 은근히 섭섭해하고는 했었다.

"그만 울어."

"아빠가 울게 만들었잖아."

이제껏 별다른 양심의 가책 같은 건 느끼지 않았다. 그저 이 결혼이 누이 좋고 매부 좋은 거라고 생각했다. 부모님이나 할아버지는 상상도 못 하실 일이다. 그 생각에 보라는 눈물을 쏟아내고 말았다. 결국 윤 교장은 한참이나 그녀를 안고 달래야 했다.

거실에서 차가운 물로 몇 번이나 세수를 하고 눈을 식혔지만 벌겋게 변한 눈은 누가 봐도 울었다는 것을 알려주고 있었다. 보라가 방으로 들어가기 전에 이 봉투를 어디다 둬야 하나 생각하다 냉동고에 넣어두었다.

슬쩍 문을 열고 들어서는데 두 사람은 여전히 그녀의 물건들을 보느라 정신이 없었다. 보라는 침대에 누워 벽 쪽으로 몸을 돌린 뒤 민이를 꽉 끌어안았다.

"보라야."

"어."

"아빠가 뭐라고 하시던?"

"아니. 나 피곤해."

"그래, 얼른 자. 그래야 내일 화장도 잘 받지."

정 여사와 보경이 나가기 전 불을 끄고 민이 나갈 정도로만 열어두고 문을 살짝 닫았다. 보라는 가만히 누워 있다 팔을 뻗어 휴대전화를 집어 들었다. 대화창을 찾는데 한 번도 현과 대화를 한 적이 없는 모양이었다. 하는 수 없이 1:1채팅을 눌렀다.

[자요?]

아직 자는 건 아닌 모양이다. 순식간에 옆에 떠 있던 숫자 1이 사라졌다.

[아직 안 잡니다.]

[이 결혼 후회한 적 없어요?]

현은 오랫동안 말이 없었다. 그때 진동이 울리기 시작했다.

참 성질도 급하시지, 그냥 채팅으로 해도 될걸.

자리에서 일어난 보라는 욕실로 들어와 문을 닫고 전화를 받았다.

"그냥 채팅하면 되는 거지 왜 전화해요?"

―그럴 만한 성미가 못 돼서. 그나저나 무슨 뜻입니까? 보라 씨는 후회하고 있다는 뜻입니까?

"그것보단 양심이 찔렸어요."

―무슨 일 있었습니까?

보라는 목을 가다듬기 위해 흠흠 소리를 냈다. 울었던 타격이 컸는지 어쩐지 목소리가 가라앉은 것 같았다.

―울고 있습니까?

"아뇨."

―목소리가 안 좋은데.

"그냥 좀 전에 울었어요."

―무슨 일로 양심이 찔렸는데요?

아버지가 없는 현에게 이걸 말을 해야 하나 잠시 고민을 했다. 보라는 변기 위에 앉아 얼굴을 살짝 긁적였다.

"아빠하고 이야기를 했거든요."

―장인어른이 시집보내기 싫다고 하십니까?

"그 비슷한?"

―섭섭한데요.

"그렇게 말씀하셨어요."

휴대전화 너머로 낮은 웃음소리가 들렸다.

―절 도둑놈으로 보시는 모양이죠?

사실 현이 이렇게까지 유들유들한 사람이라고 생각을 하지 못했다. 아니, 되돌아보면 대체적으로 그는 꽤나 다정한 사람이었다. 눈치도 제법 빠르고, 숨기는 게 있기는 하지만 거짓을 말하진 않는다. 아예 말을 안 해서 그렇지.

"그건 아니고, 아무래도 제가 첫딸이고 하니까. 저희 부모님은 중매로 만나서 세 달 만에 결혼하셨거든요. 그리고 바로 10개월 뒤에 제가 태어났으니까 얼마나 서먹했겠어요. 원래 아빠가 무뚝뚝하셔서 엄마는 막상 제가 태어났어도 크게 관심을 안 가지실 줄 알았대요. 그런데 그 전에는 그러지 않다가 제가 태어난 뒤로 점심시간이면 꼬박꼬박 집에서 밥을 드셨대요. 그거 왜인 줄 알겠죠?"

―보라 씨 보러 가셨겠군요.

"네. 그리고 저는 아빠에게 안기거나 업힌 추억이 많거든요.

그런데 동생들은 그런 기억이 하나도 없대요. 물론 아빠의 자식들에 사랑은 모두 같겠지만 아무래도 전 첫째에다가 딸이잖아요. 남자들은 첫애가 무척이나 각별하다고 하더라구요?"

－대체적으로 그럴 겁니다.

"애도 없으면서 어떻게 아신대?"

－저도 첫 조카가 조금 더 각별하거든요.

"엄마들은 막내가 좀 더 각별한가 봐요. 우리 엄마를 봐도 그렇게 남궁현 씨 어머니를 봐도 그렇고."

그 말에 현은 대답을 하지 않았다. 현도 강 여사를 좋아하는 건 틀림없다. 다만, 성향이 안 맞아 부딪칠 뿐이다.

"아빠가 제가 태어났을 때 통장을 만드셨어요. 우리 아빠 용돈 진짜 적거든요. 그런데 그 돈을 아껴서 제 이름으로 통장을 만드신 거예요. 나중에 보여줄게요."

－같이 양심의 가책을 느끼자?

"역시 똑똑하시네요."

－봐도 전 양심의 가책 안 느낄 겁니다.

"왜죠?"

－말했잖습니까. 이미 보라 씨가 좋아졌다고.

어떻게 된 사람이 이렇게 훅 치고 들어오는 걸까? 보라가 저도 모르게 허, 소리를 뱉으며 고개를 젖혔다. 그래, 그는 직설적인 남자였다.

"그렇게 말 안 했는데."

－네?

"그냥 신경이 쓰인다고 했는데. 좋아질 것 같다고 했지 좋아졌다고는 안 했잖아요."

―보기보다 깐깐하네.

"제가 원래 좀 피곤한 성격이에요."

그 말에 현에게서 웃음이 터져 나왔다. 그녀는 지금 나름 심각했다. 전혀 웃을 상황이 되지 않았다. 그리고 물론 현의 저 말이 진심이라고 생각되지 않았다.

분명 현은 술에 취했을 때 지원의 이름을 부르며 울었다.

그건 아직 그 상대를 잊지 못하고 있다는 게 아닐까?

물론 그런 사람이 있다고 하더라도 다른 여자에게 호감이 생길수는 있다. 현은 30대 초반의 건강한 남자이니 말이다. 하지만 이쪽은 믿음이 가지 않았다.

"그리고 저 안 믿어요, 그런 말."

―어떻게 해야 믿겠습니까?

"글쎄요, 아마 영원히 못 믿을 것 같은데."

―인간 불신합니까?

"이거 왜 이러세요? 제 별명이 팔랑 귀거든요?"

물론 팔랑 귀라는 별명은 서형이 붙여주었다. 어려서부터 뭐가좋다고 하면 당장 고개를 끄덕이고 맹신했다. 그래서 분별력이 없던 초등학교 시절엔 쓸데없는 물건들도 잔뜩 사왔다. 특히 병아리 장수들에겐 단골손님이었다. 병아리가 크면 치킨을 먹을 수 있다는 말에 바로 사왔다.

정 여사는 얘네 금방 죽는 애들이라면서 앞으로 사오지 말라고 했지만 의외로 튼튼한 애들이 온 건지, 그것도 아니면 정 여사의 능력이 좋은 건지 병아리들은 정말 장성해서 닭이 되었다.

치킨을 먹을 생각에 잔뜩 들떠 있는데 보경과 서형이 엉엉 울었다. 어떻게 우리 식구들을 먹을 수가 있냐면서. 결국 둘이 학원에 갔을 때 장 여사가 차마 죽일 수 없어 시장으로 가 닭을 잡아와 백숙을 끓여주었는데 그것을 신 나게 먹고 보경과 서형은 그 닭이 뽀뽀와 나나인 것을 알고 엉엉 울었다. 그래서 나머지 닭들은 병이 들어 죽거나, 자연사해도 먹지도 못하고 고스란히 묻어주어야 했다.

거기까지 말을 해주었는데 휴대전화 너머로 크게 웃음소리가 들려왔다. 이 이야기를 들려주면 누구나 웃곤 한다.

―그럼 보라 씨는 안 울었습니까?

"네, 저는 먹을 생각에 신 났는데요."

―보통 키운 정이 있지 않은가?

"제가 닭발을 무서워해요. 크면서 징그러워지는 거 아세요? 한번은 쫓긴 적도 있다니까요. 그때의 트라우마로 제가 아직도 닭발을 못 먹잖아요."

또 웃음이 터졌다. 육식이라면 모든 것을 가리지 않는 그녀가 닭발은 무서워 못 먹는다는 이야기를 들었을 때 사람들은 모두 웃었다. 현이라고 예외는 아니었다.

"어쨌거나 닭 이야기가 중요한 게 아니고."

―네, 보라 씨가 내 말을 못 믿는 게 중요한 거죠.

"사실 남궁현 씨의 절 좋아한다는 말은 아마 영원히 못 믿겠지만 그래도 우리는 꽤 무난하게 잘 지낼 수 있을 거라고 생각해요. 의외로 죽이 잘 맞잖아요?"

―그냥 친구처럼?

"네."

-제가 남자가 될 수 없는 이유가 뭡니까?

"남자로 안 보인다는 말은 안 했는데요?"

잔잔하던 웃음소리까지 아예 사라졌다. 말 그대로 적막이 흐르고 있었다. 전화가 끊겼나 싶어 화면을 보았는데 여전히 통화 시간은 잘 흘러가고 있었다.

"여보세요?"

-그럼 보라 씨가 이성에게 감정을 느낄 수 없는 겁니까?

왠지 진담 반 농담 반이 섞인 느낌이었다.

"아뇨, 저 남자 좋아하는데요."

-그런데 왜 그동안 연애를 안 했습니까?

"귀찮아서요."

귀찮은 건 사실이었다. 거기다 전혀 그럴 것 같지 않던 현지의 남편이 바람을 피웠고, 현지는 자살시도까지 했다. 그렇게 요란하게 연애를 했던 사람들도 마음이 변하는 게 부지기수인데 일부러 그 흙탕물에 들어갈 필요가 없지 않은가. 친구 성경은 보라를 보고 쓸데없는 걱정이 많아 문제라고 하기도 했다.

-귀찮아요?

도무지 이해할 수 없다는 듯한 음성이었다.

-연애가 귀찮습니까?

"네. 예전에도 말한 것 같은데 만나서 밀당 하는 것도, 얼굴을 꼭 봐야 하는 것도, 매일 통화하는 것도, 사람이 귀찮아서 전화를 안 받을 수도 있는 거지 그거 가지고 화를 내고. 그래서 그냥 연애라는 건 나랑 안 맞구나, 하고 결정을 내렸죠."

-좋아하니까 매일 보고 싶고, 목소리 듣고 싶고 그런 게 사랑 아닙니까?

왠지 현의 입에서 사랑이라는 말이 나오니 뭔가 이질적으로 느껴졌다. 아니, 그도 연애를 했고 그 사람을 잃었다고까지 했다. 그런 남자 입에서 사랑이라는 말이 나오는 건데 왜 자꾸 못 들을 걸 듣게 된 느낌인 걸까.

"그럼 제가 사랑을 안 해봤나 보죠."

결론이 너무 싱겁게 난 듯 현이 왠지 어이가 없는 것처럼 한숨을 쉬고 있었다.

-그럼 만약 매일 보고 싶고, 매일 함께하고 싶은 사람이 3년 내에 나타나게 된다면 어쩔 겁니까?

"그럴 일이 없을 거라고 확신하지만 그럼 이혼해야겠죠?"

-보라 씨가 마지막에 계약서에 쓴 거 제대로 기억이나 하는 겁니까?

"네."

똑똑히 기억난다. 계약서가 너무 일방적으로 현에게 불리해서 보라는 '3년 내에 윤보라가 이혼을 원할 시 모든 작품의 저작권을 남궁현에게 넘긴다.'라고 썼다.

"그만큼 자신이 있다는 건데요? 근데 만약 그런 사람이 생긴다고 해도 아마 남궁현 씨는 아닐 거예요."

-확신할 수 있습니까?

"네."

너무 간단히 나오는 대답이 현은 무척이나 허탈한 듯했다.

-그럼 마지막으로 하나만 더 묻겠습니다.

"뭔데요?"

-왜 나일 수는 없습니까?

"원래 베일에 싸인 사람은 신뢰할 수 없는 법이거든요."

긴 침묵이 이어졌다. 보라의 말이 끝나고 나서도 현은 한동안 말이 없었다. 그는 한참 시간이 흐른 뒤에 내일 보자는 말을 하고 전화를 끊었다. 어쩌면 사실을 말해줄까 아주 조금 기대를 했다. 하지만 현은 아무 말도 하지 않았다.

그의 말대로 아직 신경이 쓰인다 하는 것이지 좋아하는 것은 아닐 것이다. 보라는 크게 한숨을 내쉬었다. 현에게는 자신 있게 말했지만 사실은 모르겠다. 마음이 복잡한 밤이 그렇게 흘러가고 있었다.

드디어 끝이다. 폐백이 끝나고 직접 보경이 사주었던 커플룩으로 갈아입고 나서야 보라는 드디어 모든 게 끝이 났다고 생각했다. 확실히 그동안 운동 부족이었던 것이다. 요즘은 시대가 바뀌어 친정에도 절을 드리는 게 예의라는 강 여사의 아주 깊은 마음 씀씀이에 족히 서른 번 이상은 절을 한 것 같았다.

본래 한복을 입고 어른들에게 인사를 한 번 더 다녀야 했지만 바로 공항으로 가야 해서 생략되어 강 여사는 왠지 탐탁잖은 표정을 하고 있었다. 하지만 이렇게 급하게 결혼식을 올리게 된 것도 모두 강 여사가 날을 잡은 것이었으니 그것 또한 어쩔 수 없는 일이었다.

식이 약 10분 정도 지체가 된 것은 윤 교장 때문이었다. 그건 신부 대기실로 갑자기 들어온 서형의 '아버지가 화장실에서 안 나오셔!'라는 말에서 시작되었다. 딸을 보내는 섭섭함에 눈물을 쏟아 내던 윤 교장은 몇 번이나 멈추지 않는 눈물 때문에 몰래 숨어 있던 모양이었다. 결국 현이 화장실로 가서 약간의 긴 이야기 끝에 윤 교장을 끌어냈다고 들었다.

신부 대기실로 쭈뼛쭈뼛 걸어오는 윤 교장의 눈가가 붉어진 것을 보고 보라의 눈에 눈물이 차올랐다. 분명 방금 전까지만 해도 울고 있었다는 게 다 티가 나는데 윤 교장은 그녀를 보고 웃고 있었다.

그런 윤 교장을 보고 보라는 억지로 눈물을 삼키며 따라 웃었다. 그리고 버진 로드를 걸어갈 때 손이 아플 정도로 잡고 있던 윤 교장은 현이 앞으로 나오자 정말 미련 없이 손을 놓아버렸다. 더 꽉 잡고 있던 보라의 손이 민망할 정도로.

자꾸만 시선이 뒤로 가려고 해서 보라는 주례식도 제대로 듣지 못해 결혼 선언을 할 때 '신랑 남궁현 군은 신부 윤보라 양을 맞이해 평생의 반려자로 아끼고 사랑하고 존중할 것을 맹세합니까?'라는 물음에 자신의 이름이 나오자 무턱대고 '네!'라고 대답을 해서 한바탕 웃음이 터졌다. 사회자는 '신부님 목소리가 해병대 출신인 저 못지않습니다.'라고 해서 다시 웃음이 터져 나왔다.

어쨌거나 사람들이 왜 결혼식을 한 번은 해도 두 번은 못 한다고 했는지 이제 이해가 되는 것도 같았다. 모두에게 인사를 하고 차에 올라타자마자 보라는 정말 그대로 기절하고 싶은 심정이었다.

어차피 차도 공항에 두고 갈 것이기 때문에 두 사람은 따로 웨딩카를 꾸미지 않겠다고 했다. 현의 친구들은 그게 은근히 섭섭한 모양이었다. 다른 친구의 차를 꾸미고 거기에 두 사람은 타고 현의 차는 다른 친구가 몰고 가 대놓으면 되지 않냐고 했지만 번거롭다는 이유로 현이 거절했다.

결국 깔끔한 현의 차를 보고 어른들은 왠지 섭섭한 표정을 짓고 있었다. 하지만 보라는 아무것도 모른다는 얼굴로 창문을 열고 웃으며 손을 흔들었다. 드디어 차가 출발하고 보라의 자세가 똑바로 돌아오자 그대로 얼굴이 굳었다. 내내 웃고 있느라 이젠 얼굴 근육이 제멋대로 노는 것 같았다.

두 사람은 어제 어색하게 전화를 끊어서 그런지 뭔가 상당히 불편했다. 보라는 괜히 눈동자를 굴리며 바짓단을 문질렀다. 고개를 움직이지 않고 슬쩍 왼쪽으로 눈동자를 움직였지만 소용이 없다.

그녀의 시야에 들어오는 건 핸들 위에 올라온 현의 오른손뿐이었다. 에라, 모르겠다는 심정으로 주머니에서 휴대전화를 빼내 오늘 와준 사람들에게 연락을 날리기 시작했다. 그때 휴대전화가 울리기 시작했다.

"어."

―야, 인사도 없이 갑자기 사라지면 어쩌냐?

"비행기 시간 때문에. 너 오늘 노래 잘하더라?"

―내가 '나였으면' 부르려다가 '청혼' 부른 거야. 그거 알긴 해?

"고마워."

―뭐야, 우리 윤보라 갑자기 왜 이렇게 고분고분해? 뭐 잘못 먹었어?

그러고 보니 배가 고프다. 새벽같이 일어나 바로 숍으로 향했고 식이 끝날 때까지 입에 뭘 넣질 못했다. 아니다, 폐백 할 때 대추를 반쪽 먹었으니 완전 굶은 건 아니었다. 하지만 그건 간의 기별도 차지 않는 조무래기였다.

"너 선물 없어."

－야! 보라 너, 그렇게 야박하게 나올 거냐? 무려, 노래까지 불러줬는데?

그때 그녀의 손에서 휴대전화가 스르륵 빠져나갔다. 이게 뭐야 싶어 고개를 돌리니 현이 그녀의 휴대전화를 가져가 전화를 받고 있었다.

"이대형 씨? 네, 오늘 고마웠습니다. 알겠습니다. 그럼 한국 들어와서 뵙죠."

그리고 멋대로 전화를 끊더니 휴대전화를 그녀의 다리 위로 올려놓았다. 어이가 없어 보라는 허, 소리를 내며 계속 현을 위아래로 훑었다.

"그거 제 전화였거든요?"

"고맙다는 인사는 저도 해야죠."

정말 말 한마디를 안 지는 사람이다. 기가 막혀 저도 모르게 영혼 없는 웃음을 내뱉고는 휴대전화를 다시 들어 인사를 돌리기 시작했다.

"처음엔 자꾸 사무실로 찾아와서 귀찮아했는데, 이야기해보니 이대형 씨 꽤 좋은 사람이던데요."

"그러니 저하고 친구 하죠."

"그 정도가 좋습니다. 친구."

또 무슨 말을 하고 싶어서 저러나 보라가 슬쩍 현을 위아래로 훑어보았다.

"생각보다 소심한가 봅니다?"

"네?"

"좋아한다고 했을 뿐인데 뭘 그렇게 불편하게 굴어요?"

손가락이 핸드폰 화면 위에서 쭉 미끄러졌다. 이 남자를 뻔뻔하다고 해야 하는 건지 아니면 솔직하다 말해야 할지.

"감정이 그렇게 휙휙 바뀌는 타입이신가 보죠?"

"아닙니다."

"불과 한 달하고도 일주일 전까지만 해도 나 사랑 못 한다, 불편한 거 싫다고 했던 분이시거든요?"

"감정을 조절할 수 있으면 제가 인간이겠습니까? 부처지."

그건 현의 말이 맞아서 보라는 입을 다물었다. 사실 남녀의 호감은 보자마자 10초 안에 결정이 된다고 하지 않던가. 말이 한 달이고 일주일이지, 지난 2주간 같이 살아서 그런지 알고 지낸 지 훨씬 오래된 사람 같았다.

딱히 현에게 잘 보이기 위해 애를 쓴 적도 없었다. 보라는 집에 있을 땐 늘 화장기 없는 얼굴에 무릎이 툭 튀어나온 트레이닝복 차림에 머리는 하나로 질끈 묶었다. 그것만으로도 모자라 커다란 안경까지 쓰고 있었다.

거의 그 모습으로 집에서 현을 맞이했었는데 현의 취향이 조금 독특한 것일까?

"취향 참 독특하시네요."

"저도 그리 생각합니다."

이봐, 거기서 또 그렇게 말하면 여자는 기분이 확 상한단 말이지.

보라가 혀를 차며 다시 현을 훑었다. 말 그대로 남궁현은 껍데기만 훌륭한 남자였다.

"그럼 들어나 보죠."

그 말에 현이 슬쩍 고개를 돌려 그녀를 보았다 다시 전방을 주시했다. 보라는 헛기침을 하며 팔짱을 꼈다.

"제 어디가 좋아지셨습니까?"

"정확한 답을 찾으라면……."

역시 바로 대답을 못 한다. 물론 좋아한다는 게 아무리 필링(feeling)이라고 하지만 이제껏 그녀가 봐온 그는 퍽 이성적인 사람이었다. 뭐랄까, 감정에 치우치지 않고 늘 중심을 잘 잡는 사람들이 있다. 그중에서도 그는 감정 조절이 훨씬 뛰어난 사람처럼 보였다.

"없습니다."

"네?"

"좋아하는 데 무슨 이유가 필요합니까?"

"아니, 뭐, 계기 이런 거 있잖아요."

"여자들은 그런 걸 알고 싶어 합니까?"

"그것보단 전혀 예상도 못 했고 난데없으니까 그렇죠."

"궁금해하는 건 저한테 관심이 생겼다는 걸로 해석해도 되는 겁니까?"

할 말이 없어 그녀는 입이 절로 벌어졌다. 이젠 궁금한 것도 못 물어보게 생겼다. 저도 모르게 한숨이 튀어나왔다.

"우스갯소리고, 사실 저도 지금 당황 중입니다."

"그러시겠죠."

이젠 다 포기한 듯한 말투로 보라가 심드렁하게 말을 내뱉으며 시트에 완전히 몸을 편하게 묻었다. 높은 구두를 신고 있었고 허리를 꽉 조이고 있던 데다 그렇게 절까지 많이 했는데 제대로 먹지도 못해서 몸에 힘이 들어가지 않았다. 위가 어서 빨리 먹을 것을 달라고 시위하는 느낌에 그녀는 저도 모르게 배를 문질렀다.

"우선 도착하면 배부터 채웁시다. 아무것도 못 먹었습니까?"

"아까 먹었잖아요."

"나 몰래 뭘 먹었습니까?"

"같이 먹었잖아요, 대추."

"오늘 먹은 거 그게 답니까?"

보라가 힘없이 고개를 끄덕였다. 무거운 화장도 지우고 싶었고 밥도 먹고 싶었고 잠도 자고 싶다. 하지만 누가 다 해줬으면 좋겠다.

"우리 도착하면 시간 얼마나 있어요?"

"30분 정도?"

"화장 지워주는 곳도 있다던데. 그거 할 시간 있을까요?"

"보라 씨."

"네."

"날 좋아해달라 강요는 하지 않겠지만 내 마음이 거짓이라는 생각은 안 했으면 좋겠습니다."

보라가 고개를 돌려 현을 보았다. 역시, 강적이다.

사실 보라는 마음 같아선 머리까지 다 감고 싶었다. 하지만 거기까진 시간이 허락하지 않아 메이크업만 겨우 지운 채 수속을 마치고 대기실까지 도착했다.

두 사람은 아무 말 없이 햄버거를 우걱우걱 씹었다. 특히 보라는 햄버거를 하나 더 추가해 그것까지 다 먹은 다음에야 살겠다며 배를 두드렸다. 뿐만 아니라 비행기에 올라타자마자 잠이 들어 6시간이 넘도록 제대로 일어나지도 못했다.

어쨌거나 비몽사몽 거의 제정신이 아닌 상태로 숙소까지 도착해 침대에 눕게 될 때까지도 보라는 지금 이게 꿈인가 생시인가 했다. 사실 그녀가 자야 할 시간에 체력이 무척이나 소모되는 일을 했으니 제정신이 아닌 것은 어쩔 수 없었다. 이제 좀 살 것 같다고 눈을 떴을 때 보라는 시계를 보고 깜짝 놀랐다.

〈AM 11시 30분〉

대체 몇 시간을 잤을까? 비행기에 타고 내리고 숙소까지 오고의 짧은 시간을 빼면 아마 20시간 가까이 잤다는 소리였다. 태국과의 시차 2시간을 뺀다고 해도 말이다. 벌떡 일어났을 때 아무도 없어 보라는 천천히 침대에서 내려와 캐리어를 열고 세면도구를 챙겨 들었다.

욕실도 텅 비어 있었고 테라스까지 나가 살폈지만 현의 모습은 보이지 않았다. 주변이라도 둘러보러 간 모양이라고 생각하며 욕실로 들어가 간단히 샤워를 하고 나왔다. 그리고 테라스 테이블에 잘 차려진 음식들을 보고 자리에 앉아 하나씩 입에 넣기 시작했다. 역시 열대 과일은 현지에서 먹는 게 최고였다.

배가 고파 보라가 열심히 음식을 입으로 집어넣고 있는데 문을 닫는 소리가 들려 고개를 쭉 빼고 방 안을 살폈다. 침대가 비어 있는 것을 발견한 현이 테라스로 나와 들고 있던 손수건을 놓고 그녀의 앞으로 앉았다.

"푹 잤습니까?"

"저 어제 어떻게……. 그러니까 중간중간 기억은 나는데."

"택시에서 내려서는 제가 거의 안고 왔습니다."

"고생 많이 하셨겠네요. 보통 무게가 아닌데."

"좀 많이 먹는 게 좋겠습니다."

현은 그녀의 속살을 보지 못해 저런 소리를 하는 것이다. 늘 앉아서 일만 하다 보니 말 그대로 거미 체형이 되어 있었다. 거기다 한 잔, 두 잔 마시던 맥주는 뱃살을 정말 넉넉히 축적해주었다.

"일어나면 배고플 것 같아 미리 준비 좀 해달라고 했는데 잘됐군요."

그렇게 말하며 현이 컵에 주스와 우유를 따라 그녀의 앞으로 내밀었다. 보라는 핫케이크를 우걱우걱 집어넣느라 마침 목이 메던 참이었다. 빨리 우유를 마시고 입속으로 소시지를 넣었다.

"입맛에 잘 맞는 모양입니다?"

"고수만 빼면 태국 음식은 웬만해선 괜찮아요. 대만은 진짜 못 먹겠던데."

"대만이요?"

"다른 나라들은 다 괜찮았거든요. 딱히 무슨 냄새도 못 맡고 그랬었는데, 대만은 정말 공항에 내리자마자 속이 안 좋기 시작하더니·그게 여행 내내 거슬리는 거예요. 현지 음식은 하나도 못 먹고 과일로만 연명했거든요. 그런데 더 최악이 집에 왔는데 캐리어에서 그 특유의 냄새가 안 빠지는 거 있죠?"

"그래서 어떻게 했습니까?"

"마침 바퀴도 고장 나서 버렸어요."

군더더기 없는 간단한 대답이라고 생각했는지 현이 웃으며 고개를 끄덕였다.

"대만 가보셨어요?"

"아뇨."

"저는 아마 앞으로 못 갈 것 같아요."

"그럼 저도 갈 일 없겠군요."

"왜요?"

"보라 씨가 안 가는데 제가 뭐하러 갑니까?"

보라가 먹던 것을 멈추고 현을 바라보았다. 현은 별것 아니라는 듯 웃으며 주스 잔을 입으로 가져갔다. 여기가 지금 푸켓이라 그런 걸까?

앞에 있는 남자가 진짜 그녀가 알던 남궁현이 맞는지 이젠 슬슬 헷갈리기 시작했다. 어쨌거나 이쯤에서 화제를 바꾸는 게 좋을 것 같았다.

"해외 많이 안 나가보신 모양이에요?"

"학회 아니고선 거의 해외는 못 가봐서."

"여행도?"

"여행을 갈 시간이 없던 거죠. 공부 때문에."

이해가 되어 고개를 끄덕였다. 의사들의 공부 양은 대체적으로 상상 초월이었다. 아마 그녀는 성적이 되었더라도 의대는 못 갔을 것이다. 물론 공부도 그렇지만 시체는 보지도 못하니까 말이다.

"안 무서웠어요?"

"뭐가 말입니까?"

"처음 해부할 때요."

"안 무서웠다면 거짓말이겠죠?"

의외로 솔직한 대답이었다. 보통 남자들은 그런 것 따위라며 허세를 부리곤 하는데. 예전에 그녀가 미팅을 했을 때 만난 의대생도 그랬었다.

'그걸 무서워하면 어떻게 제가 공부를 하겠습니까?' 라고 했는데 나중에 다른 사람에게 듣기로는 기절을 했다고 했었다. 역시 남자들의 허세란, 이라고 생각했었는데 현은 꽤 의외의 답을 내놓았다.

"다음 작품 주인공은 의사입니까?"

"네?"

"갑자기 물어봐서요."

"아, 에이. 그래도 어떻게 산부인과 의사를 쓰겠어요. 그리고 저 현대물은 잘 못 그려요. 음, 어의라면 모를까. 이럴 땐 한의사가 좀 필요한데."

"고등학교 동창 중 한의사가 있습니다. 필요하면 바로 연락하죠."

거기다 의외로 인맥도 꽤 괜찮은 편이다. 대체 저 남자는 왜 그렇게 냉기를 팍팍 풍겼던 걸까. 성격이 완전히 다크하지도 않은 것 같은데 말이다.

"그건 그때 가서 보고 말씀드릴게요. 맞다, 집에 전화해야 하는데."

"제가 어제 했습니다."

"저희 집도요?"

현이 가볍게 고개를 끄덕였다. 안도의 한숨을 내쉬고 머리를 긁적이는데 뭔가 느낌이 이상했다. 분명 머리를 올릴 때 실 핀이 수십 개는 꽂아져 있었던 것 같은데 지금은 손가락에 걸리는 게 없었다.

"어?"

"제가 뺐습니다."

"진짜요?"

"깨지도 않고 잘 자던데요?"

민망함에 보라는 저도 모르게 아, 소리가 길게 흘러나왔다. 그렇게 남자가 만지작거리는데 어떻게 한 번도 깨지 않고 잘 수 있었던 걸까. 아무리 누가 업고 가도 깨지 않는다고 우스갯소리로 말을 하곤 했었지만.

설마 자면서 침을 흘렸다거나, 배를 북북 긁진 않았을까?

물어볼까 하다가 보라는 참기로 했다. 분명 현은 묻지 않으면 말하지 않겠지만 물어보면 사실 그대로를 설명할 것 같았다.

"둔한 편인가?"

"맞아요, 제가 좀 둔한 편이에요."

"그런 것 같아요."

차마 반박할 수가 없어 보라는 쉽게 인정을 했다.

"그런 점이 좋습니다."

"네?"

"제가 삐딱하게 나가도 꼬투리 안 잡잖아요."

그건 이 세계에서 별꼴을 다 당해봐서 그건 삐딱 축에도 들지 않는다고 차마 말을 할 수가 없어 보라는 어색하게 웃을 수밖에 없었다.

혹시 너무 공부만 하는 그룹에 끼어 있다가 이런 새로운 타입을 만나서 저러는 건가 싶어 보라는 고개를 갸웃거렸다. 그리고 현이 삐딱하게 나온 적은 없었다.

"다 먹었으면 산책 좀 할까요?"

"산책이요?"

"바로 앞이 해변인데 꽤 걷기 좋습니다. 보라 씨가 그렇게 좋아하는 마사지는 2시로 예약해두었고."

역시 바다는 신비한 마력이 있다. 해변이라는 말에 보라는 바로 고개를 끄덕이고 안으로 들어가 원피스를 꺼내 들었다.

민소매에 무릎까지 오는 원피스는 확실히 원단이 가볍고 시원했다. 보경은 역시 이런 재질 하나는 귀신같이 알아서 잘 선택한다. 물론 꽃무늬 프린트는 부담스러웠지만 이럴 때 아니면 언제 입어보냐는 보경의 말에 고개를 끄덕이고 말았다.

"그러고 나갈 겁니까?"

"이럴 때 아니면 언제 광합성 섭취를 하겠어요. 제가 햇빛 볼 시간이 많이 없으니까 이럴 때라도 좀 건강하게 구릿빛 피부를 만들어야지."

"주근깨 생깁니다. 기미도 무시할 수 없고."

그건 현의 말이 맞다. 역시 나이는 속일 수가 없는 것일까. 선크림을 꺼내 들어 얼굴에 덕지덕지 발랐다.

"위에 뭐 걸칠 건 없습니까?"

"설마 지금 민소매라고 그러시는 거예요?"

정말 설마 했지만 현이 간단하게 고개를 끄덕였다. 정말 생각과는 다르게 보수적인 남자다. 저번에 치마가 짧을 때도 그것을 지적하더니, 스타킹을 신지 않았다고 또 그것도 툴툴거리며 불만스러워했었다.

"여기 사람들 더 짧게 입고 다니거든요?"

"보라 씨는 여기 사람이 아니니까."

"로마에 가면 로마법을 따라라, 몰라요?"

결국 입어야 한다, 입지 않아야 한다를 두고 실랑이를 벌였다. 그러는 사이 마사지 시간이 다 되어 결국 두 사람은 산책을 포기하고 빌라촌 바로 옆에 있는 스파로 향할 수밖에 없었다. 아는 태국말이라곤 코쿤캅, 사와디캅뿐이었다. 하지만 워낙 한국인들이 많이 찾는 탓에 아주 간단한 한국말이 통했다.

두 사람은 옷을 갈아입고 나와 침대에 드러누웠다. 역시 태국 마사지는 부드럽고 잠이 솔솔 오게 하는 마력을 지니고 있었다. 부드러운 손길로 마사지사는 긴장된 근육을 풀어주며 '돌아, 누워, 앉아.' 같은 아주 간단한 한국말을 구사했다.

왠지 그게 신기하고 재미있어 보라가 웃자, 이제 25살이나 되어 보일까 하는 마사지사가 그녀를 보고 '하얗다, 예뻐.'라고 말해주었다. 보라는 그녀를 향해 'you, too.'라고 화답해주었다. 그러자 부끄러운 듯 웃으며 얼굴이 붉게 변하는 게 보였다. 역시 칭찬을 싫어하는 사람은 없다.

"잘 웃네요."

"네?"

"저 잘 웃는 사람 좋아합니다."

그렇게 말하며 현이 눈을 감았다. 보라는 저 남자가 왜 저래, 하는 얼굴로 고개를 갸웃거렸다.

간접조명에 촛불을 켜놨지만 안은 충분히 밝았다. 그런데 아로마 마사지를 해야 한다고 윗옷을 벗으라고 하는 거 아닌가. 남자인 현은 편하게 벗고 엎드려 누웠지만 보라는 슬쩍 그의 눈치를 살폈다.

"이쪽 보지 마요."

"치사하게."

"네?"

"안 봅니다."

현이 고개를 아예 반대편으로 돌리자 보라는 그때서야 상의를 벗고 재빨리 엎드려 누웠다. 이게 커플 코스인 것을 잠시 잊고 있었다.

치사하다니, 사람을 뭘로 보고.

보라가 다부진 현의 등을 슬쩍 보며 눈을 흘겼다. 보라는 당당히 옷을 벗는 현의 상체를 아주 느긋이 감상했다. 그냥 마른 줄 알았는데 운동을 하기는 하는 모양인지 자잘한 근육이 보기 좋게 자리를 잡고 있었다.

저도 모르게 침이 꿀꺽 넘어갔다. 아마 현이 손이 닿는 곳에 있었다면 저도 모르게 팔을 뻗지 않았을까?

문득 저 밑으로 가라앉아 '난 이제 성욕 따윈 물 건너갔어.'라고 성경에게 말을 했던 기억이 떠올랐다. 가라앉기는커녕, 슬슬 떠오르려고 한다. 보라는 고개를 휘휘 저었다.

상대가 현이라서가 아니라 그저 몸 좋은 남자를 보면 반응을 하는 그런 것이라고 생각했다. 어쨌거나 그녀는 이제 30대 초반의 건강한 여자였으니 말이다. 이럴 때 사람들은 무슨 생각을 하던가. 애국가라도 불러야 하나? 보라는 속으로 애국가를 4절까지 빠트리지 않고 부르기 시작했다.

"보라 씨, 또 자는 거 아니죠?"

현의 낮은 목소리가 귓가에서 울렸다. 애국가가 그래도 효과가 있던 모양이었다. 왠지 모르게 올라오던 욕구가 가라앉는 게 느껴졌다.

"아뇨, 안 자요. 제가 무슨 잠 못 자서 죽은 귀신 붙은 줄 아세요?"

물론 분위기상 잠이 오기는 했다. 저도 모르게 눈이 감기려고 할 때 현이 말을 걸어온 것이다.

"목소리가 잠겼는데."

"그건 근육이 풀리니까, 그래요. 잠이 좀 오네요."

낮은 웃음소리가 옆에서 들려오자 보라가 고개를 돌렸다. 언제부터인지 모르겠지만 현은 보라를 보고 있었던 게 틀림없었다.

"뭘 그렇게 뚫어지게 봐요?"

"보면 닳습니까?"

"그건 아니지만."

"마사지 끝나면 데이트합시다."

데이트? 보라가 눈동자를 위아래로 굴렸다. 여기서 데이트할 게 있나? 그냥 돌아봤자 바다고, 맥주를 마시는 펍들이나 있을 것이다.

"해변도 걷고, 맥주도 마시고?"

"음."

"보라 씨 좋아하는 바비큐도 먹고."

현의 바비큐라는 단어에 확 당긴다는 보라의 표정이 보였다. 보라는 보면 편식이 심하다. 이제 슬슬 그 식습관도 바로 잡아줄 필요가 있었다. 현은 이렇게 된 이상 보라와 오랫동안 건강히 살고 싶었다.

"해산물도 좀 먹고 말이죠."

"저 갑각류는 엄청 좋아하잖아요. 새우하고 게 왕창 먹어야지. 좋아요, 그 데이트 승낙하죠."

그렇게 말하며 보라가 다시 고개를 돌렸다. 아무래도 내일은 그가 저쪽으로 누워야 할 모양이었다. 보라는 엎드려 누워서 왼쪽을 보는 것을 더 좋아하는 것 같았다.

"보라 씨."

"또 왜요."

"이쪽 좀 보죠?"

그의 말에 보라가 한숨을 쉬더니 다시 고개를 돌렸다.

"말씀하세요."

"어제 그 말 못 해준 것 같아서요."

"무슨 말이요?"

"예뻤다고."

7. 머리와 가슴은 다르다

　아마 보통 여자들이라면 저렇게 말하는 남자의 사탕발림에 바로 넘어갈 것이다. 어쨌거나 껍데기 하나는 무척이나 훌륭하지 않던가. 보라가 픽 웃으며 입을 열었다.

　"네, 남궁현 씨도 멋있었어요. 됐죠?"

　감정 하나 들어 있지 않은 말투로 답을 해주고 보라가 다시 고개를 반대편으로 돌렸다. 그런 보라를 보며 현이 픽 웃었다. 보라는 무척이나 솔직하고 단순한 것 같지만 은근히 예리하기도 한 편이었다.

　베일이라. 그도 이제껏 보라에게 거의 솔직했다. 하지만 완벽히 투명했다고 볼 수는 없었다. 서로에 대한 인적 사항을 먼저 보내주기로 하면서 사실 현은 몇 번이나 지원의 이름을 썼다 지웠다.

　어차피 이미 떠난 사람이다. 만나지도 못할 사람이라 굳이 쓸 필요가 없다고 생각했다. 그때는 정말 그렇게 생각했다. 윤보라라는 여자와는 그저 파트너가 될 생각이었으니까 말이다. 하지만 사람의 감정이라는 건 참 우습게도 변하고는 한다.

죽어도 먹지 못할 거라고 선언했던 미나리가 언제부터인가 좋아졌다는 보라의 말처럼 그 역시 누군가를 사랑할 수 없을 거라던 믿음이 깨졌다.

처음 보라를 보았을 땐 화려하고 예쁜 이목구비에 왜 저런 사상을 가지고 있는지 독특하다고 생각했다. 성격을 보아하니 나쁜 남자는 애초에 상대하지도 않을 것 같고, 이용당하지도 않을 것 같았다.

그저 자유가 좋은 사람이라는 것을 깨닫고 조금 더 주시하게 되었다. 그러던 어느 순간 앞에 보이는 여자의 목소리가 좋다고 생각되었고, 그녀가 움직이는 걸 보면 눈이 저도 모르게 좇고 있었다.

보라가 웃으면 같이 따라 웃게 되고, 인상을 찌푸리면 같이 찌푸리게 된다. 먹기 싫어하는 것을 살짝 옆으로 빼내면 몰래 먹어주게 되고, 좋아하는 게 나오면 먼저 건네주게 된다. 정말 믿을 수 없게도 누군가를 좋아하게 되는 감정은 순식간에 찾아오게 되었다.

불시에 깨닫게 된 감정에 현은 일부러 당직을 자처하기도 했고, 논문을 쓴다는 핑계로 숙직실에 박혀 있기도 했다. 하지만 그것도 아주 잠시다. 오늘 보라는 집에서 어떻게 하고 있을지, 무엇을 했는지가 궁금해져 그의 참을성은 금세 바닥이 났다. 자신이 이렇게 인내심이 없는 사람이라는 걸 깨닫고는 몇 번이나 웃었는지 모른다.

참 우습다. 친구라고 했던 지원이 알고 지낸 지 3년쯤 지난 어느 날 자신에게 고백을 했다. 한 번도 여자로 보지 않았던 지원을 거절하는 건 쉬웠다. 하지만 그 뒤로 내리 3년을 열심히 쫓아다니는 지원을 보고 결국 그녀를 받아들였다.

생각해보면 지원은 꼭 입속의 혀처럼 굴었다. 그를 귀찮게도, 신경이 쓰이게도 굴지 않았다. 그만큼 지원은 함께하기 편한 사람이었다. 그런 편안함을 느끼는 사랑의 종류도 꽤 괜찮다고 생각했다.

반면 보라는 불안함을 동반한다. 지금은 같은 편처럼 웃고 있지만 언제 싸늘해질지 모른다. 그리고 언제 이 생활에 염증을 느껴 떠나게 되진 않을까 하는 불안감을 느끼게 만든다.

하루하루 보라를 보면 자신의 감정이 휙휙 바뀐다. 아니, 바뀐다는 말보다는 커진다는 말이 맞다. 그런 스스로가 낯설고 어색해 뜬금없이 웃음을 터트릴 때도 있었다. 정말 사람을 좋아하게 되는 건 순간이었다.

"보라 씨."

보라는 말이 없었다. 어설픈 한국말로 잔다는 마사지사의 이야기를 듣고 현은 고개를 끄덕였다. 사람의 마음을 얻기란 참 힘든 일이었다.

차갑게 구는 그를 보며 3년간이나 쫓아다니던 지원은 대체 어떤 생각을 했었을까?

지원에게 미안한 감정이 떠올라 현은 그대로 눈을 감고 말았다.

보라는 어색하게 눈동자를 굴리며 해변을 걷고 있었다. 앞서

가는 현이 걸음을 멈추고 뒤를 돌아보자 보라도 급히 뒤로 돌아섰다. 정말이지 바보 같은 자신의 머리를 몇 번이나 갈겨주고 싶었다.

타이 마사지는 이상하게 사람을 잠으로 몰아붙인다. 불면증을 앓고 있던 보라에게 타이 마사지는 적격이었고 집 근처에 24시간 하는 곳도 많아 시간이 날 때면 다니곤 했었다. 그런데 그게 버릇이 된 모양이었다.

그때야 늘 혼자 마사지를 받아서 벗고 있다는 자각도 하지 않고 마음대로 뒹굴었다. 마사지가 끝났다는 말에 잠에서 깨며 버릇처럼 몸을 돌려 몇 번이나 눈을 끔뻑이던 보라는 그대로 동상처럼 굳고 말았다.

바로 옆에 앉아 그녀를 빤히 바라보고 있는 현의 눈이 믿을 수 없게 커져 있었다. 상체에 느껴지는 서늘함을 깨닫고 정신을 차린 뒤 재빨리 가슴을 가렸지만 이미 가릴 것 없이 다 보여주고 난 다음이었다.

"보라 씨."

보라가 살짝 인상을 찌푸렸다. 언제까지고 이렇게 현의 눈을 피할 수는 없는 노릇이다. 재빨리 인상을 풀고 뒤로 돌아선 보라는 저도 모르게 뒤로 한 걸음 물러서고 말았다. 언제 다가왔는지 10미터는 떨어져 있던 현이 그녀의 바로 코앞에 다가와 있었다.

"뭘 그렇게 부끄러워합니까?"

"부, 부끄?"

"당황해서 제대로 보지도 못했으니 신경 쓰지 말아요."

와, 거짓말이라고 외치고 싶었다. 짧은 순간이었지만 그의 눈이 재빨리 위아래로 훑으며 스캔하는 걸 분명히 봤다. 하지만 아니라고 우기면 또 괜한 사람을 변태로 몰아가는 것일 테니 보라는 참아내는 수밖에 없었다.

잠깐, 그때 배에 힘을 주고 있었던가? 이런, 러브핸들을 다 봤겠군. 아니다, 그래도 이 정도면 운동하지 않고도 괜찮은 몸매라며 보라는 스스로를 자위했다.

"배고프지 않습니까?"

"고파요."

"가죠."

현이 먼저 앞장을 서고 얼마 가지 않아 식당에 도착했다. 실내라기보다 그냥 해변에 오두막처럼 차려진 곳이었다. 싱싱한 해산물들이 바비큐가 되어 나오고 보라는 맥주를 마시면서 감자튀김을 입에 넣었다.

옆을 둘러보니 꽤 많은 커플들이 두런두런 앉아 있었다. 그중엔 얼굴이 몇몇 익숙한 사람들도 보였다. 공항에서 앞뒤로 마주쳤던 신혼부부들이었다. 여자들도 그녀를 알아본 듯 눈으로 인사를 건네고 있었다. 보라 역시 그 여자들을 보며 고개를 살짝 숙여 인사를 했다.

"아는 사람들입니까?"

"같이 비행기 탄 여자들이요."

현이 고개를 끄덕였다. 역시 남자들은 그런 것에 둔한 모양이었다. 지금 여자들은 서로의 신랑감을 보며 자신의 남편과 비교를 해대고 있는 것이 틀림없었다. 그리고 자연히 주목은 보라가 많이 받았다.

키가 크고 얼굴까지 잘생긴 남자는 매너까지 좋아 보였다. 로브스터의 살을 잘 발라내 그녀의 앞접시에 놓아주고 새우 껍데기도 능숙하게 깠다. 그러면 보라는 앞접시에 놓인 것들을 포크로 찍어 입으로 집어넣기만 하면 됐다. 어떻게 저런 남자를 낚아챘나 하는 부러움이 섞인 여자들의 눈빛에 보라는 콱 체할 것만 같았다.

어쨌거나 남들이 보는 현은 그런 남자였다. 멀리 가지 않아도 알 수 있을 정도로 그녀의 친구들 역시 모두 그런 반응들이었다. 이렇게 앉아서 공주 대접을 받고 있는 것도 그리 나쁘지는 않은 기분이다.

춤을 추는 무희들을 보는 것도 꽤 즐거웠다. 석양이 지는 해변을 수영복 차림으로 걸어 다니는 사람들도 얼굴엔 웃음꽃이 피어 있었다. 불현듯 보라는 여기에서 웃지 않고 있는 사람은 자신뿐이라는 것을 깨달았다.

문제는 앞에 있는 이 외간 남자에게 홀랑 벗은 몸을 보여주었다는 것이다. 그 창피함은 정말 계속 잊히지 않고 밤에 문득문득 생각이 나 괴로울 것이라는 거다. 아마 자기 전 이불 속에서 몇 번이나 하이킥을 하겠지.

보라는 할 수 있다면 쥐구멍에라도 당장 숨고 싶었다. 현은 정말 아무것도 아니라는 듯 말했지만 평소와는 다른 묘한 긴장감이 공기 중에 떠다니고 있었다. 보라는 그 긴장감이 무엇인지 너무나도 잘 알아 몇 번이나 몸서리를 치다 현과 시선이 부딪치고 고개를 숙이기를 반복했다.

남녀 사이에서 성적인 긴장감은 무척이나 중요한 요소이다. 문제는 지금 저 남자와 그런 아슬아슬한 줄타기를 하지 말아야 한다는 것이다. 하지만 이미 그 줄은 팽팽하게 당겨지고 말았다. 신혼 여행이라는 특수한 상황이 이렇게 그녀를 몰아가는 걸까? 저도 모르게 한숨을 푹 내쉬었다.

보라는 신체 건강한 30대 초반의 여성이었다. 사실 오래 쉬어서 그렇지 연애라는 것도 해보았고 섹스라는 게 무엇인지도 잘 알고 있었다.

그 잊고 살았던 긴장감을 깨닫고 나자 몸 안쪽이 홧홧해지는 게 몇 번이나 얼굴을 붉힐 것 같아 제대로 고개를 들 수가 없었다. 현은 그녀를 좋아한다고 했다.

좋아하는 여자를 안고 싶은 건 남자들의 본능이다. 하지만 보라는 차마 현에게 '저는 그쪽을 좋아하지 않지만 섹스는 하고 싶습니다.'라고 말을 할 수는 없는 노릇이었다.

보통 이런 욕구가 들 때 여자들은 어떻게 해결을 하는 걸까? 이런 걸 친구들에게 전화해서 물어볼 수도 없는 노릇이다. 보라는 또다시 한숨을 푹 내쉬었다.

강 여사의 뜻대로 푸켓으로 오게 되었지만 정말 어떡하든 거절을 하고 제주로 가서 따로 움직였어야 했다.

아니, 현이 고백이라는 것을 하지만 않았더라도 이런 생각을 덜하지는 않았을까? 그것도 아니면 마사지를 하면서 현의 잘빠진 반라를 봤을 때부터?

이젠 앞에 거하게 차려져 있는 음식들을 봐도 식욕이 생기지가 않았다.

결국 제대로 먹지도 못하는 보라를 현이 걱정스러운 눈빛으로 바라보았다. 두 사람은 먹는 것을 포기하고 자리에서 일어섰다. 빌라로 들어가기 전 현은 과일을 팔고 있는 아이에게서 몇몇의 과일을 샀다. 현지 음식이 맞지 않으면 과일로 연명한다던 보라의 말이 떠올랐기 때문이었다.

빌라로 들어와 보라는 바로 욕실로 들어갔다. 말끔히 샤워를 하고 나오자 현이 이어 욕실로 들어갔다. 어차피 일이 되지 않을 건 분명했다. 하지만 보라는 노트북 가방을 열어 연결을 하고 그 앞에 앉았다. 다음 시놉이라도 여기서 써서 돌아가볼까 생각했다. 하지만 지금은 온갖 불순한 잡념들로 가득해서 그저 커서가 껌뻑이는 화면만 물끄러미 바라보았다.

얼마나 그렇게 앉아 있었을까? 문득 느껴지는 시선에 고개를 들어 올리자 침대에 누워 자신을 바라보고 있는 현과 눈이 부딪쳤다.

"저 멍 때리고 있는 거 아니거든요?"

괜히 찔려 그녀가 먼저 입을 열었다. 아니, 그녀는 지금 멍을 때리고 있었다. 더 정확하게는 자꾸 19금 문제들만 생각하고 있다는 것이다.

"압니다."

"네?"

"친구 중 한 명이 소설 작가예요. 가만히 있는 것처럼 보여도 늘 생각을 하고 있다고 말해줬습니다."

이런 공감대가 생길 수 있다는 건 다행이다. 사실 보라는 가만히 생각하는 것을 어려서부터 무척이나 좋아했다. 학생일 때는 공부는 안 하고 또 생각 없이 있다는 말을 많이 들었다. 만화를 그리고 나서는 그림은 안 그리고 또 그러고 있다는 말을 많이 들었다. 그래서 본능적으로 현에게 말을 한 것인데 그는 알고 있다고 말해주었다.

"의외네요."

"뭐가 말입니까?"

"남궁현 씨 친구들은 죄다 의사인 줄 알았거든요."

사실 비슷한 직업을 가지고 있는 사람들과 친구가 된다. 그래야 서로의 고충을 알고 이야기를 하기 더 쉬웠기 때문이다.

"보기보다 사교성이 꽤 좋은 편이라."

현의 말을 듣고 고개를 끄덕였다.

흐음, 그럼 모르는 여자들에게만 냉정한 타입인 건가?

어쩌면 저런 성격이 더 좋을 수도 있겠다 싶었다. 애초에 아닐 것 같으니 여지도, 희망도 주지 않는다. 참 깔끔한 사람이구나 싶었다.

"보라 씨."

"네."

"지금 몇 시간째 그렇게 앉아 있는 줄 압니까?"

"네?"

"벌써 3시간이 넘었습니다."

거짓말이라고 생각했다. 보라가 재빨리 고개를 돌려 시계를 찾았다. 시계가 고장 난 게 아니라면 현의 말이 맞았다. 이곳은 8시쯤이 되어 들어왔고 지금 시간은 11시가 넘어가고 있었으니 말이다. 머리카락도 어느새 다 말라 있었다.

현이 침대에서 일어나 바구니를 가지고 와 그녀의 옆으로 앉았다. 바구니 안은 망고스틴과 포도가 들어 있었다. 현은 망고스틴 껍질을 어렵지 않게 까고 마늘처럼 하얀 과육을 그녀의 앞으로 내밀었다.

보라가 멀뚱히 그것을 보고만 있자 현은 직접 입으로 넣어주었다. 달콤한 과즙이 입안으로 퍼져 나갔다. 보라는 손 하나 대지 않고 연이어 현이 입으로 넣어주는 싱싱한 망고스틴의 달콤함을 즐겼다.

"맛있습니까?"

"네, 그럼 현이 씨는요?"

그녀의 입으로 포도를 넣어주던 현의 움직임이 멈췄다. 보라는 입안으로 포도가 들어오지 않자 고개를 살짝 움직여 현의 손에 들려 있는 것을 입술로 집었다. 씨가 없어 오독오독 씹히는 포도는 약간의 산미를 가지고 있었다.

"3시간 동안 뭐 했어요?"

그렇게 물었는데도 현은 대답이 없었다.

"저기요?"

"그거 압니까?"

"뭘요?"

"방금 그냥 내 이름만 부른 거."

이런. 3시간 동안 계속 앞에 있는 남자를 상상했더니 무척이나 가까워졌다고 생각한 모양이다. 보라가 헛기침을 하며 눈동자를 굴렸다.

"성까지 부르면 정 없어 보이잖아요. 그거 습관 돼서 남들 앞에서 실수할 수도 있는 거고."

"그런 거였습니까?"

현은 왠지 실망한 얼굴을 하고 있었다. 하지만 그의 손은 아무렇지 않게 포도를 뜯어내 다시 그녀의 입으로 넣어주고 있다.

"보라 씨 봤습니다."

"네?"

"3시간 동안 보라 씨 봤습니다."

"컥."

잘 넘어가던 포도가 다시 역류했다. 보라가 켁켁대며 괴로워하자 현이 등을 두드려주었다. 겨우 진정된 보라가 현의 팔을 잡아내렸다.

"엄청 직설적이시네요."

"사실 스스로도 당황하는 중입니다."

얼굴 하나 붉히지 않으면서 당황하는 중이라고? 보라가 저도 모르게 웃으며 현의 어깨를 툭 쳤다.

"에이, 사람이 무슨 그런 거짓말을 해요."

"누군가를 좋아한다는 것에 꽤 냉소적이었습니다. 아니, 별반 관심이 없었다고 해야 하나? 아버지와 같은 차에 타고 있다가 사고가 났습니다. 그때 의사는 그러더군요. 살 가능성이 더 높은 나를 살렸다고. 그 의사가 아니었다면 이렇게 멀쩡히 걸어 다닐 수 없었을 겁니다. 아버지를 살리려 지체를 했다면 지금쯤 절름발이나 다리가 없는 신세가 됐겠죠. 알고 있습니다. 아버진 그때 심장이 정지되어 있던 상황이었고 사실상 의사들도 포기했다는 것 정도는. 하지만 사람이 머리론 이해가 되지 않는 것들이 있잖습니까."

보라는 고개를 끄덕였다. 현의 말이 무슨 소린지 알 것 같았기

때문이었다. 잠시 무엇인가를 망설이는 듯하던 현이 이윽고 입을
열었다.

"몇 번이나 보고서에 장지원이라는 이름을 써야 하나, 고민을
했었습니다. 하지만 이미 세상을 떠났고 해서 쓰지 않았는데, 보
라 씨가 절 보면서 베일에 가려졌다고 말 듣는 순간 깨달았습니
다. 100% 솔직하지 못했던 걸."

저도 모르게 침을 꿀꺽 삼킨 보라는 어색하게 웃었다. 이미 여
기저기 지원에 대한 이야기를 주워듣고 혼자 유추했지만 현에게
직접 이야기를 듣는 건 긴장이 되었다. 저도 모르게 손바닥을 허
벅지에 슥 문질렀다.

"대학에 와서 처음 만났는데 저를 지원이가 꽤 오래 좋아해줬
습니다. 지원이는 그렇게 반응 없고 때론 무안까지 주는 날 보면
서 한 번도 인상을 찌푸리거나, 화를 낸 적도 없었습니다. 3년이
넘게 그렇게 한결 같았어요. 이런 여자라면 좋을 거라고 생각했습
니다. 우선 편했으니까요. 내가 하는 것엔 무조건 고개를 끄덕이
고 한 번도 화를 내거나 신경질을 부린 적도 없었습니다. 이해합
니까?"

보라가 고개를 끄덕였다. 세상엔 여러 종류의 사랑이 존재한
다. 불꽃처럼 정열적인 사랑, 호수처럼 잔잔한 사랑. 그게 어떤 형
태이든 보라는 그게 다 사랑이라고 생각했다. 아마 현에겐 후자였
을 것이다.

"딱히 결혼을 하자는 말은 없었지만 아마 그대로 사귀었다면
결혼도 했을 겁니다. 그러던 어느 날 여행을 가기로 했습니다. 원
래는 설희를 좋아하던 친구도 함께하기로 한 여행이었죠. 그런데

그 친구가 갑자기 아픈 일이 생기는 바람에 셋이 가게 되었습니다. 계곡은 무척이나 컸고 조금 이른 휴가철이라 사람도 없었죠. 수심이 깊으니 들어가지 말라고, 펜션에 가서 튜브를 가져오겠다고 했습니다. 무척이나 물이 맑아서 속이 훤히 비치니 얕아 보였겠지만 거긴 수심이 10미터도 넘었습니다. 제 말을 듣지 않은 지원이가 물속으로 들어갔고, 갑자기 깊어지는 수심에 당황해서 아마 근육 경련이 일어났겠죠. 그런 지원이를 구하기 위해 설희가 뛰어들었습니다. 제가 계곡으로 가까워지고 있을 땐 두 사람이 가라앉고 있었습니다."

보라가 저도 모르게 침을 꿀꺽 삼켰다. 그런 보라의 반응에 현이 부드럽게 웃으며 살짝 고개를 기울였다.

"그때 설희가 다시 한 번 위로 박차고 올라왔어요. 눈은 분명히 지원이를 쫓고 있는데 몸을 설희를 구해냈습니다. 설희를 먼저 구해내고 다시 뛰어들었지만 지원이는 더 이상 숨을 쉬지 않았습니다."

현은 무척이나 덤덤하게 마치 들었던 이야기를 전하듯 그녀에게 말을 하고 있었다. 보라는 저도 모르게 입술을 깨물었다.

"그때 그 의사처럼 저도 그랬습니다. 살 가능성이 높은 설희를 먼저 구한 거죠."

사랑하는 사람을 잃은 그 심연의 깊이를 알 수는 없다. 그저 짐작만 할 뿐이다. 여기서 괜한 위로를 하면 더 상처를 받을 것이다.

보라는 말없이 그저 현을 물끄러미 바라보았다. 그리고 깨달았다. 그는 보일 수 있는 모든 패를 꺼내 들었다. 더 이상은 그녀에게 숨기는 것도 감추는 것도 없는 것이다. 그러니 이제 남궁현이라는 남자를 보아달라는 소리와 마찬가지였다.

"그런 사람을 받아들이는 데도 3년이 넘게 걸렸습니다. 그런데 보라 씨는 채 두 달도 되지 않아 좋다는 감정이 생겼습니다. 그러니 스스로도 지금 많이 당혹스럽습니다. 한데 감정이라는 걸 어떻게 제가 제어할 수 있는 상대가 아니라는 것도 깨닫게 되니 화가 나기도 했습니다."

이제 거리낄 게 없는 남자는 무척이나 솔직했다. 상대가 아무런 답이 없는 벽이라도 부조건 부딪쳐보려는 듯했다.

"이래서 보라 씨가 좋습니다."

"네?"

"어쭙잖게 위로를 해대면 상대는 더 상처를 받는 법입니다. 이제껏 그런 사람들만 만나왔어요."

보라는 입술을 안으로 말아 깨물었다.

"처음엔 독특한, 재미있는 사람이라고 생각했습니다. 그런데 알면 알수록 솔직하고, 또 예민하기도 하고, 사랑스럽다는 것을 깨달았다는 말입니다. 화려한 이목구비에 그저 겉만 보고 까탈스럽게 굴 거라고 생각했습니다. 편견이었죠. 그런데 어느 날 보라 씨 목소리가 좋아지는 겁니다. 그러니 이제는 웃는 모습이 좋아졌죠. 날 보고 웃어줬으면 좋겠다고 생각했습니다. 그걸 한 번 깨닫고 나니 감정이 물밀듯이 밀려와 정신을 차리고 보니 이미 나는 보라 씨를 좋아하고 있었습니다."

너무나 솔직하고 깔끔한 고백이었다. 왜 사람들이 클린, 클린을 외치는지 아느냐고 현을 몰아붙였었다. 사람과 사람의 감정이 이어지려면 신뢰가 중요하다고 하면서 말이다.

그때 현은 그저 웃기만 할 뿐 아무 말도 하지 않았다. 저런 큰 상처를 갖고 있는 사람을 아무것도 모르면서 몰아붙였다. 정말 현의 말대로 어쭙잖게 멋대로 판단을 했던 것이다.

"보라 씨에게 날 좋아해달라, 그런 강요는 하지 않을 겁니다. 그저 남궁현이라는 남자가 날 좋아하고 있구나, 정도는 생각해줬으면 좋겠습니다. 언젠가 보라 씨가 사랑이라는 것을 할 준비가 되었을 때 후보 정도에는 오르고 싶으니까요. 그것도 안 된다면 참 비참하겠지만."

현이 씁쓸하게 웃으며 고개를 떨구었다. 보라는 스스로가 미쳤다고 생각했다. 지금 여기서 저 남자가 왜 청초해 보이는 걸까. 역시 이런 식으로 단둘이 함께 있는 건 좋지 않았다. 카메라 같은 건 확 잃어버렸다고 하고 아예 여행지를 다른 곳으로 택하는 건데 그랬다. 그것도 아니라면 급히 숙소라도 하나 더 알아봤어야 했다.

고백까지 받고 대체 무슨 자신감으로 버틴 것일까. 거기다 현이 이렇게 빨리 모든 것을 이야기해주고 다시 고백을 할 줄은 몰랐다. 이건 정말 계산 착오였다.

"방해해서 미안했습니다."

현이 자리에서 일어섰다. 그와 동시에 보라도 자리에서 일어났다. 그런 보라를 보고 현이 살짝 고개를 기울였다.

"괜찮아요?"

전혀 괜찮지 않다. 계속 이 막혀 있는 공간에 그와 함께 있다 보면 감정이 멋대로 춤을 출 것 같았다.

"산책 좀 할까 해서요."

"이 시간에?"

현이 고개를 돌려 시계를 보았다. 시계는 벌써 12시를 넘어가고 있었다. 물론 유명 관광지고 치안이 나쁘지는 않은 편이다. 하지만 혼자 보라를 보낼 수 없다고 생각한 모양인지 그가 카디건을 걸쳐 입었다.

"같이 나가죠."

잠시 망설이던 보라가 고개를 끄덕였다. 어쨌거나 이런 막힌 곳에 있는 것보다는 나을 것이라고 생각했다.

테라스 옆으로 걸어 나오면 바로 해변으로 통하는 문이 있었다. 두 사람은 해변으로 나와 천천히 걷기 시작했다. 펄썩이는 파도 소리가 귀를 간지럽혔다. 훤히 떠 있는 달은 다른 조명이 필요 없을 정도로 밝게 해변을 비추고 있었다. 그리고 역시 공기가 맑은 곳이라서 그런지 별들이 크게 반짝반짝 빛나고 있었다. 금방이라도 그 많은 별들이 눈앞으로 쏟아질 것만 같았다.

사람이 아주 없는 건 아니었다. 서너 쌍의 커플들이 멀찍이 떨어진 해변에 앉아 데이트를 즐기고 있었다. 두 사람도 천천히 자리를 잡고 앉아 바다를 바라보았다.

그때였다. 유난히 반짝인다고 생각했던 별이 바다를 향해 떨어졌다.

"우와, 봤어요? 별똥별?"

"네."

"기도, 기도해야지!"

보라가 재빨리 두 손을 모았다. 뭐라고 빌어야 하나. 로또 1등에 당첨되게 해달라고 빌어야 하나, 다음 작품이 대박 나게 해달라고 빌어야 하나? 아니, 그것보다는 가족의 건강이 먼저다. 요즘 윤 교장과 정 여사는 호원의 건강이 예전 같지가 않은 것 같다며 많은 걱정을 하고 있었다. 결국 보라는 가족의 건강을 기도했다.

그러곤 눈을 슬쩍 뜨고 옆을 보는데 현이 눈을 감고 있었다. 그녀가 기도라고 말을 했지만 현이 정말 따를 줄은 몰랐다. 보라는 현의 옆모습을 물끄러미 바라보았다.

반듯한 이마에 짙은 눈썹에 꼭 정교하게 세워놓은 듯한 높은 코. 이렇게 보니 속눈썹도 무척이나 짙고 길었다. 저도 모르게 손이 올라가는 것 같아 보라는 재빨리 손에 힘을 주었다.

어허, 이 변태 같은 손. 그저 잘생긴 남자라면 좋아서.

그때 눈을 뜨는 현과 시선이 부딪쳤다. 보라가 재빨리 눈동자를 굴렸다.

"소, 소원 빌었어요?"

"네."

"무슨 소원 빌었어요? 저는 가족이 다 건강하게 해주라는 소원 빌었는데."

괜히 어색해서 얼렁뚱땅 말을 뱉었다. 현이 픽 웃으며 고개를 끄덕였다.

"비밀입니다."

"치사하다."

"원래 소원은 비밀 아닙니까?"

보라가 고개를 끄덕이고 다시 시선을 바다로 옮겼다.

"지금 제 소원은 하나뿐 아니겠습니까?"

"네?"

"보라 씨가 언젠가는 나를 좋아해주었으면 좋겠다."

보라는 저도 모르게 현을 멍하니 바라보았다. 역시 껍데기는 훌륭하다. 거기다 말하는 솜씨도 장난이 아니다.

그래, 다 좋다. 다 좋은데 그녀의 심장은 아직 뛸 준비가 안 되어 있었다. 이곳의 분위기는 무척이나 로맨틱했다. 사람들이 왜 신혼여행으로 많이 찾는지도 알 것 같았다.

"보라 씨."

"네."

"한 번만 안아봐도 됩니까?"

보라는 빤히 현을 보았다. 주변에 들리는 소음이라고는 그저 파도 소리가 전부였다. 막상 그렇게 말해놓고 아무 말도 행동도 없는 현을 보고 보라가 슬쩍 한숨지었다. 현은 시선을 바다로 돌렸다.

"뭐 해요?"

보라의 말에 현이 다시 고개를 돌려 그녀를 보았다. 예쁜 얼굴을 해놓고 무심한 표정을 지은 채 마치 자신을 원망하는 눈빛이었다.

그건 마치 왜 나를 좋아하게 됐느냐는 그런 눈빛이라 현은 왠지 모르게 가슴이 저리는 것 같았다. 사람의 마음을 얻는 건 정말이지 무척이나 어려운 일이다.

"팔 안 벌려요?"

"네?"

"안아봐도 되냐면서요."

멍한 표정으로 앉아 있는 현의 품 안으로 보라가 안겨들었다. 얼떨결에 품 안에 파고든 보라를 보며 현이 픽 웃었다. 그리고 팔을 들어 그녀의 등과 어깨를 끌어안았다.

보라는 키가 컸다. 얼추 170센티미터 정도? 그냥 큰 키에 늘씬한 몸매라고 생각했었다. 그런데 막상 이렇게 안아보니 조금만 힘을 주어도 부러지진 않을까 걱정스러울 정도로 말랐다. 그리고 몸집이 참 작아서 그의 품에 가득 들어오고도 남았다.

"현이 씨."

"네."

목소리가 떨려 나오진 않았을까? 현은 뒤늦게 헛기침을 했다. 하지만 그저 친구를 안는 것처럼 보라가 바로 떨어져 나가지 않아서 다행이었다. 현은 저도 모르게 보라를 두른 팔에 조금 더 힘을 주었다.

"심장 무지 건강한가 봐요."

"네?"

"귀에 다 들리는데."

순간 현의 몸이 뻣뻣하게 굳는 것 같았다. 보라는 이만하면 됐겠다 싶어 땅을 짚은 손에 힘을 주는데, 현의 팔이 그녀의 몸을 풀어주지 않았다.

보라가 하는 수 없이 손을 들어 올려 그의 가슴을 살짝 밀어냈다. 몸을 틀어 안았더니 허리에 담이 올 것 같았다. 그녀의 손길에 현이 서서히 힘을 풀어주었다.

"저도 남궁현 씨가 좋은 사람이라고 생각해요."

성을 붙이자 마음에 들지 않는 듯 현의 미간이 살짝 좁아졌다. 보라는 눈동자를 굴리고 괜히 헛기침을 했다.

방금 한 번 안아서 그런가? 괜히 그와 눈을 마주치는 게 불편했다. 조금 전까지만 해도 시선을 피한 사람은 현이었는데 이젠 거꾸로 그녀가 되었다.

"아무리 멋지고 잘생긴 남자고 직업이 좋아도, 아니라고 하는 사람이 있잖아요. 아주 특이하게도 거기에 제가 속하는 모양이에요. 그러니까 남궁현 씨가 크게 기대를 가지지 않았으면 좋겠어요."

고개를 끄덕인 현이 먼저 자리에서 일어섰다. 그리고 보라를 향해 커다란 손을 내밀었다.

의외로 포기도 빠른 타입인가? 너무 쉽게 수긍하는 듯해 보라가 괜히 현을 슬쩍 한 번 흘기고 그의 손을 잡았다. 현이 잡은 손에 힘을 주며 그녀가 쉽게 일어날 수 있도록 만들어주었다.

"보라 씨."

"네."

"그거 압니까?"

"뭘요?"

"보라 씨 심장도 빨리 뛰었습니다."

그 말에 얼이 빠진 얼굴을 하고 있는 보라를 두고 현이 먼저 걷기 시작했다. 그리고 그녀가 오지 않는 걸 느꼈는지 현이 뒤로 돌아섰다. 보라는 그때부터 이상하게 심장이 쿵쾅쿵쾅 소리를 내며 뛰는 것을 느꼈다.

이런, 당했다.

시차 적응이 뭔가? 보라에겐 그런 게 없었다. 현이 일어날 때쯤이면 그녀가 침대에 누워 잠이 들었다. 그리고 저녁엔 같이 마사지를 받으러 갔다.

식사는 룸서비스를 거의 대부분 이용했으며 그래도 사진은 찍어야 하지 않겠냐는 현의 물음에 고개를 끄덕였다. 그래서 두 사람은 007영화로 유명한 팡아만을 찾았다.

정말 특이한 기암석도 많았고 마치 바다에 둥둥 떠 있는 느낌을 주는 돌은 무척이나 인상 깊었다. 꼭 영화 속에 들어와 있는 것 같은 착각도 들었다.

어쨌든 두 사람은 다른 신혼부부들이 하는 것처럼 사진을 찍었다. 하지만 둘째 날 이후 어색해서 그게 얼굴에도 자꾸 나타나는 모양인지 '두 분 싸우셨어요?'라는 말을 무척이나 많이 들었다. 어떻게든 자연스럽게 웃으며 보라는 현의 어깨에 머리를 기대었다. 그러자 현이 자연스럽게 그녀의 어깨를 감쌌다.

괜히 민소매를 입었다. 뜨거운 현의 손이 닿자 보라는 그렇지 않아도 더운데 온도가 더 올라간 느낌을 받았다. 하지만 티를 낼수가 없어 그저 가지런한 치아를 드러내며 웃을 수밖에 없었다. 가이드는 현에게 다시 카메라를 돌려주고 자신을 기다리는 단체에게로 돌아갔다.

"이제 그만 손 치우죠?"

보라가 마치 복화술을 하듯 이를 꽉 다물고 조용히 말했다. 어깨를 들썩여도 현은 그녀의 어깨에 꼭 접착제라도 붙인 것처럼 손을 떼질 않았다.

"이럴 때라도 이런 기분 내보지 언제 또 내겠습니까?"

이 남자, 은근히 뻔뻔한 구석이 많다. 하긴 처음부터 뻔뻔했다. 그렇게 먼저 고백해서 차인 거나 다름없는데도 이렇게 할 수 있다는 건 정말 얼굴이 철면피일 것이다. 보라는 어이가 없어 저도 모르게 허, 소리를 내며 웃고 말았다.

"내일 마지막 날인데 뭐 하고 싶은 거 없습니까?"

"네."

"수영복도 샀는데 수영 안 합니까?"

"현이 씨 잘 때 전체 풀장 가서 수영했어요."

그 말에 현이 인상을 찌푸렸다. 아무래도 그 호피 무늬 수영복을 생각하는 듯했다. 하지만 그녀도 양심이 있지 그걸 어떻게 떡하니 입고 거기에 나갈 수 있단 말인가. 그래서 따로 가져온 원피스 수영복을 입었다. 막상 원피스 수영복을 입은 사람은 그녀밖에 없어서 왠지 얼굴이 화끈거렸지만 말이다.

"그걸 입고 돌아다녔습니까?"

"그럼 안 되나요?"

"허."

"억울하면 현이 씨도 내가 사온 거 입든지."

황당하다는 표정을 짓는 현을 보며 보라가 입술을 슬쩍 말아 넣으며 웃었다. 그리고 그의 허벅지를 탁탁 때렸다.

"그거 안 입었거든요? 그렇게 자랑할 몸매도 못 되는 관계로 특별히 제가 가져온 원피스 수영복 입고 갔어요."

"빌라 안에도 있는데 왜 밖으로 나갔습니까?"

"좁잖아요. 전 넓은 게 좋거든요."

"수영할 줄 압니까?"

"아니요."

그 말에 현이 웃음을 터트렸다. 그게 비웃는 게 아니라는 것 정도는 알 수 있었지만 보라는 입술을 쭉 내밀었다.

수영 좀 못하면 어떠한가? 이왕 여기까지 왔으니 몸 좀 한번 물에 묻혀보겠다는데.

"좀 가르쳐줄까요?"

"소용없어요. 예전에 수영장 다녔을 때도 수영 강사가 포기한 몸이거든요. 강사 말이 차라리 맥주병이라도 되면 낫지, 어떻게 뜨지도 못하냐면서 자기 인생에 이런 강습생은 처음이랬어요. 죽어도 못해먹겠다면서."

"그 정돕니까?"

"저는 운동신경이 제로인가 봐요. 달리기 빼고는 뭐 딱히 잘하는 게 없어요."

"갑시다, 가르쳐줄 테니까."

"소용없다니까요."

"저 인내심 깁니다."

현이 자신 있게 웃으며 말했다. 보라는 반신반의하며 팔을 뻗는 현에게 손을 내밀어 잡고 자리에서 일어섰다.

역시 수영은 맞지 않았다. 보라는 벌써 손가락 끝이 쭈글쭈글 변해 있는데 몸은 도무지 뜰 생각을 하지 않았다. 그럼에도 불구하고 현은 짜증 내는 기색 하나 없이 마치 유치원생을 대하듯 그녀를 가르쳐주고 있었다.

빌라 정원 안에 있는 개인 풀장은 생각보다 크고 깊이가 깊었다. 키가 큰 현이 겨우 목을 들 수 있을 정도였고 보라는 똑바로 섰다간 물을 왕창 먹어야 할 정도의 깊이였다.

"그래도 떠 있을 순 있다니까요."

"손 놉니다."

"네."

어떻게든 발과 팔을 동동 굴려 떠 있을 순 있었다. 이것도 정말 장족의 발전이었다. 그 모습을 보고 현이 웃고 있었다.

"왜 그렇게 웃어요?"

"백조가 생각나서?"

"백조요?"

"수면 위 모습은 우아한데 아래에선 발버둥 치지 않습니까."

차마 반박할 수가 없어 보라는 옆의 벽면을 짚어 팔을 올려 기대었다. 이것도 운동이라고 엄청나게 숨이 찼다. 역시 수영을 하면 심폐기능이 좋아지고 근육이 생긴다는 게 맞는 것 같았다. 벌써 근육통이 생기려고 하지 않는가.

"이런 풀장 집에 있으면 딱 좋겠다."

"매일 연습할 겁니까?"

"어떻게 매일 해요. 그냥 운동 겸? 이거 잠깐 놀았다고 엄청 힘들잖아요. 살이 쫙쫙 빠지겠는데."

"뺄 살이 어디 있다고 그럽니까?"

"배에 지방이 넉넉하거든요. 역시 남자들은 잘 모르나?"

"봤잖습니까."

"네?"

"생각보다……. 음."

현이 손을 앞으로 내밀어 빵빵한 가슴을 표현했다.

"와."

"가슴은 훌륭하던데요."

이런 식으로 섹드립을 날릴 줄은 몰랐다. 아니, 애초에 현이 저런 말을 하는 남자였나? 물론 저 정도는 그녀나 친구들에게 있어서 애교였지만 말이다. 하긴, 마사지를 받을 때 아무것도 걸치지 않은 맨가슴을 고스란히 보여주지 않았던가.

"가슴만 보느라 뱃살을 못 보셨나 봅니다."

"확실히 시선은 바로 가슴으로 갔으니까요?"

"하하, 아마도 앞으로 보기 힘들 거 같습니다."

"그러게 말입니다."

왠지 아까워하는 투로 말하는 현을 보고 보라가 입을 쩍 벌렸다. 역시 쉽게 상대할 수 없는 강자였다.

"원래 음담패설 좋아하세요?"

"모릅니까?"

"뭘요?"

"남자들 원래 다 좋아합니다. 안 좋아하면 그게 이상한 거지."

"에이, 설마……. 대형이는 그런 말 아예 안 하는데."

"남자들끼리 있을 땐 장난 아니라는 것에 10만 원 걸죠."

"우리 대형이 그렇게 보여도 순진한 애거든요?"

"우리 대형이?"

그 우리라는 단어가 마음에 들지 않는지 현이 인상을 찌푸렸다. 아니, 그럼 뭐라고 부른단 말인가. 이미 15년 가까이 그렇게 부르는 게 적응이 되어버렸는데.

"내기 겁시다."

"좋아요."

"그렇지 않아도 축가 불러줬다고 신혼여행 다녀오면 거하게 얻어 마시겠다던데. 그때 확인하면 되겠군요."

"판돈 올릴게요. 30."

"콜."

그녀는 무려 대형을 15년 가까이 알고 지내왔다. 축구밖에 모르는 애를 현은 아니라고 말하고 있었다. 어차피 다 이겼다는 얼굴로 보라가 승리의 미소를 지었다.

현이 먼저 풀장에서 쉽게 빠져나갔다. 그리고 그녀를 향해 손을 내밀었다. 보라는 현의 손을 잡고 팔에 힘을 주었다.

"참."

"왜요?"

"보라 씨는 욕구 어떻게 풀 겁니까?"

그 말에 보라의 팔에서 힘이 빠져 그대로 다시 풀장으로 빠지고 말았다. 무서운 남자다. 이렇게 기습적으로 나오다니. 그렇지 않아도 그런 생각이 떠올라 며칠 전에는 혼자 허벅지를 찌르지 않았던가.

혹시 눈치챈 걸까?

보라가 겨우 물에 다시 떠 얼굴을 닦아내고 이번엔 혼자 힘으로 빠져나왔다. 현이 커다란 비치 타월을 그녀의 몸에 둘러주었다. 보라는 얼굴을 닦아내며 현을 보았다.

"남자는 어떻게 해결하는데요?"

"마스터베이션?"

부끄러움도 없는지 현이 손바닥을 들어 보였다. 보라는 헛기침을 하며 괜히 머리카락의 물기를 닦는 척 손을 움직였다.

"산부인과 전문의로서 여성들의 자위는 어때요?"

"종류는 많습니다. 흔히 말하는 압박자위도 있고, 기구를 이용하기도 하고."

"그럼 어떤 게 좋다고 생각하세요?"

"손을 이용할 거면 콘돔을 사용하고, 기구를 이용할 거면 잘 세척해야 한다 정도?"

"딱히 상관은 없다?"

"그렇죠. 자기 만족 아닙니까. 다만 압박을 하여 클리토리스를 자꾸 자극하면 나중엔 정말 성생활을 할 때 감각이 무뎌진다는 의견도 있습니다."

아직 자위행위를 해본 적은 없었다. 보라는 노골적인 단어들 때문에 왠지 얼굴이 슬쩍 붉어질 것 같았다. 애초에 산부인과 의사와는 상대가 안 되는 대화였다.

"보라 씨는 해봤습니까?"

"네에?"

"뭘 그렇게 놀랍니까? 여성들도 얼마든 누려야 합니다."

"그, 그럼 현이 씨는 해봤어요?"

"그럼 안 해봤겠습니까?"

차마 말이 나오지 않아 멍하니 쳐다보는데 현은 아무렇지도 않은 얼굴로 돌아서서 거실로 들어가고 있었다. 하긴, 남자들은 2차 성징이 오면 대부분 자위를 한다고 했다. 요즘은 여자들의 비율도 많이 늘었다고 했던가? 하지만 현이 저렇게 솔직하게 대답을 해주리라고는 상상을 못 했다.

왠지 현이 혼자서……. 또 그게 상상이 되는 건……. 어허, 엄한 생각이다.

보라가 생각을 날리려는 듯 고개를 저으며 워터 매트를 풀장에 띄우고 조심스럽게 그 위로 누웠다. 팔을 옆으로 벌려 슬슬 물을 밀었다.

반짝반짝 빛나는 별들이 금방이라도 눈앞으로 쏟아질 것 같았다. 물 위에 이렇게 떠서 하늘을 보는 건 무척이나 근사했다. 정말 나중에 나이가 들어 요양이 필요하게 되면 이런 따뜻한 나라에 와서 이렇게 사는 것도 나쁘지 않을 것 같았다.

그나저나 화장실을 간 것이라 생각했던 현이 나오지 않자 보라가 슬쩍 고개를 돌렸다.

에이, 설마…… 아니겠지?

고개를 저으며 몸을 돌려세우던 보라가 중심을 잃으며 풀장 안으로 퐁당 빠졌다. 팔과 발을 이용해서 동동 떠 있던 보라가 다시 고개를 들어 하늘을 보았다. 역시 밤중의 수영은 멋있다. 비록 얼굴만 둥둥 떠다닌다고 해도 말이다.

고개를 돌리니 풀장의 끝과 끝이 보였다. 약 10미터 정도 되는 것 같은데 잠수로 끝과 끝을 갈 수 있지 않을까?

보라는 발과 팔을 마구잡이로 움직여 가까스로 벽에 다가갔다. 그리고 숨을 크게 들이마신 뒤 잠수를 하고 팔로 벽을 탁 쳤다.

사실 이 정도라면 5미터 정도는 갈 수 있을 줄 알았는데 그것도 채 가지 못한 것 같았다. 오기로 기어서라도 가겠다는 생각에 팔에 힘을 주는데, 풍덩 소리와 함께 누군가가 그녀의 목에 팔을 걸고 건져 올렸다.

깜짝 놀라서 물속에서 숨을 참지 못하고 마시고 말았다. 물은 목으로, 코로, 귀로, 눈으로 다 들어왔다.

"컥컥."

"미쳤습니까?"

"욱."

이젠 목에서 물이 넘어오려고 했다. 앞을 제대로 보지도 못한 채 보라가 컥컥대기 시작했다.

"깊은 데 왜 혼자 들어갑니까! 죽으려고 작정했어요?"

"혀, 현이…… 컥."

코가 맵다. 눈도 따갑고 말을 하고 싶어도 목소리가 제대로 나오지 않는다. 그런데 현은 자꾸 화만 내고 있다.

보라는 이제야 생각났다. 현은 물 때문에 연인을 잃은 사람이었다. 하지만 사정도 듣지 않고 멋대로 구해낸 다음 화를 내고 있는 것을 듣고 있자니 괜히 기분이 상했다. 가까스로 진정한 보라가 팔을 뻗어 현의 어깨를 짚었다.

"그렇게 조심해야 한다고 대체 몇 번을 말합니까? 수영도 못하면서 대체 무슨 생각으로 혼자 그렇게 깊은 데 들어갔던 겁니까?"

"저기요?"

"사람 죽는 꼴 보고 싶습니까?"

보라는 차라리 입을 다물자 생각했다. 이렇게까지 흥분하는 현을 보자니 왠지 사실을 말할 자신이 없어졌기 때문이었다. 결국 보라가 현의 어깨를 짚었던 손을 내려놓자 그가 그녀를 와락 껴안았다.

왠지 미안해져서 보라는 반항 없이 그대로 현에게 안겼다. 그런 아픔을 가진 사람이니 이렇게 화를 내는 것도 당연했고 이건 자신의 부주의가 맞았다. 자라 보고 놀란 가슴 솥뚜껑 보고 놀란 다는데 당연한 거 아니던가.

보라는 손을 들어 조용히 현의 등을 토닥여주었다. 가까스로 진정이 되었는지 거칠게 뛰어대던 현의 가슴도 점차 안정을 찾아갔다. 곧 현이 보라의 어깨를 잡고 몸을 떨어뜨렸다.

"미안합니다. 너무 흥분했어요."

"제가 미안하죠, 뭐."

"괜찮습니까?"

"물을 조금 먹은 것 빼고는 괜찮아요."

현은 샤워를 하고 나온 모양이었다. 수영복이 아닌 평상복 차림이었다. 거기다 윗도리는 입고 있지 않은 것을 보니 막 입으려던 찰나 그녀를 발견하고 그대로 뛰어든 것 같았다. 수영복을 입고 있을 때도 반팔티를 입고 있어서 몰랐는데 현은 꾸준히 운동을 하는 몸 같았다.

넓은 어깨와 가슴부터 복근까지 적절한 근육이 붙어 있어 보기 좋았다. 마사지를 받을 때는 사실 촛불 때문에 음영이 져서 제대로 보지는 못했었다.

아, 이런. 얼굴이 화끈거릴 것만 같다. 그렇지 않아도 요 며칠 욕구불만으로 별별 생각을 다 했지 않았던가. 보라가 재빨리 뒤로 물러서며 타월을 집어 몸에 둘렀다. 이대로 보고 있다간 침이라도 질질 흘릴까 걱정되었기 때문이었다.

"좀 씻고 나올게요."

서둘러 발걸음을 옮기며 욕실로 들어갔다. 깨끗하게 샤워를 하고 수건을 찾는데 수건을 넣어두는 공간이 텅 비어 있었다.

"아니, 이게 뭐야!"

급한 대로 가지고 들어왔던 타월을 보았지만 바닥에 대강 내려두어 그것도 흠뻑 젖어 있었다. 그러고 보니 너무 당황해서 갈아 입을 옷도 가지고 들어오지 않았다. 보라는 인상을 찌푸리며 욕실 문 앞으로 가 살짝 열어 고개를 슬쩍 내밀었다.

"현이 씨."

그런데 아무런 답이 없다. 너무 작은 목소리로 불렀나?

거기다 이 문은 반투명 유리라서 몸의 굴곡이 또 그대로 비치지 않던가. 보라가 재빨리 팔을 뻗어 조명을 끄고 다시 한 번 현을 불렀다.

"불도 끄고 무슨 일입니까?"

"수건이 없어서 그런데 좀 갖다 주세요."

"알겠습니다."

목소리가 무뚝뚝하다. 역시 조금 전의 일로 화가 난 게 분명했다. 하지만 그건 명백히 현이 오해를 하고 있는 것인데. 나중에 기회를 봐서 사실을 말해야 할 것 같았다. 그렇지 않았다간 무신경한 여자에 인정사정없는 여자라고 욕을 할 게 아닌가.

아니, 지금 현에게 이상한 여자로 낙인 찍힐까 봐 그게 두려운 건가?

"내가 왜 이러지. 정신 차려라, 윤보라."

그러게 왜 갑자기 그렇게 대놓고 고백을 한단 말인가. 괜히 사람 마음 싱숭생숭해지게. 인간은 사회적 동물이라 남의 감정에 영향을 받지 않을 수가 없단 말이다.

절대 심장이 뛰고 있지 않다고 스스로에게 세뇌를 했지만 이미 현을 안을 때 심장이 미친 듯 증폭했던 걸 들키지 않았던가. 왜 괜한 오지랖으로 안아준다고 해가지고. 그때 눈앞으로 하얀 수건이 들어왔다.

"고마워요."

수건을 잡으려는 순간 그것이 사라졌다.

"뭡니까?"

"뭐 해줄 겁니까?"

"뭘요?"

"친절히 수건까지 가져왔는데."

"장난치지 말고 빨리 줘요."

다행히 평소의 현의 목소리로 돌아왔다. 하지만 이렇게 벌거벗고 이런 장난을 하기에는 보라가 너무 불리했다.

"내 소원 하나 들어줄 겁니까?"

"뭔데요?"

"들어줄 겁니까?"

"그러니까 뭔지 말을 하세요."

"싫으면 그냥 갑니다."

"저 감기 걸리기 싫거든요?"

"에어컨 안 틀어놨습니다만?"

이런 집요한 남자 같으니라고. 보라가 입술을 삐죽이며 슬쩍 깨물었다.

"알았으니까 빨리 줘요."

"진심입니까?"

"제가 언제 거짓말한 적 있어요?"

"옷은 가지고 들어갔습니까?"

"아…… 니요."

"그럼 수건만 두르고 나오면 되겠네."

"이왕이면 옷도 좀 챙겨서 가져다주시죠?"

"속옷까지?"

이런, 속옷은 생각하지 못했다. 보라가 숨을 크게 들이쉬며 참을 인 자를 손바닥에 세 번 썼다.

"아님 샤워 가운이라도 주시든지."

"다 챙겨다 주겠습니다."

"안 돼요! 만지지 마요!"

이런, 거기엔 보경이 몰래 쑤셔 넣은 망사T팬티와 브라가 있단 말이다. 절대 안 된다. 보라가 손잡이를 꽉 움켜쥐었다.

"이대로 나가서 덮치기 전에 내 캐리어 만지지 마요!"

밖이 조용해졌다.

협박이 먹힌 걸까?

그때 안으로 수건이 들어왔다. 역시, 아무리 그래도 여자가 덮치는 건 싫은 모양이다. 보라가 웃으며 수건을 받아 들었다.

"그 말, 기대해보죠."

보라가 고개를 푹 숙였다. 제 발로 무덤을 팠다.

8. 심장 반등 속도

보라는 당장 침대에 누워 자고 싶은 게 솔직한 심정이었다. 대체 왜 신혼여행에서 돌아오면 친정에서 하룻밤 자고, 시댁으로 가야 한다는 룰을 만든 것일까?

보라는 잔뜩 잠이 와서 친정으로 향하는 차 안에서도 몇 번이나 고개를 떨어뜨려야 했다. 눈꺼풀에 힘을 주어봤자 모두 허사였다.

"피곤하면 그냥 시트 눕히고 자요."

"옆에서 운전하는 사람 두고 어떻게 마음 편히 자요. 한 시간이나 걸리는 거리를."

게다가 하필이면 퇴근 시간에 딱 걸렸다.

사실 어젯밤엔 정말로 무슨 일이라도 생기는 게 아닌가 걱정을 했었는데 다행히 보라가 씻고 나왔을 때 이미 현은 침대에 누워 잠이 들어 있었다. 아무래도 시차도 그렇고, 누군가가 잠을 자는 것을 보고 있으니 절로 하품이 나와 보라도 그대로 잠이 들었다. 그리고 돌아오는 비행기에서 두 사람은 같이 영화 3편을 내리 보느라 조금도 쉬지 못했다.

현의 눈에도 핏발이 서 있는 것을 보니 꽤나 피곤한 모양인데 어떻게 잘 수 있겠는가.

두 사람은 도착하자마자 카페에 들어가 에스프레소 더블 샷이 들어간 아메리카노를 진하게 마셨지만 그것만으로는 쉽게 잠이 가시지 않았다. 그리고 백화점에 들러서도 이럴 줄 알았으면 면세점에서 살 걸 후회하며 재빠르게 쇼핑을 끝마쳤다. 여자들 건 화장품으로, 남자들은 양주로 깔끔하게 사서 다시 커피를 손에 든 뒤, 차에 올라탔다.

"하여간 게을러서 문제라니까요."

"그래도 단 커피 마시니까 좀 낫지 않습니까?"

이번에도 아메리카노를 진하게 마시려다 현의 권유로 캐러멜라테를 마셨다. 평소 캐러멜 향을 별로 좋아하지 않아 그 종류를 즐기지 않았었다. 이럴 땐 초코가 더 낫지 않을까 했지만 그것보단 덜 텁텁한 캐러멜이 더 좋을 것 같다는 판단을 믿어보았다. 확실히 단 커피가 들어가자 뭔가 조금 더 심신이 안정되는 것 같기도 했다.

"그러고 보니 배고프지 않아요? 우리 기내식도 안 먹었는데."

"도착하면 장모님이 차려주시겠죠."

"기대된다. 우리 엄마 또 사위 온다고 상다리 부러지게 준비해놨을 텐데."

시리즈물인 영화에 워낙 집중을 하느라 두 사람은 기내식도 거절했었다. 이제 와 그게 또 후회가 되니 이럴 줄 알았으면 카페에서 나올 때 쿠키나 샌드위치라도 하나 집어 오는 건데 했다. 그것도 아니면 초콜릿이라도.

결국 주린 배를 부여잡고 집에 도착했을 때는 모두가 두 사람을 나와서 반겼다. 보라는 보경에게 민이 소식부터 물었다. 보경은 잘 있으니 걱정 말고 빨리 들어가기나 하라며 그녀의 옆구리를 찔렀다.

결국 집으로 들어와 옷도 갈아입지 않고 차례로 절을 올린 뒤 어른들의 말씀이 길어지려고 하자 보라가 벌떡 일어났다.

"배고파 죽을 것 같아요. 이야기는 밥 먹으면서 하면 안 될까?"

두 사람의 얼굴에서 시장기를 느낀 것인지 정 여사가 서둘러 장만해놓은 음식을 보경과 함께 거실에 차리기 시작했다. 어차피 그릇에 담아 옮기기만 하면 되는 터라 오랜 시간이 걸리지 않은 게 다행이었다.

시간이 늦어 먼저 저녁을 들었다는 식구들을 보며 보라가 서둘러 버섯전을 집어 입으로 가져갔다. 정 여사는 닭백숙 다리 하나를 뜯어 현의 앞으로 내밀었다.

"우와, 엄마 진짜 사위 온다고 암탉 한 마리 잡았수?"

"그럼, 우리 남 서방 입맛에 맞을지 모르겠네."

"장모님 음식 솜씨야 익히 알고 있는걸요. 정말 맛있습니다."

보라가 입으로 가져가던 잡채를 그대로 허공에 두고 현을 보았다. 아무리 생각해보아도 그 딱딱할 것만 같았던 남궁현이 아닌 것 같았다. 어떻게 정말 저렇게 사람에게 사근사근하게 굴 수 있단 말인가.

사실 현은 보라에게 고백을 한 뒤에도 딱히 그녀를 대하는 게 달라진 것은 없었다. 그런데 지금 저렇게 다른 사람을 대하는 것을 보며 차이를 느낄 수 있었다.

물론 그전에도 저렇게 사근사근 대했었다. 그런데 그땐 정말 연극적인 웃음이었다면 지금은 진심이라는 것이다. 이제는 더 이상 현의 진심을 의심할 수도 없었다. 그때 보라의 눈앞으로 커다란 살코기가 보였다.

"네?"

"먹고 싶어서 본 거 아니었어요? 아, 해요."

얼떨결에 입을 벌려 현이 내미는 닭고기를 받아먹었다. 막상 받아먹고 나니 식구들의 집요한 시선이 느껴져 보라는 서둘러 닭고기를 씹어 삼켰다.

"서형이는?"

"친구들하고 무슨 업체 준비한다고 계속 바쁘대잖아. 또 뭐 알아보러 간다고 지방 갔어."

호원은 인사만 받고 잠자리에 든다며 방에서 나오지 않았고 윤 교장은 벌써 술상을 보고 있었다. 배도 제대로 채우지 못한 상태로 술잔을 받는 현을 보며 보라가 앞으로 슬쩍 전 그릇을 당겨주었다.

"우리 아빠 이기려면 배 가득 채워놓고 시작해야 돼요."

"보라 넌 벌써부터 그렇게 신랑 챙기기냐?"

"아빠, 그게 아니라 우리 지금 아무것도 못 먹은 지 거의 20시간 가까이 됐거든요."

"괜찮습니다, 장인어른. 학생 시절일 때도 늘 있던 일인데요."

현이 서둘러 잔을 들어 술을 받았다. 지금 술을 마셔봤자 속이 안 좋은 건 저가 아니라 현이었다. 보라가 고개를 저으며 음식을 입으로 가져가는데 정 여사가 그녀의 옆구리를 툭 쳤다.

"왜?"

"너 떠나고 나서 너희 아빠 30분을 화장실에서 안 나와서 혼났어, 애. 그런데 넌 오자마자 그렇게 서방 편만 들고 싶니?"

"그러니까 시집보내지 말고 그냥 옆구리에 끼고 살라고 했, 으."

"남편 앞에서 못 하는 말이 없어."

역시 정 여사의 손바닥은 강력했다. 분명 등에 단풍 자국이 벌겋게 남았을 거라고 생각하며 보라는 손을 뒤로 뻗어 맞은 곳을 쓰다듬었다.

"그나저나 우리 사위 얼굴이 며칠 새에 왜 이렇게 홀쭉해졌어."

하여간, 아줌마들은 아무렇지도 않게 19금 발언을 펑펑 터트린다. 보라가 괜히 헛기침을 하며 정 여사를 노려보았다.

"수영을 좀 많이 해서 그런가 봅니다. 그리고 보라 씨도 여행 가서 많이 울적해했습니다. 너무 그러지 마세요, 장모님."

보라는 왠지 슬쩍 양심이 찔렸다. 푸켓에 가서 가족 생각을 한 번도 떠올리지 못했다.

"그나저나 자네는 언제까지 그렇게 부를 셈인가?"

"무슨 말씀이신지 잘 모르겠습니다, 장인어른."

"언제까지 그렇게 이름을 부를 거냐는 말이야. 안사람이라고 해야지."

"그건 싫습니다, 장인어른."

생각도 하지 않고 나온 단호한 대답에 보라가 먹던 갈비를 그대로 뱉을 뻔했다. 물론 안사람이라는 호칭이 낯간지럽기는 하다. 하지만 저렇게 어른이 말씀을 하시는데 바로 싫다고 하다니. 이제껏 사근사근거리던 현이 아니었다.

"뭐?"

"제 안사람이 되었다고 해서 이름을 잃게 만들고 싶지는 않거든요. 저는 앞으로도 계속 보라 씨 이름을 불러줄 겁니다."

"흠흠, 자네 말이 맞구만."

순간 보라는 심장이 쿵, 떨어지는 것을 느꼈다.

선물 전달식까지 모두 끝마친 뒤 현은 2층의 욕실에서, 보라는 1층의 욕실에서 각자 씻었다. 하지만 샤워를 끝마쳤음에도 불구하고 보라는 밖으로 나가지 못했다.

그때부터 뛰어대기 시작한 심장이 계속 진정되지 않고 있었다. 보라는 뿌옇게 김이 서려 있는 거울을 닦아내고 붉은 얼굴을 보았다.

뜨거운 물로 샤워를 해서 혈색이 도는 게 아니라 이건 심장이 뛰어서 얼굴이 빨갛게 익은 게 틀림없었다.

아니, 현의 그 절절한 고백을 받고도 별 반응이 없던 심장이 어떻게 그 말 한마디에 이렇게 뛸 수 있단 말인가. 스스로 생각해도 어처구니가 없어 몇 번이나 고개를 저었다. 그때 똑똑, 노크 소리가 들렸다.

"네?"

"왜 이렇게 안 나와?"

"엄마, 지금 나가."

서둘러 옷을 갈아입고 욕실을 나오는데 정 여사가 보라에게 홍삼즙을 2개 챙겨주었다.

"아침에 일어나서 이거 먹어."

"응."

"그나저나 뭘 그렇게 꼼꼼하게 씻니? 친정까지 와서."

"엄마, 지금 이상한 생각 했지?"

"호호, 아니다. 빨리 올라가봐."

하여간 옛날부터 음란하기로 유명한 아줌마였다. 안방으로 들어가는 정 여사를 보며 보라가 고개를 저었다. 그리고 2층을 올려다보았다. 2층엔 방이 2개가 있었는데 1개는 서형의 방이었고 1개는 원래 보경의 방이었다.

보라가 독립을 하면서 보경이 1층으로 내려와 지금은 그냥 손님방으로 쓰고 있었는데, 그렇다는 건 지금 2층이 텅 비어 있다는 소리였다.

괜히 정 여사가 이상한 말을 해서 신경이 쓰이는 거라고 생각하며 보라가 얼굴을 두어 번 짝짝 때리고 계단을 올라갔다. 아주 조용히 문을 여는데, 벌써 잠이 들어 있을 거라고 생각했던 현이 불을 꺼놓고 침대에 앉아 고개를 들어 올려 천장에 달린 유리창을 보고 있었다.

보라는 문을 닫고 탁자에 홍삼즙을 내려놓으며 현의 옆으로 걸어갔다. 그리고 침대에 털썩 앉자 놀란 듯 현이 살짝 몸을 움츠렸다.

"제가 안으로 들어가서 잘까요?"

"지금 잘 겁니까?"

"네."

"원래 새벽에 안 자잖아요."

"이상하게 패턴이 그리 바뀐 모양이에요. 걱정 마세요. 침대 킹 사이즈라서 안 닿을 거니까. 설마 제가 덮치겠어요?"

보라가 안으로 들어가 누웠다. 물론 이불이 하나뿐이라 아주 조금 불편할 수도 있겠구나 싶었다. 하지만 밑에 내려가 이불을 하나 더 달라고 할 수도 없는 노릇이었다.

막판에 보라도 몇 번이나 술을 받아 마셨다. 그 취기가 이제 올라오는 건가? 눕고 보니 살짝 어지러움이 몰려왔다. 고개를 돌려 현을 보니 그 역시 술기운이 올라왔는지 얼굴이 조금 붉었다.

"누워서 봐요."

"네?"

"천장에 난 창 보고 있는 거 아니었어요?"

그 말에 현이 천천히 보라의 옆으로 누웠다. 감수성이 예민했던 보경은 죽어도 이 방을 써야 한다고 우겼다. 서형의 방에도 창이 있긴 했지만 이 방보다 훨씬 작았기 때문에 결국 보경의 차지가 되었다. 살짝 기운 천장의 3분의 1 정도가 창이었는데 보라는 아침에 쏟아져 들어오는 햇빛 때문에 애초에 이 방을 좋아하지 않았다. 보경은 여기에 누워 밖에서 비가 내리거나, 눈이 내릴 때를 보는 게 참 좋다고 했었다.

그때, 거짓말처럼 툭툭 소리가 들리더니 비가 내리기 시작했다. 현 역시 그 모습이 보기 좋은 듯 눈 한 번 깜빡이지 않고 천장을 바라보고 있었다. 어차피 침대 바로 옆도 통유리로 되어 있는데 뭘 저리 보나 싶었다. 보라는 팔을 뻗어 작은 커튼을 왼쪽으로 밀었다.

"이쪽도 유리예요."

"정말이네?"

현이 그 모습을 보고 싶은 것인지 살짝 몸을 틀어 올렸다. 덕분에 보라는 거의 그의 밑에 깔린 상태가 되었다. 술을 마셔서 그런지 현은 전혀 의식을 하지 못하고 있는 모양이었는데 그의 가슴에 그녀의 가슴이 살짝 눌렸다.

보라는 저도 모르게 숨을 멈추고 말았다. 하지만 사람이 숨을 참는 데도 한계가 있다. 결국 30초도 세지 못하고 보라가 숨을 급히 내뱉었다. 그러자 현이 살짝 고개를 돌려 보라를 보았다.

이런, 거리가 너무 가깝다. 그리고 그제야 현이 가슴으로 보라를 누르고 있다는 것을 자각한 모양이었다. 서둘러 몸을 일으키며 현이 다시 자리에 똑바로 누웠다.

미치겠다. 그녀의 심장이 제 박동 수를 제대로 찾지 못하고 있다.

그런데 원래 심장이 이렇게 엇박자로 뛰나?

아니다. 바로 옆에 있는 현의 심장이 크게 뛰기 시작한 게 고스란히 들렸다. 그 말인즉, 그녀의 심장 소리도 그에게 들린다는 것이었다. 그동안은 정말 몰랐었다. 사람의 심장 뛰는 소리가 이렇게 크게 들린다는 것을.

"지금 제가 잘못 듣고 있는 겁니까?"

보라가 눈을 질끈 감았다.

"아닙니다."

"보라 씨 원래 술 마시면 이렇게 심장 빨리 뜁니까?"

"글쎄요."

이건 진심이다. 그동안 술을 마셔서 심장이 빨리 뛴다고 의식을 해본 적이 없었기 때문이었다.

"그럼⋯⋯."

보라가 침을 꿀꺽 삼켰다.

"저 때문에 뛰는 겁니까?"

이걸 어찌해야 하나. 보라는 얼음을 동동 띄운 물을 가져와야 했다고 스스로를 자책했다. 목이 타서 얼음물을 마시고 싶었다.

"보라 씨."

"네."

"답 안 해줍니까?"

"네."

"네?"

"네라고 했잖아요."

순간 현이 상체만 살짝 틀어 보라를 보았다. 아마 내일도 현의 본가로 가서 같은 방을 쓸 텐데 계속되는 이런 상황을 들키느니 먼저 말하는 게 나았다.

참으로 조상들은 똑똑하다. 어떻게 매도 먼저 맞는 놈이 낫다는 속담을 만들 수 있는 걸까.

"왜요? 저는 심장도 뛰면 안 됩니까?"

"그게 아니라⋯⋯."

"그래요, 심장 뛰어요. 남궁현 씨가 의식되기 시작했단 말이에요."

그렇게 말하며 몸을 돌리려는데 현에 의해 움직이지 못했다. 그가 팔을 뻗어 그녀의 어깨를 잡았기 때문이었다. 시선이 마주쳤다.

창을 때리는 봄비와 심장이 뛰는 소리가 뒤섞여 그녀의 귀를 괴롭혔다.

설마 여기서 키스해도 됩니까, 라고 묻는 건 아니겠지? 다행히 그건 아니었다. 현의 얼굴이 점점 가까워지기 시작하자 보라는 저도 모르게 눈을 질끈 감았다.

이상하다. 시간이 꽤 오래 지난 것 같은데 아무것도 느껴지지 않는다.

설마, 진짜 물어보고 시작하려는 걸까?

보라가 천천히 눈꺼풀을 들어 올렸다. 현은 여전히 주먹 하나 정도의 사이를 두고 그녀를 보고 있었다. 그때 입술이 부딪치고 그의 뜨거운 혀가 그녀의 입안을 침범했다. 동시에 보라는 눈을 감았다.

현의 혀는 무척이나 뜨거웠다. 이건 분명 알코올 기운 때문일 것이다. 매끄러운 긴 혀가 천장을 간지럽히고 조금 더 안으로 들어왔다. 그리고 순식간에 주춤거리던 보라의 혀를 낚아채 얽혔다. 그의 혀가 더 깊이 들어오자 절로 입이 크게 벌어지고 숨이 턱턱 막혀왔다.

어느새 현의 몸이 보라의 몸을 완전히 덮었고 그녀는 그의 목에 팔을 감았다. 현이 고개를 왼쪽으로 돌리며 혀를 더 깊이 넣어 입천장을 쓸더니 이내 빠져나갔다. 두 사람 사이에 아주 작은 틈이 생겼다.

"보라 씨."

네, 라고 대답을 하기도 전에 다시 입술이 겹쳤다. 다급하게 아랫입술을 빨고, 깨물기까지 한다. 아파서 절로 비명 소리가 나와야 하는데 보라의 입에서는 달뜬 신음 소리가 흘러나왔다. 그녀의 얼굴을 잡고 있던 손이 내려가 티셔츠 안으로 들어와 자연스레 등을 훑어 내리기 시작했다.

혀는 믿을 수 없을 정도로 뜨거운데 손은 무척이나 차가웠다. 원래 이렇게 손이 불쑥 들어오면 쳐내야 하는데 그러기에는 키스가 너무 달다. 이대로 떨어지고 싶지 않은데 현이 자꾸 혀를 물리려고 했다.

보라는 현의 입속으로 혀를 집어넣었다. 그러자 현이 그녀의 혀를 피해 도망을 갔다. 보라는 다시 현의 혀를 찾기 위해 그의 입 안 곳곳을 찔렀다.

그때 그의 손이 등에서 앞으로 돌아와 배를 쓸자 그녀가 저도 모르게 몸을 흠칫 떨었다. 천천히 손의 감촉이 배에서 사라졌다. 그리고 입술을 물고 있던 현이 살짝 고개를 들었다.

"손이 원래 찹니다."

"네."

사실 보라는 지금 스스로 매우 당황하고 있는 중이라 머릿속이 텅 빈 것 같아 그저 멍청하게 '네.'라고 대답하고 말았다. 그저 키스를 한 것뿐인데 몸은 흥분으로 떨리고 있었다.

다리 사이가 서서히 젖어오는 느낌도 들었다. 그나마 다행인 건 현 역시 흥분했다는 것을 고스란히 느낄 수 있었기 때문이었다. 그녀의 왼쪽 다리를 누르고 있는 그의 남성이 흥분했다는 것을 고스란히 알리고 있었다.

"다행히 임포는 아니네요."

"네?"

"게이도 아니고 임포도 아니라서 다행이라구요."

보라는 자신의 뇌가 정신을 차린 모양이라고 생각했다. 이 상황에 이런 여유를 부리며 농담까지 할 수 있다니. 현도 어이가 없는지 픽 웃고 말았다. 하지만 여전히 다리에 닿아 있는 그의 남성은 줄어들 기미가 보이지 않았다.

"여기서 더하면 찰 겁니까?"

"당연하죠."

"왜요?"

"음, 1층에 식구들이 모두 있어서?"

그 말에 현이 끙 소리를 내며 고개를 숙여 보라에게 다시 한 번 입을 가볍게 맞추고 그녀의 몸에서 내려갔다. 온몸을 누르던 묵직함이 사라지자 보라는 묘한 상실감을 느꼈다. 보라가 슬쩍 팔을 뻗어 현의 손을 잡았다.

"오늘은 손만 잡고 자죠."

"이틀이나 더 이렇게 자야 합니까?"

"아뇨. 당분간은?"

"네?"

현이 말도 안 된다는 듯 반문하며 다시 몸을 틀어 보라를 보았다. 보라는 잡고 있는 손에 살짝 더 힘을 주었다.

"우리 이제 시작하는 거잖아요."

"보라 씨."

"무슨 남자가 이렇게 조급해요? 언제는 안달 내지 않겠다면서
요."

"아니, 보라 씨. 이미 이렇게 마음이 통했는데 지금 시간이 중
요합니까?"

"여자는 조금 예민한 동물이거든요? 그러면 손도 놓고 잘게
요."

보라가 손을 놓고 몸을 오른쪽으로 돌렸다. 그러자 현이 뒤에
서 그녀를 끌어당겨 안았다.

"네, 차라리 이렇게 자는 게 낫겠습니다. 얼굴 보면 진짜 덮칠
거 같으니까."

기가 막혀서 웃음도 나오지 않았다. 하지만 묘하게 엉덩이를
누르고 있는 게 신경이 쓰여 보라는 은근슬쩍 몸을 앞으로 당겼
다. 하지만 현의 팔이 힘을 주어 그녀의 허리를 끌어안아 다시 제
몸으로 붙였다.

"그렇게 자꾸 움직이지 않는 게 좋을 겁니다. 더 흥분하기 전
에."

"이거 느끼면서 지금 자라는 거예요?"

"자다 보면 가라앉겠죠."

"그럼 화장실이라도 가서 혼자……."

보라는 차마 다음 말을 할 수 없어 입을 다물었다. 푸켓에서는
아무렇지 않게 마스터베이션이니 뭐니 하는 단어가 툭 튀어나왔
는데 지금은 아니었다.

"보라 씨."

"네."

"아직 못 들었습니다."

"뭘요?"

"좋아한다는 말."

꿈지럭거리던 보라의 행동이 완전히 멈췄다. 사실 단지 몇 시간 안에 현이 좋아졌다고 말하기가 왠지 부끄러웠다.

"자각한 지 얼마 안 됐어요."

"감정을?"

"네."

"조금만 더 빨리 느껴주지 그랬습니까."

언제는 보채지 않겠다더니 벌써부터 이렇게 압박이 들어온다. 어쨌거나 몸을 살짝 떨어뜨리고 싶은데 그게 쉽지 않았다. 보라가 괜히 눈동자를 굴리며 말을 툭 내뱉었다.

"뭐야, 성격 급하시네. 지금이라도 다행이라고 생각해야 하는 거 아니에요?"

"하루만 더 빨랐어도 좋았을 텐데."

그 말에 숨어 있는 의도를 눈치챈 보라가 팔꿈치로 현의 배를 툭 쳤다. 현이 윽, 소리를 내며 고개를 숙여 보라의 목덜미에 입술을 묻었다.

이런, 혹 떼려다가 혹 붙었다. 목덜미에서 느껴지는 뜨거운 숨결이 그대로 척추를 타고 내려가 보라의 아랫배로 전달되는 것 같았다. 하지만 정말 여기에서는 첫날밤을 치를 수 없었다. 아무리 욕정에 눈이 멀었을지언정 이 아래층에서는 식구들이 잠들어 있었다.

정신을 차린 보라가 있는 힘껏 현의 품에서 벗어나 베개를 가운데 두었다. 난데없는 보라의 행동에 현이 눈을 크게 뜨고 그녀를 바라보았다.

"뭐 하는 겁니까?"

"여자도 충분히 흥분하거든요?"

"네?"

"여기서 현이 씨 덮치고 싶지 않으니까 오늘은 이렇게 떨어져 잡시다."

황당한 듯 웃으면서 현이 아예 몸을 모로 누워 보라를 보았다. 보라 역시 옆으로 누우며 현을 보았다.

"지금 집에 간다고 하면 실례겠죠?"

"당연하죠."

"보라 씨."

"네."

"그럼 하나만 물어봅시다."

"뭔데요?"

"어떻게 자각하게 됐습니까?"

이런, 얼굴로 다시 열이 몰리기 시작했다. 보라는 괜히 얼굴을 쓸어내리며 말라가는 입술을 핥았다. 살짝 나온 혀 때문이었을까? 현의 눈빛이 순간 강해지는 것처럼 느껴졌다.

"그러고 보니 얼굴에 로션도 안 발랐네."

"말 돌리기 있습니까?"

그러면서도 현이 팔을 뻗어 침대 옆 탁자에서 수분 크림을 들어 직접 보라의 얼굴에 발라주었다. 차가운 손가락이 얼굴을 스치는 게 느낌이 꽤 좋았다.

"말해봐요."

"조금만 더 발라주면 안 돼요?"

결국 현이 자리에서 일어나 앉아 보라의 머리를 허벅지 위에 올려두고 마치 마사지를 하듯 크림을 발라주기 시작했다. 남자의 손길이 원래 이렇게 섬세한 걸까? 보라는 기분이 좋아서 저도 모르게 웃고 말았다.

"왜 웃습니까?"

"마사지 되게 잘하실 것 같아서요."

"예과 시절에 스포츠 마사지를 좀 배우긴 했습니다."

"지금도 기억해요?"

"안 해줄 겁니다."

"치사하긴. 왠지 푸켓에서 받던 마사지보다 기분이 더 좋은 것 같아서요."

그 말에 현은 그녀의 목으로 손을 내려 부드럽게 어루만지기 시작했다. 해줄 거면서 괜히 튕기긴. 보라가 씩 웃자 현도 웃었다.

"보라 씨."

"한 번만 더 불러봐요."

"보라 씨."

"그래서 좋아졌어요, 남궁현 씨가."

현의 손이 그대로 멈췄다. 보라가 눈을 떠 그와 시선을 똑바로 맞췄다.

"내 이름을 불러주는 남궁현 씨가 좋아졌어요."

그래, 사람이 좋아지는 순간은 정말 갑자기 찾아왔다. 보라는 그게 마음에 들어 웃으며 눈을 감았다.

밤부터 시작된 봄비는 여전히 촉촉하게 대지를 젖어들게 만들고 있었다. 요즘 가뭄이라고 했는데, 정말 반가운 비였다. 마지막 진료를 마치고 현은 의자를 돌려 비가 후두둑 떨어지는 창을 바라보았다.

가슴이 벅찬 상태에서 잠이 들었다. 그리고 잠에서 깨면 평소와는 다른 하루가 될 거라고 생각했다. 하지만 자리에서 일어났을 땐 싸늘하게 식은 자리가 대신하고 있었다. 먼저 일어났을 수도 있다는 생각에 대충 시트를 정리하고 방에서 나와 세안을 한 뒤 1층으로 내려갔다.

보라는 정 여사를 도와 아침을 준비하고 있었다. 먼저 호원에게 인사를 드리고 부엌으로 들어섰는데 보라는 눈도 제대로 마주치지 않았다.

순간 현은 빵빵하게 컸던 풍선이 천천히도 아닌, 펑 하고 터지는 느낌을 경험했다. 보라는 절대 분위기에 휩쓸리는 여자가 아니었다. 그가 좋아졌다고 했던 나긋한 음성은 아직도 귓가에서 들리고 있었다.

밤새 무슨 일이 있었던 걸까?

출근을 할 때 분명 먼저 성북동으로 가지 말라고 해두었다. 퇴근을 하고 데리러 올 테니 기다리라고. 그때도 보라는 시선을 마주치지도 않고 그저 고개만 끄덕였다.

사실 어젯밤은 술에 취해 꾼 꿈이었던 걸까? 현은 점점 어젯밤의 그 일에 확신이 없어졌다.

똑똑, 소리와 함께 문이 열렸다.

"남궁 선생, 퇴근 안 해?"

오늘은 출근을 해서 기계적으로 움직였다. 자리를 비웠던 동안 있었던 수술과 환자들의 상태를 확인하고 또 그다음은 뭘 했더라…….

아무래도 제정신으로 돌아오기까지는 꽤 시간이 걸릴 것 같았다. 천천히 자리에서 일어서자 설희가 뒤로 한 걸음 물러섰다. 그리고 앞으로 상자 하나를 내밀었다. 현이 그것을 받을 생각을 하지 않고 물끄러미 바라보았다.

"보라 씨, 전해줘."

"뭔데?"

"결혼 선물."

"네가 왜 보라 씨에게 신경 써?"

아니, 아니다. 괜한 짜증과 신경질이 멋대로 튀어나온다. 당황한 설희의 얼굴을 보고 현이 살짝 인상을 찌푸렸다.

"나는……."

"아니다, 고맙다. 잘 전해줄게."

현이 상자를 받아 들었다. 신경을 곤두세우고 있던 설희가 먼저 이렇게 보라를 위해 선물을 줄 거라곤 생각하지 못했다. 거기다 전에 설희는 보라가 괜찮은 여자라고도 했다.

보라는 설희를 만나서 무슨 이야기를 했던 걸까. 아니다, 오늘 하루 종일 보라를 떠올렸다. 아주 잠시만이라도 생각에서 지우고 싶다.

"너 괜찮아?"

"허 선생."

"응?"

"예전에…… 내가 연애할 때 어떤 모습이었지?"

거짓말 같게도 현은 그때의 기억이 하나도 떠오르지가 않았다.

처갓집 앞에 도착을 해서도 현은 차를 세워둔 채 내리지 못하고 있었다. 와이퍼는 한 번씩 움직여 빗물을 닦아주기를 반복하고 있었다. 현은 그렇게 앉아서 한참 동안 그 와이퍼를 바라보았다.

'글쎄, 딱히 달랐던 거 없었잖아. 오죽하면 너보고 애들이 다 돌부처라고 했겠어?'

설희의 대답은 의외로 꽤나 심플했다. 그런데 그 대답은 현을 더욱 심난하게 만들었다. 언젠가 지원은 그런 말을 했다. 더 좋아하는 사람이 어쩔 수 없이 을이 되는 거라고. 그래서 자신은 늘 을일 수밖에 없다고. 그때는 그 말을 이해하지 못했는데 이제는 정확히 알 수 있었다.

윤보라와 남궁현의 관계에서 갑(甲)은 윤보라, 을(乙)은 남궁현이었다. 사랑의 크기가 같을 수는 없다. 먼저 좋아한 사람도 그였고, 밀어붙인 사람도 자신이었다.

이제 겨우 한 번 '좋아한다'는 말을 들었는데 혼자서 너무 앞서나간 것이다. 현은 조급한 자신의 마음을 더 누르기로 생각하며 시동을 끄고 차에서 내렸다.

처갓집에 들어가서도, 짐을 차에 싣고 앉아서도 보라는 말이 없었다. 현은 보라의 다리 위로 설희가 주었던 상자를 내려놓았다.

"이거 뭐예요?"

"설희가 주라고 하던데요."

"헐, 면도날 들어 있는 거 아니야?"

뻔히 농담인 줄 아는데 어이가 없어 현이 보라를 물끄러미 바라보았다. 보라는 상자를 살짝 열어보고 안을 살피고 있었다. 평소 같으면 '이걸 왜 줬을까요?' 같은 말을 해야 정상이었다. 하지만 눈이 마주치자 다시 보라가 그의 시선을 급히 피했다.

그리고, 성북동으로 와서도 보라는 여전히 시선을 마주치지 않았다. 정 여사가 정성스레 준비한 이바지 음식을 보고 식구들은 모두 즐거워했다.

"안사돈께서 신경을 많이 쓰셔서 고생 많으셨겠구나."

"음식들도 정말 맛있다, 동서."

한 상 가득 음식들이 차려졌지만 현은 딱히 식욕을 느끼지 못했다. 오늘 아침도 처가 식구들과 함께라 무의식적으로 입으로 음식을 집어넣었고 점심도 걸렀다.

마땅히 식욕이 일어나야 하는 게 정상이었지만 지금은 입으로 음식을 넣어도 맛을 느낄 수가 없었다. 바로 옆에 앉아 있는 이 여자 한 명에게 온 신경이 쓰이다 보니 다른 것은 눈에 들어오지도 않는 것이다. 현은 스스로가 중증이라는 생각에 저도 모르게 쓴웃음을 짓고 말았다.

현은 거의 침묵으로 자리를 지켰다. 보라는 전보다 식구들을 대하기가 훨씬 수월해진 것인지 환히 웃고 있었다. 오늘 그를 대할 때와는 확연히 다른 모습이었다. 그런 보라에게서 현은 시선을 떼지 못하고 있었다.

"현아."

"네."

"그렇게 아깝니?"

"네?"

현이 정신을 차리고 강 여사를 향해 고개를 돌렸다. 그러고 보니 식당 안에서 분주히 움직이고 있는 보라를 계속 바라보고 있던 모양이다. 보라는 일하시는 아주머니와 함께 뒷정리를 하고 있었다.

"아주 그냥 내가 새아가를 가만히 앉혀둬야겠구나?"

"그런 게 아닙니다."

현이 자리에서 일어섰다. 그리고 부엌으로 들어가 음식들을 분배하고 있는 보라의 옆으로 가서 앉았다.

"뭘 하면 됩니까?"

"그냥 나가 있어요."

식탁을 쭉 둘러보니 친척들에게 나눠줄 음식을 챙기는 듯했다. 현은 말없이 일회용 장갑을 끼고 보라가 정리해놓은 것처럼 하나씩 포장을 하기 시작했다.

이상하게 왜 어젯밤보다 아침에 일어나 더 부끄러운 건지 도무지 모르겠다. 보라는 잘 잤냐는 현의 물음에 그저 고개를 끄덕이는 것으로 대신했다. 입술의 감촉은 계속 이상했다. 여전히 키스를 하고 있는 것처럼. 그래서 혼자서 몇 번이나 얼굴을 붉혔는지 모른다.

비가 내려서일까? 이상하게 현의 기분이 가라앉은 것처럼 보였다. 그러고 보니 어젯밤에도 떨어지는 비를 한참 동안이나 바라보고 있었다.

비와 관련된 안 좋은 일이라도 있나 싶었다. 하지만 현을 보면 자꾸 어젯밤이 생각나고 얼굴이 붉어져서 말을 할 수가 없었다. 연애를 처음 해보는 것도 아닌데 왜 이러는지 모르겠다고 생각하며 보라는 저도 모르게 한숨을 푹 내쉬었다.

부엌일을 마치고 거실로 나와 차를 마시기 시작했다. 정 여사가 직접 만든 모과차를 끓여 냈는데 향이 정말 좋았다. 달달한 차를 마시자 왠지 삐죽 올라왔던 신경도 점점 가라앉는 것 같기도 했다.

"현이 방이 침대가 싱글이라 바닥에서 자는 게 좀 불편하겠구나."

"아뇨, 집에 갈 겁니다."

아니, 이 남자가 지금 왜 이래? 보라는 눈과 입을 크게 벌리고 현을 바라보았다. 지금 그녀는 집에 그와 단둘이 있을 각오가 되어 있지 않았다.

"뭐?"

"민이가 어제부터 혼자예요."

"민이?"

"우리가 키우는 고양이요. 그리고 또 내일도 당장 출근해야 하는데 여기서 병원도 멀고."

"흐음, 그럼 어쩔 수 없지."

보라가 재빨리 강 여사를 바라보았다. 이렇게 쉽게 강 여사가 꼬리를 내릴 줄은 몰랐다. 무조건 안 된다, 자고 가야 한다고 했음이 옳았다. 그리고 솔직히 친정에서 현의 병원까지의 거리가 더 멀다.

"저는 자고 가도 괜찮…… 이 아니라, 가야죠."

괜찮다고 말을 하려는데 현의 싸늘한 시선이 느껴졌다. 그래서 보라는 바로 말을 바꾸었다. 정말 비가 올 땐 기분이 가라앉는 사람인가 보다. 경수가 왜 현을 보고 한 번씩 냉정하게 굴 때면 오금이 저린다고 했는지 이제야 알 것 같았다.

원래 날씨에 이렇게 기분이 오락가락하는 남자였나? 아니, 어젯밤만 해도 분명히 아니었다. 아님 오늘 병원에서 무슨 안 좋은 일이라도 있었던 걸까? 하지만 보라는 묻지 못하고 고개를 숙였다.

결국 식구들에게 주말에 보자는 인사를 하고 성북동을 나섰다. 차에 올라타 아파트로 돌아가는 길은 이상하게 평소보다 유난히 긴 것 같이 느껴졌다.

"비가 장마처럼 계속 오네요, 그죠?"

하지만 아무 답도 돌아오지 않았다. 보라는 괜히 민망해서 머리카락을 귀 뒤로 쓸어 넘겼다. 주차장에 들어서서도 현은 말이 없었다.

차에서 내려 캐리어를 끌고 가려고 했지만 현은 보라의 것까지 직접 끌고 갔다. 보라는 현의 서류 가방과 설희의 선물을 챙겨 들고 엘리베이터 문을 열어놓고 기다리는 그를 보았다.

그래, 어차피 좋아한다고 인정까지 하고 결혼까지 했다. 그런데 뭐가 더 겁날쏘냐. 두려운 건 아무것도 없었다.

보라는 마치 스스로 다짐을 하듯 두 주먹을 꽉 쥐고 마치 개선 장군이 된 것처럼 성큼성큼 걸어갔다.

긴장으로 심장박동 수가 점점 빨라지기 시작했다. 보라는 저도 모르게 다리를 떨고 말았다. 그 바람에 현과 눈이 마주쳤다. 잠시 그녀의 다리를 훑던 현이 이내 조용히 시선을 돌렸다. 보라는 괜히 손에 땀이 맺히는 것 같아 바짓단에 몇 번이나 손바닥을 닦아 내었다.

"민아!"

그녀가 문이 열리자마자 들어와 민을 불렀다. 민이 저 멀리서 '냐아아아'를 외치면서 달려와 보라와 현의 다리 사이를 오가며 볼을 비벼댔다. 반가움에 흥분을 했는지 민은 잘 안기려고 하지 않았다. 그래서 보라가 인심을 쓰듯 육포를 꺼내 들었다.

민은 그것을 보고 새처럼 낚아채 베란다로 나갔다. 분명 캣 타워 맨 꼭대기에 올라가 아무에게도 방해를 받지 않고 먹으려는 속셈이었다.

흐뭇하게 웃으며 돌아서는데 아직 캐리어를 쥐고 있는 현의 가슴에 살짝 부딪혔다. 드디어 현과 단둘이 있게 되었다. 물론 아직 현의 기분이 좋아 보이지 않았지만 상관없었다.

그나저나 웃지 않으면 저렇게 냉정한 모습이 되는구나. 어쩌겠는가, 기분이라도 좀 풀어줘야지. 보라가 살짝 까치발을 들어 현의 입술에 입을 맞췄다.

이상하다. 뭔가 반응이 있어야 하는데 없다. 슬쩍 보라가 눈을 떴을 때 스스로 이 상황이 부끄러워 재빨리 입술을 뗐다.

보통 사람이 입을 맞추면 눈을 감지 않나?

하지만 분명 현은 눈을 똑바로 뜨고 그녀를 보고 있었다. 게다가 그녀의 입맞춤에 호응을 해주려는 반응도 보이지 않았다. 현의 손은 여전히 캐리어 손잡이를 쥔 채였다.

"어, 저기…… 기분 나빴어요?"

현은 무표정한 얼굴로 여전히 보라를 내려다보고 있었다. 이건 진짜 무안하다. 부끄러운 건 아무것도 아닐 정도로. 조금 전까지 맹렬한 기세로 뛰고 있던 심장을 지금은 누군가가 꽉 부여잡아 꼬집는 것 같았다. 온몸으로 뿜어대던 혈류가 완전히 중단된 느낌이라고 해야 할까?

"저는 그냥……"

"윤보라 씨."

"네?"

오랜만이다. 현이 성까지 붙여 그녀의 이름을 불렀다. 심장이 철렁 내려앉는 느낌이 들고, 손가락 끝이 저렸다.

"지금 저하고 장난하는 겁니까?"

장난? 무슨 장난? 입을 맞춘 게 장난이 된단 말인가?

할 말을 찾지 못하는 보라를 두고 현이 그대로 돌아서 서재로 들어가버렸다. 바로 문이 닫히는 서재를 그녀가 멍하니 바라보다 그 앞으로 걸어갔다.

손잡이로 손을 뻗다 계약서가 생각났다. 서재 출입은 절대 없어야 한다고 했었다. 하지만 이미 그 계약이라는 건 깨진 거니까 들어가도 되는 게 아닐까? 하지만 보라는 포기하고 뒤로 한 걸음 물러섰다.

육포를 다 먹었는지 민은 어느새 가까이 다가와 얼굴을 비벼댔다. 보라가 민을 안아 들었다. 그리고 냉장고 앞으로 걸어가 냉동고에 넣어두었던 윤 교장이 준 통장들이 들어 있는 서류 봉투를 꺼내 안방으로 들어왔다. 봉투와 설희의 선물을 침대에 올려두고 털썩 앉았다.

"뭐야, 좋아하지만 스킨십은 물어봐야 한다는 거야? 어제 덮친 사람이 누군데."

어이가 없었다. 보라는 괜히 죄 없는 현의 베개를 노려보다 그것을 주먹으로 퍽 쳤다. 그럼에도 분이 풀리지 않았다.

"손잡아봐도 되나요? 키스해도 되나요? 이렇게 물어봐야 하는 거야? 아니, 그리고 자기가 밖에서 기분 나쁜 일이 있었으면 밖에서 풀고 와야지 왜 나한테 이래?"

혼자 중얼대던 보라가 손에 얼굴을 묻고 그대로 침대에 드러누웠다.

"아이씨, 쪽팔려."

사실 무안해서 서재 문을 노크하는 것도 포기하지 않았던가. 이건 정말 자존심에 스크래치가 쉴 새 없이 생기는 일이었다. 어젯밤만 해도 그렇게 덤벼들던 남자가 지금은 전혀 아닌 것 같았다.

아침까지만 해도 정말 부드러운 얼굴과 목소리였다. 하지만 퇴근을 하고 오더니 맨 처음 만났을 때보다 훨씬 더 냉정하게 보였다.

아, 진짜 밖에서 쌓인 스트레스 집에서 푸는 인간 아니야? 내가 속은 거?

보라가 고개를 휙 돌려 방문을 노려보았다. 그러다 벌떡 일어나기까지 했지만 다시 주저앉았다. 당장 딱히 쫓아갈 용기가 나지 않았기 때문이다. 아직 가슴속의 스크래치가 치유되지 않았다. 아무래도 심신을 조금 안정시킬 필요가 있었다.

다시 똑바로 앉아 설희가 준 선물 상자를 열었다. 이 화장품 세트는 분명 보경이 비싸서 한꺼번에 사지 못하고 하나씩 구매해 바르고 있다는 그 제품이었다. 실물로 보자 훨씬 더 좋아 보였다. 어차피 선물 받은 것도 많이 있었다. 이걸 보경에게 주기는 설희의 성의를 무시하는 것 같아 우선 이걸 쓰고 선물 받은 것 중 좋은 것으로 주기로 마음먹었다.

화장대 위를 정리하려던 보라는 그 사이에 살짝 껴 있는 메모지를 발견했다. 현이 막 건네주었을 땐 당황하는 중이라 발견을 하지 못했었다. 메모지를 꺼내 보니 깔끔한 글씨가 한눈에 들어왔다.

〈보라 씨가 좋은 사람이라는 걸 알고 저도 깔끔히 현이를 정리할 수 있게 될 것 같아요. 세월이 길었던 만큼 아직 조금 시간이 걸리겠지만 곧 좋아질 거라고 생각합니다. 보라 씨, 진심으로 결혼 축하해요. ─허설희〉

보라는 메모지를 접어 주머니에 넣었다.

"뭐야, 생각보다 진짜 괜찮은 여자잖아."

오랜 시간 현을 좋아했다고 했다. 아마 그래서 상실감이 훨씬 더 클 것이다. 설희의 마음이 이해가 가 보라는 고개를 몇 번이나 끄덕였다.

멍하니 앉아 있던 보라가 자리에서 일어나 옷가지를 챙겨 들고 안방에 있는 욕실로 들어갔다. 피부가 벌겋게 익을 정도로 뜨거운 물을 틀어 샤워했다.

뜨끈함에 저도 모르게 긴장이 풀렸다. 그래, 이제 씻고 나가면 바로 나가서 따져야겠다. 그리고 밖에서 받은 스트레스는 무조건 밖에서 푸는 것이라고, 그게 이 집의 룰이라고 알려줘야겠다.

서둘러 옷을 입고 머리카락을 수건으로 감싸며 나오는데 침대에 앉아 있는 현을 보고 보라가 그대로 자리에서 멈춰 섰다. 그는 통장을 한 장 한 장 넘기며 보고 있었다.

보라가 앞으로 걸어가 현의 손에서 통장을 빼앗아 들었다. 거실에 있는 욕실에서 씻은 건지 현의 머리카락도 촉촉이 젖어 있었다.

"우리 이야기 좀 해요."

보라가 먼저 안방을 나섰다. 소파는 제대로 앉아서 대화할 수도 없어 식탁 앞으로 앉았다. 잠시 후 현이 안방에서 나와 냉장고에서 먼저 맥주를 꺼내 마시더니 보라의 앞으로 와서 앉았다.

"우리 룰을 좀 정하죠?"

현이 대답 없이 보라를 보았다. 살짝 인상을 찌푸리고 있는 현을 보고 보라는 손가락으로 그 미간을 꾹 누르고 싶었지만 애써 참아내었다.

"인간적으로 집에서는 이러지 맙시다."

"무슨 소립니까?"

"밖에서 스트레스 받은 건 밖에서 풀고 오세요."

"스트레스?"

"아니, 아침까지만 해도 기분이 좋던 사람이 왜 갑자기 그렇게 굴어요? 혹시 뭐, 비에 대해 안 좋은 추억 있어요? 그거 때문이라면 좀 봐주고."

현이 어이없는 듯 고개를 살짝 돌리며 웃었다. 그건 비웃은 게 틀림없다. 한쪽 입꼬리만 올라가는 게 분명히 보였다.

"지금 비웃어요?"

"그럼 제가 하나 묻죠."

"뭔데요?"

"사람이 하루아침에 확 변한 건 보라 씨 아니었습니까?"

"네?"

대체 뭐가 변했단 말인가? 설마 어제 갑자기 고백을 해서? 원래 사랑에 빠지는 시간은 10초도 안 된다고 블라블라했던 사람이 대체 누군데.

보라가 씩씩거리며 현의 손에서 맥주를 빼앗아 한꺼번에 마시고 빈 캔을 움켜쥐었다. 그 모습을 보고 있던 현이 자리에서 일어나 맥주를 꺼내 와 그녀의 앞으로 내밀었다. 잠시 그를 노려보던 보라는 캔을 따고 그대로 한 모금 들이켠 뒤 입술을 슥 닦아내었다.

"제가 뭐가 변했는데요?"

"어젯밤…… 그거 진심이기는 했습니까?"

"어젯밤이요?"

또다시 얼굴이 화르르 불타오르는 것 같았다. 보라는 괜히 헛기침을 하며 눈동자를 굴렸다. 그리고 목이 마른 느낌에 맥주를 한 모금 더 마셨다.

"제가 잘못 봤던 것 같군요."

현이 자리에서 일어나려고 했다. 보라가 재빨리 몸을 일으켜 현의 팔을 잡고 자리에 앉혔다.

"아직 말 다 안 끝났는데 어딜 가요?"

"전 다 끝났습니다."

"전 안 끝났거든요?"

"말해봐요."

"그러니까 왜 자꾸 화를 내냐구요. 오늘 아침까지 좋았으면서."

"그럼 화가 안 나겠습니까?"

"무슨 환데요?"

현이 또 입을 다물었다. 보아하니 그녀 때문에 저렇게 저기압인 것 같았다. 하지만 대체 뭐 때문에 화가 났는지 짐작도 못 하겠다.

이래서 사람들은 연애를 많이 해봐야 한다고 하는 걸까? 같은 여자끼리도 마음을 알아채는 게 어려운데 이성은 더했다.

"입 맞춰서 그래요?"

"네."

보라는 바로 귀까지 열이 몰려 얼굴이 붉어진 것을 거울을 보지 않아도 알 수 있었다.

그래, 너무 충동적이었다. 말 그대로 가만히 있는 사람을 덮치지 않았던가. 하지만 원래 연인들은 그렇지 않던? 그녀가 아는 일반 연인의 연애와 현이 알고 있는 연애가 다른 것일까?

"저기, 지금 헷갈려서 그러는데, 제가 아는 연애하고 현이 씨가 아는 연애하고 달라요?"

"무슨 소립니까?"

"아니, 물론 저도 연애를 막 많이 해본 건 아니지만 원래 사귀면 그러지 않아요?"

"네?"

"아니, 내가 뽀뽀하고 싶어서 뽀뽀했는데 그것도 물어봐야 하나요? 현이 씨가 하는 연애는 그래요? 손 좀 잡아도 되나요, 키스해도 되나요, 안아봐도 되나요, 이렇게 하나하나 묻고 합의가 되어야 실행해요?"

눈을 동그랗게 뜬 현이 도무지 지금 보라가 무슨 말을 하고 있다는지 모르겠다는 표정을 짓고 있었다. 보라는 답답해서 몇 번이나 자신의 가슴을 내리쳤다.

"저는 그쪽이 좋아졌다니까요. 그래서 그냥 아무 생각 없이 손도 잡고, 입도 맞추고 싶고 그러는 건데 그렇게 싫었어요? 그러는 제가 하나 물어보죠. 현이 씨야말로 저 좋아한다는 게 진심이에요?"

"그럼…… 왜 아침부터 자꾸 절 피했습니까?"

"네?"

갑자기 훅 치고 들어온다. 보라는 손을 들어 올려 볼을 꾹 눌렀다. 차가운 맥주 캔을 잡고 있던 손바닥이 물기와 함께 차가운 온도를 느끼게 해주었다. 심장이 다시 마구잡이로 펌프질을 하며 뛰기 시작했다.

"그건……."

"내가 잠결이라도 뭐 실수한 게 있나? 아니면 그냥 분위기에 취했던 건가? 아니, 윤보라는 그런 여자가 아닌데…… 이걸 병원에 가서도 하루 종일 생각하고 또 생각했습니다. 몇 번이나 환자가 부르는 것도 놓치고, 환자 차트를 살펴보는데 그건 눈에 들어오지 않고."

"네?"

"하루 종일 윤보라라는 여자가 머리에서 안 떠나서 설희한테 묻기까지 했습니다. 대체 예전에 내가 연애할 땐 어떤 모습이었냐고."

보라가 저도 모르게 침을 꿀꺽 삼켰다. 이렇게까지 심각한 얼굴을 하고 있는 현을 보는 건 처음이었다. 이젠 숨소리가 거칠어질 정도로 심장이 뛰어대고 있었다.

"누군가를 좋아하는 게 이렇게 힘든 거라면……."

현이 말을 멈췄다. 스스로 흥분을 가라앉히려는 듯 몇 번이나 길게 한숨을 내뱉고 있었다. 그리고 손을 들어 올려 몇 번이나 얼굴을 쓸어내렸다.

"안 했을 겁니다."

"부끄러워서 그랬어요!"

동시에 대답이 터져 나왔다. 둘 다 상황을 제대로 인식하지 못하고 눈꺼풀만 깜빡였다. 그리고 다시 외쳤다.

"부끄럽다고?"

"안 해요?"

이렇게 가다간 이야기가 끝나지 않을 것 같다. 보라가 먼저 양보하기로 하고 현을 향해 손을 파닥였다.

"말해봐요."

"뭐가 부끄럽습니까?"

"그건 저도 설명을 잘 못 하겠어요. 그냥, 밤에 둘이……. 암

튼 나는 고백도 하고, 또 우리가 키스도 하고 그랬는데…… 자고 일어나니까 부끄러운 거예요. 그리고 내가 용기를 내서 뽀뽀까지 했는데 갑자기 화를 내고 확 들어가 버리니 제가 황당하겠어요, 안 하겠어요?"

"난……."

현이 고개를 숙였다. 대체 왜 저러나 싶은데 어깨가 조금씩 흔들리기 시작하더니 웃음소리가 터져 나왔다.

"저야말로 지금 화가 나는데 왜 웃어요? 지금 자존심에 스크래치가 확확 났거든요? 무슨 남자가 저렇게 쪼잔해? 뭐? 연애하기로 한 지 얼마나 됐다고 좋아하는 걸 안 했을 거라고? 내가 진짜 어이가 없어서."

보라는 앞에 있는 맥주를 들어 다시 입으로 가져갔다. 하지만 현의 움직임이 훨씬 빨랐다. 팔을 뻗어 순식간에 그녀의 맥주를 낚아채갔다.

"보라 씨."

보라는 대답을 하지 않고 현을 노려보았다. 방금까지만 해도 화가 나서 이마에 내 천 자를 그리고 있는 그 남자가 맞나 싶었다. 어이가 없어 웃음도 나오질 않는다.

"윤보라 씨."

"네."

성까지 붙여 부르자 보라가 어쩔 수 없다는 얼굴로 대답을 했다.

"내가 보라 씨를 많이 사랑하게 됐나 봅니다."

9. 수작 걸기

왠지 모르게 실실 웃음이 나왔다. 보라는 오랜만에 책상 앞에 앉아 펜을 들어 그림을 그리는데도 자꾸 웃음이 멈춰지지가 않았다. 결국 보라가 펜을 내려놓았다.

아니, 현은 도대체 어떻게 그렇게 오해를 할 수 있단 말인가? 설마 그녀가 말을 획획 바꾸는 갈대 같은 마음을 가진 여자라고 생각했던 걸까?

"안 그래 보였는데 은근히 소심한 구석이 있단 말이야."

허벅지 위에 올라와 몸을 둥글게 말고 잠을 자고 있는 민을 손으로 쓰다듬었다.

확실히 봄이다. 슬슬 털을 미친 듯이 뿜어내기 시작하는 것을 보니, 미용을 위해 예약을 해야겠다고 생각하며 휴대전화를 막 들던 때, 귀신같이 노랫소리가 흘러나왔다.

"하이, 성경."

─신혼여행은 잘 다녀오셨소, 작가님?

"말도 마."

─야, 노처녀 앞에서 주름잡냐?

"그런 게 아니라. 아무튼 웬일이야?"

─내가 웬일로 전화하겠니? 우리 1년에 두 번 만나는 사이 아니었니? 네가 웬일로 계약서 쓰러 올 때랑 내 생일날.

"오늘 생일 아니잖아."

─내가 말했던 BL은 어떻게 됐나 해서.

"그건 다음다음 번에 그릴 거야."

─정말?

이러니 시집을 못 가지, 라는 말이 저도 모르게 흘러나올 뻔했다. 성경이 워낙 만화광인 줄은 알고 있었던 그녀의 옛 남자 친구가 어느 날 우연히 그녀의 아이패드를 보다 BL만화를 보고 그대로 도망친 적이 있다.

그렇게 좀 끊어보라고 해도 그것만은 안 된다, 중학교 시절부터 내 삶의 원천이었다며 성경은 차라리 BL만화와 결혼했다고 생각하며 산다고 했다. 그래서 보라가 '그럼 너희 어머니한테 말씀드릴게. 어머님, 성경이가 남자들끼리 사랑하는 만화와 결혼했다네요.'라고 했더니 성경이 그 말 하면 너도 죽고 나도 죽는 것이라며 협박을 했다.

─구상은? 다 했어?

"야, 다다음이라고 했잖아. 그냥 뼈대만 잡아놓은 거야. 정확해지면 말해줄게."

-그럼 다음 건 뭔데?

"그냥 순수한 사랑 이야기야. 제목은 선보는 여자."

-정말? 너 진짜 그냥 로맨스물 그릴 거야?

하긴, 이제껏 판타지물만 그려왔으니 성경이 이렇게 나오는 것도 이해가 갔다. 보라는 그냥 슬쩍 웃으며 고개만 끄덕였다. 아마 윤보현의 판타지를 원했던 사람들이 우수수 떨어져 나갈 수도 있다. 그리고 이제 윤보현이 사실은 여자였구나, 하며 믿을 수도 있고. 그림을 보고 여자라고 추정하는 사람은 이미 많았다.

"근데, 성경아."

-응?

"남자들은 원래 오해를 잘하는 걸까?"

-단순하잖아. 무조건 말을 해줘야 안대. 안 그럼 모른대. 왜? 신랑이 무슨 오해했니?

"뭐, 좀?"

-너 또 말 안 하고 막 피했지?

"내가 무슨 어린애냐?"

말은 그렇게 하고 있었지만 목소리가 이미 기어들어가고 있었다. 성경이 그럴 줄 알았다는 듯 코웃음을 쳤다.

"싸움하는 것도 싫어하더라? 자기가 좀 가라앉히겠다고 그냥 가려는 것을 붙잡아서 말했다니까?"

-오호, 우위에 있는 사람이 윤보라구만?

"뭐?"

-신랑이 싸움을 피한 거잖아. 자기 스스로 가라앉히겠다고. 그건 보통 을(乙)일 때 나오는 행동이지.

"을(乙)?"

―그런데 너희 신랑 결혼식 날 보니까 배우 뺨치게 잘생겼던데? 애들 다 뒤집어졌다? 너 그렇게 재고 재더니 어떻게 저런 남자 만나냐면서. 거기다 사짜라고 말 진짜 많고. 야야, 너한테 자격지심 느끼는 애들은 '그럼 뭐 하니? 산부인과 의산데. 산부인과 의사 중에 변태가 그리 많대.' 이러면서 흉을 보더라? 그래서 내가 '야, 저 빛나는 얼굴을 봐라. 어디 변태 같아 보이니?'라고 해 줬지.

역시 성경은 잘생긴 남자는 무조건 치켜세우는 외모지상주의자다. 보라가 혀를 끌끌 찼다. 하여간 이놈의 계집애들은 다 같이 모이면 꼭 누구 하나를 집어 그렇게 씹어대더니 결혼식 날도 참지 못하고 그랬던 모양이다.

"그런데 내가 재고 잰다고?"

―그렇다기보다는 남자에 전혀 관심도 없어 했잖아. 그런데 갑자기 결혼한다고 하니까 그랬던 거겠지. 참, 불타는 첫날밤은 잘 보내셨는가?

첫날밤이라. 보라는 저도 모르게 또 웃음이 실실 터져 나와 입술을 꾹 다물었다.

사실, 어젯밤 현이 사랑 고백을 하고 입을 맞추어왔다. 키스가 정말 좋다는 건 이미 친정에서 알고 있었다. 하지만 보라는 아주 단호하게 셔츠 안으로 들어온 현의 손을 잡아 빼버렸다. 그러자 현이 대체 왜 그러냐는 듯한 황당한 표정을 지었다.

'요즘이 아무리 패스트(Fast) 시대라고는 하지만 마음을 알자

마자 섹스하는 것도 좀 그렇잖아요.'

　그 말에 현이 왠지 모르게 당황하더니 이내 억울하다는 표정을
지었다. 하지만 보라는 웃으며 현의 입술에 굿나잇 키스를 하고
안방으로 들어갔다.

　물론 계약서도 새로 작성하는 것을 잊지 않았다. 현은 그전의
것이 괜히 문제가 될 수 있으니 없애야겠다며 불태워버리기까지
했다. 그리고 두 사람은 침대에 나란히 누워서 윤 교장이 건네주
었던 통장을 처음부터 하나하나 넘겨보았다.

　'특별한 날은 5만 원이었네요? 이때 당시 5만 원이면 엄청 큰
돈 아닌가?'

　'그러니까요. 우리 아빠 돈도 없었는데. 어쨌든 이건 보경이
랑 서형이한테는 무조건 비밀인 거 알죠? 또 언니만 차별한다고
보경이 엉엉 울지도 몰라.'

　'그러게 말입니다. 탄생, 첫 울음, 열 감기, 뒤집기, 맘마, 아
빠. 아빠? 아빠 먼저 했습니까?'

　'어? 그런 모양인데요? 그다음이 엄마네?'

　'보통 아빠부터 하는 건 천 명당 한 명 꼴이라던데. 장모님 섭
섭하셨겠습니다.'

　'전혀 안 그런 모양이에요. 그런 말 한 번도 없었거든요. 우리
집은 모성애보다 부성애가 더 강한 건가?'

　어쨌든 특별한 날은 5만 원, 평소는 만 원 정도가 들어가 있었

다. 돌은 10만 원이었고 시간이 흐를수록 계속 특별한 날은 10만 원으로 고정이 되었다.

그때는 눈물이 앞을 가려 제대로 보지 못했던 통장을 현과 함께 보고 있으니 웃으면서 볼 수 있었다. 그리고 아빠의 사랑이 정말로 깊다는 것도 알게 되었다.

어떻게 딸의 첫 생리까지 기념을 할 수 있단 말인가. 그 부분에선 현이 크게 웃음을 터트렸다. 그러다 목소리가 낮아진 부분이 있었는데 그건 바로 '첫 남자 친구'였다. 하지만 돈을 보고 현이 다시 웃음을 터트렸다.

처음엔 난감했던 보라도 찍혀 있는 숫자에 같이 웃음을 터트렸다.

〈입금액 '18원'〉

한참을 웃던 현이 갑자기 웃음을 멈추더니 최근의 통장을 찾아내어 통장을 마구 넘겼다. 그리고 그것을 보고 보라는 숨도 쉬지 못하고 배를 부여잡았다.

〈결혼할 놈 181818원〉

현이 졌다는 듯 고개를 숙였다. 그렇게 어제 있었던 일을 생각하니 저도 모르게 웃음이 나왔다.

–신랑 생각만으로도 그렇게 좋니?

"아냐, 좀 재미있는 게 생각나서. 아무튼 나는 그 작품으로 가고 싶어."

보라는 차기작에 대해 조금 더 성경과 의논을 하고, 민이의 미용 예약을 했다. 그리고 깨끗이 샤워를 하고 현의 병원으로 향했다. 비록 흐린 날씨였지만 걸어 다니기엔 선선했다.

나풀나풀한 프릴 원피스에 코트까지 입고 정말 여성스럽게 걷던 보라가 괜히 구두를 신고 왔다고 생각하며 고개를 숙였다. 어차피 병원까지 걸어서 10분 거리라 택시를 타기도 애매해서 걸었던 건데 역시 구두는 보기에만 예뻤다.

"명품이건 아니건 구두는 다 똑같구만."

"보라 씨."

고개를 들자 말끔하게 슈트를 입고 걸어오는 현이 보였다. 보라가 현을 보고 웃으며 손을 흔들었다.

"오늘 예쁘게 하고 나왔네요?"

"매일 현이 씨는 슈트 입고 출근하잖아요. 슈트와 추리닝이 어울리겠어요?"

"그럼 갈까요?"

보라가 자연스럽게 현에게 팔짱을 끼고 주차장을 걷기 시작했다. 하지만 역시 발이 신경이 쓰여 저도 모르게 팔에 힘을 주자 현이 고개를 숙였다.

"발 아픕니까?"

"네. 예쁘게 보이려다 망했어요."

"그럼 우선 가서 신을 하나 사서 신죠."

"어디 가는데요?"

"영화관 갑니다."

"영화는 왜요?"

그 물음에 현이 슬쩍 고개를 숙이며 작게 속삭였다.

"데이트를 해야 진도를 나갈 거 아닙니까."

역시, 어젯밤이 맘에 걸린 모양이었다. 하지만 그게 꼭 나쁘진 않아 보라가 웃으며 고개를 끄덕였다.

현의 차를 타고 도착한 곳은 영화관이 같이 있는 백화점이었다. 심플한 디자인에 편한 플랫슈즈로 갈아 신은 뒤 보라는 그제야 만족하며 웃었다. 그런데 현이 계산을 하지 않고 멀뚱히 서 있었다.

"왜요? 계산 안 해요?"

"보라 씨 돈으로."

"뭐야, 지금 아까워서 그러는 건 설마 아니죠?"

"아닙니다."

보라가 고개를 갸웃거리며 지갑을 꺼내 카드를 내밀었다. '일시불로 해드릴까요?' 질문에 '네.'라고 대답을 하고 사인까지 한 뒤 신고 왔던 구두가 들어 있는 가방을 돌려받았다. 물론 그건 현이 받아 챙겼고, 보라는 지갑에 카드를 넣으며 몇 번이나 새로 산 슈즈를 살폈다.

"설마 신발 사주면 도망간다는 미신 믿는 거 아니죠?"

"맞습니다."

"진짜요?"

"앞으로도 다른 건 다 사줘도 신발은 안 사줄 겁니다."

이런 미신을 믿는 남자라니. 하지만 기분이 나쁘지 않은 건 역시 콩깍지가 단단히 눈을 덮고 있기 때문이었다. 사랑에 빠지면 객관적 능력을 상실한다고 하지 않던가. 보라는 어쩐지 그게 마음에 들어 다시 팔을 뻗어 팔짱을 꼈다.

"배 많이 고프지 않죠? 영화 보고 밥 먹는 게 어떻습니까?"

"좋아요. 간식거리 좀 사 가지고 들어가면 되니까."

막상 그렇게 말하며 커다란 팝콘을 가지고 영화관에 들어갔지만 보라는 거의 먹지 않았다. 아주 잔잔하고 조용한 영화였는데 의외로 그녀는 영화에 푹 빠져 스크린을 주시했다.

그때 어깨에 무엇인가가 닿는 느낌이 들어 고개를 돌려보니 현이 제 어깨 위에서 머리를 흔들며 불편한 자세로 잠이 들어 있었다. 보라는 허리를 꼿꼿이 세운 뒤 살짝 손을 뻗어 현의 머리를 어깨에 기대게 하고 다시 스크린으로 시선을 돌렸다.

정말 잔잔하고 물 흐르듯 흘러가는 영화라 폭발적인 반응은 이끌어내지 못했던 건지 영화관은 거의 비어 있었다. 그런데 또 이런 느낌도 좋아서 보라는 엔딩 크레딧이 모두 올라갈 때까지 자리를 지켰다. 화면이 모두 올라가고 조명이 천천히 들어왔다. 그제야 현이 꿈틀거리며 놀란 듯 벌떡 일어났다.

"끝났습니까?"

"네."

"잠든 줄 몰랐는데……."

"어젯밤 저 옆에 두고 못 주무신 모양이에요?"

그녀는 농담으로 그렇게 말을 던졌는데 사실인 모양이었다. 현이 말없이 괜히 헛기침을 하며 시선을 피했다. 심지어 손에 들고 있는 음료수를 벌컥벌컥 마셨다. 계단을 내려가려는 현을 붙잡으며 보라가 물었다.

"진짜요?"

"그냥 한 번씩 자다가 깨고 그랬습니다."

"난 완전히 꿀잠 잤는데."

"압니다."

"설마 코는 안 골았죠?"

"침은 안 흘렸냐고 물어보죠?"

"보경이가 그러는데 한 번씩 입은 벌리고 잔다고 하더라구요?"

이건 시인하는 것과 다름없었다. 사실 보라는 마감에 쫓길 땐 저도 모르게 책상 앞에서 엎드려 자면서 침이 흐르는 느낌에 깜짝 놀라 깨곤 했었다. 어쨌거나 첫 데이트가 꽤 마음에 들어 보라는 흡족하게 웃으며 걸음을 옮겼다.

백화점을 빠져나온 뒤 그들은 아파트로 돌아와 주차를 해놓고 바로 앞 상가에 있는 베트남 음식 전문점으로 가서 팟타이와 게살 볶음밥, 쌀국수를 주문했다. 쌀국수에 숙주를 가득 넣고 숨이 줄어들기를 기다리다 보라가 슬쩍 입을 열었다.

"현이 씨."

"네."

"하나 물어봐도 돼요?"

현이 살짝 긴장을 한 듯 허리를 똑바로 세웠다.

"뭔데요?"

"서재, 진짜로 들어가면 안 돼요?"

현이 픽 웃음을 터트렸다. 저 웃음의 답은 뭐란 말인가. 역시 무슨 소리를 하냐는 건가? 안 된다는 건가? 보라가 의심의 눈초리로 눈을 가늘게 떴다.

"됩니다."

"뭐야, 싱겁게. 그전엔 왜 안 된다고 했어요?"

"그전엔 우리가 아무 사이도 아니었으니 집을 공유를 하더라도 완전한 나만의 공간이 있어야 한다고 생각했었습니다."

그 말을 이해한 보라는 고개를 끄덕였다. 어쩐지 현은 프라이버시를 중요시 여기는 타입 같았다.

"물어볼 게 그거였습니까?"

"네. 왜요? 긴장하셨어요?"

"조금?"

"그럼 하나 더 물어볼까요?"

"뭡니까?"

이제 별거 아니라는 듯 현이 가볍게 물었다. 보라는 살짝 고민을 했지만 역시 궁금한 건 못 참는 성미라 입을 열었다.

"책상 위의 그 액자, 치웠어요?"

정말 생각지도 못했다는 질문을 받은 것처럼 현의 얼굴이 살짝 굳어졌다. 하지만 보라는 그게 나쁘다고 생각하지 않았다.

"원망하거나 그러는 거 아니에요. 나는 현이 씨가 평생 그 여자분을 못 잊을 거라고 생각하거든요. 어떤 형태가 되었든 가슴속에 남아 있을 거라고."

"보라 씨."

"그런데 하나는 약속해야 하는 게, 이날 이후로 다른 여자 쳐다보면 안 되는 거 알죠?"

그 말에 현이 살짝 고개를 숙이며 웃었다. 그녀는 지금 진심을 말하고 있었는데 현은 농담으로 들은 걸까? 보라가 시선을 맞추기 위해 상체를 살짝 숙였다.

"지원이는 사귄다, 어쩐다고 하기 전에 제게 소중한 친구였습니다. 아마 동성이었으면 평생 함께할 수 있는 좋은 친구였겠죠. 그 친구에 대한 그리움 혹은, 죄책감으로 앨범을 두고 있었던 거지 그 이상은 아니었습니다. 어쩌면 그건 제게 다가오지 말라는 명분이었을지도 모르죠. 결국 끝까지 이용했던 겁니다. 그때까진 정말 내가 사랑이라는 걸 하게 될 거라고 생각을 못 해서."

이건 변명이 아닌 진심을 말하고 있다. 보라는 천천히 고개를 끄덕였다.

"보라 씨."

"네."

"왜 우린 진작 만나지 못했을까요?"

현의 표정이 그 어느 때보다도 진지해 보였다. 보라는 현이 다음 말을 할 수 있도록 차분히 기다려주었다.

"어떻게 해서든 스쳐가는 일이 많았을 텐데."

어딘지 모르게 씁쓸해 보이는 얼굴이었다. 하긴, 보라는 경수 때문에 그 병원에 꽤나 자주 갔었다. 그의 말처럼 어떻게 해서든 병원에서 스칠 일이 있었을 것이다.

"시간이 기회를 준 거라고 생각해요."

"기회?"

"아마 빨리 만났더라면 전 아마 결혼도, 사랑 같은 것도 생각 안 해봤을 거예요. 더군다나 남궁현이라는 남자는 더욱더. 그래서 시간이 더 흐른 뒤에 만날 수 있도록 기회를 준 것 같은데요?"

그녀의 답이 마음에 들었던 걸까? 현이 만족스러운 표정으로 미소를 짓고 있었다. 보라는 쌀국수를 앞접시에 덜어 현의 앞으로 내밀었다.

"처음엔 내가 싫었습니까?"

"싫었으면 하자고 했겠어요?"

"내 첫인상이 어땠습니까?"

"잘생겼다."

"네?"

"그런데 가운은 빈티 난다. 파란색은 잘 받는구나. 거기다 말도 뻔뻔하게 잘하네. 혹시, 바람둥이인가?"

정말 솔직하게 대답했다. 하지만 표정이 살짝 구겨지는 것을 보니 대답이 마음에 들지 않는 모양이다. 보라가 슬쩍 이마를 긁적이곤 볶음밥을 괜히 뒤적였다.

"정말 그렇게 보였습니까?"

"뭐, 어떻게 보자면 편견이죠. 의사에, 얼굴도 잘생기고 말도 잘한다. 인기는 당연히 많을 것이다. 영국에서 한 연구 결과 봤는데 남자들은 유전자를 퍼트리고 싶어 하는 본능이 있다잖아요. 그걸 배제하더라도 저런 잘난 남자는 가만히 있어도 여자들이 잘 들러붙겠구나, 그런 생각을 했죠."

"결혼 이야기 꺼내서 놀랐겠습니다?"

"조금? 그리고 이야기하다 보니까 좀 이해가 되더라구요. 제가 처음에 오해했다고 했잖아요."

"아아, 그거."

"네, 그거."

"어떻게 그런 황당한 오해를 합니까?"

"그러게요. 그러니까 왜 난데없이 여자를 사랑할 자신이 없다, 뭐, 이런 말을 했어요."

그 말에 더는 변명하지 못하겠다는 듯 현이 손을 들었다. 어쨌거나 그때까지만 해도 현과 이런 관계가 되리라고는 정말 상상을 하지 못했었다.

"지금은 어떻습니까?"

"잘생겼다."

"그게 답니까?"

"은근히 소심한 구석이 있구나, 궁금한 게 있으면 삭이지 않고 바로 말해주면 좋겠다, 이런 거?"

"알고 있었습니까, 내가 소심한 거?"

어제 그 난리를 쳤는데 어떻게 모르겠는가. 하지만 보라는 말로 하지 않고 그저 웃으며 고개를 살짝 끄덕였다.

"원래 둘째들은 거의 대부분 소심합니다."

"그러게요. 보경이도 좀 소심해요."

"소심한 남자 싫습니까?"

"아뇨, 섬세해서 더 좋은 것 같아요. 제가 좀 무딘 편이거든요."

"그것도 알고 있었습니까?"

"그럼요. 그럼 이제 현이 씨가 말해보세요. 제 첫인상이 어땠어요?"

현이 살짝 고개를 기울이고 그때를 떠올리는 듯했다. 저렇게 오래 생각을 해야 할 정도로 첫인상에 임팩트를 주지 못했던 건가?

"반짝반짝 빛이 나는 여자라고 생각했습니다."

너무 함축적인 이야기다. 보라는 잘 이해를 하지 못하고 현이 다음 이야기를 이어주길 원하며 기다렸다. 하지만 현은 그다음에 이어서 아무 말도 하지 않았다. 그저 식기 전에 빨리 먹자고 했을 뿐.

"현이 씨."

"네."

"우린 그럼 뭐죠?"

"뭐가요?"

"헌팅해서 사귀게 되었다, 이런 건가?"

크게 웃음을 터트리는 현을 보고 보라도 따라 웃었다.

"제가 헌팅한 겁니다."

"고마워요, 헌팅해줘서."

그건 진심이었다. 그때도 그저 뭐 저런 남자가 다 있나 하고 지나갔더라면 아마 보라는 지금까지 누군가를 정말 진심으로 좋아한다는 감정을 느끼지 못했을 것이다. 아마, 현도 그렇지 않을까?

"이대형 씨한테 연락 왔습니다."

"대형이요? 왜 현이 씨한테 연락을 해요?"

어느 순간부터 둘은 친구가 되기로 한 모양이다. 툭하면 자신에게 전화를 하던 대형이 자꾸 현에게 연락을 했다.

"두 사람 진짜 친구라도 된 거예요?"

"원래 남자들끼리 더 잘 통하는 게 있는 법입니다. 그리고 이대형 씨도 이제 보라 씨가 유부녀라고 확실히 자각하고 있고. 참,

집들이 언제 하냐고 묻던데. 우리 내기도 있잖습니까?"

"대형이 순수한 애라니까요. 그냥 빨리 포기하시죠?"

"그건 두고 보면 알 일이고. 집들이 한번 거하게 할까요?"

"음식 하는 건 자신이 없는데."

"제가 돕겠습니다."

그 말에 보라가 고개를 끄덕였다. 레시피를 보고 하면 그럭저럭 맛이 나왔으니 크게 어려울 것은 없었다.

"허설희 씨도 초대해요."

"네?"

"저는 허설희 씨 마음에 들거든요. 물론 설희 씨가 안 오겠다면 어쩔 수 없지만."

"괜찮겠습니까?"

"저, 보기보다 마음이 넓은 여자거든요."

"말은…… 전해보죠."

현은 설희를 초대하는 게 마음에 들지 않는 듯했지만 고개를 끄덕였다.

식사를 마치고 건물을 나와 걷는데 현이 팔짱을 풀고 보라의 손을 잡아왔다. 누군가의 손을 잡고 걷는 게 익숙지 않았다. 보라는 늘 사시사철 손이 따뜻해서 잡고 있으면 땀이 배는 것을 참지 못했었다. 그런데 현의 손은 서늘해서 정말 아무렇지도 않았다.

보라가 슬쩍 주변을 둘러보았다. 그렇게 늦은 시간이 아닌데도 거리엔 사람들이 거의 없었다. 어쩌면 아파트 근처라 몰랐다.

보라는 잡은 손에 힘을 한 번 꾹 주었다. 그러자 현이 살짝 고개를 숙여 그녀를 보며 웃었다. 보라는 두 번 힘을 주었다. 그러자 현도 잡은 손에 한 번 힘을 주었다. 보라는 마치 반사를 하듯 또 한 번 힘을 주었다.

"보라 씨."

"네."

"지금 뭐 하는 겁니까?"

"눈치도 없으시긴."

"뭐가 말입니까?"

"같이 자자고 수작 거는 거잖아요."

걸음이 그대로 멈췄다. 그래서 앞서 걷고 있던 보라의 몸이 살짝 기울어졌고 현은 그녀의 허리를 살짝 잡아 세웠다. 조금 전 나름대로 부끄러운 말을 꺼내놓고 민망해하는데 현은 보라를 뚫어져라 보고 있었다. 보라가 살짝 고개를 기울였지만 현이 턱을 잡아 다시 똑바로 보게 했다.

"진심입니까?"

"이런 말을 농담으로 하기엔 제가 어린 나이가 아니지 않나요?"

물론 진심이었다. 현이 잠시 고민하는 얼굴을 하더니 보라를 끌고 빨리 걷기 시작했다. 평소보다 훨씬 발걸음이 빠르다. 보라는 쿵쿵 뛰어대는 심장 소리를 들었다.

늘 서늘하다고 생각했던 현의 손인데 지금 이렇게 잡고 있으니 이상하게 식은땀이 배어 나오는 것 같았다. 그래서 슬쩍 빼려고 했지만 현이 손가락에 더 힘을 주며 잡아왔다.

"민이야!"

현관문이 열리자마자 민이 뛰어나와 두 사람을 반겼다. 보라가 재빨리 민을 끌어안고 엉덩이를 토닥토닥거리며 들어오는데 현이 신발도 벗지 않고 그대로 서 있었다.

"왜 안 들어와요?"

"장소를 잘못 정했다고 생각했습니다."

"장소요?"

"아무 방해도 안 받아야 했는데."

"그래서 흥이 식었어요?"

"그건 아닙니다."

현이 구두를 벗고 들어와 보라의 어깨를 낚아챘다. 입술이 닿는가 싶더니 두 사람의 가슴 사이에 끼어 있는 민이 작게 소리를 내며 앞발로 현의 턱을 밀고 있었다. 그럼에도 불구하고 현은 민이가 신경도 쓰이지 않는지 보라의 입술을 빨아들이고 살짝 벌어진 잇새로 혀를 집어넣었다.

뜨거운 혀가 들어와 입안을 헤집기 시작하자 보라는 저도 모르게 팔에 힘이 빠지는 것 같았다. 물론 여기에서 민이 점프를 해도 하나도 다치지 않는다는 것을 알고 있다. 하지만 그럴 수가 없어 가까스로 팔에 힘을 주었다. 하지만 그 품이 못마땅했는지 민이 보라의 가슴을 팍 치고 점프해 뛰어내렸다.

순간 두 사람의 입술이 멀어졌다. 살짝 민망한 얼굴로 현을 올려다보는데 그는 아직도 키스의 여운에서 벗어나지 못한 눈빛을 하고 다시 고개를 숙이고 있었다.

다시 막 입술이 닿으려는 때 현의 휴대전화가 울리기 시작했다. 그는 무시하려고 했지만 보라가 현의 팔을 잡고 뒤로 한 걸음 물러섰다.

"병원이면 어떡해요."

"어차피 퇴근 후니까 괜찮습니다."

"제가 안 괜찮거든요? 얼른 받으시죠?"

마음에 들지 않는 듯 현이 인상을 찌푸리며 주머니에서 휴대전화를 꺼내 들었다. '무슨 환자?'라고 말을 하는 걸 보니 확실히 병원에서 온 전화가 맞았다. 보라는 슬쩍 안방으로 들어가 속옷을 챙겨 들고 욕실로 들어갔다.

우선 일을 벌려놓긴 했는데 막상 이렇게 되자 심장이 걷잡을 수 없이 거세기 뛰었다. 보라가 몇 번이나 얼굴을 뜨거운 물로 씻어 내리며 고개를 저었다.

"지금 와서 무슨 긴장을 하고 그래."

그렇게 그녀가 스스로를 진정시키고 가까스로 긴 샤워를 마치고 나오는데 밖에선 아무 소리도 들리지 않았다. 거실로 나가 보니 현의 모습이 보이지 않았다.

분명 재킷도 소파에 있고, 가방도 있었다. 급하게 병원으로 간 건가 생각하며 베란다를 보았다. 민이는 캣 타워 맨 위에 올라가 몸을 둥글게 말고 잠을 자고 있었다. 민이라도 끌어안고 잘까 생각하던 보라가 괜히 깨우기 미안해 홀로 안방으로 들어와 불을 끄고 침대에 누웠다.

잔뜩 긴장하고 있었는데 이상하게 허무했다. 하여간 수작을 걸어서 제대로 통하는 날이 없다. 어차피 이대로 잠을 자는 것도 글렀다고 생각한 보라는 침대에 똑바로 누워 천장을 뚫어지게 바라보았다. 이럴 땐 망상을 하는 게 최고였다.

그때 벌컥 하는 소리와 함께 안방 문이 열렸다. 놀라서 고개를 돌리자 머리가 촉촉하게 젖은 현이 문을 닫고 들어서며 옷을 벗기 시작했다.

"밖에 비와요?"

"잠깐 씻고 나갔다 왔습니다."

상의를 허물처럼 벗어 던지며 다가온 현이 침대 위로 그대로 몸을 숙였다. 아무리 수작을 먼저 걸었다고 하지만 현은 무척이나 노골적이었다. 보라의 양옆으로 덮고 있는 시트를 꾹 눌러 아예 도망가지도 못하게 한 다음 바로 입술을 내렸다.

뜨거운 입술이 닿자 화한 치약향이 고스란히 느껴졌다. 현이 자연스럽게 시트를 옆으로 밀쳐내고 보라의 셔츠 밑으로 손을 밀어 넣어 그대로 가슴을 움켜쥐었다. 조심성 같은 건 모두 버려버린 모양이었다.

현이 입술을 떼어내자 그제야 급히 숨을 몰아쉬었다. 그와 동시에 현은 그녀를 일으켜 세워 셔츠와 속옷을 한꺼번에 벗겨내었다. 그리고 잠시 드러난 가슴을 빤히 바라보더니 이내 고개를 숙여 입안 가득 베어 물었다. 그러다 자세가 불편한 모양인지 보라의 엉덩이를 쥐고 그대로 자신의 허벅지 위에 올렸다.

잠시 허공을 배회하던 보라의 손이 현의 어깨와 머리카락을 살짝 움켜쥐었다. 현이 고개를 들어 올려 보라를 빤히 바라보았다. 부끄러워서 당장 얼굴을 돌리고 싶은데 보라는 그대로 굳은 사람처럼 현을 내려다볼 수밖에 없었다.

"보라 씨."

저렇게 애원하는 목소리로 부르면 머릿속에 아무 생각도 나지 않는다. 그저 밭은 숨을 내뱉을 수밖에 없었다. 현이 다시 고개를 숙여 몸을 겹치며 입을 맞춰왔다.

100미터 달리기를 했을 때도 이렇게 숨이 차본 적은 없었다. 산소가 모자라 저도 모르게 숨을 가쁘게 쉬는데 현은 멈추고 싶은 생각이 없는 모양이었다. 보라는 저도 모르게 두 눈을 질끈 감고 말았다.

어느 순간 저도 모르게 잠이 든 모양이다. 그리고 이상하게 어깨가 무겁다고 생각했다. 이게 뭔가 싶어 슬쩍 눈을 뜨는데 몸 위로 올라와 있는 긴 팔이 보였다. 잠시 눈꺼풀을 깜빡이던 보라가 이내 상황을 인식하고 슬쩍 고개를 돌렸다.

짙고 긴 속눈썹은 그늘을 만들고 있었다. 곤히 잠들어 있는 현을 보며 보라가 살짝 팔을 치우려다 그의 팔뚝에 난 상처를 보고 저도 모르게 헙, 소리를 냈다.

그나마 여름이 아닌 게 다행이었다. 아니, 수술실에 들어갈 때 반팔을 입지 않던가? 저 팔뚝을 보면 사람들이 어떻게 생각할지 머릿속이 새하얗게 변했다.

어깨도 있고, 등도 있는데 왜 하필 저 팔뚝에 그렇게 손톱을 박아 넣었던 걸까. 하여간 정신없이 몰고 간 사람은 현이었다. 보라는 모든 책임을 현에게로 돌리기로 생각한 뒤 천천히 침대에서 빠져나왔다. 침대 바닥엔 두 사람의 옷이 멋대로 헝클어져 있었다. 보라는 손을 뻗어 커다란 현의 셔츠를 입고 안방을 빠져나왔다.

온몸의 관절이 삐그덕거리는 느낌이었다. 욕실로 들어가 이를 닦으며 욕조에 걸터앉다 저도 모르게 길게 신음 소리를 내뱉었다. 사타구니 사이로 전해지는 느낌에 몸을 흠칫 떨며 할 수 없이 다시 일어섰다. 그리고 거울을 보던 보라가 입을 쩍 벌렸다.

"대박, 다크서클."

역시 나이는 속일 수가 없다. 아니, 현이나 보라나 나이는 똑같았다. 그런데 어디서 그런 호랑이 기운이 솟아나는 건지 알 수가 없었다. 마지막쯤엔 제발 한 번만 봐달라고 빌었던 것 같기도 하다.

그때 현이 어떤 표정을 지었더라? 할 수 없이 봐준다는 표정을 지었던가? 하지만 어차피 현도 일어나 봐야 상태를 알 수 있었다. 저러다 오늘 아침에 못 일어나는 건 아닌지 심히 걱정이 될 정도였다.

보라가 웃으며 입을 헹구고 욕실을 빠져나왔다. 부엌으로 들어가 베이글을 해동시킨 뒤 잘라서 오븐에 굽고 잼과 크림치즈를 꺼냈다. 딸기를 잘 손질해 꿀을 넣고 갈아낸 뒤 베이컨과 계란도 함께 구웠다. 막 오븐에서 베이글을 꺼내려는데 문이 벌컥 열리고 급히 뛰어나오는 현이 보였다.

"저 찾아요?"

잔뜩 놀란 얼굴로 보라를 보던 현이 이내 안심한 얼굴로 다가와 그녀를 끌어안았다. 얼마나 급했는지 바지도 대충 걸쳐 입은 채였다.

"오늘 몇 시 출……."

말을 채 꺼내지도 못한 채 그대로 입술을 내리는 현을 보면서 보라가 눈을 질끈 감았다. 키스를 받으며 보라는 생각했다. 이럴 줄 알았으면 옷차림이라도 제대로 갖출걸.

헐렁한 티 속으로 현의 차가운 손이 들어와 닿자 저도 모르게 움찔거리고 말았다. 그러자 현의 혀가 빠져나가며 가볍게 입술에 입을 맞추었다.

"몸은 좀 어때요?"

"음, 몸살 걸릴 것 같다?"

"사라진 줄 알고 완전 놀랐는데."

"왜요?"

"내가 어제 너무 몰아붙였나?"

보라가 고개를 끄덕였다. 같은 나이인데 체력 차이가 심한 모양이다. 현은 오히려 잘 먹고, 잘 쉰 사람처럼 얼굴이 빛나고 있었다.

뭔가 억울한 느낌에 보라가 입술을 툭 내밀었는데 이건 정말 잘못된 신호였다. 현이 다시 그대로 고개를 내리며 입술을 삼켰다. 그리고 보라를 살짝 뒤로 밀어 입술을 떼어내고는 싱크대를 잡고 엎드리게 만들었다.

몸은 정말 주인의 피곤함과는 전혀 상관이 없는 모양이다. 어느새 흥분을 불러일으켰는지 현의 손가락이 아주 쉽게 안으로 파고들어왔다 나갔다.

"아직 아파요?"

"조금?"

익숙지 않은 동작은 원래 아픈 법이다. 그 말을 뱉자마자 현의 움직임이 그대로 멈췄다. 결국 천천히 손가락을 뺐다. 현이 움직일 때마다 보라의 몸이 움찔거렸다. 그대로 안아 들어 의자에 앉히고 현이 보라의 이마에 살짝 입을 맞추었다.

"괜찮습니까?"

"괜찮은 것 같아요."

"마음이 급했나 봅니다."

"뭐, 그럴 수도 있죠."

현이 고개를 끄덕이며 보라의 입술에 다시 입을 맞추고 건너편으로 가서 앉았다. 그리고 베이글에 먹기 좋게 크림치즈를 발라 앞으로 내밀었다. 보라는 그것을 받아 한 입 베어 먹고 우물우물 씹으며 주스를 한 모금 마셨다.

"오늘 당직 안 해요?"

"꼭 당직이길 바라는 거 같습니다?"

정답이다. 몸이 피곤해서 아무래도 현이 출근하고 나면 그대로 쓰러져 내일까지 잘 수 있을 것 같았다. 현의 얼굴이 살짝 굳었다.

"많이 안 좋습니까?"

"그게 아니라 아무래도 이대로 누우면 내일까지 푹 잘 수 있을 것 같아서요."

"매일 책상 앞에서만 앉아서 일만 하니까 체력이 없는 거 아닙니까. 다음 주부터 같이 운동합시다."

"네?"

그러고 보니 그는 딱히 일이 없을 때면 새벽 6시에 일어나 조깅을 하고 들어왔다. 설마 같이 뛰어다니자는 말인가? 보라가 황당한 얼굴로 멍하니 있자 현은 직접 그녀의 팔을 움직여 빵을 다시 입으로 넣어주었다.

"겨우 두 번 만에 그렇게 나가떨어지는데 체력 좀 키워야 될 것 같습니다. 지금 상황, 심각한 겁니다."

"네? 친구들은 일주일에 한두 번 하기도 피곤하다던데……. 혼자 무슨 에너자이저를 꽂으셨대. 겨우 두 번?"

보라가 입술을 삐죽였다. 정말 어젠 10일 치의 열량을 한꺼번에 다 쓴 느낌이었다. 그런데 현은 전혀 반대로 꼭 삶은 계란 흰자처럼 피부가 탱탱했다.

"그래도 다행이지 않습니까?"

"뭐가요?"

"처음인데 꽤 잘했잖아요."

"네. 처음인데 꽤 잘⋯⋯. 네?"

"뭐가요?"

방금 한 대화를 되돌려보았다. 처음인데 꽤 잘했다는 말은 어제가 첫 경험이라는 말일까? 아마도 그럴 것이라고 생각하며 현을 보았다.

"왜요? 숫총각이면 안 됩니까?"

보라의 눈과 입이 동시에 벌어졌다.

"지, 지, 진짜요?"

별것 아니라는 듯 현이 고개를 끄덕였다. 보라는 이상하게 목이 타는 느낌에 앞에 있는 주스를 들어 모두 한꺼번에 마셨다. 그러자 현이 자신 몫의 주스를 더 따라 나누어주었다.

"보라 씨."

"네?"

"퇴근하고 외식합시다."

"외식은 어제도 했는데요?"

"보신이 될 만한 것 좀 먹여야겠습니다."

"저 충분히 튼튼한데⋯⋯."

보신이라니. 대체 얼마나 튼튼하게 만드려고. 지금으로도 충분하다고 생각했다.

"보라 씨."

"네."

"지금 데이트 신청하는 겁니다."

결국 보라가 고개를 끄덕였다.

현이 출근하고 난 뒤 보라는 한숨 푹 자고 일어났다. 그나마 자고 일어나니 좀 살 것도 같았다. 그때 벨소리가 울렸다.

"응, 엄마."

─신혼 재미는 쏠쏠하고?

"우리 여행에서 돌아온 지 며칠 안 됐거든요?"

─동네에 타이 마사지 생겼더라. 내일 같이 받으러 가자.

"내일? 그럴까? 예약은?"

─엄마가 미리 해뒀지.

"그래, 그럼."

─계산은 딸이?

"내가 이럴 줄 알았어. 내일 몇 시까지 가면 되는데?"

정 여사와 약속을 잡은 후 보라는 뜨끈한 물을 받아 목욕을 했다. 긴장했던 근육들이 그나마 조금씩 이완이 되는 것도 같았다. 물을 빼내고 일어나 거울을 보던 보라가 저도 모르게 소리를 지를 뻔했다. 온몸 가득 새빨간 흔적들이 남아 있었다. 내일 정 여사가 마사지를 받으러 가자고 했는데 아무래도 취소를 해야 할 것 같았다.

"내가 못 살아."

아니다. 어차피 옷을 입고 마사지를 받으니 아로마 마사지만 피하면 될 것 같았다. 보라는 욕실에서 나와 휴대전화를 들어 현에게 문자를 보냈다.

[왜 사람 몸을 이 꼴로 만들어놔요?]

그리고 별 기대 없이 휴대전화를 내려놓으려는데, 바로 답문이
왔다.

—영역 표시? 나올 준비 합니까?

이런, 늦었다. 안방으로 뛰어 들어가 재빨리 옷을 갈아입고 대
충 BB크림만 바른 뒤 집을 나섰다. 빠른 걸음으로 가기가 힘들어
하는 수 없이 아픈 척을 하며 택시에 올라탔다. 병원까지 겨우 기
본요금인지라 살짝 긴장을 했는데 다행히 마음씨 좋은 택시 아저
씨는 몸조심하라며 걱정까지 해주었다.

택시에서 막 내리는데 로비를 빠져나오는 현이 보였다. 보라가
현을 향해 손을 흔들자 그가 웃으며 뛰어왔다.

"택시 타고 왔어요?"

"좀 늦었거든요. 어제 혹사를 당해서 도무지 뛸 수가 있어야
말이지."

"오늘은 편하게 해줄게요. 갈까요?"

고개를 끄덕이며 현이 에스코트하는 대로 움직였다. 그런데 현
이 온 곳은 어제도 왔던 그 백화점이었다. 대체 백화점엔 또 무슨
일일까 고민하는데, 현이 보라의 손을 끌고 들어간 곳은 명품 매
장이었다.

"여긴 왜요?"

"갖고 싶은 가방 하나 골라봐요."

"가방?"

갑자기 무슨 가방인가 싶었다. 설마 어제 신발을 사주지 못해

서 계속 신경을 쓰고 있었던 걸까? 보라가 슬쩍 현을 위아래로 훑었다.

"뭐예요?"

"데이트의 정석 아닙니까?"

"정석? 그건 모르겠고 저 가방도 잘 안 들고 다녀서 필요 없는데."

"그래도 골라봐요. 꼭 사주고 싶으니까."

직원은 남자 친구분이 정말 멋있다고 하면서 가방 몇 개를 추천해주고 있었다. 얼떨결에 가방을 고르면서도 보라는 고개를 갸웃거렸다. 갑자기 웬 뜬금없는 가방인가 싶었다. 하지만 현은 가방으로도 모자라 옷도 세 벌이나 골라주었다.

"남궁현 씨, 오늘 너무 무리하시는 거 아니에요?"

"아닙니다."

"그럼 뭔데요, 이거?"

보라가 현의 손에 들린 백들을 가리켰다. 의사 벌이가 얼마나 되는지는 모르겠지만 어쨌거나 현은 오늘 꽤 무리를 했다. 이거 왠지 거의 한 달 치 월급을 몽땅 쓴 것 같아 걱정이 될 정도였다.

"남자가 이렇게까지 선물하면 뻔하지 않습니까?"

"뭐가요?"

정말 몰라서 물었다. 그러자 현이 살짝 고개를 숙여 보라의 귓가에 속삭였다.

"수작질."

이런, 당했다.

10. 우리, 가족이 되어볼까요?

역시 마사지는 좋은 것이다. 보라는 사실 온몸이 찌뿌둥해서 오늘 아침에도 욕조에 뜨거운 물을 받아놓고 조금 풀어보려고 했다. 하지만 역시 집에서 아무리 뜨거운 물을 받아도 목욕탕과는 달랐다. 하지만 그래도 미리 반신욕 정도는 해서 그나마 죽는소리는 하지 않고 마사지를 받을 수 있었다.

"하여간 보경이를 어떻게 해야 할지 걱정이다. 자기들끼리 모아서 한다고는 하는데, 그래도 전세는 들어가야 할 거 아니니? 물론 재훈이네 집이 넉넉지 않은 건 예전부터 알고 있었지만……. 아무것도 안 받는다 하시는데 또 그게 되는 것도 아니고."

"그래서? 그냥 커플링으로 결혼반지 대신하고 둘이 월셋집 들어가서 산다고?"

"엄마 속상해 죽겠다."

"요즘 그렇게 결혼하는 커플들 많아. 둘이 직업 확실하겠다, 앞으로 잘 모으면 되는 건데 무슨 걱정을 사서 해? 그래도 보경이가 선생이라 다행이야. 육아 휴직도 눈치 안 보고 할 수 있고, 따박따박 월급 나오고."

등 마사지를 받으면서 보라는 몇 번이나 '아이고, 살겠다.' 소리를 냈다. 정 여사는 태평한 소리를 하고 있다는 듯 보라를 슬쩍 흘겨보았다.

"너야 전문직에, 집안 좋고 돈 많은 남 서방 만나서 동생 고통은 상상도 안 가는 거지?"

"엄마, 자꾸 간과하시는데 내가 더 많이 벌어. 그리고 그게 현이 씨 돈이야? 그거 다 어머님 돈이거든? 저번에 현이 씨 말 들어 보니까 어머님 은퇴하시면 전문경영인에게 맡기시고 재산 기부하겠다고 하셨던데."

"회사를 넘긴다고?"

"전문경영인이 맡는 거고, 아마 주주는 아주버님이 되시겠지. 아니, 형님이 되시려나? 아주버님은 공직자라서 형님이 가져가실 것 같기도 하고."

"에이, 그래도 남 서방 앞으로도 좀 주시겠지."

그 말에 보라가 '헹' 소리를 내며 정 여사를 보았다.

"현이 씨 의대 가는 순간부터 그런 거 없어졌어."

"왜?"

"뭐가?"

"아니, 아들이 의대까지 갔는데……."

"집에서 반대했었대. 그럼에도 불구하고 그냥 무조건 밀어붙

우리,
결혼할까요? 349

여서 현이 씨는 의대 간 거고. 아무튼 엄마, 절대 그런 말 현이 씨 앞에서 꺼내지 마. 알았어?"

"얘는, 나도 그냥 농담한 거야."

분명히 농담에 진담이 섞여 있었다. 하지만 보라는 더 이상 정 여사를 몰아가지 않기로 결심했다.

"그래서, 대출을 뭐 얼마나 받겠다고?"

"요즘 집값이 좀 비싸니? 하긴 전세도 거의 없다고 하던데. 사실 엄마가 좀 걱정했던 것도 솔직히 재훈이네가 돈을 해주시든 해주지 않으시든 상관은 없는데, 어른들 노후 준비가 제대로 안 되어 있다는 거야."

정 여사의 얼굴에 그늘이 졌다. 지금 베이비붐 세대 중 노후 준비가 된 사람들이 얼마나 될까. 그 시기의 사람들은 부모와 자식에게 모든 것을 바친 사람들이었다. 자신들은 뒤로하고 가족을 위해 생활했던 사람들이라 여유를 챙기기 쉽지 않았을 것이다.

"보경이가 고생이 많겠네."

"그렇지? 아무래도 재훈이도 큰아들이고 하다 보니. 이래서 엄마가 늙는 거다. 엊그제는 엄마가 무슨 이야기 들었는 줄 아니? 원래 재훈이가 집에 잘 놀러 오잖니. 그래서 엄마가 뭐라도 해주려고 나름 갈치도 굽고 그렇게 저녁 차려줬는데, 보경이 이놈의 계집애가 왜 형부랑 차별대우 하냐면서 우는데. 아니, 내가 언제 무슨 차별을 했다고……."

정 여사는 억울한 듯 말하고 있었지만 보라는 왠지 보경의 심정도 이해가 갔다. 물론 현이 친정에 가서 저녁을 얻어먹은 건 딱 두 번이었다. 결혼 전 한 번과 신혼여행 후 한 번. 그러니 정 여사도 신경이 쓰여 이것저것 준비를 했을 것이다. 보경은 그전에 재훈이 올 때마다 정 여사가 신경 쓴 건 완전히 잊었을 것이고, 괜히 비교를 한다 생각했을 것이다. 하지만 여기서는 정 여사 편을 들어주기로 했다.

"에이, 보경이도 너무했네. 재훈이가 우리 집에 왔다 갔다 한 지 5년도 넘었고, 엄마가 얼마나 잘해줬는데."

"그렇지? 그런데 그놈의 계집애는 그런 건 확 다 잊어버린 모양이더라."

"엄마, 마사지 받고 마트 가서 장 좀 보자. 내가 소고기 좀 사줄게. 오늘 재훈이랑 보경이 불러서 저녁 먹자. 엄마 힘들면 외식할까? 내가 용돈 좀 찔러드릴게."

"힘들긴. 집에서 먹자. 남 서방도 불러."

"그럼 내가 연락한다?"

정 여사가 고개를 끄덕이며 옷을 벗고 아로마 마사지를 받기 시작했고, 보라는 휴대전화를 들었다. 보경에게 문자를 보냈는데 수업시간이 아니었는지 바로 전화가 걸려왔다.

-응, 언니.

"오늘 약속 없지? 재훈이랑 같이 집에 와. 엄마가 재훈이 좋아하는 소고기 좀 사셨대."

-형부 주려고 산 거겠지.

보라는 저도 모르게 '끙' 소리가 나올 뻔한 것을 참아내었다. 하여간 아직도 꿍해 있는 모양이었다. 보지 않아도 뻔했다. 정 여사도 분명 '그래, 네 형부만 신경 쓴다. 이 엄마가 나쁘다.'라고 속에도 없는 말을 했을 것이다. 사실 어렸을 때부터 정 여사와 보경이 훨씬 잘 통했었다. 워낙 둘 다 똑같은 성격이라 그만큼 다툼도 있긴 했지만 그것도 다 애정에서 나오는 것이었다. 오히려 보라는 정 여사에게 '어쩌다 저런 게 내 속에서 나왔는지.'라는 말을 수백 번도 더 들었었다. 그때마다 보라는 '억울하면 다시 배 속으로 넣던가.'라고 응수를 했었다. 어쨌거나 정 여사에겐 깨물면 똑같이 아픈 손가락임에도 불구하고 어릴 때 몸이 허약했던 보경에게 신경이 많이 쓰이는 건 어쩔 수 없는 일이라고 생각했다.

"진짜 재훈이 먹이려고 사신 거거든? 그리고 현이 씨 소고기 안 좋아해."

─언니랑 형부도 올 거야?

보라가 슬쩍 옆을 보았다. 낮게 코를 고는 소리가 들리는 것을 보니 정 여사는 이미 잠이 든 모양이었다.

"아니, 우린 오늘 약속 있어서."

─왜, 같이 와. 엄마가 또 언니한테 한 소리 했지?

"한 소리 하긴 하셨는데, 오늘 정말 약속이 있어. 그리고 너, 엄마 뻔히 알면서 왜 그랬어?"

─결혼 준비하느라 그렇지 않아도 정신이 없는데 옆에서 살살 속을 긁잖아.

"너 잘되었음 해서 그러신 거지."

─언닌 모든 게 넉넉해서 얼마나 힘든지도 모를 거야. 원래 가진 게 많은 사람들은 없는 사람 마음을 모르거든.

확실히 보경이 삐딱선을 탄 게 맞았다. 보라가 낮게 한숨을 내쉬자 보경도 실수를 한 걸 알았는지 입을 다물었다.

"야, 윤보경. 말 계속 그딴 식으로 할 거야?"

-언니, 그게…….

"맞아. 네 말대로 내가 너도 아닌데 어떻게 그 속을 알아? 그런데 내가 이런 비교 당할 필요가 없지 않냐 너 한번 잘 생각해봐. 어릴 때 네가 떼쓰면 난 내 물건 다 너 줬어. 내가 그 물건이 싫어서가 아니라 내가 언니니까 양보한 거라고. 그런 걸로 내가 너에게 뭐라고 한 적이 있었어?"

-그거야…….

"너 공부하겠다고 각종 과외 받고, 학원 다니는 거 보면서 나라고 학원 안 다니고 싶었겠어? 너도 알겠지만 나는 지금 그림 그리고 사는데 미술 학원도 안 다녔어. 그때 너 뭐라고 했는지 기억해? 언닌 재능 갖고 태어나 그런 거라고 했지? 아니, 노력해서 그린 거야."

왠지 눈물이 왈칵 솟아오를 것 같아 보라가 말을 끊었다. 그리고 다시 한 번 호흡을 가다듬었다. 이제 말투는 어린아이를 어르듯 변했다.

"윤보경, 나 욕심이 없어서 다 너한테 양보했던 거 아니야. 물욕이 없어서 너에게 나 물건들 준 것도 아니고. 언제까지 난 둘째라서 손해만 받고 산다고 생각할 거야? 네 학원비 때문에 엄마가 화장품도 샘플만 쓴 건 아니? 너 메이커 운운하면서 백화점 갈 때 엄만 시장에서 옷 사 입었어."

휴대전화 너머는 고요했다. 다행히 전화가 끊긴 건 아니었다. 보라가 다시 숨을 길게 내쉬며 말을 이었다.

"이왕 말이 나왔으니 더 말할게. 너 월급 받으면 알아서 집에 생활비 대겠다고 했는데 한 번이라도 댄 적 있니? 이제껏 독립도 하지 않고 결혼 자금 모으겠다면서 집에 얹혀살았지? 내가 지금 돈 가지고 이런 말 하는 게 아니야. 조금의 성의라도 보인 적 있냐는 소리야."

훌쩍이는 소리가 들려와 보라가 인상을 찌푸렸다. 하지만 계속 말을 이어나갔다.

"네 단점은 늘 그거야. 말만 앞서. 그렇다고 해서 아빠나 엄마가 너한테 눈치 준 적이 있어? 오히려 너 불편하지는 않을까 눈치 보셨던 분들이야. 그런데 너 자꾸 그딴 식으로 자꾸 말 곱게 할래?"

보경은 태어나 처음으로 보라에게 질책을 듣는 것이었다. 사람들이 확실히 둘째들이 가운데에 끼어 생존본능이 강하다고 할 때 보라는 그건 사람의 개개인 문제라고 보경을 두둔했다. 하지만 가끔씩 따끔한 회초리도 필요했었는데 동생이라는 이유로 그것을 간과했었다.

아마 예전 같았더라면 이렇게 말을 해놓고 마음이 뜨끔했을 것이다. 말이 없는 보경이 우는지 아닌지 신경까지 써가면서. 아니, 아예 생각도 못 했을 것이다.

흐느끼는 소리가 들렸지만 보라는 위로를 할 마음이 없었다. 오늘 이런 말들로 보경이 한 번에 바뀔 거라고 여기지는 않는다. 다만 인간이라면 이 정도 말을 듣고 어느 정도 생각이라는 것을 할 것이다.

"갑자기 이런 말을 해서 내가 치사한 것 같아?"

보라는 나름 예체능 일을 한다고 해서 딱히 예민하거나, 신경질적인 타입도 아니었다. 다만 모든 것에 관대한 타입에 가까웠다. 그래서 살면서 화를 내본 적도, 누군가에게 고의적으로 상처를 준 적도 없었다. 하지만 보경은 동생이니만큼 꼭 짚고 넘어가야 했다.

─나는 언니가 그런 생각 하는지 전혀 상상도 못 했어.

"못 한 게 아니라 안 한 거야. 너는 네가 제일 소중했었거든. 아니야?"

보경은 아무 말도 하지 않는다. 그건 스스로 인정하고 있다는 소리였다.

"내가 자리 잡고 돈 벌기 훨씬 전에 넌 선생이 됐었지? 그때 네가 나한테 뭐라고 했는지 기억해?"

또 아무 말이 없다. 그땐 자존심이 상한다기보다는 그저 미안하다고 생각했다. 언니가 되어 제대로 앞가림도 못 하는 것 같아서.

"사람은 저마다 사정이 있고, 목표가 다른 법이야. 넌 조금 일찍 이룬 케이스고 나는 아니었지. 생각해봐, 보경아. 언제 내가 넌 나보다 나은 환경이니까, 나도 힘들어, 라고 한 적이 있었어? 그리고 내가 성공한 뒤로 언제 너한테 그 돈으로 먹고살기 힘들지 않니, 한 적은 있었어?"

너무 다그치기만 했다. 이쯤에서 적당한 당근이 필요했다. 보라가 숨을 골랐다.

"보경아, 원래 사람은 자기 연민에 제일 잘 빠져들어. 그러면서 제일 나쁜 짓이 남의 자존감을 밟고 올라서려고 하는 사람이야. 나는 네가 내 동생이라 그걸 제대로 보려고 하지 않았어. 그래서 그냥 모든 걸 다 받아줬지. 오늘 난 처음으로 그걸 후회했어."

정 여사의 걱정을 듣고 보라도 심난한 건 매한가지였다. 보라가 슬쩍 고개를 돌려 잠이 들어 있는 정 여사를 바라보았다.

"엄만 네가 걱정되어서 오늘 나한테 데이트 신청을 하셨고, 네 대출 부담금 덜어주기 위해서라는 것을 나도 아는데 말도 잘 못 꺼내고 계셔. 나는 처음엔 그냥 줄 생각이었는데 생각이 좀 바뀌었다. 갚아, 갚는데 다 갚으라고는 하지 않아. 부담되지 않는 선에서 엄마에게 갚아."

―언니.

"나는 오늘 내가 이런 말을 했다고 해서 네가 확 변할 거라고는 생각 안 해. 30년이 넘게 살아온 세월이 있는데 어떻게 생각이, 가치관이 확 바뀌겠어. 다만, 앞으론 말을 할 때 한 번 더 생각을 하고 꺼내."

진심이었다. 보경이 한 번에 바뀔 거라고 생각하지 않았다. 하지만 그런 면은 바뀌었으면 좋겠다.

"한 번만 더 남의 입장에서 생각을 해봐. 네가 수업을 하는 건 내가 보지 않아서 모르겠지만 가족에게 하는 것처럼 제자들을 대하지 않았으면 좋겠어. 우선은 널 보고 자라는 애들이니까."

예전에 현이 그런 말을 한 적이 있었다. 어떻게 그렇게 욕심이 없이 살았냐고 말이다. 타고난 성향이 그런 걸 어쩌냐고 하자 현은 웃었다.

앞으로는 화도 좀 내고 살았으면 좋겠다고 했는데 오늘이 바로 그날인 모양이다. 남들이 보기에 이게 무슨 화냐고 할지 모르지만 보라에겐 충분히 화를 표출하고 있는 중이었다. 스스로 이렇게 말을 할 수 있다는 것에 무척이나 놀라고 있었다.

"윤보경."

―알아. 언니가 말하는 내 잘못이 뭔지 잘 아는데 나는 그동안

모른 척했어. 내가 먼저 자리를 잡았을 때도 우쭐했을 거야. 아니, 우쭐했어. 남들에게 직설적으로 말을 하면서도 원래 내 성격이 이러니까 하면서 스스로를 납득시켰어. 그러면서도 고칠 생각도 못했어. 언니, 고마워. 그런데 정말 돈은 됐다. 내 자존심 때문이 아니라 그 돈을 내가 어떻게 받아. 우린 그냥 우리 힘으로…….

"무슨 소리를 들은 거야? 갚으라니까?"

―언니…….

"공짜 아니라고. 그리고 엄마도 예전과 달라. 많이 늙으셨어. 갱년기가 사춘기보다 위험한 건 알지? 우리가 무심코 하는 작은 말에도 상처받는 나이라는 거야. 그러니까 보경아, 엄마한테 말을 꺼내기 전엔 제발 세 번은 생각하자, 우리."

―언니, 미안해.

사과를 받자고 이런 말을 꺼낸 건 아니었다. 며칠 혹은 몇 달을 정말 보경이 삐쳐도 어쩔 수 없다고 생각하며 처음에 말을 꺼냈다.

역시 보경을 과소평가했다. 말을 하면 수용을 하고 받아들일 줄 아는 동생인데 너무 어린아이 대하듯 했다. 보라는 왠지 코끝이 찡하게 울려오는 것을 느꼈다.

―언니.

"말해."

―나 사실은 정말 초조했나 봐. 결혼을 준비하면서 정말 어른이 되어버린 것 같아서. 언니도 그랬어?

"음, 확실히 현이 씨를 만나고 나도 그런 생각 많이 하긴 했지. 메리지블루는 거의 겪는다고 하니까 너무 심각하게 생각하지 마."

―언닌 후회 안 해?

보라는 그건 자신 있게 말할 수 있었다.

"응. 나, 결혼하기 정말 잘한 것 같아."

─나도 행복해질 거야. 그리고 앞으로 꼭 한 번 더 생각하도록 할게.

"그래, 나중에 보자. 나 지금 마사지 받아야 돼. 끊을게."

억지로 눈물을 참느라 목이 메어 서둘러 전화를 끊었다. 그런 말을 내뱉으면서 어떻게 마음이 아프지 않을 수가 있겠는가. 남들이 하지 못하는, 자매라서 할 수 있는 대화였다. 보라는 살짝 고개를 돌려 정 여사를 보았다.

말을 꺼내기 전에 한 번 더 생각을 하는 건 스스로에게 하는 충고이기도 했다. 그녀도 생각 없이 말을 뱉어 부모님께 저도 모르게 상처를 주었을 것이다. 잠이 든 정 여사를 한참 동안 바라보던 보라가 서둘러 액정을 찍기 시작했다.

[우리 엄마가 오늘 저녁 먹자고 해도 거절해요. 약속 있다고. 알았죠?]

숫자가 바로 사라졌다. 현이 휴대전화를 보고 있던 모양이었다. 아니면 텔레파시가 통했나?

[왜요? 같이 저녁 먹으면 안 됩니까?]

[오늘은 엄마와 보경이가 서로 마음을 푸는 날이거든요.]

[무슨 일 있습니까?]

[집에 가서 말할게요.]

[3시에 끝납니다. 병원 앞에서 볼까요?]

시계를 보았다. 이제 마사지가 다 끝나가니 마트에 가서 장을 보고 나면 얼추 시간이 맞을 것 같았다.

[그럼 병원 앞에 도착해서 연락할게요.]

서둘러 휴대전화를 주머니에 넣고 자리에서 일어섰다. 보라가 먼저 일어나 옷을 갈아입자 마사지사도 깨끗하게 정 여사의 등을 닦고 깨우고 있었다. 역시 마사지가 개운하다며 정 여사가 길게 하품을 하며 자리에서 일어섰다.

마트로 자리를 옮긴 뒤 열 명이 먹어도 충분할 고기를 사자 정 여사가 너무 비싼 거 아니냐며 걱정을 했다. 보라는 이 정도는 문제도 아니라며 배달을 부탁했다.

"어머, 도가니 재훈이가 좋아하는데."

"이것도 살 테니까 탕 끓여서 좀 보내줘."

"그래야겠다."

사위 차별은 무슨.

보라가 혀를 끌끌 찼다. 재훈이 게장을 좋아한다며 해마다 꽃게 철이 되면 만들어서 보내준 것도 보경은 잊은 모양이다. 당연히 오래 봐온 재훈에게 더 정이 갈 수밖에 없었다. 다만 그만큼 재훈이 더 편해졌다는 뜻도 됐는데, 보경은 그것까진 알아채지 못한 모양이었다.

"엄마."

"응?"

"나도 좀 예뻐해줘."

"무슨 소리야?"

"가만 보면 엄마는 보경이랑 서형이만 더 예뻐하잖아. 이건 작은엄마도 인정한 거다?"

"얘, 그런 게 어딨니? 다 똑같지."

그렇게 말을 하면서도 정 여사는 미안해하는 기색을 숨기지 못했다. 확실히 어린 시절 똑같은 애인데도 불구하고 보라를 나이가 더 많다는 이유로 참아야 한다며 몇 번인가 혼을 내기도 했었는데 돌이켜보니 그게 참 미안했다고 하면서 작은엄마에게 말을 하는 것을 들었었다.

"사위 차별도 조금만 하고."

"내가 언제 차별을 했니?"

"엄만 현이 씨가 뭐 좋아하는지는 묻지도 않더라? 여기서 이미 차별이거든?"

그 말에 정 여사가 정말 뜨끔한 표정을 지었다. 그 모습이 귀여워서 보라는 그냥 웃고 말았다.

"나, 남 서방은 뭐 좋아한다니?"

"됐어. 딱히 그런 거 없대. 편식도 없어서 편해."

"밖에서 사람 많이 만나는 사람이니 집에 오면 얼마나 피곤하겠어. 네가 좀 잘 챙겨줘. 그래도 특별히 좋아하는 거 있을 거 아니야. 엄마가 오늘 그거 만들어줄게."

"아냐, 약속 있대."

"그럼 이번 주에 한번 같이 와."

보라가 고개를 끄덕였다. 마트를 나와 정 여사를 먼저 택시에 태워 보내고 천천히 병원 방향으로 걷기 시작했다. 어느새 봄이 물러가고 여름이 한층 가까워진 느낌이었다. 이제 겨우 4월인데 말이다.

벚꽃은 찰나의 아름다움을 뽐내며 사라졌고 알록달록한 철쭉들이 피어나기 시작하고 있었다. 날이 좋아서인지 병원 앞에도 환자들이 나와 바람을 쐬고 있었다. 그리고 그 속에서 무척이나 튀는 사람을 단번에 찾아내었다. 하늘을 보고 있던 현이 보라를 발견하고 천천히 걸어오고 있었다.

"하늘에 뭐라도 떴어요?"

"뭐가 그렇게 바쁜지 하늘도 못 보고 살았다는 생각이 들어서요."

"음, 역시 수작남이라 그런지 감성적이네요?"

그렇게 말하며 보라도 고개를 들어 하늘을 보았다. 구름이 없는 새파란 하늘이 정말 인상적이었다. 현이 웃으며 보라의 손을 잡고 가방까지 가져가 들어주었다.

"여자들은 이렇게 크고 무거운 가방을 잘도 들고 다니는 것 같습니다."

"여자들의 자존심이라잖아요. 그리고 얼마나 챙겨야 할 물건도 많은데요."

"보라 씨 가방은 크기에 비해 든 게 없는 것 같은데요."

"저야, 귀찮으니까. 화장도 잘 안 하고."

"복인 줄 아십시오."

"뭐가요?"

"화장하거나 안 하거나 똑같이 예쁘잖습니까."

보라가 재빨리 주변을 돌아보았다. 지나다니는 사람이 없어서 다행이었다.

그녀가 현의 옆구리를 쿡 찔렀다.

"남들이 그런 말 들으면 욕해요."

"사실인데 뭐 어떻습니까?"

"원래 되게 뻔뻔하시구나."

"수작남에게 그 정도는 기본이죠."

아무래도 수작남 놀이에 맛을 들렸다. 절로 웃음이 터져 나왔다. 그리고 동시에 배가 고픈 것도 느꼈다. 마사지를 마치고 정 여사와 맛있는 것을 먹으려고 했는데 계획이 바뀐 탓이었다.

"배고프다."

"밥 안 먹었습니까?

"계획이 좀 변경됐거든요."

"그럼 빨리 밥 먹으러 갑시다."

보라가 재빨리 고개를 끄덕였다. 하지만 역시 수작남이 고른 메뉴에 저도 모르게 웃음을 터트렸다.

앞에서 지글지글 구워지고 있는 민물장어를 보면서 보라는 아무래도 영양제를 좀 사먹어야겠다고 생각했다. 현은 통통한 몸통을 들어 소스에 살짝 찍어 몇 번인가 후후 분 뒤 보라의 앞으로 내밀었다. 보라는 말없이 입을 벌리고 장어를 받아먹었다.

"교수님들과 한 번씩 오는 곳인데 맛이 어떻습니까?"

"맛있어요."

"다행이군요."

"이거 먹이고 설마 또 잡아먹을 건 아니죠?"

커다란 식당에 식사 시간이 아니라 손님이 없었다. 게다가 일을 하는 사람들도 다들 주방에 들어가 있어 이런 대화가 가능했다.

"그럼 안 됩니까?"

"당연하죠."

살짝 현이 미간을 구겼다. 단번에 안 된다는 말이 나올 줄은 몰랐던 모양이었다.

"마법이 시작됐거든요."

"안타깝군요."

"저도 그렇게 생각해요."

현의 얼굴은 잔뜩 아쉬움이 묻어 있었다. 그건 진심이었다. 그리고 보라 역시 애석하다고 생각했다. 아무래도 음란마귀는 한동안 머무를 모양이다.

"그런데 장모님과 처제는 무슨 일이 있었습니까?"

"사실 저 오늘 어른 놀이 했거든요."

"어른 놀이?"

현이 먹기 좋게 쌈을 싸서 다시 보라의 입으로 넣어주었다. 보라는 그것을 씹어 삼키며 물을 한 모금 마셨다. 그리고 보경에게 했던 이야기들을 현에게 해주었다.

"잘했습니다."

"네?"

"언젠간 한번 나올 말이었을 것 같아요. 물론 저도 처제에 대해 잘 모르지만 예전에 들었을 때도 보라 씨가 너무 참고 산다고 생각했거든."

"참은 게 아니라니까요. 그냥⋯⋯."

"보라 씨 성격이 원래 그렇다는 건 알겠지만 역시 동생이 올바른 생각을 할 수 있도록 도와주었어야 했습니다. 다행히 지금도 너무 늦은 건 아니니 걱정 그만했으면 좋겠습니다. 그렇게 또 이기적인 처제는 아니니까."

위로가 되었다. 사실 그녀는 그렇게 보경에게 말을 해놓고도 마음이 계속 무거웠다. 보라도 상추에 장어를 넣고 쌈을 싸서 현에게 내밀었다. 현이 입을 벌렸는데 그녀의 손가락까지 먹을 듯이 물었다.

"아, 진짜!"

"그것도 안 됩니까?"

"늦게 배운 도둑질이 무섭다더니."

"그러니까 보라 씨가 좀 맞춰줘요."

"맞춰줬다간 말라 죽을 것 같아서요."

"그래서 이렇게 몸보신시키지 않습니까."

할 말이 없었다. 역시 말로 현을 이긴다는 건 어려운 일이었다. 보라가 장어 토막을 들어 입으로 집어넣었다. 기름기가 많고 느끼해서 많이 먹는 건 쉽지 않았는데 현의 말처럼 정말 잘하는 곳인지 많이 부담스럽지 않았다.

"보라 씨."

"네."

"혹시라도 말입니다."

그의 살짝 목소리가 낮아졌다. 이러면 불길한데……. 보라가 살짝 불안한 눈으로 현을 보았다.

"만약 우리가 피임에 실패해서 아이를 갖게 된다면 말입니다."

현이 잠시 말을 멈췄다. 보라는 그 말을 들으면서도 먹는 것을 멈추지 않았다. 물론 잘 먹는 건 좋은 일이지만 이렇게 무거운 주제를 꺼내고 있는데 무신경해 보이는 모습은 역시 조금은 가슴을 찔렀다.

"제가 임신하면요?"

"네."

역시 보라는 아이에 대해서는 타협점이 없는 것일까? 현도 사랑과 아이는 역시 다르다는 생각을 했다.

"왜요? 그럼 현이 씨는 안 낳을 생각이에요?"

"보라 씨는 낳을 생각입니까?"

"네."

"네, 낳을 생…… 네?"

"왜요?"

"아니, 이제껏 아이는 낳고 싶지 않다고……."

"그건 결혼에 대한 확신이 없고, 내게 사랑하는 남자가 생기지 않을 거라고 생각해서 그랬던 거였죠. 아이는 무조건 부모의 사랑을 받고 자라야 한다고 생각하거든요. 물론, 지금 우리가 아이를 갖자는 건 아니에요. 빨라도 6개월 뒤쯤?"

"왜 6개월 됩니까?"

"저는 신혼을 좀 즐기고 싶거든요. 그러니까 앞으로 6개월은 우리 서로 피임 철저히 해요."

현이 고개를 숙였다. 역시, 이길 수가 없는 여자였다.

현은 가만히 자신의 앞에 앉아서 해파리냉채를 맛있게 먹고 있는 보라를 보고 시선을 천천히 돌렸다. 강 여사도, 인영도, 수민도 가벼운 미소를 띠고 있었다.

어째 결혼하기 전보다 성북동을 더 자주 찾는 느낌이었다. 혼자일 때는 분기는커녕 명절에 한 번 정도만 와도 자주 오는 것이었다. 그런데 결혼을 하고 3개월간 평균적으로 한 달에 두 번 정도는 들르는 것 같았다.

"동서, 입맛에 잘 맞아?"

"그럼요. 진짜 맛있는데요?"

"큰애가 소스를 정말 맛있게 만들지 않니?"

"그러니까요, 어머님. 파는 건 진짜 상대가 안 되는데요?"

"두 분 자꾸 저 띄우시는데, 앞으로 많이 만들어달라는 소리 맞죠?"

게다가 여자들은 묘하게 사이가 좋다. 남들이 보면 모녀관계인 줄 알 정도였다. 반찬 몇 개를 만들어놨으니 가져가라는 말에 알 겠다고 했는데 떡하니 밥상까지 차려놓는 바람에 이대로 앉게 되 었다. 현은 그냥 밥 먹은 지 얼마 안 되었으니 가겠다고 했지만 보 라가 어떻게 성의를 무시하냐며 그를 끌고 들어왔다.

"현이 넌 왜 그렇게 안 먹어?"

"밥 먹은 지……."

식탁 밑에서 보라의 발이 현의 정강이를 툭 찼다. 현이 잠깐 움 찔하며 보라를 보았다. 보라가 눈을 크게 뜨고 인상을 찌푸리자 결국 현도 젓가락을 들 수밖에 없었다.

"아침을 늦게 먹나 보구나?"

"보라 씨 밤샘 작업합니다. 오늘도 겨우 3시간 잤는데 전화 와 서 깼고."

일찍이 다리를 벌리는 바람에 보라의 다리가 허공을 갈랐다. 덕분에 몸이 크게 휘청였고 동시에 모두에게 시선을 받자 아무것 도 아니라는 듯 보라가 웃으며 고개를 저었다.

현은 다시 다리를 모아 꼬고 앉으며 월남쌈을 하나 들어 땅콩 소 스에 찍어 보라에게 건네주었다. 채소가 듬뿍 들어가 있어 보라가 유난히 싫어했지만 현은 일부러 한 번씩 먹이곤 했다. 보라는 소스가 듬뿍 묻은 부분만 살짝 베어 물고 다시 현에게로 건네주었다.

"동생 결혼 준비는 거의 끝났어, 동서?"

"네. 생각보다 결혼이 좀 빨리 잡혔어요. 갑자기 동생이 사고를 쳐서 혼수를 준비하는 바람에……."

왠지 모르게 이런 말을 전하는 게 쑥스러워 보라가 살짝 얼굴을 붉혔다. 저번 달에 보경과 함께 밥을 먹다 안색이 좋지 않아 걱정을 하던 차에 입덧 비슷한 증상을 보였다.

현은 별생각 없이 '처제, 임신 아니야?'라고 해놓고 스스로 놀란 표정을 지었다. 현의 그 말을 듣고 보라 역시 눈을 크게 뜨고 보경을 보았다. 어쨌거나 임신 4주라는 진단을 받고 결혼을 앞당기느라 친정 식구들이 고생을 많이 했다.

"엄마는 한 해에 둘이나 보내는 거 욕먹는 거 아니냐고 하시는데 아빠는 별 상관 없다고 하시더라구요. 다들 나이 차서 가는 건데 어쩌겠냐고. 친구들에 비해 개혼이 늦긴 하셨죠."

괜히 헛기침을 하며 보라가 물을 삼켰다. 피임에 실패한 경우를 동생을 통해서 보게 되다니. 그래도 조카가 생긴 걸 기뻐하며 보라는 좋은 유모차를 사주겠다고 약속을 했다. 물론 보경은 정 여사에게 등을 내어주었다.

식사가 끝났는데도 보라가 일어날 생각이 없어 보였는지 현이 자꾸 눈치를 줬다. 할 수 없이 이만 자리에서 일어나야 했다. 인영과 강 여사는 보라에게 이런저런 반찬을 챙겨주었다.

"이렇게 많이 얻어만 가서 어떡해요?"

"그럼 동서가 다음에 한턱 쏴."

"그럴게요. 안 그래도 연재 끝나서 제법 한가해졌거든요. 제가 좋은 자리 마련해서 연락드릴게요. 그땐 꼭 아주버님도 함께해요."

인사를 하고 차에 올라타는데 현의 표정이 좋지 않았다. 안에서 잠깐 강 여사와 이야기를 한다고 하더니 안 좋은 소리를 들은 것 같았다.

"표정이 왜 그래요?"

"아닙니다."

"아니긴, 뭐. 혼났어요?"

"어린앱니까?"

혼이 날 나이는 지났다. 그래도 원래 부모님의 눈엔 자식이 흰머리가 나도 애라고 하지 않던가. 보라가 현을 물끄러미 바라보았다. 결국 현이 시동을 걸고 출발하지 못한 채 보라를 보았다.

"별거 아닙니다."

"포스트잇 붙이기 할까요?"

약 두 달 전부터 서로에게 불만 사항이 있으면 그걸 써서 냉장고에 붙이기로 했다. 아주 간단한 것들 정도였다. 예를 들면, 민이가 들어가 물을 틀 수도 있으니 화장실 문은 꼭 닫기, 먼저 일어나는 사람이 민이의 화장실 청소 및 사료를 주기 같은 것들이었다. 그런데 처음 일주일 정도만 붙이다 나중엔 딱히 쓸모가 없어져서 시행되고 있지 않았다.

"들어도 보라 씨가 별로 좋아할 이야기는 아닙니다."

"제가 듣고 판단할게요."

"늦기 전에 아이를 한번 생각해보는 게 좋지 않겠냐는 이야기였습니다."

"오호, 벌써 압박이 들어온단 말이에요?"

대수롭지 않게 말하는 보라를 보며 현이 살짝 의아한 얼굴을 했다. 어차피 어른들이야 '결혼만 해라, 그다음부터는 신경을 안 쓰마.'라고 하지만 그럴 사람들이 절대 없다는 것을 보라는 잘 알고 있었다. 그렇지 않아도 정 여사가 '보경이도 갖는데 너는 왜!'라고 소리를 지르지 않았던가. 그때 보라는 '결혼하면 나머진 신경도 안 쓴다며?'라고 했다가 정 여사의 째림을 고스란히 받아야 했다. 했던 말이 있어 친정 식구들도 딱히 아이 문제에 대해 말을 꺼내지 못하는 걸 뻔히 알고 있었다. 그리고 하고 싶어 입이 간질간질하다는 것도.

"보라 씨는 신경 쓰지 말아요."

"우리 집도 말하고 싶어서 입이 간질간질하는 중이니까 현이 씨도 크게 신경 쓰지 말아요."

사실 신혼을 좀 더 즐기자는 말에는 현도 동의를 했다. 그래서 두 사람은 지금 꼭 연애를 하는 것같이 생활을 하고 있었다. 하지만 역시 만혼에다 사이가 좋은 두 사람을 보고 다들 아이에 대한 말을 하고 싶어서 난리인 듯했다. 좋게 말하면 정이 넘쳐나는 것이고, 안 좋게 이야기하자면 오지랖이 넓은 게 아니던가.

하여간 사람들은 책임지지도 않을 거면서 말을 쉽게 꺼내곤 한다. 아이를 좋아하고 결혼하면 바로 임신할 거라고 전부터 말을 했던 보경조차도 막상 임신을 하고 나니 어찌해야 좋을지 모르는 게 눈에 뻔히 보였다.

"적당히 알아서 컷 하겠습니다."

"아니, 근데 현이 씨는 왜 자기 집에 오면서도 그렇게 싫어해요?"

"네?"

"솔직히 우리 집은 자꾸 가잖아요. 그리고 갈 때마다 좋아하면서."

"내가…… 그랬습니까?"

"그랬습니다."

보라가 입술을 삐죽이며 말했다. 예전부터 딱히 일이 바쁜 게 아니라면 보라는 자주 집에 가 밥을 먹고는 했다. 현의 출퇴근도 뒤죽박죽이라 요즘도 정 여사에게 기댈 때가 많았는데 자연히 퇴근 전 보라에게 연락을 해오는 통에 자주 친정으로 오곤 했다. 그때마다 기쁜 듯, 아니 꼭 자기의 집인 듯 왔으면서 성북동에 갈 때마다 불편해한다.

"보통 제 친구들을 봐도 시댁 가는 건 남편들이 아무렇지 않아 하는데 처갓집 가는 건 별로 안 좋아한다더라구요?"

"처갓집 가는 건 좋습니다."

"왜요? 맛있는 거 해줘서요?"

"그것보단 보라 씨가 편해하지 않습니까."

"네?"

"우리 집은 당연히 불편하지 않습니까?"

물론 자신의 집이 더 편한 건 누구나 마찬가지일 것이다. 하지만 그렇다고 해서 시댁이 불편한 건 아니었다. 서서히 가까워지는 사람들도 좋았다. 물론 완전히 내 식구라고 인식이 되는 데까지는 시간이 걸리겠지만 말이다.

"우린 결혼했잖아요? 이렇게 한가정을 이루게 되었고. 사실상 우리나라에서 결혼은 가족과 가족 간의 결합이니 신경 쓸 수밖에 없어요. 그리고 나는 현이 씨 집안사람들 마음에 드는데?"

"그래요?"

"물론, 아버지가 계셨으면 더 좋을 뻔했지만요."

"아버지?"

"아주 옛날에 결혼하게 되면 반드시 하고 싶었던 것 중 하나가 시아버지하고 데이트하는 거였는데."

"형한테 부탁할까요?"

"네?"

"아버지랑 똑같이 생겼잖아요."

"에이, 그냥 꿈이었다고 했잖아요. 그랬다가 형님한테 무슨 꾸지람을 들으라고. 괜찮아요, 나중에 어머님과 함께 목욕탕 가죠, 뭐."

"네?"

뭔가 잘못된 건가? 보라가 고개를 갸웃거렸다. 현이 핸들을 돌리며 웃었다.

"여자들은 목욕탕에 많은 의미를 지니나 봅니다?"

"몰랐어요? 여자들은 안 친하면 목욕탕도 안 가요."

도무지 이해를 못 하겠다는 얼굴을 하고 있는 현을 보며 보라가 웃었다. 역시 남자들과 여자들은 아예 생각이 뇌의 구조 자체가 다른 모양이다.

"뭔가 우리가 이제야 비밀을 공유하게 됐다, 이래야 여자들은 친해진 거라고 생각하거든요. 그때부턴 목욕탕도 같이 가는 거죠."

"복잡하군요."

"근데 전 만약에 애를 낳으면 딸을 낳고 싶은데 현이 씨는요?"

"목욕탕 친구 만들고 싶다, 이겁니까?"

"그것도 약 10퍼센트쯤은?"

아들만 둘을 낳은 친구가 있었고 딸만 둘을 낳은 친구가 있었다. 딸을 가진 친구는 딱히 아들에 대한 욕심이 없어 보였지만 아들만 갖고 있는 친구는 셋째도 계획 중이라고 했다. 딸을 갖고 싶어서. 정 여사를 보아도 딸이 있어서 좋다고 하지 않던가.

"하긴, 어머니도 보니까 딸이 없어서 섭섭했다고 하셨던 것 같은데."

"그래요?"

"제가 어릴 때 한번 어머니가 동생이 생길 거라고 했을 때가 있었거든요. 한 5살 때였나? 그런데 시간이 지나도 동생이 안 생겨서 물어봤더니 아이가 천사가 됐다고 하셨죠."

"아……."

"괜찮습니다. 동생이 생길 운명이 아니었던 거죠."

"여동생 태어났으면 참 예뻤겠네요."

"아쉽게도 남동생이라고 했던 것 같은데."

역시 현도 동생을 갖고 싶긴 했던 모양이다.

"저도 딸 갖고 싶습니다."

"왜요?"

"아들들은 좀 징그럽잖아요."

"그런 게 어딨어요?"

"아님 둘 낳아줄 겁니까?"

"네?"

"공평하게 목욕탕 친구는 저도 있어야죠? 물론 딸 둘이면 더 좋을 것 같긴 하지만. 남자들은 기본적으로 딸에 대한 로망이 있거든요."

그 말에 보라가 픽 웃었다. 역시 딸에 대한 로망은 윤 교장 같은 것일까?

"저도 통장 만들어줄 겁니다."

"기대되네요."

"남자 친구 데리고 오면 교묘하게 헤어지게 만들어야지."

"네?"

"주기 싫어서요."

"생기지도 않은 애를 갖고 진도가 거기까지 나갔어요?"

"그러니까 만약에 말입니다."

머릿속으로는 있지도 않은 딸을 생각하는지 벌써부터 표정이 심각한 현을 보고 있자니 절로 웃음이 나왔다. 현은 한 번씩 윤 교장이 주었던 통장을 서재 책장에 넣어두고 한 번씩 훑어보고는 했다.

"그런데 지금 어디 가는 거예요?"

"수목원 갑니다."

"수목원?"

"나무 좋아하잖아요."

"어떻게 알았어요?"

"장인어른이 알려주셨습니다."

한 번씩, 그것도 3년에 한 번 정도씩 윤 교장과 가는 수목원이 있었다. 두 사람이 데이트를 할 때는 꼭 그곳을 택했다. 평일에 시간이 나면 갔는데 규모가 크고, 동물원도 있어서 보라가 좋아한 곳이었다.

"인터넷 예약 언제 했었어요?"

"전 원래 계획적인 사람입니다."

두 사람은 연못가 근처를 거닐면서 이야기를 나누었다. 보라는 크게 숨을 마시며 마음껏 피톤치드를 즐겼다. 따가운 햇살을 피해 나무그늘 밑 벤치에 앉았다. 역시, 여름은 녹음을 푸르게 하지만 열기는 사람을 금방 지치게 만든다.

"결혼 전에 현이 씨 동기들하고 술을 마신 날 있죠?"

"네."

"그날 현이 씨가 취해서 소파에서 잠 들었는데 기억나요?"

현이 고개를 끄덕였다.

"그때 왜 울면서 미안하다고 하는지 몰랐는데."

"네?"

"이제 알 것 같거든요."

"울어요, 내가?"

"마음은 몰라도 무의식적으로는 그때부터 윤보라를 좋아한다고 인정한 것 같은데. 이제 진짜 마음의 준비가 됐으니 고백해도 돼요."

그 엉뚱한 말에 현이 이해를 하지 못하겠다는 얼굴로 빤히 보라를 바라보았다. 그리고 이내 슬쩍 입가에 웃음기를 머금으며 말했다.

"사랑합니다, 윤보라 씨."

"우리도 이제 엄마, 아빠가 되어볼까요?"

현의 눈이 커졌다. 보라가 현의 얼굴을 붙잡고 얼굴을 가까이 가져갔다. 뜨거운 날의 시작이었다.

Epilogue : 갈는

벌써 겨울에 접어들었고, 이제 내일이면 다른 해가 시작된다. 다음 달이면 보경이 아이를 낳는다고 했고, 언제 연애를 시작한 건지 대형과 설희는 순식간에 결혼에 골인해 허니문 베이비를 가졌다고 연락들을 해왔다.

집들이를 했을 때 서로를 보고 으르렁거리던 두 사람이 연애를 한다고 했을 땐 아주 조금 놀랐다. 그런데 결혼을 한다고 했을 땐 그 배로 놀랐고, 허니문 베이비를 가졌다고 연락이 왔을 땐 수십 배로 놀랐다. 그것도 대형은 보라가 아니라 현에게 전화를 했다.

보라는 왠지 친구인 대형을 현에게 빼앗긴 것 같은 묘한 느낌은 뭔가 좀 그랬다. 그리고 내기로 걸었던 30만 원도 현에게 넘겨주었다. 남자들은 죄다 그것만 생각하는 동물이라고 하면서. 아무튼 이제는 현과 대형은 정말 친한 친구가 된 것 같았다.

문득 그녀는 배가 뭉근히 아팠다. 생리가 끝난 지 얼마 되지도 않았는데 왜 또 아프단 말인가.

보라는 단편을 연재하고 잠시 쉬기로 했다. 속으로는 아이를 가질 때까지 쉬는 거라고 했지만 사실 마음이 복잡해 손이 움직이지 않았기 때문이었다.

현은 두 사람 모두 건강하니 크게 걱정하지 말자고 했다. 결혼한 지 아직 1년도 되지 않았는데 뭐가 그리 걱정이냐면서 오히려 그녀를 위로했다.

정 여사는 그렇게 말이 씨가 된다면서 보라를 타박했다. 그러면서도 은근히 걱정스러웠는지 저번엔 그녀를 끌고 가 한약까지 지어주었다.

언제 다가왔는지 민이가 그녀의 다리에 얼굴을 가져가 비비고 있었다. 보라가 허리를 숙여 민이를 끌어안았다.

"민아, 동생 어때?"

냐아.

혼자서 높은 캣 타워에 올라가 몸을 둥글게 말고 자는 민이를 보면서 한 마리를 더 입양을 해도 좋겠다는 생각이 들었다. 처음 적응 기간이 조금 힘들겠지만 친해지면 좋아지지 않을까 해서였다. 수빈의 동물병원에 유기된 새끼 고양이가 들어왔는데 민이도 가면 서로 좋아서 그루밍도 해주고 감싸 안고 잠이 들기도 했던 것이다.

문득 보라가 휴대전화를 들었다. 신호가 얼마 가지 않아 듣기 좋은 현의 목소리가 들려왔다.

ㅡ보라 씨, 일어났어요? 밖에 눈 오는데 봤어요?

다정한 목소리에 절로 웃음이 흘러나왔다.

"정말요?"

재빨리 베란다로 나갔다. 민이가 캣 타워에 올라가서 잠도 자지 않고 밖을 보던 이유가 그 때문인 모양이었다. 거리는 온통 하얗게 변해 있었다.

"퇴근할 때 조심해야겠다."

─차 안 가져왔어요.

"선배 병원에 유기된 고양이 있다고 했잖아요."

─삼냥이요?

현도 그 고양이를 잘 알고 있었다. 정말 아무 사이도 아니었다고 했지만 현은 그녀가 혼자 수빈의 병원에 가는 것을 싫어했다. 그래서 꼭 민이가 가야 할 일이 있으면 동행하곤 했다. 삼냥이는 흔히 말하는 한국 고양이였다.

"데리고 오면 어떨까 해서요."

─그럴까요?

"그렇게 쉽게 말하기 있어요?"

─민이도 친구 생기고 좋잖아요. 그럼 퇴근길에 들러서 데리고 갈게요. 10분 있으면 퇴근이니까.

"어? 그럼 기다려요. 우리 데이트 안 할래요?"

─그럼 기다리고 있을게요.

보라는 현과의 통화를 끝내고 재빨리 병원 번호를 찾아내었다. 서둘러 전화를 걸어 오늘 삼냥이를 데려가겠다고 말했다. 그러곤 방으로 들어가 코트를 걸친 뒤 집에서 나왔다.

평소 걸으면 10분 거리였지만 눈 때문에 조심하다 보니 벌써

15분이 넘어가고 있었다. 현은 이미 밖에 나와 고개를 든 채 하늘을 보고 있었다. 보라가 그 옆으로 걸어가서 섰다.

"시간 있으면 좀 내주시죠?"

은근히 코맹맹이 소리를 내며 말하자 현이 놀란 듯 고개를 숙여 보라를 보았다. 그리고 이내 고개를 돌리며 말했다.

"결혼한 몸이라서요."

"에이, 제가 더 예쁘잖아요."

"아닌데. 거울 안 보시나 봐요?"

말로 이기는 건 이미 포기했는데 왜 이리 오기가 생기는지 모르겠다. 보라가 입술을 삐쭉 내밀자 현이 고개를 숙여 입을 맞췄다. 놀란 보라가 주위를 돌아보며 현의 팔뚝을 쳤다.

"사람들 쳐다보면 어떡해요!"

"뭐, 어때요? 부분데."

그렇게 말하며 현이 보라의 손을 잡아 코트 주머니 안으로 넣었다. 어이가 없어 웃는데 현이 다시 한 번 그녀의 입술에 입을 맞추었다.

보라가 결국 포기한 채 현의 입맞춤을 받아주었다. 하지만 더 깊어지려고 하자 자유로운 손을 올려 그를 막아섰다.

"진짜, 직장 앞에서 이러고 싶어요?"

"그러니까 눈을 왜 감아요."

"언제는 안 예쁘다면서요."

"내가 언제 그랬나? 거울 안 보냐고 물었는데."

웃으며 현이 그녀의 흘러내린 머리카락을 쓸어 올려주었다. 다정한 손길에 보라의 눈이 다시 감겼다. 그러자 이번에는 현이 그녀의 눈꺼풀에 입을 맞추었다. 옆에서 사람들이 수군거리며 지나가자 보라가 재빨리 현의 손을 끌고 걷기 시작했다.

"진짜 갈수록 은근히 더 대범해지더라."

"한 1년만 병원 쉬고 보라 씨만 볼까 봐."

"진심 아니죠?"

"진심인데."

그래, 아예 농담 같은 것을 말하는 남자가 아니었다. 농담 같은 것도 사실은 죄다 진담이지 않던가. 보라가 고개를 저으며 택시를 향해 손을 뻗으려고 하자 현이 만류했다.

"왜요?"

"눈도 이렇게 오는데 오랜만에 분위기 있게 데이트 좀 할까요?"

이대로 걸어도 크게 문제가 될 건 없었다. 그녀는 어그를 신고 있었으니까. 하지만 현은 구두를 신고 있었다.

"미끄럽지 않을까요?"

"보라 씨가 잘 잡아주면 되는 거 아닌가?"

"나중에 저한테 업어달라는 건 아니죠?"

"걱정 말고 가죠."

두 사람 중 섬세한 사람은 현이었다. 퇴근을 할 때면 꽃다발이라든가, 화분 같은 것도 하나씩 사와서 그녀의 품에 안겨주었다. 아침이면 그녀가 깨지 않게 조용히 움직여 출근을 했다. 그리고 이마에 입을 맞추는 것을 잊지 않았다.

어떻게 이렇게 다정다감한 사람이 다 있냐며 정 여사는 무척이나 좋아했다. 강 여사는 쟤가 결혼을 하면서 저렇게 변할 줄은 몰랐다고 혀를 찼지만 그래도 내심 뿌듯해했다.

보라가 웃자 현이 의아한 눈빛으로 바라보았다.

"왜 웃어요? 내가 뭐 잘못했나?"

"아뇨, 진짜 결혼 잘한 것 같아서요."

"네?"

"다들 저 엄청 부러워해요. 어떻게 그런 신랑 얻었냐고."

"제 평판이 그 정도였습니까?"

"그럼요."

"그건 상대가 보라 씨이기 때문입니다. 제가 평생 관대할 여자는 보라 씨 밖에 없거든요."

나쁘진 않은지 현이 웃으며 속눈썹으로 떨어진 하얀 눈을 긴 손가락으로 털어주었다. 이런 다정한 손길이 좋아 보라는 눈을 감았다.

"미치겠네."

"네?"

"그러니까 내가 그냥 삼냥이 데리고 바로 집으로 간다고 했잖아요."

눈을 뜨자 현의 검은 눈동자가 빛나는 것이 정면으로 보였다. 당장에 확 잡아먹고 싶다는 뜻이 쓰여 있어 보라가 슬쩍 눈길을 피했다.

"저 결혼하고 4킬로그램이나 빠진 거 알아요?"

"그렇게 잘 먹이는데 왜지."

현이 영문을 모르겠다는 얼굴을 하며 괜히 휘파람을 불었다. 보라가 픽 웃으며 그의 옆구리를 툭 쳤다. 하지만 현은 여전히 그 눈빛으로 그녀를 보고 있었다.

"정말 왜 이렇게 허기가 지는 건지 모르겠어."

"허기요?"

"뭘 해도 목말라요. 어쩔 땐 정말 보라 씨를 한입에 꿀꺽 삼키고 싶다고 생각하니까."

보라는 한 번씩 이렇게 말할 때면 감당이 되지 않는다. 그럼에도 불구하고 좋은 건 역시 현이 확고한 소유욕을 보이는 남자이기 때문이다.

"아무리 생각해봐도 나는 첫눈에 반했나 봐요."

보라의 말에 현의 표정이 풀렸다. 맞다. 첫눈에 반했으니 결혼을 하자는 현의 말에 그렇게 수락을 한 게 아닐까? 결론은 그것밖에 없었다.

"보라 씨."

"이런 고백은 싫어요?"

"삼냥이는 저녁에 찾으러 갑시다."

"네?"

현이 보라의 손을 잡고 빠르게 걷기 시작했다. 그건 집으로 가는 길이었다. 하지만 이미 병원에서 많이 멀어져 있다는 것을 알아채고는 신호등 앞으로 그녀를 이끌고 있었다. 앞을 보자 떡하니 거대한 호텔 건물이 보였다.

"현이 씨!"

현이 고개를 살짝 숙여 그녀의 귀에 속삭였다.

"이번 주 초까지 보라 씨 생리였죠. 그리고 바로 학회 다녀왔잖아요. 저 지금 목마릅니다."

"많이요?"

"엄청."

절로 웃음이 나온다. 보라가 잡은 손에 더욱 힘을 주었다. 그리고 힘을 꾹 주었다. 현이 뭔지 알겠다는 얼굴로 고개를 끄덕였다.

"수작질 제대로 먹혔습니다."

"눈치챘어요?"

현이 웃었다. 아니, 절로 웃음이 나왔다. 왜 처음 보라를 붙잡고 결혼을 끝까지 밀어붙였는지 확실히 깨달았다. 그건 보라를 놓칠까 두려웠던 것이다. 이유는, 첫눈에 반했기 때문이다.

"보라 씨."

"네."

"같아요."

"뭐가요?"

"첫눈에 반한 거."

보라가 손을 올려 현의 얼굴을 붙잡았다. 다른 사람이 보든 보지 않든 상관없었다.

눈을 감으며 현의 입술을 찾자 그가 코트 안으로 보라를 더욱 끌어안고 키스를 받아주었다. 옆에서 '아주 영화를 찍어요.'라는 말이 들려왔지만 두 사람은 웃으면서도 입술을 떨어뜨리지 않았다.

새하얀 눈이 두 사람의 머리 위로 쏟아졌다.

–마침–

작가 후기

령후입니다.

『우리, 결혼할까요?』로 인사를 드립니다. 빨리 인사를 드리고자 했는데 그게 좀 늦어졌네요. 언제나 그렇듯 이렇게 또 주인공을 떠나보내면 왠지 아쉬워집니다. 조금만 더 붙들고 있을걸, 하는 생각을 많이 하는데 이번엔 특히나 더 그런 것 같아요. 그건 그만큼 주인공들을 제가 꽤나 좋아했다는 말이 되겠죠?

결혼이나 사랑에 냉소적인 요즘 결혼적령기에 놓인 세대들을 두 사람을 통해 풀어봤는데, 역시 로맨스는 사랑 아니겠습니까? 인류 역사상 가장 오래된 제도인 결혼이 이런저런 말들로 삐그덕거린다고는 해도 역시 사랑의 종착역이죠. 그렇게 두 사람이 처음엔 쿨하게 서로에 의한 결혼을 했어도 결국 사랑을 하면서 제대로 된 결혼을 받아들였습니다. 이렇게 이성들은 아무렇지도 않게 누리던 권리인데 이젠 미국의 모든 주에서 동성 커플들도 누릴 수 있게 되었다죠? 참, 역사적인 일입니다. 이 글을 수정하면서 그 뉴스를 봐서인지 왠지 더 기억에 깊게 남을 것 같네요.

이 글을 제가 쉽게 재미있게 쓸 수 있었던 건 모두 보라와 현이 때문이 아닌가 싶어요. 두 사람이 참 고맙습니다. 실제로 이런 사람들이 옆에 있으면 참 좋았겠다 생각하게 됐어요.

이렇게 또 책이 나올 수 있게 도움을 주신 와이엠북스 출판사에 다시 한 번 고맙다는 인사를 드립니다. 그리고 늘 응원을 해주시는 팬분들도 고맙습니다.

저는 요즘 초심 잡기에 공을 들이는데 이게 꽤나 어렵네요. 그래도 열심히 잡아보겠습니다. 다음에 또 좋은 글로 여러분들을 만나게 되었으면 좋겠습니다. 늘 건강하시고, 행복하세요.

-령후 드림.